藍よりも碧く《あいよりもあおく》

みね川ちかのぶ

文芸社

自衛官とそのご家族、そして自衛隊の支援を受けられた全ての方々に、この物語を贈ります。

藍よりも碧く◎もくじ

第一章

一

昭和十七年春、真珠湾攻撃の大勝利に歓喜した日本国民に、また新たな朗報が届けられた。太平洋方面に展開中の帝國海軍の第七戦隊は、米国の巡洋艦を機軸とする艦隊と遭遇し、これを撃破した。この海戦で巡洋艦鈴谷《すずや》は目覚ましい活躍を見せ大戦果をあげた。そしてその功績により艦長以下数名は特別勲章受勲のため、東京に来ていた。

ここ赤坂の料亭朧月夜《おぼろづきよ》にはすでに十名ほどの海軍軍人が集まっていた。彼らは皆、巡洋艦鈴谷の乗組士官であり、今日は艦長に同行した東京組の戦勝祝賀会であった。

「郷田のやつ随分飲んでいるが、どうかしたのか」

「なんでも清水が敵は自分が引き受けるから、高みの見物でもしていてくれと言ったそうだ」

航海士が、隣で飲んでいた郷田中尉とは同期の士官に午後の件の経緯を話した。

「清水にそんなこと言われたんじゃ、あの郷田のことだ、そりゃ大変だっただろう」

「いや、その場では何も起こらなかったらしい」

「何もか」

喧嘩っ早い郷田中尉の性格をよく知る者には、そのことが意外だった。

「ああ、ただああしてガブ飲みしているだけだ。実際問題、清水は今回の戦闘で大手柄を立てているからな。何しろ直撃を何発も当てている」

「それにしても」

ならばなおさら、新米少尉にそんな大口を叩かれても黙っているとは兵学校時代から郷田中尉を見てきた同期としては、到底信じられなかった。

「聞いた話だが、郷田のやつほとんど弾を撃っていないらしいぞ」

さすがに小声で航海士は郷田中尉の同期にこの事実を話した。

「ええっ、あんな激戦だったのにか。なんでまた」

あの戦闘に参加した者には、思いもよらぬことであった。

「郷田は第四主砲、つまり後方主砲だろう。今回のような完全な追撃戦の場合、清水たち前方砲組はそれこそ砲身が焼けるほど撃ちまくっているが、後ろは撃ちたくたって撃つべき敵は前ばかりさ」

そう言って航海士は、好物の刺身を旨そうにぺろりと食べた。

「それじゃ、やつは咬みつく相手を探してうろつく狂犬みたいなもんだな」

「ああ、さわらぬ郷田に祟りなしさ」

清水少尉の大活躍を横目に戦闘に参加すらできなかった郷田中尉に、二人は我関せずを決め込むつもりでいた。

「だが、やはり清水は気に入らん。今回に限らず生意気だ」

郷田中尉の同期が清水少尉に不満を漏らした。

「生意気だが、腕もいい。実戦になれば頼りになるぞ」

「ふん」

まだ少尉でありながら、その砲撃の腕を買われて第一主砲の砲術士官に大抜擢された清水少尉のことを快く思っていない者もいた。

「ところで、艦長は随分遅いな」

「今週はずっと軍令部に呼ばれているそうだ」

「そうか、まあ今回の海戦の英雄なんだからそれもやむをえんか」

そう言うと二人は互いに酒を酌み交わした。

「郷田中尉、今からそんなに飲んで大丈夫ですか」

郷田中尉の三期後輩に当たる馬場少尉は、店に着くなり立て続けに酒を飲み続ける郷田中尉にすでに手を焼いていた。

「バカ野郎。日本酒なんて酒のうちに入るか。俺は六歳の時からもっと強い地の芋焼酎飲んでるんだ」

郷田中尉は周りのことなどお構いなしである。

「おい、酒だ。酒がないぞ。こんなもの一本ずつ持ってきても間に合わん。一升瓶で持ってこい」

郷田中尉は空になった銚子を高く上げて振ると大声でそう言った。

「まったく、郷田中尉にも困ったもんだ。結局、最後まで付き合わされるのは俺なんだからたまったもんじゃない」

郷田中尉の酒ぐせの悪さを知っている馬場少尉は不平を漏らした。

「おい、馬場。何をブツブツ言ってるんだ。それよりあの芸者見てみろよ。すげえ美人だぞ」

郷田中尉とは反対側に座る馬場少尉の同僚が肘で合図をしてきた。

「ええ、どの芸者だ」

馬場少尉は言われた視線の先を探すが、次々と座敷に入ってくる芸者たちに目移りして、すぐには見つけることができずにいた。

「ほら、あの右から三番目の薄紫の着物の芸者だよ」

馬場少尉の同僚は、じれったそうに言った。

「薄紫、おお、確かにすげえ」

ようやく馬場少尉が今夜一の芸者を発見することができた。

「敵艦発見十時の方向。戦艦級」

奥隣で飲んでいた者までが海軍調で同じ芸者のことを言ってきた。

「うん、分かってる」

馬場少尉はつっけんどんに返した。

「しかしいるところにはいるもんだな。入隊前に見た映画の女優よりはるかにベッピンだぞ」

「ああ、おれもあんな美人は見たことがない。ありゃ間違いなくミズーリだ」

馬場少尉は美人の芸者を敵の戦艦に例えてそう言った。

「索敵機《さくてきき》より入電。ワレ、テキセンカンミズーリハッケン」

周りの者が念を押してくる。

「分かってる」

馬場少尉がそれをうるさがった。

「いや、あれはミズーリなんかじゃない」

馬場少尉にその芸者を教えた同僚が、自分で酒を注ぎながらその言い分を否定した。

「どうして、あの器量なら間違いなく敵の旗艦《きかん》ミズーリだろう」

「俺もそう思う。あれほどの美人にはそうはお目にはかかれんぞ」

今や周りの者までが馬場少尉のもとに集まり、その美人芸者の話で持ちきりである。

「違う。あれはミズーリじゃなくて大和だ」

馬場少尉の同僚が自信たっぷりにそう言った。

「大和。どうして大和なんだ」

馬場少尉はその意味が分からずに聞き返した。

「あの芸者がミズーリなら、手こずっても結局最後は俺たちの誰かが仕留めるだろうが、あれは大和だよ」

同僚が言ったことをもう一度考え直してから、馬場少尉はようやくピンときた。

「なるほど不沈艦ってわけか」

美人芸者を味方の最強戦艦に例えたその意味を、馬場少尉はようやく理解した。

「ああ、あれは俺たちには仕留められん」

「なんだ、相手が大和じゃただ指をくわえて見ているしかないか」

馬場少尉があっさりと同僚に同意した。

「バカ野郎。抱けない芸者なんているか。よし、俺が芸者の扱い方を貴様らに教えてやる」

突然、一人でコップ酒を呷っていた郷田中尉が、話に割って入ってきた。

「おい、そこの芸者。こっちへ来て俺の酌をしろ」

郷田は美人芸者を指さしながら座敷の全員に聞こえるぐらいの大声でそう言った。

「郷田中尉やめてください。ここは赤坂の高級料亭ですよ」

「うるさい。赤坂もへったくれもあるか」

馬場少尉が慌てて止めに入ったが、郷田中尉は聞く耳を持たなかった。

「おい、お前。早く来んか」

郷田中尉の大声がまた、座敷に響いた。若手士官が大和と評した芸者は一度皆に丁寧に挨拶したあと、まっすぐ郷田中尉の前まで来るとかしこまった。軽く微笑みを湛えたその顔立ちは男たちが気後れするほど美しかった。

「お待たせ致しました。あら、もう今からコップ酒ですか」

「うるさい、つべこべ言わずに早く注げ」

郷田中尉はまるで仇《かたき》のようにその芸者を扱った。

「はい、かしこまりました」

「おい、少しぐらい器量がいいからってうぬぼれるなよ。お前は所詮、芸者なんだからな」

郷田中尉は値踏みするように芸者を見ながら言った。

「はい、分かっております。あたしは芸者でございます」

「ふん、お前ら芸者は金さえ出せば誰とだって寝るんだろう。そうだ今夜は俺が買ってやる。いくらだ、言ってみろ」

「郷田中尉」

郷田中尉の言いように、堪らず馬場少尉が割って入った。

「うるさい。貴様は黙ってろ。そんなことだから芸者ごときになめられるんだ」

郷田中尉は目を芸者から離すことなく、馬場少尉を牽制した。

「さあ、もったいぶってないで早く言え」

「やぶからぼうになんですか。お客さん、お座敷が始まる前からもう酔っぱらっちゃったんですか」

芸者はなんとか、このたちの悪い客をかわそうとする。

「酔っぱらってなんかおらん。お前の商売に協力してやろうと言ってるんだ、お前は商売女だろう。さあ、いくらだ」

執ように郷田中尉は芸者に絡んだ。

「困りましたね」

少し間をおいてから、芸者が言ったその声には、先ほどまでの色艶が消えていた。

「戦争が始まって以来、ここへ来るお客様もだいぶ様変わりしましたが、これほどのお方にはあたしも初めてお目にかかりました。どこか、飲む場所を間違っていらっしゃるんじゃありませんかね」

さすがに客と目は合わせはしなかったが、はっきりと聞こえる声で芸者がそう言った。

「なに」

「ここでは、いばり散らしたところで何一つ変わりはしませんよ。初めて会った芸者にこの有様じゃぁ、さぞかし毎日顔を合わせる兵隊さんたちには辛くあたるんでしょうね」

すでに周囲の軍人たちも二人のなりゆきを無視できなくなっていた。

「なんだと、おい芸者。もういっぺん言ってみろ」

郷田中尉が立ち上がらんばかりの勢いで芸者に怒鳴った。

「あら、御気に障ったら堪忍してくださいね。あたしは思ったことをおなかに仕舞っておけないたちでして」

芸者は一歩も引く気がなかった。

「貴様、海軍士官を馬鹿にする気か」

ここまでくると郷田中尉も、あとへは引けなくなった。

「全員起立」

まさにその時、幹部士官の号令が座敷に響いた。

二

号令とともに十名ほどの軍人がいっせいに立ち上がった。二列に分かれる座敷の中央を、その人物は一席だけ空いている上座へとまっすぐに進んでいった。そしてそれを見守る軍人たちは直立不動の姿勢でその人物を迎え入れた。

芸者は座ったままその人物を出迎えたが、それが連日新聞で報じられている人物であることはすぐに分かった。その出で立ちは威風堂々としており、まさに武士そのものであった。芸者はその人物が新聞の写真よりも実際の方が遥かに若いと感じた。

「いや、軍令部には参ったよ。ようやく終わったかと思えばまた初めからの繰り返しだ。これでも隙を見て逃げ出してきたんだ」

「お疲れ様です、艦長」

運用長はそう言うと艦長を空席だった中央の上座へと促した。

「どうだ、皆待ったか」

「いえ、お言葉に甘えて先に始めさせていただいております」

「そうか」

艦長が上座に納まると、他の軍人たちもそれに倣って着座した。

「それでは、艦長も到着されましたので、あらためて乾杯を致したいと存じます」

進行役がそう言っても、艦長はそれに関心を示さずにぶっちょうづらの郷田中尉に右手で手招きをした。

「おい、郷田。こっちへ来い」

「はい」

酒の席とはいえ、艦長から直々に呼ばれるなどただ事ではない。郷田中尉は腹を決め、艦長の前まで行くと気をつけの姿勢をとった。

「どうした、おっかない顔して。まあ、座れ」

郷田中尉の予想に反して艦長の口調は穏やかだった。

「はっ」

郷田中尉はそう言うとその場に正座し、真剣な眼差しで艦長を見た。

「艦長、お願いがあります」

郷田中尉は意を決して言った。

「うん」

あぐらをかいた艦長はあくまでも穏やかだった。

「おい、郷田」

郷田中尉の上官である運用長がそれを制した。

「いえ、今日は言わせていただきます」

郷田中尉は一目置く運用長の言葉にも、今回は耳を貸さなかった。

「郷田、場をわきまえろ」

運用長がそれを許さない。

「何をごちゃごちゃ言っておるんだ。なんでもいいから早く注げ」

そう言うと、艦長は杯を取り、それを興奮している郷田中尉に差し出した。

「艦長」

突然の艦長の行動に呆気にとられた郷田中尉は、言われるままに杯に酒を注いだ。すると艦長はそれをゆっくり味わいながら飲み干した。

「ああ、勝ち戦のあとの酒はうまいな」

艦長は満足そうにそう言うと一度膳の上で杯をきり、それを郷田中尉に差し出す。

「うん」

艦長が返杯を促した。

「かっ、艦長」

郷田中尉は艦長の行動にさらに驚いたが、我に返り杯を両手で受け取った。

「いただきます」

士官たちの面前で艦長から酒を注がれるなど、それこそ見たことも聞いたこともない話である。

郷田中尉はありがたく酒を飲み干すと飲み口を指で拭い、杯を膳にあった半紙で包むと大事そうに胸の内ポケットに仕舞った。

「おい、郷田。その杯は俺のではないぞ」

それを見て艦長が困ったように言ってみせた。

「店がなんと言おうとこれは自分がいただいて帰ります」

郷田中尉は真剣そのものである。

「いえいえ、どうぞお持ちくださいませ」

近くで見ていた仲居頭が慌ててそう言った。先ほどまでの張りつめた空気がまるで嘘のように座敷全体が和んでいた。

「ところで戦の話になるが、どうしてうちの弾が他の艦の弾より、あれだけ多く当たったか分かるか」

艦長が今では落ち着いた郷田中尉に問いかけた。突然の艦長の問いに、郷田中尉は少し緊張しながら答えた。

「それは、日頃の訓練の賜物であります」

そうは答えながらも、郷田中尉はまだ清水少尉の手柄を素直に喜べてはいなかった。

「他に分かる者はおらんか」

艦長が今度は若い他の士官たちを見てそう言った。

「なんだ、誰も分からんのか」

誰も答えられないことに少し呆れた様子で艦長が指名した。

「運用長」

「はい。それは我々が砲撃をしている間、他の艦と違い艦長が直進航行を指示され、艦を安定させて最も狙いやすい状態にされたからであります」

運用長が的確にそう答えた。

「まっすぐ走らせたんだ。あれで外されたら目もあてられん」

そう言うと、艦長は大きく息を吐いて見せた。

「だがそれは、ああいった完全な追撃戦だからこそできる芸当だ」

そこまで言うと、艦長は目の前に正座する郷田中尉に向かって話した。

「しかし郷田、お前が撃つ時はそうはいかん。後ろ向きの第四主砲が忙しい時はこっちが追われる身だ。回避航行中に当ててもらわなきゃならん」

敵に追われている時に弾を命中させることは、敵を追っている時よりもはるかに難しい。艦長のその言葉が郷田中尉を直撃した。

「はい」

郷田中尉は今夜初めて素直な気持ちでそう言えた。

「前の連中が弾を外したところで敵を逃がすだけだが、後ろのお前が外したら我々は家に帰れん。何百人もの未亡人を作ることになる」

艦長のその言葉に郷田中尉は熱いものがこみ上げてきた。

「艦長。申し訳ありませんでした。自分が撃つ時は命に代えても当ててご覧にいれます」

郷田中尉は艦長の信頼に命がけで応える覚悟ができた。

「分かれば良し」

艦長の言葉に安心したように郷田中尉は一礼すると、自分の席へ帰っていった。

「それからそこの姐さん、こっちへ」

艦長は郷田中尉とやりあった芸者を見ると、また手招きをして見せた。

「はい」

突然のことに芸者は驚いた。でもこうなれば行くほかはない。芸者は覚悟を決めて艦長のところまで行くとかしこまった。気の毒なほど緊張した芸者に、艦長は郷田中尉の時と同じように杯を差し出した。芸者は手が震えないように気をつけながら、両手で銚子を持つと杯に酒を注いだ。するとまた艦長はそれを味わうように飲み干した。

「旨い」

そう言うとやはり芸者に返杯する。

「ありがとうございます」

芸者も杯を大事に両手で受け取り、艦長直々に注がれた酒を飲み干した。

「なかなか気の強そうな姐さんだが、こうして近くで見るとなおいいな」

艦長は穏やかにそう言うと、芸者から杯をまた受け取り酒を注がせた。

「皆、ご苦労だった。今夜は存分にやってくれ」

「乾杯」

艦長が杯を上げた。

「乾杯」

杯を上げながら、一同が声を揃えた。

「いや艦長、それにしても赤坂とは豪勢ですな。自分のような田舎者にはそちらの姐さんじゃないが、何かここは場違いのような気がして」

富山出身の運用長は、艦長の計らいで穏やかさを取り戻した座敷に安心してそう言った。

「そんなつもりで言ったわけじゃ、もう堪忍してください」

芸者は艦長の前では今までの剣幕がまるで嘘のように素直だった。

「いや、嫌味で言っているわけじゃない。本当の話さ」

そう言って、運用長は美人芸者の酒を旨そうに飲み干した。

「しかしあんたもいい度胸だ。郷田とやりあった時はひやひやしたぞ」

俺もとばかりに、芸者に杯を差し出した別の幹部士官が言った。

「まったくだ。女にしておくには惜しい。俺の班にほしいくらいだ」

「じゃあ、貴様はそうしろ。こんなベッピン、俺は女のままでもらい受ける」

「汚いぞ貴様」

「あっははは」

幹部士官たちは美人の酌に満足しながら冗談を言いあった。

「女だから許されるんです。男だったら大事なお客様にあんなことを言って許されるわけがありません」

あの一件の直後だけに、芸者だけはまだいつもの笑顔になれなかった。

「美人の特権だよ」

「特権なら使えるうちに使ったらいい。なあ」

幹部士官たちはもう誰もそのことを気に留めてはいなかった。

「ところで姐さん。名前をまだ聞いてなかったが」

運用長が思い出したように言った。

「申し遅れまして、小鈴と申します」

芸者は持っていた銚子を膳に置くと、一度かしこまってから名乗った。しかしそれを聞いた運用長が、はっきりと驚いた表情をしたことが芸者には不思議だった。

「なんと大日本帝國海軍巡洋艦、鈴谷の艦長がみそめた芸者の名が小鈴とは」

運用長はわざと芝居がかって言ってみせた。

「巡洋艦、鈴谷」

独り言のように芸者は呟いた。

「これは我々のつけ入る隙はなさそうですな」

「あっはははは」

幹部士官たちは和やかに酒を酌み交わしていた。

三

芸者は一様に幹部士官たちへ酒を注ぎ終えると、上座に座る艦長の隣にかしこまり、銚子を差し出した。しかし艦長は杯を取ろうとはしなかった。

「ところで姐さん」

艦長が尋ねた。

「小鈴でけっこうでございます」

小鈴は少し緊張して言った。

「あんた軍人は嫌いのようだが」

艦長の問いに小鈴はただうつむいていた。

「まあ、嫌いでございますとは言えんか」

そう言うと艦長は料理に箸をのばした。

「確かに嫌いでございました。無骨でいばってばかりいて」

少し間をおいてから小鈴が答えた。

「随分と手厳しいな」

「でも、そうでない方もいらっしゃることを今日知りました」

小鈴は素直な気持ちを相手に打ち明けた。すると艦長は料理を味わうことをやめ、膳に箸を置き、まっすぐに小鈴を見た。

小鈴はさらに緊張した。

「そうか、ところでかわやはどこかな」

「はい、廊下を左に行った突き当たりですが」

艦長のあまりに意外な言葉に拍子抜けした小鈴がそう答えると、艦長はさっと座を立った。

「艦長」

それを見て慌てて運用長が声をかけた。

「小便だよ、小便」

艦長は穏やかにそう言うと座敷を出ていった。

「艦長、大丈夫でしょうか」

「まあ、大丈夫だろう。あんた、サイダーを二、三本持ってきてくれないか」

幹部士官たちが艦長を気遣うなか、運用長が小鈴にそう言った。

「サイダーですか」

小鈴は思わず聞き返した。

「そうだサイダーだよ。艦長は酒を一切お飲みにならん。なのに今日は駆けつけ三杯だ」

運用長がそう言うと、他の幹部士官たちが話し始めた。

「そう言えば艦長が酒を飲んだところを見たことがないな」

酒好きの航海長が、注がれた酒を飲み干しながら思い出したように言った。

「艦長の酒嫌いは有名だ。参謀の木村大佐が言っていたが、何しろ軍令部のお偉方に酒を勧められてもそれを断り、不穏な空気になったのを取り持ってくれたのが長官だそうだ」

「灘の生一本」に夢中の航海長に運用長が言った。

「長官って、」

長官と聞いても、航海長はまだ酒の方に気がいっていた。

「連合艦隊司令長官、山本五十六《いそろく》大将だよ」

呆れた運用長がここぞとばかりに言った。

「本当か」

山本五十六大将と聞いて、さすがに航海長の手が止まった。

「ああ、そう言えば長官もお飲みにならん」

他の幹部がそう言うと、感心したように航海長が続けた。

「すげえ話だな」

「なんだ、お前知らなかったのか。だから郷田もあんなに恐縮して杯をもらったんだ。提督方の勧めを断った艦長が郷田のために酒を飲んだんだ。郷田はこれからあの杯を家宝のように大事にするだろうよ」

普段の艦長をよく知る運用長がしみじみと語った。

「いや、あの杯はもはや家宝だ。俺だって欲しい」

転属してきたばかりで、まだ艦長とはあまり面識のない幹部がそう言った。

「そう言えば、以前軍医から聞いたんだが艦長は酒嫌いというより酒が体に合わんらしい」

救護班として軍医とは親しい幹部が言った。

「気分でも悪くなるのか」

「そんなものじゃない。なんでもアレルギーとかなんとかで、アルコールの分解過程である毒物ができて、それが解毒されないまま体内を回るそうだ」

「本当か」

航海長は信じられんという表情をした。

「ああ、そういう体質の人がいるそうだ。量によってはショック状態になって命に関わるらしい」

「ええ、それじゃまるっきり艦長にとって酒は毒を飲んでいるのと同じじゃないか」

新顔の幹部にとっては、それは今日の艦長からはおよそ想像のできないことであった。

「今夜はその毒を三杯飲まれた」

艦長をよく知る運用長の言葉だけにそれには重みがあった。

「郷田のためと俺たちのためと小鈴さん、あんたのためにだ」

「あんた、あの杯を大切にした方がいいぞ」

「英雄の杯だ」

幹部たちの言葉に小鈴は深く思うところがあった。

四

小鈴がかわやの前まで来ると、ようやく艦長が手を洗い廊下に出てくるところだった。艦長は廊下で待つ小鈴に気づくと声をかけた。

「なんだ小鈴か」

小鈴は黙ったまま、ただ手ぬぐいだけを差し出した。

「ああ」

そして艦長は差し出された手ぬぐいを受け取った。

すると突然、小鈴はその場に正座すると三つ指をつき深々と艦長に頭を下げた。

「いったいどうした」

自分に対してかしこまる小鈴を見ながら、艦長は穏やかな声でそう言った。

「先ほどは本当に申し訳ありませんでした。この上はどんなお咎めも受ける覚悟でございます。今夜の不始末はすべてあたしが仕出かしたこと。どうかお店や他の芸者衆にはお咎めがありませぬようお願い申し上げます」

小鈴は心をこめてそう言った。

艦長はそれを聞くとゆっくりと小鈴の前にしゃがみ、そして小鈴を見た。頭を上げようとしない小鈴に艦長は今度はあぐらをかき、中庭越しに空を見上げた。

「小鈴、見てみろ。きれいな月だぞ」

その言葉に小鈴は驚いた。

まさかそんなことを言われるなんて思いもしなかった。夜の世界で芸者がいったん男に弱みを見せれば、言い寄らぬ男などいやしない。たとえそれが些細なことであっても、何かと難くせをつけてきてはわざと事をこじらせて大事のように見せる。そしてあわよくば、それを口実に今宵の内にもその芸者を我がものにせんとするのだ。

芸者になったその日から、小鈴はそんな男たちを嫌というほど見続けてきた。だからこそお座敷で気を抜いたり、ましてや酔って正体を失くすことなど小鈴は断じてなかった。

なのに今夜だけは違っていた。

女将や姉さんから特別大事なお座敷と念を押されていたにもかかわらず、事もあろうに小鈴は大失態を演じてしまった。もちろん駆け出しの芸者よろしく、姉さんの陰に隠れてこの場を切り抜けることもできたかもしれない。だが小鈴は、自分で直接艦長に詫びを入れることを選んだのだ。

でもそうすれば艦長だって男。必ず牙を剝いてくるはず。それは小鈴には分かりきったことだった。それでも小鈴はこの時、こうする以外に道はないと覚悟を決めて艦長の前にかしこまった。

それなのに、この方はそんなことには触れもせずに月がきれいだとおっしゃった。

あたしが弱みを見せれば必ず牙を剝く。そう決めつけて構えた心とは裏腹に、こんなに優しい言葉をかけられるなんて。小鈴はただただ驚いていた。

「月は陸《おか》ではこんなに美しいものなのに海ではそうではない。闇夜なら味方同士が衝突しかねないし、かと言って月夜なら敵の潜水艦に狙われる。まったく海では月は厄介なものだ。きれいだが恐ろしい。まるで女のようだな」

「艦長様」

気づくと小鈴はそう言っていた。

「直江でいいよ」

「直江様」

「うん、なんだ」

「いいえ、なんでもありません」

小鈴はただこの優しい男の名前を呼んでみたかった。

「皆に気を遣わせるといかんから座敷に戻ろう」

「はい」

直江艦長のあとを歩く小鈴の姿は、どこか悲し気に見えた。

五

艦長が一人、座敷に戻ると運用長が心配顔で出迎えた。

「艦長、大丈夫ですか」

「いや、空きっ腹に酒が少しばかり効いたようだ。月を眺めながら夜風にあたってきたよ」

そう言うと艦長は運用長の肩を軽く叩いてから、自分の座にあぐらをかいた。

「よろしければ、これをどうぞ」

遅れて座敷に戻った小鈴は、艦長に懐かしい小瓶を差し出した。

「うん、サイダーか。気が利くな。俺はこっちの方がありがたい」

「あちらのお客様に聞きました。なんでも艦長様はあまりお酒をお召し上がりにならないそうで」

「ああ、どうも酒は苦手でな。子供の頃からサイダーの方が好きだった」

それを聞いて小鈴に思わず笑みがこぼれた。

「ふふふ、子供はお酒を飲みませんよ」

「そりゃそうだ。あっははは」

笑顔でサイダーを飲む艦長の横で、小鈴はいつまでも右手で口元を隠しながら斜《はす》を向いて笑っていた。

「小鈴、そんなにおかしいか」

「いいえ、お気に障ったら堪忍してください。ただあたしには、新聞に出ていた偉い軍人さんと、目の前にいらっしゃる軍人さんが同じお人とはどうしても思えなくて」

そう言いながらまだ笑みをもらす小鈴の横顔が可愛い。

「無骨でいばり散らすだけの男と思いきや、子供のようにサイダーを飲む男だったわけだ」

「もう、そんなにいじめないでください」

今の小鈴には先ほどまでの緊張など微塵もなかった。

「あら、菊乃姉さん」

小鈴のその声に艦長が振り向くと、そこにはこれぞ赤坂芸者という風情の女が立っていた。色気なら小鈴の上である。芸者は艦長の前にかしこまると優雅に三つ指をついた。

「菊乃でございます。本日は誠におめでとうございます。また、このような大切なお座敷に私どもをお呼びいただき、誠にありがとうございます」

菊乃は念入りに艦長に挨拶をした。

「うん、今日の芸者衆は参謀の木村の計らいだと聞いている」

艦長は今までよりも少し硬い口調で答えた。

「はい、木村様にはいつも大変ごひいきをいただいております。本日のお座敷もくれぐれも粗相のないようにわたくしがきつく言付かっております。ですのに先ほどの大変な御無礼、この小鈴に変わりまして年長のわたくしがあらためてお詫び申し上げます」

そう言うと、菊乃はもう一度丁寧に艦長に頭を下げた。

「また大変なお叱りを受けて当然のところを小鈴を助けていただきまして、本当にありがとうございました。小鈴には、わたくしがきつく言い聞かせますので、何卒ご容赦いただきますようよろしくお願い申し上げます」

年は小鈴よりいくつか上ではあろうが、菊乃の振る舞いは座長のそれだった。

「その件だが」

そう言って、艦長が切り出した。

「はい」

菊乃が幾分、神妙な表情になった。

「俺も事を荒立たせたくはないが、皆の見ている前で起こったことだ。いずれは木村の耳にも入る。そうすればお前にしても何もなかったではすまんだろう」

「はい」

菊乃は三つ指をついたまま答えた。

「今後のこともある」

「はい」

「あの、」

それまで隣で控えていた小鈴が何か言おうとした。

「小鈴ひかえなさい」

菊乃がぴしゃりと言った。

「いずれにしても木村はもとより、置屋の女将の耳には前もって入れておいたほうがいいだろう」

艦長は菊乃を見るとそう言った。

「ごもっともなお言葉。しかしながらそれではあれほど念を押された木村様に、わたくし菊乃が合わす顔がございません」

菊乃の表情は真剣そのものだった。

「わたくしのような芸者ふぜいでも恩や義理はございます。特別な今日のお座敷での不始末、この上は小鈴に変わり菊乃が罪を償わせていただきとうございます」

そう言うと菊乃は深々と頭を下げた。菊乃の尋常ではない覚悟を見て小鈴は声を震わせた。

「姉さん」

「芸者には芸者なりの筋の通し方がございます。ご迷惑でもどうかお座敷のあと、菊乃に罪を償わせてくださいませ」

そう言うと菊乃は、一度艦長をまっすぐに見たあと、また頭を下げた。その姿に艦長は菊乃の意志の強さを感じた。

「事が知れれば、木村に合わせる顔がない。ならばその場で自分が責任を負うか」

「はい」

菊乃は頭を下げたまま即答した。三つ指をついたままの姿で菊乃は艦長の言葉をしばし待った。

「分かった。それでは小鈴に罪を償わせよう」

艦長は腕組みをするときっぱりと言った。

「小鈴に。お待ちください」

菊乃は慌てて頭を上げた。

「いや、筋を通すならこの件はお前ではなくて小鈴だ。そうすればすべて帳消しになる」

今度は艦長が菊乃をまっすぐ見て言った。

「でも」

菊乃が食い下がる。

「それに、もしお前と俺との間に何かあれば、今度は俺が木村に合わせる顔がない」

艦長は右手であごを摩りながら言った。

「姉さん、すいません。あたしの了見が足りないばかりにこんなに迷惑をかけちまって」

小鈴は両手で菊乃の袂《たもと》に触れ、菊乃に寄り添うように言った。

「小鈴ちゃん」

菊乃が心配そうに小鈴を見た。

「艦長様、自分の不始末は自分で償いとうございます」

小鈴のその言葉は、名の通った赤坂芸者として自ら出た言葉であった。

六

「運用長」

艦長は小鈴が座敷を出てしばらくしてから声をかけた。

「はい」

「そろそろ俺は帰ることにする。なに、明日も朝から軍令部だよ」

「はい、それでは自分たちも」

そう言って、運用長は自分も座を立とうとした。

「いや、君たちは若い者と一緒にここに残れ」

「しかし」

「こんな上等な店、もう二度と来ることもなかろう」

艦長の言葉には何か含みがあると運用長は感じた。

「はい」

「ゆっくり飲んでいけ。それから、大げさになるから送らんでいい」

「分かりました。では、お言葉に甘えさせていただきます」

年長の運用長はすべてを心得ていた。そして運用長は一度座敷を見渡すと、大きな声で言った。

「みんな聞け。これで艦長はお帰りになられる。連日の軍令部参りでお疲れである。なお、今から艦長の命令を伝える」

「全員起立」

幹部士官の号令のもと、全員が立ち上がった。酒に酔ってふらつく者など一人もないなか、運用長が続けた。

「艦長命令。各員、酒、料理を平らげるまで撤収を禁ず。以上」

七

「小鈴をよろしくお願いします」

艦長を見送りに出た菊乃が、まるで本当の姉のように小鈴を気遣った。

「心配するな。小鈴だって子供ではあるまい」

艦長は廊下を歩きながら、前を見たままそう言った。

「はい」

後ろを歩く菊乃が答えた。

「まあ、もうお帰りでございますか。満足なおもてなしもできませんで」

料亭の女将が今夜の主賓を見送りに玄関で待っていた。

「ありがとうございました」

靴を履き終えた艦長に女将は頭を下げた。艦長はそのまま迎えの車まで進むと、すでに車の手前で待っていた小鈴を見た。艦長は小鈴の前を通り過ぎると、開けたドアの横で敬礼をしている兵隊に軽く返礼してから後部座席に収まる。そしてあとから小鈴が会釈して艦長の横に収まった。

兵隊はドアを閉め、急いで運転席に乗り込んだ。

「大佐殿、どちらに参りますか」

兵隊は後ろを振り向かずに聞いた。

「宿舎だ」

艦長は一言、そう言った。

「はあ、宿舎で本当によろしいのでありますか」

他の将校たちの決まり文句を聞き慣れていた兵隊は、艦長の言葉を意外に思った。

「なぜ、そんなことを聞く」

艦長が正す。

「はい、こういった場合、普通は旅館へ行くものですから」

兵隊は思ったままを言ってしまった。

「馬鹿もん。いいから早く出せ」

艦長が一括する。

「はっ」

兵隊は自分の過ちにようやく気づいた。

八

「大佐殿、到着致しました」

赤坂を出てからまったく無言の車中で、初めての言葉がそれだった。

「お前はここで待っておれ」

艦長は用件だけを兵隊に言った。

「はい」

兵隊はそう言うと急いで車を降り、反対側の後部ドアを開けた。先に小鈴が降りて横へ避けると艦長が降りた。敬礼の姿勢の兵隊は微動だにしない。艦長はそのまま玄関へ向かって歩いていった。小鈴がそのあとを追う。

「まあ、上がれ。と言ってもここは仮住まいの殺風景な家だが」

店を出てから気まずい雰囲気の中、直江艦長が初めて小鈴に話した。

「失礼致します」

小鈴はそう言うと下駄を脱ぎ、部屋に上がった。

「ああいう席では、食っているようでたいして食ってはいないのか、帰ってくると腹が減るな。お前も何も食ってはおらんのだろう。寿司でもつまもう」

二人だけになると、直江艦長にまた柔らかさが戻った。兵隊の前では大勢の部下を持つ軍人としての振る舞い方があるのだと小鈴は思った。

「はい。お茶を入れて参ります」

小鈴はそう言うと店で仲居から受け取った寿司おりを持って、この家の台所を目で探した。

「台所は右手の奥だ」

直江艦長がそう言う。小鈴は台所へ行くと、すぐに火を熾し、お湯を沸かすと直江艦長の分の寿司を器用に盛り付けた。手際がいい。

「お待たせ致しました」

しばらくして、小鈴は盆に寿司とお茶を載せて居間に戻ってきた。

「さあ、お前もそこへ座って一緒に食べなさい」

「はい」

「うん、どうした。遠慮するな」

返事はするものの、小鈴は自分の分の寿司を取りにいこうとはしなかった。

「あたしは結構でございます」

「なんだ一人で食っていては様にならんな。形だけでもいいからつまみなさい」

「はい」

そうは言うものの、小鈴はその場から立とうとはしなかった。

「あの、お寿司を外の兵隊さんに持っていってはいけないでしょうか」

小鈴は申し訳なさそうに直江艦長に尋ねた。

「兵隊に」

「はい。若い兵隊さんでしたので、この時間ではお腹が減って可哀想だと思いまして」

小鈴は少し直江の顔を覗き込むようにして言った。

「可哀想か。俺は兵隊をえこひいきせん。が、お前がするならかまわんだろう」

「ありがとうございます。ちょいと行ってきます」

直江艦長の許しが出るなり、小鈴はまるで駄賃をもらった子供が嬉そうに、菓子でも買いに行くように玄関へと向かった。しばらく直江艦長が一人寿司をつまんでいると、小走りに戻ってくる小鈴の下駄の音が聞こえた。

「小鈴」

「はい」

小鈴は少し息を弾ませて答えた。

「お前、好きな男でも兵隊にとられたか」

直江艦長は何か嬉しそうな小鈴に言った。

「いいえ、そんな人いやしません」

「そうか。軍人は嫌いでも兵隊は可哀想。それならつじつまが合うんだがな」

そう言うと直江艦長はお茶を飲み干し、少し小鈴をからかうように続けた。

「それでは俺はどうだ。やはり嫌いか」

「いいえ」

「嫌いでなければなんだ」

「かまわん、言ってみろ」

直江艦長は小鈴の困った顔が見たくなった。小鈴は幾分うつむくと小さな声で答えた。

「優しいお方です」

「優しいか。お前を家に連れ込んでいるんだぞ」

「はい」

「それでも優しいか」

「はい」

「どうして」

直江艦長はこの美しい芸者の言い分を聞いてみたかった。

「ここはちょいの間の旅館じゃなくて直江様のお家ですから。直江様こそご迷惑ではありませんか、あたしのような芸者が夜遅くに来たりして」

「別に迷惑などせん」

「奥様のお耳にでも入ったらそれこそ大変」

小鈴が上目遣いに直江艦長を見た。

「おいおい、女房の話などよしてくれ。だいいちうちのは呉だよ。なんだ、いつの間にか形勢逆転だな。お前、俺が怖くないのか」

「はい」

小鈴は笑顔で答えた。

「どうして」

「優しいお方ですから」

年は若くても、小鈴はただの小娘ではなかった。

「なんだ、拍子抜けだな。若いと思っていたがさすがは赤坂芸者、口ではお前には勝てんな」

「はい」

この勝負は小鈴の勝ちだった。嬉しそうに微笑む小鈴に、直江艦長は降参という仕草で立ち上がりながら言った。

「それじゃ、そろそろ寝るとするか」

九

直江艦長が先に寝室に移り、浴衣に着替えて布団に横になると、しばらくしてから小鈴が部屋に入ってきた。綺麗に結われていた島田を下ろした小鈴は、なおいっそう可憐で美しい。小鈴は襖を閉めると腕枕の直江艦長に後ろ向きに立ち、おもむろに帯に手をやりそして解いた。いきなり長い帯が小鈴の足元に落ちる。

「もう、いいよ」

「えっ」

思わず小鈴は振り返った。

「小鈴、今夜は十分楽しんだ。もう、帰っていいよ」

「もう、帰ってもいい」

そう言われて小鈴はただ言葉を繰り返すことしかできなかった。

「ああ、俺はもう寝る。お前は外の車で帰れ。ただしあと一時間ぐらいはこの家で暇を潰してからにしてくれよ。でないと俺が恥を掻くからな。はっははは」

そう言って直江艦長は笑ったが、小鈴にとっては笑い事ではなかった。

「あたし、何かお気に障るようなことでもしましたか」

神妙な面持ちで小鈴は尋ねた。

「いや」

「じゃあどうして」

「お前だって今日会ったばかりの見知らぬ軍人と、そうはなりたくなかろう」

「でも、それでは筋が通りません」

帯のはだけた着物を両手で押さえながら、小鈴はしっかりと直江艦長を見て訴えた。

「何も無理に筋など通さんでもいい」

「でもそれでは、あたしの気がすみません」

「別に、あったことにすればいい。誰にも分からんじゃないか」

直江艦長は今までよりも強い口調で諭すように言った。それを聞いて小鈴は直江艦長から視線を外した。

「あたしがお嫌いですか」

「いいや」

「ならば、そうしてくださいまし」

「もう、いいよ」

「やっぱり」

その瞬間、直江艦長は暗い灯りの中で小鈴の表情が険しくなるのを見た。

「うん」

「あたしが芸者だから、卑しい女だからですね」

横を向いた小鈴が言い放った。

「馬鹿もん、そんなことは言っておらん」

「だったら、そうしてくださいまし。このままではあんまりです。女が帯まで解いて、そのまま何もなしで帰されるなんてあんまり惨めです。あたしが嫌いでなければ、後生ですからそうしてくださいまし」

左手を布団について崩れるように小鈴は言った。

「小鈴」

この時、直江艦長は小鈴を今夜いちばん愛しいと感じた。

十

あれからどれくらいたっただろうか。運転手の杉田上等水兵は睡魔と闘っていた。余計なことを言ったばかりに海軍きっての英雄、直江艦長から一喝されてしまった。もうこれ以上失敗など許されぬ、まして居眠りなど言語道断である。それでも睡魔は容赦なく杉田上等水兵を襲ってきた。そうこうしていると突然、玄関に明かりが灯るとまた消え、戸がゆっくりと小さな音をたてて開き、女が一人で出てきた。

杉田上等水兵は急いで車から降りると反対側へ回り、後部座席のドアを開けて直立不動の姿勢をとった。女はゆっくり車に近づくと杉田上等水兵の前で立ち止まり、小さな声で言った。

「ご苦労様でした」

杉田上等水兵は腰を折り一礼するとドアを閉め、反対側の運転席へ急いで向かった。しんと静まり返った夜の住宅地にエンジンの音がすると、車の赤い後部ランプが闇の中に消えていった。

のちの昭和十九年十月の海戦で戦死した杉田上等水兵は、この日のことを生前、親しい戦友にこう語っている。

「誰も信じないかもしれんが、俺は以前東京で観音様にお会いしたことがある。初めはきれいな女かと思っていたが、よく見るとその美しさたるや他に例えようもない。およそこの世のものではなかった。夜なのにそのお姿だけがなぜかぼんやりと浮き出ているような、とにかくその美しさにただ見とれるばかりで言葉も出ない。それにこんな俺にもやさしくしてくださった。あれは田舎のおふくろが言っていた観音様に違いない。俺は一生あの日のことは忘れない。もし俺が敵の弾に当たった時も、観音様はまた俺をむかえに来てくださるだろうか」

次の日も直江艦長は午前中から坦々と軍令部での仕事をこなしていた。昼になると木村参謀が訪ねてきた。

「直江、近くに美味い蕎麦屋がある。さあ、行こう」

軍令部からほど近い場所に木村参謀行きつけの蕎麦屋があった。木村参謀は店に入ると店員に声をかけ、まっすぐに奥の座敷に上がった。ここならば周囲に会話を聞かれる心配もない。木村参謀は直江艦長がまだ座る前から切り出した。

「おい、聞いたぞ。貴様、昨夜初めて会ったばかりの小鈴を見事撃沈したんだってな」

「いったい誰からそんな話を聞いた」

直江艦長と木村参謀は同期の気のおけない仲だ。

「誰って芸者じゃないぞ、別ルートだ。あいつはこういうことには口が固い。しかし貴様が海で無敵なのは兵学校時代から分かってはいたが、陸でもこれほどの凄腕だったとは、いや、おそれ入ったよ」

一気に喋った木村参謀はさらに続けた。

「小鈴は身持ちの固い芸者で有名なんだぞ。いったいどうやって一晩で落としたんだ。それに小鈴は軍人嫌いでも有名ときてる。軍令部のお偉方が何人もひじ鉄を食らっているんだからな」

なんだか木村参謀は我が事のように嬉しそうに話した。

「貴様こそ菊乃とはいい仲なんだろう。昨夜は随分気を遣っていたぞ」

「あれはそういう女だ。今はわけあって芸者に身を落としてはいるが、元は士族の出だ」

「ところで、貴様に頼みたいことがあるんだが」

直江艦長はたばこを取り出して火を点ける木村参謀にそう切り出した。

「英雄の頼みとあっては断れんな」

木村参謀がマッチの火を消しながら、もったいぶるようにそう言った。

「実は午前中の会議で、もうしばらくこっちに残らねばならなくなった。俺としては早く艦に戻りたいんだが。そこで相談だが、こっちで俺一人というのも何かと不便でな、まあ身のまわりの世話をさせるものが欲しいのだが。こういう話は顔の広い貴様に頼むのが一番だと思ってな」

「身のまわりの世話か。あとどれくらいこっちにいる」

木村参謀はちょっと難しそうな顔をした。

「一週間ってところかな」

「一週間か。貴様も艦に戻れば次はいつ陸に上がれるか分からんしな」

「ああ」

いつも手際のいい木村参謀にしては、歯切れの悪い言い方だと直江艦長は思った。

「よし、分かった。英雄たっての頼みとあらば仕方があるまい。俺がなんとかしよう」

「すまんな」

「おい、これは高くつくぞ」

直江艦長は木村参謀の言いようがやけに大袈裟だと思った。


翌日になっても頼んでおいた当番兵は直江艦長のもとへはやってこなかった。木村参謀にしては珍しく段取りが悪い。その日も直江艦長は連日の会議を終え帰り支度していると、担当の下士官が部屋に入ってきた。

「失礼します。大佐殿、下に面会の方がお見えになっております」

「面会、誰か」

直江艦長には心当たりがなかった。

「はい、大佐殿の奥様であります」

「女房」

呉にいるはずの多恵がなんで東京に、しかもここにまで来るとは。直江艦長には合点がいかなかった。

「分かった、しばらくしたら下りていくから、そこで待つように言ってくれ」

「はい」

下士官は一礼すると部屋を出ていった。直江艦長は机の上を片付けると軍帽をかぶり部屋を出た。階段を下りていくとそこに多恵が心細そうに立っていた。

「いったいどうした。呉で何かあったか」

直江艦長は自分に気づき、少し安堵した表情の多恵に話しかけた。

「あなた、こちらにまで押しかけて申し訳ありません。東京に着いたら木村さんに電話すればあなたに連絡がとれるからと奥様に言われて、とりあえず汽車に乗ってしまったんですが、あいにく木村さんが外出中で、電話に出た方がこちらに来ればたぶん分かるだろうからと。いけなかったでしょうか」

多恵はここにまで押しかけたことを夫に叱られやしないかと気遣いながら話した。

「分かった。とりあえず外で話そう」

「はい」

そう言うと直江艦長は歩き始めた。そして多恵は夫の三歩後ろに続いた。

十一

小鈴は数日前に訪ねた家の玄関の前に立っていた。先ほど木村参謀から渡された鍵で戸を開けて中に入る。今日昼過ぎに置屋に来客があり、呼ばれていくと相手は木村参謀だった。女将と菊乃が同席するなか、話の内容は小鈴に一週間ほど直江艦長の身のまわりの世話をしてほしいとのことだった。女将も木村参謀の頼みとあっては断れず、お座敷に障りがないならと了承したのだ。あとは小鈴の気持ち一つ。

小鈴もそれを承知した。

芸者姿のいつもと違って、普段着の小鈴は知らない者が見れば堅気の人妻に見えた。小鈴は家に入ると、さっそく持ってきた手ぬぐいで姐さん被りをすると掃除にとりかかった。女房気取りの小鈴は自然と流行り歌を口ずさみながら楽しげに家事を続けた。

小鈴が寝室の掃除をしていると、玄関前で車が止まりドアの開け閉めの音が聞こえた。今日もあの日と同じ兵隊さんかしらと思うと少しはずかしかったが、小鈴は急いで手ぬぐいを取ると髪の乱れを鏡で直すが、すぐに玄関の戸が開く音がした。小鈴は慌てて後ろ髪を右手で直しながら玄関へ向かい、明るい声で言った。

「お帰りなさいませ」

そこには直江艦長と妻の多恵が立っていた。

突然冷水を頭から浴びたように小鈴はその場に立ちすくんでしまった。そしてそれは直江艦長や多恵にしても同じ、三者三様の驚きだった。直江艦長はなぜここに小鈴がいるのかと、多恵はこの若い女は誰なのかと、そして小鈴は、いったい自分はどうしたらいいのかと。ようやく我に返った小鈴は玄関の端に除け、正座をして頭を下げた。

「お帰りなさいませ。手伝いのすずと申します。今日は軍の偉い方に言われてこちらのお宅の掃除に参りました」

自分でも思いがけず出たその言葉には、先ほどの明るさはなかった。それを聞くと直江艦長は小鈴に構わず、無言のまま靴を脱ぎ部屋へ上がった。多恵は小鈴を見ると、かすかに笑みを浮かべた。

「直江の家内です。今日はご苦労様でした」

そう言うと多恵も部屋に上がってしまう。小鈴はその場に一人残された。言いようのない無力感が小鈴を襲った。ようやく立ち上がると部屋の中にいる二人に向かって小鈴は力なく言った。

「あたしはこれで失礼します」

部屋からは、なんの返事もなかった。

夫の着替えを手伝い、居間に戻ってきた多恵が玄関を見ると、そこに小鈴の姿はなかった。

「あら、もう帰ってしまったのかしら。呉のお土産を渡そうと思っていたのに」

小鈴の声は二人には聞こえていなかった。

「最近では宿舎の掃除も兵隊さんじゃないのですね」

多恵は居間に入ってきた夫にそう聞いた。

「戦地ならいざ知らず、東京では雑用は民間に任せるのだろう」

夫は無関心なようにそう答えた。

「そうですか。それにしてもお手伝いさんにはもったいないぐらいの美人でしたわね」

多恵は含みを持たせてそう言った。夫はただ新聞を読んでいた。

十二

次の日の昼過ぎ、直江艦長と木村参謀は例の蕎麦屋の座敷にいた。

「おい、昨日はどうだった。小鈴と新婚気分でも味わったか」

木村参謀は早く事のなりゆきを教えろとばかりに言った。

「やっぱり貴様の仕業か。余計なことをしやがって」

そう言う直江艦長に笑顔はなかった。

「余計なこととはなんだ。貴様が俺に頼んでおきながら」

「いったい、いつ俺がそんなことを頼んだ」

「何を言っているんだ。この前ここで身のまわりの世話をさせるものがほしいと」

「俺が頼んだのは、当番兵のことだ。小鈴のことなんかじゃない」

むきになって話す木村参謀の言葉をさえぎるように直江艦長は言った。

「当番兵。だったらそうとはっきり言えばいいじゃないか。思わせぶりな言い方しやがって。それにしても貴様には感謝されることはあっても、文句を言われる筋合いはないぞ。貴様のためにわざわざ菊屋にまで行って段取りを組んだんだ。それでことが上手くいかなかったからといって、俺に八つ当たりするとはとんでもない奴だ」

木村参謀は心外だとばかりにまくし立てた。

「そうじゃない。多恵が来たんだ」

「多恵さんが。どこに」

木村参謀の声が急に変わった。

「昨日、俺のところへだよ」

「ええ、なんでまた」

「艦隊勤務の亭主は一度出撃したら、次はいつ会えるかもしれん。所在が分かった時は遠方でも会いに行け、さもないと後悔する。と貴様のお内儀に言われたそうだ」

「麗子に」

木村参謀は突然自分の女房が話に関わってきたことに驚いた。

「ああ、だが本当のところは俺にも分からん」

「それで、どうした」

木村参謀は早く話の続きが知りたかった。

「どうしたって鉢合わせだよ」

「多恵さんに現場に踏み込まれたのか」

「違う。小鈴が来ているなど夢にも思わんから、多恵と二人で家に帰って玄関で鉢合わせただ」

「それで」

「三人ともびっくりしたさ。でも、咄嗟に小鈴が自分は手伝いだと言ってそれで帰った」

「そうか、多恵さん気づいたか」

「手伝いにしては美人すぎるとさ」

「貴様も災難だな」

木村参謀は他人事とばかりに面白可笑しくそう言った。

「馬鹿もん。災難じゃなくて人災だ」

直江艦長は面白くも可笑しくもなかった。

「なんだ、俺のせいにする気か。罰が当たったんだよ、あんな美人と自分だけいいおもいをするからだ」

やはり木村参謀にとっては、ただの面白い他人事でしかなかった。

「貴様はおめでたい奴だな」

直江艦長はしみじみと木村参謀を見てそう言った。

「俺が、どうして」

笑っていた木村参謀が、直江艦長におめでたい奴と言われてむきになった。

「そうやって俺を笑っているが、多恵はただの先遣隊だよ」

「先遣隊」

「貴様、よくそれで軍令部の参謀が務まるな。敵の主力の目標は俺ではなくて貴様だよ」

「俺、いったいなんの話だ」

木村参謀には直江艦長の話の見当が皆目つかめなかった。

「まだ分からんのか。敵の主力は貴様のお内儀だよ」

「麗子」

「ああ、さすがは京都の名家の出だけはある。軍師としては遥かに貴様の上だ。考えてもみろ。俺がちょっと芸者と噂になっただけで敵は二十四時間以内に攻撃をかけてきたんだ。東京のことはすべて呉に筒抜けだよ。これは貴様に対しての警告だな」

「警告」

木村参謀は話の鋒先が自分に向いた経緯がまだピンとこなかった。

「ああ、いつでも全面攻撃の準備ができているということだ。この分だと敵さん、貴様の東京の妾《めかけ》や菊乃のことも先刻承知だろう」

「まさか」

木村参謀はすべてを理解した。

「知らぬは亭主ばかりなりさ。おい、これは高くつくぞ」

直江艦長は真顔になった木村参謀をわざと脅かすように言ってみせた。

十三

多恵は麗子から聞いた住所を探して乃木坂を歩いていた。今朝、夫を見送るとすぐに呉の麗子に電話して昨日のいきさつを話した。麗子は木村参謀行きつけの芸者置屋の菊屋へ行くことを多恵に勧めた。多恵は昨日の手伝い、すずにどうしても会ってみたかった。

すずが手伝いなどではないことは一目見ればすぐ分かる。まさに鶴はどう見ても鶴でしかない。鶴を鷺《さぎ》と見間違える女房などいやしない。ただ会いたい理由は多恵本人にもよく分からなかった。恨み事を言いたいわけではないつもりだが、どうしても会わずにはいられなかった。

多恵は何かにせかされるように菊屋へ向かった。急な坂道を登りきるとようやく路地の先にそれらしき家を見つけた。多恵は息を整えるとその家の前に立った。家からは三味線の音が聞こえる。

「ごめんくださいませ」

返事がない。気後れして三味線の音に負けぬようにもう一度、大きな声で言った。

「ごめんくださいませ」

今度は三味線の音がやんだ。

「はい、ただ今」

家の中から若い女の声がした。多恵は高ぶる気持ちを必死で抑え、努めて冷静を装った。これから先のことは出たとこ勝負だ。

「はい」

そう言いながら戸を開けたのは昨日のすずではなかった。

「どちら様でしょうか」

芸者のようではあるが、まだ二十歳に満たない若い女を見て、多恵に自信が戻った。

「私は海軍の木村参謀の縁の者ですが、女将さんはご在宅でしょうか」

「おかあさんは今、出かけておりますが」

「まあ、お留守ですか」

多恵は少し思案してから、

「そうですか。これ、ほんの気持ちですが」

そう言って、持参した菓子を若い女に差し出した。女は軽く会釈するとそれを受け取った。

「それでは、また出直して参ります。いえ、少し女将さんにお尋ねしたいことがあったものですから」

そう言うと多恵は風呂敷をたたみ、帰ろうとしてから。

「そうそう、そう言えばこちらに二十四、五歳のそれは綺麗な芸者さんがいらっしゃいましたわね。名前は確か、すずさんだったかしら」

多恵は相手が若いと見ると、かまをかけてみた。

「小鈴姉さんのことですか」

若い芸者は何も疑わず、そう答えた。

「そう小鈴さん。小鈴さんはいらっしゃるかしら」

多恵は思い出したようにそう言った。多恵の方が役者は何枚も上である。

「はい、少々お待ちくださいい」

若い芸者は受け取った菓子を持ったまま、横の階段を何段か上がると通る声で言った。

「小鈴姉さん、お客様です」

少し間をおいて、二階から声がした。

「はい、今行きます」

多恵がこの先どうしたものか分からないうちに、階段を下りる足音がどんどん大きくなってきた。

「お待たせ致しました」

下ろし髪に浴衣姿の芸者が多恵の前に現れた。それは紛れもなく昨日のすずだった。

「奥様」

小鈴が驚いた顔を多恵に見られたのはこれで二度目だ。

「やっぱり、あなただったのね、小鈴さん」

多恵は努めて笑顔でそう言った。

「小鈴さん、ちょっといいかしら、お手間はとらせないわ」

多恵にそう言われて小鈴も腹を決めた。

「分かりました。支度をしてきます」

そう言って、小鈴は今下りてきた階段をまた上っていった。ようやく若い芸者も、多恵がただの客ではないことに気づき、ばつの悪そうな顔をしている。


二人は菊屋を出ると近くの小さな神社の境内に行った。辺りには人影がない。小鈴は自分の履いている下駄の赤い鼻緒をただぼんやりと見ていた。多恵も小鈴と二人になったものの、これから先、いったい何を話せばいいのか分からないままでいた。

「小鈴さん、あなた本当に綺麗な人ね」

多恵は今、思っていることをそのまま話すことにした。

「奥様、疑われても仕方ないですけど、あたしとご主人とはなんでもありません。まだ一、二度しかお会いしたこともありませんし」

小鈴はうつむいたまま、丁寧にそう言った。

「小鈴さん、私はあなたを責めに来たわけじゃないのよ」

多恵の言葉は自分でも意外なほど、柔らかなものだった。

「実はね、夕方の汽車で呉に帰るのですけど、その前にどうしてもあなたに会っておきたいと思って。でも、どうしてそうしたいのかは私にもよく分からないの」

多恵のその言葉に小鈴の硬くなった心が少し動いた。

「あなた、さっき主人とは一、二度しか会ったことがないと言ったわね」

「はい」

「それを聞いて思ったのだけど、私も主人とこの一年にそれぐらいしか会っていないわ。軍人の、しかも軍艦乗りの女房はみんなそうかもしれませんけど」

そう言うと、それまで小鈴の前を歩いていた多恵が突然振り返った。

「それにね、あなたとこうして二人でいると不思議と腹も立たないし、やきもちを妬く気にもならないわ。どうしてかしらね」

「奥様」

「たぶん、あなたに何か言いたかったのではなくて、あなたに何か聞きたかったのかもしれないわね、私」

多恵は自分に問いかけるように言った。

「小鈴さん、私に教えてくれないかしら。私の知らない主人のことを」

「奥様の知らないご主人のことを、ですか」

小鈴はそのまま多恵の言葉を繰り返した。

「なんでもいいのよ、主人がしたことやあなたが思ったこと」

多恵のその言葉に、小鈴は直江艦長との一部始終を思い返してみた。

「ご主人はとても優しいお方です」

「優しい」

多恵が聞き返した。

「いいえ、そういうんじゃないんです。あたしご主人に助けられたんです。あの日は特別大切なお座敷だったのに、あたしとんだ不始末をしてしまって」

小鈴は多恵に誤解されないように努めて話した。

「不始末」

「はい。些細なことで同席のお客様にたんかを切るまねなどして。普通なら店にも他の芸者衆にもとんでもない迷惑をかけるところを、ご主人がその場を収めてくれました。それに、あたしの不始末も不問にしてくださったんです。怒鳴られて当然のところを、逆に気を遣っていただいたんです。そう、今の奥様と同じように」

「そう」

多恵は夫らしいと思った。

「あたし、十四の時に東京に出てきて芸者になって、あまり人に優しくされたことなんてないんです」

「あら、あなたほどの器量なら、みんなに優しくしてもらえるでしょうに」

多恵は嫌味ではなく、本当にそう思った。

「いいえ、色恋ぬきで人として優しく接してくださったのはご主人が初めてです。だからあたしそれがすごく嬉しかったんです」

小鈴は素直な気持ちを多恵に話した。

「あなたのような綺麗な人にそこまで喜ばれたなら、主人もきっと男冥利に尽きるでしょうね」

多恵が言ったその言葉に、小鈴はすぐには答えなかった。

「それなのに、あんなに優しくしていただいたのに」

小鈴の声が突然、自分を責めるものに変わった。

「小鈴さん」

多恵がそれに気づき、声をかけた。

「あたし、やっぱり芸者なんです。卑しい女なんです」

小鈴は、なおも自分を責めた。

「小鈴さん」

多恵はその真相を知りたかった。

十四

直江艦長は今、巡洋艦鈴谷の艦橋にいた。軍令部での仕事もようやく終わり、今朝一番の汽車で横須賀に戻った。そこには凛々しい姿の鈴谷と、九百名を超える部下たちが直江艦長の到着を待っていた。

「お疲れ様でした艦長、東京はいかがでしたか」

直江艦長が不在の間、鈴谷を任されていた副長の太田中佐が言った。

「潮の匂いが恋しかったよ」

直江艦長は、今は開けられているハッチから入る海の香りを存分に味わいながらそう言った。

ここでは陸での一切の煩わしさから解放された。

「出航の準備は順調ですので、お部屋で少し休まれたらいかがですか」

副長が東京から到着したばかりの直江艦長を気遣った。

「いや、久しぶりだ。少し艦内を見てくるとしよう」

「では自分がお供致します」

通信担当の西崎大尉が名乗りをあげた。

「俺一人で行くわけにもいかんか」

艦長本人としては久々の鈴谷の艦内を一人で歩いてみたかった。しかし艦長が一人で行動するわけにもいかず、西崎大尉を従えて艦内を見回ることとした。

艦内を忙しく動き回る水兵たちが昨日まで不在だった直江艦長を見ると、皆一様に驚いた様子で直立不動の敬礼をした。そしてその光景は艦内のどの場所でも同じであった。

「俺がいたんじゃ、かえって兵隊たちの迷惑だな」

「いえ」

西崎大尉は恐縮して答えた。それほど鈴谷の乗組員たちは各々自分の職務を全うしていた。部下たちの士気の高さに直江艦長は満足だった。

「皆、よくやってくれている。俺は部屋に戻るとしよう」


「失礼します」

直江艦長が艦長室に着いてしばらくすると、ドアの外から緊張した声がした。

「入れ」

直江艦長の声は威厳に満ちていた。ドアが開くとまだ十代にしか見えぬ若い兵隊が大きく礼をし、左足から一歩前へ、そして倒れんばかりの礼をもう一度してから直立不動の姿勢をとった。

「何か」

兵隊にとっては、艦長の一言一言が天上人のものだった。

「はい、お手紙を持って参りました」

すると直江艦長は、自席に座したまま左手を差し出した。それを見た兵隊は、直江艦長のもとへと進み、礼の姿勢から両手で手紙を差し出した。

そして直江艦長はその手紙を受け取った。兵隊は左足から一歩下がるとまた一礼して回れ右をしようとした、その時、

「ちょっと待て」

海軍一の英雄の鋭い一言に兵隊は縮み上がった。

「はい」

兵隊はすでに顔面蒼白である。

「お前、見なれん顔だな」

直江艦長は一度、兵隊のことをじっくり見てからそう言った。

「はい、自分はこのたび横須賀で配属になりました一二三《ひふみ》一等水兵であります」

大きいが、まだ幼さの残る声で兵隊は言った。

「ひふみ、変わった名だな。出身はどこか」

直江艦長が問うた。

「はい、秋田であります」

兵隊は前方直視のまま答えた。

「ほう、秋田か。職務に励めよ」

直江艦長は諭すように言った。

「はい、職務に励みます」

兵隊は大きな声で復唱した。

「帰ってよし」

「はい、失礼致します」

一二三一等水兵は大きな声で一礼すると帰っていった。兵隊としては若すぎると直江艦長は思った。それから直江艦長は受け取った封筒の裏書きを見た。手紙は妻からのものだった。会ったばかりなのに、いったい何事かと思いながら封を開けた。手紙は見慣れた妻の字で書かれていた。


「前略、先日は突然の上京、さぞ驚かれたことでしょう。麗子さんの勧めがあったのは事実ですが、新聞に出ているあなたを見ていると、なぜかあなたが私の知らない人になってしまったような気がして、どうしてもお会いしておきたかったのです。女のわがままをどうかお許しください。

たった一日の再会でしたが、文句を言ったら罰が当たってしまいますね。だって呉にはもう二度と夫に会えない妻もたくさんいるのですから。直江家に嫁いだ時から、軍人の妻としての覚悟はしてきたつもりです。家のことはどうかご心配なさらず、益々のご武運お祈り申し上げます。

実はこの手紙は多恵が生涯一度のお願いをあなたにしたくて書いております。呉へ帰る日の午後、私は自分でも不思議なくらい何かに導かれるように乃木坂へ行き、小鈴さんと会ってきました。もちろん恨み言を言うつもりなどで行ったのではなく、ただそうせずにはいられなかったのです。小鈴さんも初めは驚いていましたが、女同士、話をしているうちに最後には心を開いてくれました。これからその時のことを書きしるします。

小鈴さんは東北の山深い里の猟師の娘として生まれたそうです。暮らしは想像通りとても貧しく、四人兄弟唯一の女だった小鈴さんは十四の歳には女郎に売られるはずでしたが、あの器量が幸いして東京の芸者置屋の菊屋に引き取られたそうです。

十六で初めてお座敷に上がるまでは、店の下働きとして働き、今に至るこの十年間、それこそ人には言えない苦労の連続だったことでしょう。それでも芸者として一人前にさえなれば、田舎の親兄弟はなんとか暮らしていけると頑張ってきたそうです。そしてここ一、二年ようやく暮らしが落ち着きを見せ始めた矢先、鉄砲の腕を買われて陸軍の狙撃手となり、満州へ従軍していた二人のお兄さんが相次いで戦死されたそうです。田舎で年老いた両親を支えるのはもう弟さん一人になってしまったわけですが、その弟さんも今年兵隊になったそうです」

ここまで読んで、直江艦長は小鈴の態度に合点がいった。さらに読み続ける。

「弟さんは二人のお兄さんとは違い、陸軍ではなく海軍を志願されたそうです。鉄砲の腕もなかったし、それに山で育っただけに、海への憧れは人一倍だったのでしょう。

そして最近、小鈴さんは弟さんが艦隊勤務を命ぜられたとの連絡を受けたのです。艦隊勤務は男にとっては誉れですが、心配して待つ女にとっては地獄です。他の部隊と違い、覚悟しなければなりません。小鈴さんはなんとか弟さんが地上勤務に変わらぬものかと、毎日近くの神社で祈っていたそうです。

そんな時、あなたのお座敷がかかったのです。自分の不始末を救ってくれたあなたが、まさか弟さんの乗る巡洋艦鈴谷の艦長だなんて。小鈴さんは自分の祈りが天に通じたと本気で思ったそうです。あとはあなたにお願いするだけ。でも小鈴さんは考えた。ただ当たり前に、お酒の席でそんなことを言ったところで聞き入れられるわけもなし。そこで年上の芸者菊乃という人に頼んで、あなたに自分の身を捧げて不始末を償うように仕向けてもらったそうです。

事は上手く進み、あなたと二人になれた。あとはそういう関係にさえなれば小鈴さんの願いも聞き届けられるだろうと。

でも結局は言えずじまいだったそうです。あなたの優しさが小鈴さんにそれを言わせなかったのです。話は以上です。話のあとでも小鈴さんは私に何一つ頼み事を言いませんでした。これは私からの、多恵からのお願いです。

小鈴さんの弟さんの名前は一二三正一等水兵です。長くなりました。あなたもどうぞお身体をご自愛くださいませ。かしこ。多恵」

第二章

一

巡洋艦鈴谷は昭和十七年春、横須賀港を出航し二隻の駆逐艦とともに呉を目指していた。横須賀で必要な人員と物資を補給し、穏やかな夜の海を巡航速度で航行する鈴谷にとって、すべてが順調だった。

そして鈴谷は母港である呉港に予定通り入港した。今回の寄港は対空機関砲などの新型兵器への転装が目的であった。夕方近くになってようやく直江艦長は複数の士官とともに上陸した。そしてその中には艦長付きの二人の兵隊も含まれていた。

「艦長、車の用意ができました」

車両係から車を受け取ってきた加藤兵曹長は一礼すると後部ドアを開けた。直江艦長が座席に収まると加藤兵曹長はドアを閉め、自分は助手席に乗った。それを確認して運転手の一二三一等水兵が車を走らせた。

「ところで兵曹長。子供はいくつになった」

車が港を出ると、後部座席で腕組みをして座っている直江艦長が加藤兵曹長に聞いた。

「はい、自分は晩婚でしたので、まだ七五三です」

加藤兵曹長は前を向いたまま答えた。

「ほう、七五三とは縁起がいいな。よし、俺が家で降りたらお前はそのままこの車で自分の家へ帰れ」

直江艦長がそう言うと加藤兵曹長は慌てて後ろを向いた。

「とんでもありません。艦長のお世話をほったらかして、自分だけのこのこと家に帰れるわけがありません」

加藤兵曹長にとって、上陸中に自分が艦長から離れるなど考えることもできなかった。

「今回は新型の機関砲への転装作業があるから二、三日はゆっくりできるだろう。こんなことはもう二度とあるまい。いいから帰れ」

「いえ、お言葉だけ、ありがたくいただきます」

加藤兵曹長はまた前を向くとそう言った。

「分からん奴だな。お前が帰らんと俺が女房に恨まれるのだ」

「そんなことは言わせません。大恩ある艦長にそんなことを言おうものなら即刻離婚です」

加藤兵曹長は大まじめで言った。

「そうじゃない。お前の女房じゃなくて、俺の女房にだよ。なんで妻子に会わせてやらんのかと、女同士の結束は思う以上に強い。特に軍艦乗りの女房たちはな。いいから、女房孝行してこい。

心配せんでも家に敵艦はおらんよ」

直江艦長にそう言われて加藤兵曹長はこれ以上返答できなかった。そして直江艦長の意向をありがたく受け取った。

「はい、ありがとうございます」

運転手の一二三一等水兵は黙ってそのやりとりを聞いていた。車は懐かしい町並みを走るとほどなく直江艦長の自宅に着いた。直江艦長は自分の荷物を加藤兵曹長ではなく、一二三一等水兵に持たせて車を降りた。直江艦長が自宅に帰るのは戦争が始まってから初めてのことだった。

「お帰りなさいませ。ご無事のご帰還、おめでとうございます」

玄関の戸を開けると、そこには多恵が正座をして夫を出迎えていた。

「うん」

直江艦長はただ一言そう言って、いつものように部屋へ上がった。

「失礼致します。自分は当番兵の一二三一等水兵と申します。宜しくお願い致します」

戸の外で立っていた一等水兵は一礼すると荷物を持って玄関に入ってきた。

「一二三一等水兵」

多恵は正座したままその若い兵隊の顔を見つめた。

「そう、あなたが一二三さん」

「はっ、はい」

そう言われて一等水兵は、あらためて気をつけの姿勢をとった。

「そうですか。とにかく、お上がりなさい」

そう言うと多恵は立ち上がり、荷物を受け取ろうとした。

「いいえ、自分はまだ行くところがありますので、これで失礼します」

そう言って一等水兵は礼の姿勢で荷物だけを差し出した。

「失礼します」

多恵が荷物を受け取ると一等水兵は一礼して帰っていった。そして多恵が荷物を持ったまま仏間へ行くと夫が仏壇に手を合わせていた。多恵は夫の後ろにかしこまり、夫が拝み終えるのを待った。

「あなた。ありがとうございます」

多恵は夫の後ろでそう言った。

「なんのことだ。俺は何もしておらん」

拝み終えた直江艦長は前を向いたままそう言った。

「はい」

多恵は夫の気遣いが心底嬉しかった。

二

東京乃木坂の菊屋では、芸者たちが各々今日のお座敷の準備を始めていた。小鈴が二階の部屋で着物を畳んでいると、下から自分を呼ぶ声がした。

「小鈴姉さん、電話です」

小鈴は返事をしながらどの客からの電話かしらと思った。そして階段を慣れた足取りで下りると電話口に向かった。

「はい、お待たせ致しました。小鈴ですが」

「小鈴さん。わたしです。多恵です。呉の直江多恵です」

「直江多恵さん。ああ、奥様」

今夜のお座敷の客からの電話だとばかり思い込んでいた小鈴には、初めは相手が誰なのかピンとこなかった。

「いい小鈴さん。よく聞いてちょうだい。今、家に来たのよ」

珍しく慌てた様子で多恵が唐突に切り出した。

「はい、どなた様が」

「何を言っているの、一二三さんよ。あなたの弟さん」

強い口調で多恵の声が返ってきた。

「弟。正がですか」

「そう、主人のお供であなたの弟さんが家に来たの。いい小鈴さん。電話では詳しく話せないけど、あなた、なんとしても一刻も早く呉に来てちょうだい。呉にさえ来てくれれば必ずわたしが弟さんに会わせてあげるわ」

「奥様」

小鈴はようやく事態が呑み込めてきた。

「それにこの分だと出撃も近いはず。あなた、今度ばかりはどんな無理をしたって来なきゃだめよ。だって、子供の時に別れてからもう十年以上も会っていないって言っていたでしょう。弟さん、立派な兵隊さんになっていましたよ。とにかく、身一つでいいから呉にいらっしゃい。あとのことはわたしにまかせて」

小鈴は多恵の緊迫した声を聞いて、何も言い出せなくなってしまった。それに出撃と聞いた途端、戦死した二人の兄のことが頭をよぎり涙が勝手に溢れ出てきた。そしてそんな小鈴の様子を電話の向こうで多恵は感じ取っていた。

「小鈴さん。何も心配しなくていいのよ。わたしを本当の姉だと思って言う通りにしてちょうだい。それから汽車の時間が分かったらすぐに連絡をください。わたしが駅に迎えに行きます」

今度は多恵の声が幾分柔らかく感じられた。

「はい。ありがとうございます」

小鈴はようやく声に出してそう言った。

「じゃ、駅で会いましょう。きっとよ、小鈴さん」

電話が切れたあとも多恵の声がいつまでも小鈴の耳に残った。小鈴はしばらくその場から離れられなかったが、我に返ると涙を手で拭い、そのまま女将の部屋へ向かった。小鈴が障子を開けると、部屋には女将ではなく菊乃が座っていた。

「姉さん、おかあさんは」

「あら、小鈴ちゃん。おかあさんなら寄合に出かけたわよ」

菊乃は少しだけ小鈴を見るとすぐに帳面に目を戻した。

「寄合に、こんな時にかぎって」

「本当よ、それじゃなくても今日はお座敷が重なって忙しいっていうのに」

「帰りは遅くなるかしら」

小鈴はどうしていいか分からなかった。

「寄合って言っても結局はお花のお稽古。毎度のことよ」

菊乃は人差し指で自分の鼻をちょんと触って、花札のことだと示した。

「どうしよう、あたし」

「どうしたの、何かあったの」

菊乃の視線が帳面からようやく小鈴に向けられた。

「姉さん、あたしこれから呉に行きたいんです」

「呉。呉ってあの大阪の先の呉のこと」

「はい、あたしどうしても呉に行かないと一生悔いが」

さすがに尋常ではない小鈴の様子に菊乃が気づいた。

「小鈴ちゃん落ち着いて。あたしにちゃんとわけを話してちょうだい」

菊乃は帳面を置くとしっかりと小鈴を見た。

「弟が、海軍にいる弟が出撃するんです。あたし十四の時に秋田で別れてから一度も会っていないのに、このまま会えずじまいで兄ちゃんたちみたいに死んじまったら」

小鈴の声が悲痛なものに変わった。

「さっきの電話、弟さんからだったの」

菊乃は努めて冷静に言った。

「いいえ、呉の直江様の奥様から」

「直江様の」

「あたしあの一件のあと、直江様の奥様と一度会ってるんです。初めは叱られるとばかり思っていたのに、とても優しい方であたしに良くしてくれたんです。それでその時、弟が直江様の軍艦に乗っていることを話したら、さっき奥様から電話があって、今、弟が呉にいるから会いに来いって、出撃が近いからって」

小鈴は泣きたくなるのを我慢して菊乃に話していたが、最後はもう堪えきれなくなっていた。

「小鈴ちゃん、しっかりしなさい。それで呉に行きさえすれば弟さんに会えるの」

「奥様が必ず会わせてくれるって」

小鈴がこんな姿を菊乃に見せたことは一度もなかった。

「分かったわ。おかあさんにはあたしから上手く言っておくから、あんたはすぐに東京駅に行きなさい」

菊乃はそう言うと立ち上がり、たんすの上に置いてあった自分の財布から、あるだけの紙幣を取り出して小鈴の手に握らせた。

「それから、これは少しだけど何かの足しにしてちょうだい」

菊乃の声が優しくそう言った。

「姉さん」

小鈴はもう言葉にならなかった。

「いいから、早く行きなさい。この時間だといい汽車があるとはかぎらないわ」

立ち尽くす小鈴に菊乃が言った。

「姉さん、ありがとう」

小鈴はうなずきながら、その言葉を菊乃に伝えようとした。

三

東京駅からの長い旅路のあと、小鈴は広島駅で在来線に乗り換えた。呉行きの汽車は海軍の兵隊たちで埋め尽くされ、乗客すべてが兵隊という車両もあった。小鈴は混み合う車内から朝日を浴びて輝く海を眺めていた。夜行列車よりも気が紛れ、時間の過ぎるのも幾分早く感じられた。そしていよいよ汽車が呉駅に到着すると、乗客は一斉にホームへ降り立った。兵隊たちは車両ごとに整列して点呼をしている。その中で小鈴は人垣に埋もれていた。

「小鈴さん」

小鈴がホームの端で人波がはけるのを待っていると、多恵がそんな自分を見つけてくれた。

「ああ良かった、ようやく会えたわ」

「奥様」

多恵はあの日のように軍人の妻らしいきちんとした着物姿ではなく、質素なもんぺ姿で小鈴を出迎えに来ていた。この時、小鈴も自分の持つ中で一番地味な着物を着ていた。

「遠いところ、ご苦労様。さあ、行きましょう」

挨拶もそこそこに、多恵は人が集中している出口へと向かった。

「小鈴さん、今ならまだ十一時のバスに間に合うわ。急ぎましょう」

「はい」

二人は混雑する改札口をようやく抜けると、小走りで停車しているバスに乗り込んだ。

「ああ、これで一安心。疲れているところを急がせてしまってご免なさいね」

「いいえ」

乗車口近くの席に二人並んで座ると、やっと多恵に笑顔が戻った。

「何しろ、弟さんが昼すぎには家に来るという連絡が入ったものだから、あなたと行き違いにでもなったらそれこそ大変だと思って気が気でなかったの」

まだ少し息を切らせて多恵が言った。

「いろいろご心配をおかけしてすいません」

「でももうこれで大丈夫、必ず弟さんに会えますよ」

「はい」

バスが発車するなか、ほっとした表情で多恵は小鈴にそう言ったが、小鈴はまだ安心することができなかった。

四

「ごめんください」

二人が呉の家に着き、まだいくらも経たないうちに突然その時はやってきた。玄関に若者の快活な声が響いた。

「はい」

そう言いながら多恵は小鈴にうなずくと玄関へ向かった。小鈴も多恵に続いた。

「失礼します。お届けものをお持ち致しました」

そこには日焼けした顔に白い水兵服が凛々しい若者が立っていた。若者は多恵を見ると一礼して、持ってきた包みを渡そうとした。しかし多恵はそれを受け取ろうとせず、優しい表情で若者を見つめていた。若者は多恵の後ろに立つ美しい女に気づき、あらためて一礼した。

「一二三さん。あなたのお姉さんよ」

多恵が穏やかに言った。

「正」

小鈴は声を詰まらせて言った。しかし一二三一等水兵は、すぐには二人の言うことを理解することができなかった。

「ねえちゃん」

少し間をおいてからようやく一二三一等水兵は、目の前のきれいな女が子供の時に別れたきりの自分の姉、すずであることが分かった。弟の眼が自分を姉だと分かった瞬間、小鈴の眼から大粒の涙が堰を切ったようにこぼれ出した。多恵も小鈴の気持ちが痛いほど分かり、涙を堪えることができなかった。もらい泣きする多恵はようやく気を取り直し、小鈴の肩にやさしく手を添えた。

「どうしたの、泣いていては話もできないわよ」

両手で顔を覆い泣きじゃくる小鈴は多恵の言葉に、ただうなずくことしかできなかった。

「十年以上も離れ離れだった姉弟がようやく会えたのですものね。さあさあ、こんなところに立っていないで早くお上がりなさい」

多恵は一二三一等水兵から包みを受け取ると、家に上がるように促した。

「それから、わたしはちょっと出かけてきますから、姉弟水入らずで積もる話をしてちょうだい」

多恵はそのまま玄関へ下り、小鈴にそう言った。

「奥様」

「いい、遠慮はなしよ」

多恵は幼い頃に別れたきり会うこともなかった姉弟を、少しの間でも二人きりにしてあげたかった。

「ありがとうございます」

一二三一等水兵はそう言うと多恵に深く一礼した。

五

多恵は近所の店を回り、魚や野菜などの買い物をして家に戻った。多恵が玄関の戸を開けると小鈴が出迎えた。

「近くのお店でお昼のおかずを買ってきたの、お腹空いたでしょう、今仕度するわね。あら、弟さんは」

一二三一等水兵の靴がないことに気づいた多恵は小鈴に尋ねた。

「今しがた帰りました」

荷物を受け取りながら小鈴が淡々と答えた。

「帰った。だってさっき来たばかりじゃないの。ゆっくりお昼でも食べていってもらおうと、こうして買い物もしてきたのに」

多恵は手を止めて小鈴の顔をまじまじと見ながら言った。

「どうもすみません」

小鈴は視線を下へ逸らすとそう言った。

「あなたが謝ってどうするの。でもなんでまた、十年ぶりに会えたっていうのに」

念願の再会だというのに呆気ないこの結末が、なぜだか多恵には分からなかった。

「弟は自分が艦に帰るのが遅れると皆に迷惑がかかるからって」

「だからってそんなに急いで帰ることはないのに」

多恵は一二三一等水兵が帰ってしまったことがとても歯がゆかった。しかしそれが徐々に自責の念へと変わってきた。

「わたしがもう少し段取りをつけておけばよかったわね。ごめんなさいね小鈴さん」

新兵のうえにまっすぐな気持ちの一二三一等水兵を留まらせるためには、艦長の妻である自分の一言が足りなかったことを多恵は後悔した。

「とんでもない。会えないはずの弟に会えたんです。あたしはそれだけで満足です」

そんな多恵を小鈴が気遣った。

「でもわざわざ東京から会いに来たっていうのにこれじゃ」

それでも多恵は、僅かな時間で一二三一等水兵を帰らせてしまった自分の至らなさが、どうしても許せなかった。

「いいんです。それに渡したいものも直接渡せましたし、奥様には本当に感謝しています」

小鈴は多恵を、なんとか納得させようとした。

「そうね、また機会はあるわね」

口惜しさが残ったが、小鈴の気持ちを酌み取って多恵がそう言った。

「はい」

小鈴にも多恵の気持ちがよく分かった。

「それから、一つお願いがあるんですが」

話題を変えるように小鈴が切り出した。

「なに、小鈴さん」

「今日は呉に泊まって明日の汽車で帰ろうと思うんですが、どこか安い宿を教えていただけますか」

「なに言っているの、みずくさい。今日はどうしたって家に泊まってもらいますよ。それに夜には主人も帰るでしょう。主人にも会っていってくださいな」

多恵は初めから小鈴にこの家に泊まってもらうつもりだった。

「いいえ、こちらにご厄介になるわけには参りません」

小鈴は初めからこの家に泊まるつもりはなかった。

「どうして」

「こんな大事な時にあたしのような者がご夫婦の邪魔をするわけにはいきません」

小鈴はこれ以上多恵に迷惑をかけたくなかった。

「小鈴さん、そんなことを気にしていたの。遠慮はなしにしてちょうだい」

多恵の言葉に嘘はなかった。

「でもあたしは芸者です。なんで奥様はこんなあたしにこれほど良くしてくださるんですか」

本来であれば仇にもなりかねないはずの客の妻の親切が、小鈴にはなぜだか分からなかった。

「なんでって、きっかけはどうあれ身内が同じ軍艦に乗る者同士、助け合うのは当然。それに、」

そこで多恵は言葉を切った。

「それに」

小鈴はこのあとにこそ真の理由があると思った。

「あなたに初めて会った時から、自分でもよく分からないのだけど、なんて言うか、他人事とは思えない縁を感じるの」

多恵は感じたままを言った。

「縁」

小鈴はその言葉を不思議に思った。

「そう、上手くは言えないのだけど、わたしとの縁を」

多恵が注意深く言った。

「あたしと奥様との縁ですか」

小鈴はさらに不思議に思った。

「何か大きなちからのような」

多恵が言った。

「大きなちから」

小鈴は多恵の言葉を繰り返した。

「とにかく、今日はゆっくりしていってちょうだい」

多恵が諭すように小鈴に言った。

六

その日の夜、いつもよりも少し贅沢な食事の用意をすませて、二人は直江艦長の帰りを待っていた。午後七時を過ぎた頃、電話のベルが鳴り、多恵が廊下にある電話に出たあと、小鈴のいる居間へ戻ってきた。

「加藤さんから。主人は今日は帰れないって」

電話は艦長付きの下士官、加藤兵曹長からだった。

「そうですか」

小鈴はただそう答えた。

「でも明日は、なんとしてでもお連れしますって。仕方がないわね、私たちだけでいただきましょう」

そう言う多恵の横顔は正直寂しそうだった。

「はい」

二人は三人分の料理が用意された食卓で静かな夕食を始めた。おのずと多恵の口数が少なくなった。

「直江様にお会いできないのは残念ですけど、でも少しほっとしてます」

そんな静寂の中、小鈴が言った。

「どうして」

多恵がちからなく尋ねた。

「どう考えてもやっぱりあたしは邪魔者ですから」

小鈴は少し自分を卑下するように言った。

「まだ、そんなこと言っているの。とにかく、今日は女二人。気楽にやりましょうね」

多恵がようやく割り切ったように言った。


夕食が終わると小鈴は入浴をすませ、自分に用意された部屋で髪を乾かしていた。呉までの長旅で身体は疲れきっているはずなのに、気持ちが高ぶっているせいか眠くはなかった。小鈴が今日の出来事を思い返していると襖の向こうから声がした。

「小鈴さん、ちょっといいかしら」

「はい、どうぞ」

小鈴が浴衣の裾を整えて座り直すと多恵が静かに襖を開けた。

「ごめんなさいね、疲れているのに。まだ明かりがついているようだったから。なんだか寝付けなくて」

「あたしも同じです。それに仕事がら早い時間に寝ることなんてありませんから、気にしないでください」

「そう、ならちょっとだけいいかしら」

そう言って多恵が部屋に入ってきた。

「わたし昼間はああして気丈にしてられるのだけれど、夜になると、なんだか急に心細くなってしまって。だらしないわね」

小鈴の向かいに座りながら多恵は少し弱みを見せた。

「奥様、普段はこの家にお一人ですか」

「ええ、主人はこのとおり滅多に帰らないし、両親はこの戦争が始まる前に亡くなりました。それに私たち夫婦には子供がないから」

小鈴の問いに多恵が答えた。

「そうでしたか、この広い家に奥様お一人じゃ寂しいのも無理はありません」

「だからこうしてあなたにいてもらえると、とても心強いわ。ねえ小鈴さん、あなたのように幼い頃から苦労してきた人から見ると、わたしは苦労知らずの奥さんに見えるでしょうね」

多恵は不思議と小鈴には自然に自分のことを話すことができた。

「いいえ」

小鈴は首を少し斜めに振った。

「えっ、」

多恵には小鈴の返答が意外だった。

「あたしには奥様は、そんなふうには見えません」

小鈴は多恵を見るとそう言った。

「そう、どうして」

多恵は普段、周りの者たちから言われるのとは違う小鈴の答えの理由を知りたかった。

「辛い思いをした人にしか、他人の辛さは分かりません。でなけりゃあたしのような者に、これほど優しくしてくれるわけがありません。あたしに優しくしてくれた人は数えるほどですが、そういう人は皆本当に苦労をしてきた人です。自分で苦労したなんて言う人に、本当の苦労をした人なんていやしません。意地悪や卑屈な人は本当の苦労なんてしちゃいない。当たり前のことを自分で勝手に苦労だと思ってるだけです」

小鈴は芯のある声でそう言った。

「優しい人は辛い思いをした人です」

小鈴は視線を多恵に戻しながら穏やかに言った。

「小鈴さん、ありがとう」

「いいえ、お礼を言うのはあたしの方です」

小鈴がそう言うと多恵が話し始めた。

「わたし、二十歳の時に東京からこの家に嫁いだの。海軍にいた叔父の口利きでわけも分からないまま。主人とも一度きり会っただけで結婚したのよ。それでも白無垢を着た時はただただ嬉しくて、だって女ですもの。なのに実家の父が式の前に白無垢は武家の死に装束、他家に嫁ぐお前は生きて実家に戻っては来るなって。それを聞いたら急に悲しくなって、嬉しい気持ちもけしとんで、知らない土地へ行って一人ぼっちで、もう帰る家もないのかと思うと涙が止まらなくて」

こんな寂しげな多恵の姿を、小鈴は今まで見たことがなかった。

「結局、嫁いでから初めて実家に帰ったのは、十年経って父が亡くなった時だった」

多恵は昔を懐かしむのではなく、誰にも言わずに胸にしまっておいたことを淡々と小鈴に話していた。小鈴もまた、それを自分のことのように聞いていた。

七

翌日の夜、直江艦長は加藤兵曹長の運転で自宅へ向かっていた。出撃が近い最中、艦を離れる気など毛頭なかった直江艦長だったが、幹部士官たちの強い勧めで一晩だけ家に帰ることになった。これには日頃自分たちの女房に何かと良くしてくれる艦長の妻、多恵を気遣う加藤兵曹長の周到な根回しがあった。直江艦長は車を降りるといつものように玄関の戸を開けた。

「お帰りなさいませ」

そこには多恵ではなく、小鈴がいた。

「小鈴じゃないか。お前、呉に来ていたのか」

小鈴がここにいることなどまったく予期していなかった直江艦長は、素直に驚いた表情を小鈴に見せた。

「はい、奥様に呼んでいただきまして、昨日からこちらにご厄介になっております」

小鈴にいつもの赤坂芸者らしい艶が戻った。

「そうか」

そう言いながら直江艦長は家に上がった。

「このたびは直江様と奥様のご配慮で十年ぶりに弟にも会うことができました。本当にありがとうございました」

小鈴は三つ指をついて、あらためて直江艦長に礼を言った。

「俺は何もしておらんよ。ところで多恵は」

そう言うといつもとは違い、鞄を自分で持ったまま直江艦長は居間に入った。

「奥様は先ほど婦人会の方が見えまして一緒にお出かけになりました」

直江艦長の後ろを歩く小鈴が言った。

「そうか、客をほったらかして出かけるとはしょうがない奴だな」

直江艦長は着替えずに軍服姿のままで腰を下ろした。

「いいえ、奥様も断るに断りきれないご様子で、この通り夕食の仕度も大方奥様がなさいました。あとはあたしがしますので、直江様はそれまでお湯にでもお入りになっていてくださいまし」

小鈴も直江艦長の向かいに座るとそう言った。

「なんだ、おまえにそんなことまでさせるとは」

直江艦長が軍帽を取ると、小鈴が両手でそれを受け取った。

「とんでもない、あたしが奥様にしていただいたことに比べれば、こんなことは他愛もないこと、さあさあ、直江様は冷めないうちに早くお湯にお入りください」

小鈴はそう言うと立ち上がり直江を促した。

「そうか、じゃあ風呂にでも入るとするか」

そう言って直江艦長も立ち上がった。

「はい」

小鈴の笑顔が輝いていた。


小鈴が食事の仕度をしていると、しばらくして直江艦長が風呂から上がってきた。

「ああ、いい風呂だった。なんだ、まだ多恵は戻らんのか」

浴衣姿で短く切った髪を拭きながら直江艦長が言った。

「せっかくの食事がこれでは冷める。さあ、始めるとしよう」

「よろしいのですか」

「構わんよ。どうせ女同士、時間も忘れておしゃべりに夢中なのだろう。待っていては夜が明ける」

そう言って直江艦長は食卓の前に座った。

「では、御一つどうぞ」

小鈴は直江艦長の隣に座ると、懐かしい小瓶を差し出した。

「うん、風呂上がりのビールならぬサイダーか。小鈴、気が利くな」

直江艦長は笑顔でコップを持った。

「はい」

ビールならぬサイダーを注ぐ小鈴はまさに水を得た魚のようだった。

「しかしお前との縁も不思議なものだな。考えてみればまだいくらも会ってはいないというのに、まるで何年も知った仲のようだ。それに赤坂芸者のお前と、こうして呉の自宅で会っているのだからな」

美味そうにサイダーを飲み干しながら直江艦長は言った。

「はい」

それに小鈴が笑顔で応える。

「ところで初めて会った日のことだが、お前、俺が弟の艦の艦長と知って菊乃と二人で仕組んだな」

直江艦長は二杯目のサイダーを飲みながらそう言った。

「はい、あたしも芸者の端くれ、そのぐらいのことはさせていただきます」

小鈴は悪びれずに、さらりと言ってのけた。

「こいつ、言ったな」

そう言う直江艦長もなぜか嬉しそうだった。

「でもあたしも仕組みはしましたが、直江様にあっては咲くはずのない花が咲いてしまいました」

小鈴は真面目な顔で言った。

「よくもぬけぬけと、さすが赤坂でも一、二を競う芸者だけのことはある。どこまでが本当でどこからが嘘だかさっぱり分からん」

そう言うと直江艦長は料理に箸をのばした。

「あたしが直江様に言うことは全部本当のことでございます」

また小鈴が真面目な顔で言った。

「分かった、分かった、お前が言うなら、そういうことにしておこう」

直江艦長は口では小鈴に勝てないことを思い出した。

二人が食事を始めてから、もうだいぶ時間が経っていた。

「さて、飯も終わるというのに多恵の奴にも困ったものだな」

直江艦長がいつまでも帰ってこない多恵にしびれを切らしてそう言った。

「直江様もさぞお疲れのことでしょう。よろしければここを少し片づけますので、お部屋でくつろがれてはいかがですか」

そう言うと小鈴は立ち上がり直江艦長を寝室に促した。

「これじゃ誰が女房か分からんな」

そう言いながら直江艦長も立ち上がる。

「さあ、」

小鈴は襖を開けると、寝室へ向かう直江艦長を見送った。

直江艦長が寝室に移ってしばらくすると襖の向こうから声がした。

「あの、片づけが終わりましたので、あたしもお湯をいただいてもよろしゅうございますか」

襖を開けずに小鈴がそう言った。

「ああ、ご苦労だったな。そうしてくれ」

直江艦長も襖越しにそう言った。

「はい」

直江艦長は襖越しに聞こえる小鈴の声がなぜか耳に残った。

寝室の直江艦長は布団の中で本を読んでいた。小鈴が去って一時間ほどしてから襖の向こうに人の気配がした。

「失礼します」

小鈴の声だった。そう言うと小鈴が静かに襖を開けた。

「結構なお湯加減でございました。あたしも休ませていただいてもよろしゅうございますか」

廊下にかしこまり、髪を綺麗に束ねた湯上がりの小鈴は、なんとも美しかった。

「ああ、そうしてくれ」

直江艦長は上体を小鈴の方に向けるとそう言った。

すると小鈴は立ち上がり、敷居をまたぐと後ろ手に襖を閉めた。そしてしなやかに直江艦長に近づくと、すっと布団の中へ入ってきた。

「おいおい、どうした」

「今夜はここで休ませてください」

小鈴は自分の洗い髪をそっと直江艦長に近づけるようにして言った。

「ここで休む。おい無茶を言うな。仮にもここは俺の家だぞ、それにじき多恵だって帰ってくる」

直江艦長は小鈴の髪が多恵とはまた違う香りがすると思った。

「奥様が帰ってこなければ、ここにいてもいいんですか」

憂いを含んだ声で小鈴が言った。

「何を言ってるんだ」

そう言いながら直江艦長は、小鈴の身体が指を動かすだけですぐ触れるところにあると思った。

「あたし、一つだけ直江様に嘘を言いました」

「嘘」

「今夜、奥様は帰ってはきません」

「帰ってこない。いったいどういうことだ」

「奥様は今夜、大阪の親戚の家にお泊まりで、ここへは帰ってはきません」

「大阪の家に泊まる、どうして」

「あたし、奥様にも一つだけ嘘をつきました。今日、直江様がお帰りにならないって加藤さんから電話がありましたって。そうしたら大阪の親戚で不幸があったから今日一日だけ留守番をしてくれないかって」

小鈴は悪びれずに、さらりと言った。

「お前どうしてそんな嘘を」

直江艦長は身体を起こして小鈴の顔を見た。

「あたしは芸者です。悪い女です。そのぐらいの嘘は平気でつきます。そうでもしなきゃ直江様と二人で会うことなんてできやしません」

「小鈴」

直江艦長は小鈴の真意が分からなかった。

「あたしは十四で借金の形に芸者に売られた女です。それから十年芸者をやってきて、男の汚いところを嫌というほど見てきたんです。あたしが本気で男を好きになるなんて、どう転んだってありゃしません。まして弟のために仕組んだ相手のあなた様ですから」

そう言うと小鈴は身体を起こしたが、その時、浴衣の胸元が少し乱れた。

「あたし自身が一番そう思っていたのに。なのに直江様は違ってた。あたしが見てきたような男じゃなかった。仕組んだはずが、まさか自分の気持ちを抑えきれなくなるなんて。芸者だって女です。本当に人を好きになっちゃいけないんですか。好きな人に抱かれちゃいけないんですか」

そう言うと小鈴は直江艦長をまっすぐに見た。

「これはあたしにとって生涯一度きりの恋なんです」

「小鈴」

直江艦長は小鈴をただじっと見つめていた。

「でも、あたしだって馬鹿じゃありません。芸者が堅気の人とおんなじように幸せになれるなんて思っちゃいません。あたし、直江様にご迷惑なんてかけたりはしません。あとになってわがままなんて決して言いやしませんから。後生ですから、あたしのことが嫌いでなけりゃ、あたしの夢を叶えてください。せめて今夜だけは直江様の奥さんにしてください」

「小鈴。もう何も言うな」

直江艦長は小鈴を引き寄せると強く抱きしめた。

八

翌朝、大阪から呉に向かう汽車の席で、多恵は一人外の景色を眺めていた。こうして車窓に映るのどかな里山を見ていると、今が戦時下であることが嘘のように感じられた。そして多恵は一昨日の夜の小鈴との会話を思い出していた。

「結局、嫁いでから初めて実家に帰ったのは、十年経って父が亡くなった時だった」

「辛かったでしょうね」

小鈴は多恵の気持ちを思いやった。

「ううん、今のはただの愚痴。本当に辛いのはそんなことじゃない」

そう言って多恵はこの十年間を思い返していた。

「二年前に亡くなった姑はそれは厳しい人で、軍人の、いいえ武家の妻とはなんたるかを徹底して叩き込まれたわ。とにかく主人は結婚当初から艦隊勤務で家に帰ってはこなかったから、嫁いだその日から朝から晩まで姑と二人きりの生活。まったく誰と結婚したのか分からないくらい。それに義父はすでに亡くなっていたから、姑はわたしに自分の知っていることのすべてを教え込むことに必死だった。まあそれが自分の務めと信じていたのね。来る日も来る日も嫁修業と嫁奉公ばかり。およそ結婚生活なんて呼べるものはなかった」

ここまで言うと多恵は、あらためて小鈴を見た。

「でもそんなことは、どこの嫁でも多かれ少なかれ経験すること。姑に何を言われても、大抵は我慢することができました」

　多恵は何か意を決したようだった。

「だけど一番辛かったのは、どれだけ嫁奉公を尽くしても嫁の第一の仕事を果たしていないと言われること。わたし、とうとう直江の子を産むことができなかった」

「奥様」

　小鈴には多恵の辛さが自分の身体に刺さるように感じられた。

「軍人の、武家の家に嫁いだからには子を産むのが嫁の第一の仕事。それができぬ嫁など要らぬと」

「そんな、」

「わたし、それを言われるのが」

「でもそれは奥様だけのせいでは」

　小鈴はなんとか多恵をかばいたかった。

「ううん、わたしも十年子ができなくてさすがに心配になって、木村さんの奥様に相談したら、一度診てもらった方がいいと帝大の先生を紹介していただいて。そうしたら、あなたは子供ができにくい身体だって。子供を産むのは難しいって。目の前が真っ暗になった。そこからどうやって帰ってきたかも覚えていないの」

「奥様」

小鈴は多恵にかける言葉が見つからなかった。

「どうしても、姑には言い出せなくて。でも覚悟を決めて主人には打ち明けたの。わたしは子供を産めない女です。このうえは離縁するか外に子をつくってください。それがあなたの、直江家のためですからって。そうしたら主人、すべてが思い通りにはいかないって。それに医者の診立て違いもあるからって。それを聞いて気づいたの。姑に言われるから、嫁の義務で子供が欲しいのではなくて、わたしこの人の子供が欲しかったんだって。女に生まれて好きな人の子が欲しいのは当たり前ですもの」

多恵は訴えるような眼で小鈴を見た。

「でもこうして戦争が始まってみると、姑の言っていたことが身に沁みて。このままではわたしがどうこうではなくて、あの人の血が途絶えてしまう。もう申し訳ないではすまない」

気づくと多恵は小鈴の両手を強く握っていた。

「奥様、直江様はみんな分かってくれているはずです。だって優しいお方ですから」

小鈴はそう言って多恵の手を握り返した。

「優しいから、なおさら辛いの。わたしはあの人の血も残せないで、このまま戦場に送り出すわけにはいかない」

多恵は、あらためて小鈴の眼を見た。

「どうしてもあの人の子が欲しい。たとえ自分が産むことができなくても」

「奥様」

そして二人のあいだに沈黙がながれた。

「奥様、いいえ多恵様。あたしを本当に身内だと思ってくれますか」

小鈴が何かを確かめるようにそう言った。

「小鈴さん」

「多恵様はあたしのような者の行く末がどんなものかご存じですか。生涯芸者で終わるか、お金で妾にされるか。どっちに転んでもいつ消えてもおかしくないロウソクの火のような一生です」

多恵の苦しみを聞いて、小鈴も自分のことを話し始めていた。

「だけどこんなあたしでも、人並みに夢を見ることだってあるんです。他人には言えない、いいえ言っても仕方がない叶うわけもない夢を」

「小鈴さん、良かったらわたしに話してくれない」

多恵は少し落ち着きを取り戻していた。

「あたし、さっき多恵様の話を聞いて耳を疑ったんです。だって偉い軍人さんの奥様の夢と、あたしのような芸者の夢が同じだなんて」

「小鈴さん」

「あたし子供が欲しい。一度でいいから自分の子供をこの手に抱いてみたい」

小鈴は多恵をまっすぐに見て言った。

「だってあなたは将来、自分の子供を持つことだってできるじゃない」

「いいえ、たとえ身請けされたって、誰も妾のあたしが子供を産むことなんて望んじゃくれません。それに子供ができたとしても、好きでも立派でもない人の子を、周囲の誰からも望まれずに産むことになるんです。生まれてからだって妾の子、芸者の子と一生そしりを受けながら。そんな惨めな思いを自分の子にさせたくはありません」

小鈴が思いつきで言っているのではないことが、多恵にはよく分かった。

「八方ふさがり。だからあたしには自分の子を産むことなんて一生できない、そう思って生きてきたんです」

今度は小鈴が多恵をしっかりと見て言った。

「でも多恵様の話を聞いてあたし思ったんです。多恵様に会ったのも、ここに来たのも本当に神様のお導きなんじゃないかって。だって多恵様が言った、たとえ自分が産むことができなくても直江様のお子が欲しいというのが本当なら、叶うわけのないあたしの夢がみんな叶うって。もしあたしが直江様のお子を授かることができれば、あたしは立派な父親を持った子を望まれて産むことができる。しかも芸者の子と言われることもなく、名家の子としてその子は生きていけるんです」

「小鈴さん、あなた」

多恵は小鈴から強い意志を感じていた。

「多恵様が承知ならあたしは本気です。多恵様が言っていた縁を、大きなちからをあたしは信じます。お子を授かれない多恵様と産めても育てられないあたしを、きっと神様がお引き合わせくださったとあたしは信じます」

それを聞いて多恵は何も言わずに小鈴の部屋を出た。その夜、多恵は一睡もすることができなかった。

九

翌朝、多恵と小鈴は簡単な朝食をとっていた。昨夜のこともあり、二人は会話らしい会話もなく気まずい雰囲気の中にいた。朝食のあと、台所で洗い物をする多恵に小鈴が食器を運んできた。

「小鈴さん、わたし今日は大阪の親戚のところにどうしても泊まらなきゃならないの。悪いけど一日だけ留守番をお願いできるかしら」

多恵は洗い物を続けながら後ろに立つ小鈴に言った。

「はい、分かりました」

小鈴はただ、そう答えた。

多恵はいつものバス停で降りると自宅へ向かって歩き始めた。いったいどんな顔をして小鈴に会ったらいいのか。昨夜のことをなんて聞けばいいのか。どうしてこんな馬鹿なことをしたのだろう。多恵は自分の家なのに帰ってはいけないような気持ちになっていた。

そうこう考えるうちに、いよいよ家に着いた。何もわたしがびくびくする必要などない。多恵は自分にそう言い聞かせると玄関の戸に手をかけた。しかし戸には鍵がかかっていて開けることができなかった。

多恵は一瞬、どうすべきか迷った。だが落ち着いて考えてみれば、この時間まで小鈴が家の中で寝ているとは思えない。多恵はふと思い出し、小鈴に教えておいた鍵の隠し場所の植木鉢をどかしてみた。すると、そこに鍵があった。

多恵はその鍵を使って戸を開けた。がらんとした家に人の気配はなかった。丸一日と空けてはいないのに随分時間が経ったような気がした。それにいつもと何も変わらないはずなのに、なぜか他人の家にでも上がるような気さえした。

居間に入ると、きちんと片づけられた部屋のお膳の上に一枚の紙が置かれていた。多恵は小鈴の置き手紙であろうその紙をそっと手に取った。手紙は折り目のついた半紙に書かれていた。

「たえ様　このたびのごおん、けしてわすれません。正が直江様のふねにのることがどんなに心づよいことかしれません。ほんとうにありがとうございました。すずはくれでとてもしあわせでした。たえ様のゆめがどうかかないますように。　すず」

第三章

一

　昭和十七年春、帝國海軍巡洋艦鈴谷は呉港を出撃すると二隻の駆逐艦を従えて、針路を東にとっていた。夜の艦内は暗闇に目を慣らすための赤い常夜灯が僅かにあるだけで薄暗く、重く油の臭いがたちこめていた。一二三正一等水兵は艦底に近い部屋で束の間の休息をとっていた。一二三一水は出撃前に、子供の時に離れ離れになっていた姉と十年ぶりの再会を果たした。そして一二三一水は息苦しい艦内でその時のことを思い出していた。

「どう、軍隊は辛い」

　小鈴がようやく弟、正に切り出した。

「いいえ、同期のみんながいますから」

　正の言い方はどこか他人行儀に聞こえた。

「そう、何か欲しいものはある」

　少し間をおいてから小鈴が尋ねた。

「いいえ」

正はそう答えると、初めて小鈴を見た。

「自分が出撃したら、必ず兄ちゃんたちの仇をとってきます」

正は男として姉に、このことだけは伝えておきたかった。

「そんなことはいいから、元気で必ず帰ってきなさい。それから田舎の父ちゃん、母ちゃんを悲しませるような無茶だけは絶対にしちゃだめよ。父ちゃん、母ちゃんは本当にあんたのこと心配してんだから」

そう言われて正は自分がどこか子供扱いされているようで、小鈴の言いようが気に入らなかった。

「姉ちゃんは、父ちゃんや母ちゃんのこと憎くないのか」

「ええ」

弟の身を案じていた小鈴は、突然の正の言葉に驚いた。

「だって父ちゃんや母ちゃんは、借金の形に姉ちゃんを売ったんだぞ」

「正」

「俺は父ちゃんや母ちゃんが嫌いだ。父ちゃんはそんな姉ちゃんに感謝するどころか、当たり前みてえな顔して姉ちゃんからの仕送りで酒買って飲んだくれてるし。母ちゃんはただそれを見てるだけでなんにも言わねえし。これじゃ、姉ちゃんがあんまり可哀想だ。もう仕送りなんてすることねえよ」

「もうやめて」

小鈴は正の両親への怒りを、もうそれ以上聞きたくなかった。

「そんなこと言われたら、あたしの方が惨めになる」

両親への不満を聞くために、小鈴ははるばる東京から弟に会いに来たわけではなかった。

「俺、艦に戻る。俺が遅れるとみんなに迷惑がかかるから」

正は姉に兄たちの仇をとろうという意気込みを誉めてもらいたかったのだ。

「待って、これ。これは大事なお守りだから肌身離さず持ってんだよ。無事にかえる。それに蛙は決して溺れないから」

行こうとする正に、小鈴はそう言って蛙のお守りの入った小袋を手渡した。正は無言でそれを受け取った。幼い頃に別れた姉弟の溝は簡単には埋まらなかった。


短い休息を終え、一二三一水はまた忙しく働き始めていた。しばらくすると、艦内放送が流れ、これから艦長訓辞があると伝えた。九百名を超える鈴谷の乗員は、一斉にその場で気をつけの姿勢をとり放送を待った。初陣の一二三一水は緊張で顎が震えぬように奥歯を噛み締めていた。

「艦長の直江である。本艦はこれより太平洋上において我が艦隊と合流する。目的はただ一つ、敵艦隊のせん滅である。祖国に暮らす家族や婦女子を守ることは、日本男児にとってこの上のない誉である。これ以上日本に近づく敵は俺たちが沈める。以上だ」

艦長の言葉で一二三一水は身体中の血が熱くなった。

「艦長」

兵隊だけでなく、艦橋にいた士官たちもその思いは同じだった。

「今回は若い者も多い。景気のいいやつをやってやれ」

直江艦長は、隣にいた西崎大尉にそう言った。

「はい。おいラッパ手、軍艦マーチだ」

西崎大尉の声でラッパ手が軍艦マーチの前奏を高らかに吹くと、九百名の大合唱が鈴谷に響いた。やってやるぞという鈴谷乗員の士気は極めて高かった。

二

東京赤坂の料亭、朧月夜では木村参謀が芸者の菊乃と酒を交わしていた。いつもは賑やかに飲む木村参謀であったが、今日は菊乃と二人きりで過ごしていた。

「失礼致します。御くつろぎのところ、申し訳ありません。木村様にどうしてもお会いしたいという方がみえまして」

仲居は襖を開けると、そう言った。

「俺に」

「はい。もちろんこちらにはいらっしゃらないとお断りしたのですが、西崎少佐と言えば分かるから」

「西崎」

木村参謀の部下に西崎いう者はいなかった。木村参謀が西崎という名で思い当たるのは、会議で何回か同席したことのある情報部の西崎少佐ぐらいだった。

「いかが致しましょうか」

仲居は困り顔で木村参謀に聞いた。

「気を遣わせて悪かったな。かまわん、通してくれ」

「よろしいですか。それでは」

仲居はそう言うと襖を閉めた。木村参謀が菊乃に酌をさせてもう一口、酒を飲んでいると仲居が戻ってきた。

「失礼致します」

そう言って仲居が襖を開けると、そこに立っていた軍人はやはり情報部の西崎少佐だった。そして西崎少佐はその場で腰を折り木村参謀に一礼した。

「突然、押しかけまして申し訳ありません。どうしても早急に参謀殿にお伝えしたいことがありまして」

西崎少佐は座敷に入っても、立ったままでそう言った。

「だろうな。が、よくここが分かったな。俺も我が軍の情報部を甘く見ておったということか」

特別な面識もない西崎少佐に、ここにまで押しかけられた木村参謀は、空の杯を菊乃に差し出しながら、少し皮肉を言った。

「恐れ入ります」

そう言いながらも、西崎少佐は早く用件を木村参謀に伝えたかった。

「で、いい話ではなさそうだが」

木村参謀は手で西崎少佐を自分の前に座るように示し、西崎少佐がそれに従った。

「実は、」

そこまで言うと西崎少佐は菊乃を見た。

「お酒の用意をして参ります」

西崎少佐の人払いを察して、菊乃はそう言うと立ち上がり、座敷を出ていった。

「今入った情報によりますと、南太平洋上において第七戦隊が米艦隊と交戦し、一応の戦果は挙げたものの、我が方にもかなりの損害が出た模様です」

西崎少佐は早速、用件に入った。

「うん、それで」

「はい、味方に航行不能を含む大破した艦船があるなか、艦隊に反転離脱の命令が出されました」

「反転離脱。それでは動けなくなった艦や兵員は」

「戦場に置き去りかと」

「なんだと。誰だそんな馬鹿げた命令を出したのは」

そこまで聞いて、木村参謀は事態の深刻さを感じていた。

「第七戦隊の艦隊司令官です」

「あり得ん、現場の司令官が味方を見捨てたというのか」

「はい」

西崎少佐は確かな情報だというように強く答えた。

「信じられん。帝國海軍の司令官が部下を見捨てて逃亡するなど、」

そこまで言って、木村参謀はこの艦隊の司令官が誰かを思い出した。

「いや、待て、第七戦隊の司令官と言えば、」

「はい、かの御仁です」

西崎少佐は何かと評判の良くない、この艦隊司令官をそう呼んだ。

「まさか。ではあの馬鹿げた噂は本当だと」

「はい、自分も同じ海軍軍人として信じたくはありませんが」

「信じるも何もそんなこと、あってはならんことだ」

木村参謀にとって、帝國海軍の司令官にそのような者がいることは許せなかった。

「そして事態はさらに深刻でして。その命令が出された直後、反転した艦隊の中の一艦が『我、機関故障』という通信を残し艦隊を離れています」

西崎少佐が本件の核心を木村参謀に伝えた。

「それを発信したのは」

「巡洋艦、鈴谷」

「直江が」

木村参謀は現実を受け止めなければならなかった。

「味方を置き去りにする撤退命令が出たあとの艦隊離脱か」

木村参謀は状況をもう一度頭の中で整理してみた。

「はい」

西崎少佐が答える。

「直江らしい、故障などではあるまい。味方を残し、しっぽを巻いて逃げる司令官の命令を無視して、一艦だけで援《たす》けに行ったのであろう」

親友である直江艦長の性格を熟知している木村参謀はそう確信した。

「で、鈴谷は」

「その後、通信がありません」

西崎少佐は正にこのことを木村参謀に伝えたかった。

「そうか」

木村参謀はそう言って少し考えてから、自分に言い聞かせるように言った。

「大丈夫、直江のことだ。みすみす敵にやられたとは思えん。味方を救って必ず帰ってくる」

「はい、自分もそう思います」

西崎少佐もそう思いたかった。

「とにかく、よく知らせてくれた。だが、よく俺と直江の仲を知っていたな」

木村参謀はさして親しくもない西崎少佐が、真っ先に自分に知らせに来たわけを知りたかった。

「いつも弟から、参謀殿と直江艦長のことは聞いておりましたので」

西崎少佐は険しい表情を少し和らげて言った。

「君の弟から、」

「はい、弟も鈴谷に乗艦しております」

直江艦長の補佐役である西崎大尉は、西崎少佐の三つ違いの弟であった。

「そうか、分かった。また何かあったら知らせてくれ」

木村参謀はこの男は信頼できると思った。

「はっ、失礼致します」

西崎少佐も木村参謀の意志を感じ取った。

三

小鈴は客を見送りに玄関まで出ていたが、その帰りにばったり菊乃と出会った。

「あら、姉さん」

いつものように、小鈴は気軽に菊乃に声をかけた。

「ああ、小鈴ちゃん。ちょうどよかった、」

「どうかしたの」

小鈴は菊乃の慌てぶりが少し気になった。

「ううん、なんでもないわ」

菊乃は急に思いとどまるように言葉を濁した。

「何よ、途中まで言っておいて、姉さんらしくないわね。何か隠してるみたい」

「そんなことないわよ。ただ、」

「ただ」

小鈴は間髪入れずに聞き返してみた。

「ただ、あんたに少し頼もうと思ったことがあったんだけど、自分でするからもういいわ。ごめんなさいね」

菊乃の言いようは明らかに不自然だった。

「自分でするって何を」

「いいから、もう気にしないで。じゃあね」

そう言うと、菊乃は急ぐようにその場を立ち去った。

「へんな姉さん」

小鈴がこんな菊乃を見るのは初めてだった。

「あっ、ちょっとお春ちゃん」

「はい、なんでしょう」

ちょうどその時、小鈴の前を仲居のお春が通りかかった。

「あんた、今日の菊乃姉さんのお客さんが誰だったか知ってる」

「はい、木村様です」

お春は聞かれたままを答えた。

「木村様」

小鈴は木村参謀と菊乃の慌てぶりとが、どう繋がるのかと思った。

「今日はゆっくりしていくとおっしゃっていたのにもうお帰りで。きっと菊乃さんと喧嘩でもしたんですかね」

うわさ話が好きなお春は、小鈴の顔を覗き込むようにそう言った。

「そう、ありがとう。もういいわ」

小鈴はそう言うと廊下を歩き始めた。

四

その日、小鈴は菊屋に戻ってからもそのことがどうしても気になっていた。小鈴は菊乃の言葉よりも、慌てたその顔が忘れられなかった。こうなったらはっきり本人に確かめるほかはない。小鈴はそう決めると一階の菊乃の部屋へ向かった。

「姉さん、ちょっといいですか」

小鈴はそう言ってから、襖を開けた。

「小鈴ちゃん」

浴衣に着替え、鏡台に向かっていた菊乃が振り返った。

「今日のお客さん、木村様だったんでしょう。お春ちゃんが途中で帰ったって、お座敷で何かあったんですか」

そう言いながら、小鈴は菊乃の後ろに座った。

「いいえ、何もないわよ」

菊乃は鏡台に向き直り、鏡越しにそう言った。

「そう、それならいいんですけど。何か姉さんの様子がおかしかったから」

小鈴は鏡に映る菊乃を見ながら言った。

「そんなことないわ」

菊乃の言い方は、いつにも増してきつかった。

「ほら、やっぱりおかしい」

「何が」

「だって、なんでもないのにむきになってる」

「別に、むきになんてなってないわ」

そう言いながらも、菊乃は小鈴を見ようとはしなかった。

「うそ、姉さんがそんなおっかない顔するなんて、あたしに何か隠してるんでしょう」

「あんたに隠し事なんてしてないわよ」

小鈴にそう言われて、菊乃は思わず鏡の中の自分の顔を確かめた。

「ううん、そうに決まってる。だって木村様が急いで帰るなんてよっぽどのことよ。きっと何かあったに違いない。何か良くないことが」

そう言ったあと、今度は小鈴の顔が険しくなった。

「直江様のことでしょう。鈴谷に何かあったんですね」

そう言われて、菊乃は身体ごと小鈴の方を向いた。

「小鈴ちゃん、」

初めて小鈴の目を見て菊乃が言った。そして小鈴は慌てた菊乃の一瞬の表情を見逃さなかった。

「船、沈んだんですか」

真剣な面持ちで小鈴が尋ねた。

「何を馬鹿なこと言ってるの。そんなわけがないでしょう」

「だって、」

「いい、小鈴ちゃん。よく聞きなさい。間違ってもそんなこと考えちゃだめよ」

菊乃には小鈴が思いつめている様がよく分かった。

「分かったわ、じゃあ話してあげる。でもその代わり、取り乱したりしないでちゃんと聞くのよ」

こうなったら、自分の知っていることのすべてを包み隠さずに話した方がいいと菊乃は思った。

「今日、木村様のお座敷に軍人さんが訪ねてきて、それで内々の話らしいから席を外したの。で、戻ってみるとまだ話がすんでなくて。あたし次の間で控えていたんだけど聞こえちゃったの」

そこまで言うと、菊乃はあらためて小鈴を見た。

「海で戦があって味方にも被害が出たって。それでその味方を救けに直江様の軍艦が行ったって」

「それで、」

菊乃は注意深く言葉を選んで話した。

小鈴の目は真剣だった。

「話はそこまで。その後のことは木村様にもまだ分からないみたい。だからそれを確かめに、急いで帰ったのよ。そうしたら、そのすぐあとにあんたに会ったもんだから、あたし思わず言いかけちゃって。でも言ったところで、あんたに気を揉ますだけだと途中で思いとどまったの」

菊乃は自分の行いを後悔しながら話した。

「でも、結局はあんたに心配させちまった。小鈴ちゃん、本当にごめんなさいね」

そう言って、菊乃は右手を畳について小鈴に頭を下げた。

「姉さん、鈴谷大丈夫なんですか」

小鈴は菊乃のその右手を両手でつかむと、願うように言った。

「大丈夫に決まってるわ。いい、小鈴ちゃん。人が思ったり、ましてや口に出したことが、本当に起きるのよ。悪いことはなおさらのこと。だから決して悪い想像なんてしちゃだめよ。分かった、いいわね」

菊乃も両手で小鈴の手をしっかりと握っていた。

五

翌日になっても、小鈴の心配は治まるどころか、さらに増していた。菊乃は鈴谷が傷ついた味方を援《たす》けに行ったと言っていたが、それは敵の中に飛び込んだということなのか、それとも敵が去ったあとのことだろうか。そんなことをいろいろと考えてみたところで分かるはずもなく、小鈴はどうしても詳しい話が知りたかった。

やはりこれは木村様に聞く他はない。もちろん芸者がお座敷で見聞きしたことを、あらためて客に尋ねることなど御法度。ましてやそれが軍事に関することならば、なおさらなことぐらい小鈴は百も承知であった。それでもどうしても小鈴は知りたかった。菊乃姉さんなら分かってくれるはず。姉さんなら力になってくれるはず。小鈴はいてもたってもいられずに、菊乃のもとを訪れていた。

「姉さん、今日のお座敷、木村様でしょう」

「そうよ」

菊乃はお座敷の準備の手を止めずに答えた。

「あたし、どうしても心配で、あれからはほとんど眠ることもできなくて、」

小鈴は昨日の話を持ちだした。

「だめよ。あんただってお座敷の決まりぐらい分かってるでしょう」

菊乃は小鈴がみなまで言う前にぴしゃりと言った。

「でも、弟のことを思うともう居たたまれなくて。木村様、他の誰の頼みが無理でも、姉さんだったら聞いてくれるはず。だってあんなに姉さんにぞっこんなんですもん」

それでも小鈴は話を続けた。

「小鈴ちゃん、あたしに床の中で頼めとでも言うの」

菊乃は畳んでいた着物を横へ置くと、小鈴をしっかりと見て言った。

「そんな、」

「あのね、はっきり言うけど、あたしはそんな頼みごとをする気はさらさらありませんからね。それに、たとえあたしが床の中で頼んだとしても、木村様は軍の秘密を話したりするようなお人じゃないわ」

菊乃は珍しく厳しい口調で小鈴に言った。

「じゃあ、どうすればいいの。姉さんがあんなこと言うからあたし」

小鈴は昨日のことを持ちだして菊乃を責めた。

「小鈴ちゃん、そこにお座りなさい。いい、よく聞くのよ」

菊乃にそう言われて、小鈴は仕方なくその場に座った。

「確かにあたしはあんたにお座敷での秘密を話したわ。そしてあんたを苦しめることになった。それはあたしの落ち度です。だからそのことはこうして謝ります」

ここまで言うと菊乃は両手を膝の上において、小鈴に頭を下げた。

「でも、それとこれとは話は別。あたしたち、赤坂芸者が他の芸者衆より高いお花代をいただけるのは、何も芸や器量が少しばかりいいからだけじゃない。お座敷の決まりをしっかり守るからこそ、お客様に安心して遊んでいただけるの。いつも言ってるようにお座敷では見ざる、聞かざる、言わざる」

小鈴に詫びたあとの菊乃は年長の威厳に満ちていた。

「そんなこと分かってます」

菊乃にそう言われて、小鈴は少しふて腐れるように言い返した。

「分かっているなら結構。じゃあもうこの話はお終い。それからあんたは木村様のことを何も分かっちゃいないわ」

「分かってないって」

「木村様が皆の前で見せるのはほんの一面。お客様としてじゃなくて、あたしにとっては本当に大切なお方なの」

「大切」

小鈴は菊乃の言葉が意外だった。

「今は詳しく話さないけど、ぞっこんなのはあたしの方」

「姉さんが」

二人の関係が、木村参謀の一方的なものだとばかり思っていた小鈴は、菊乃の言葉に驚いた。

「これは淡い恋心なんかじゃない」

菊乃の言葉には重みがあった。

「さあ、分かったらあんたも早く仕度をしなさい。ぐずぐずしてるとお座敷に遅れるわよ」

菊乃はもうそれ以上、小鈴に何も言わせなかった。

六

今夜も木村参謀は菊乃と二人で飲んでいた。軍人同士で飲んでいる時の木村参謀は、いつも陽気で冗談を言って過ごしているが、菊乃と二人の時は転じて静かに飲むことが多かった。そしてこの日も木村参謀は時折何か考えごとをしながら、菊乃の酌を受けていた。これは菊乃だけが知る木村参謀の顔だった。そして木村参謀が自分にだけ気を許す様が菊乃は好きだった。菊乃は誰よりも深く木村参謀を理解していた。

「失礼します」

そう言って障子を開けたのは仲居ではなかった。

「小鈴ちゃん、」

菊乃は自分の目を疑った。

「なんだ、小鈴。久しぶりだな」

木村参謀はいつもの皆が知る木村参謀に戻っていた。

「はい、ご無沙汰致しております。でもそれは木村様のせいですよ」

「俺のせい」

「はい、いつも菊乃姉さんばかりで、あたしなんか全然呼んじゃいただけませんし。だからこうして自分の方から押しかけてきたんです」

「押しかけ女房ってわけか」

木村参謀は突然の小鈴の言動を不審に思ったが、知らぬ顔で話を合わせた。

「はい、ご迷惑ですか。御一つどうぞ」

そう言うと小鈴は、すっと菊乃とは反対側に座ると銚子を持ち、木村参謀に酒を注いだ。

「赤坂一を競う芸者二人で両手に花とは、随分俺も男っぷりを上げたもんだな」

木村参謀は一見、満足そうにそう言った。

「そうですよ、今日こそは姉さんかあたしかはっきりしてもらいますから」

「なんだ、お前をとったらどうなるんだ」

「いじわる、女のあたしに言わせるんですか」

小鈴は少し木村参謀に寄りかかるようにして、そう言った。

「小鈴ちゃん、どうしたの。珍しく酔っ払っちゃったの」

菊乃は小鈴の魂胆をとうに見抜いていた。

「酔ってなんていやしません。あたしだって木村様と飲みたいんです。ねえ、木村様」

小鈴は菊乃にお構いなく話を進めた。

「さあさあ、挨拶はもうすんだでしょう。あんたのお座敷は向こうですよ」

「いいえ、あたしのお座敷はここです。ねえ、木村様」

「小鈴ちゃん。さあ、行きましょう」

「いいえ、行きません」

「いい加減にしなさい」

今まで小鈴を諭すように言っていた菊乃の口調がついに変わった。

「ねえ、あたしがいてもいいですよね。木村様」

それでも、小鈴はやめようとしなかった。

「ここはあたしのお座敷です。これ以上は許しません。さあ、早く出ていきなさい」

菊乃は客の前では見せたことのない厳しさで小鈴に言った。

「木村様、どうかあたしの頼みを聞いてください」

小鈴は姿勢を正すと、三つ指をついて木村参謀に言った。

「小鈴、やめなさい」

菊乃は断じてそれを許さなかった。

「まあ、待て菊乃。小鈴がそうまで言うなら聞いてやろう」

木村参謀は最初から、小鈴がただ挨拶に来たわけではないことは分かっていた。

「実は、」

小鈴がそう言いかけた時、菊乃が割って入った。

「木村様、お待ちください。悪いのはあたしなんです。小鈴はただ心配なだけで、なんの考えもないんです」

菊乃は必死で小鈴を止めた。もし小鈴がお座敷の決まりを破れば、大変なことになることは菊乃には分かっていた。

「菊乃、お前あの時の話を聞いていて小鈴に話したな」

木村参謀はそれまでの様子で、小鈴が何を言いたいのか分かった。

「申し訳ありません。みんなあたしが悪いんです。どうか小鈴を堪忍してやってください」

菊乃は小鈴をこのような行動に走らせたのは、全部自分のせいだと思った。だからこそ自分が木村参謀に詫びて、なんとかこの場を収めたかった。しかしそんな菊乃の思いは、小鈴には届かなかった。

「木村様、お願いです。直江様が、鈴谷がどうなったか教えてください」

とうとう小鈴はお座敷の掟を破った。

「馬鹿もん。軍事上の機密を芸者に話すと思うか」

木村参謀が小鈴を一喝した。

「鈴谷、大丈夫って言ってください」

それでも小鈴は食い下がった。

「小鈴」

菊乃は立て膝で前に出ると、小鈴の頰を平手打ちした。それから振り返ると木村参謀に向かってかしこまり、三つ指をついた。

「この責任はすべてあたしにあります。あたしがこの子に話したりしなけりゃ、こんなことには。小鈴は自分が何をしているのか分からないんです」

そう言うと、今度は顔を上げて木村参謀の目をまっすぐに見た。

「でも、それでも知ったからには居たたまれないんです。あの船には、鈴谷には直江様だけじゃなくて小鈴の実の弟も乗っているんです。どうかあたしからもお願い致します。この子を楽にしてあげてください」

そう言って菊乃は深々と頭を下げた。菊乃は小鈴のために、自らも掟を破った。

「姉さん」

小鈴は菊乃の言葉に驚いた。

「菊乃、お前分かって言っておるんだろうな」

頭を下げている菊乃に向かって、木村参謀はゆっくりと低い声で言った。赤坂芸者にとって、お座敷での会話は他言無用。ましてや理由はどうあれ軍事機密を知りたいなど、言語道断である。

「はい、お咎めはあたしがお受け致します」

頭を下げたまま言ったその言葉には、菊乃の覚悟が見て取れた。木村参謀は一度、腕組みをしてから菊乃に向かってきっぱりと言った。

「分かった。いい機会だ。菊乃、お前とは今日で最後にしよう」

「木村様、」

小鈴が慌てて言い寄ろうとした。

「黙りなさい」

菊乃のするどい声が小鈴を制した。

「菊乃」

木村参謀がもう一度菊乃の名を呼んだ。

「はい」

菊乃がまっすぐに木村を見た。

「これきりだ」

木村参謀は静かに言った。

「はい」

目を伏せて、菊乃が答えた。

「余計な心配などしおって」

木村参謀のその言葉に、菊乃の両眼から涙が溢れ落ちた。

「はい」

菊乃は震える唇で、ただそう答えた。木村参謀は立ち上がると、いつもの場所に掛けてあった軍帽を取った。

「帰る。送らんでいい」

軍帽を被りながら菊乃にそう言うと、木村参謀は座敷を出ていった。

「お待ちくださいませ、木村様」

小鈴はなんとか引き止めようと木村参謀のあとを追った。そして菊乃一人がその場に取り残された。

菊乃は木村参謀の言葉を思い返していた。木村参謀とは本当に終わりなのだろうか。あの優しい木村参謀とはもう会えないのだろうか。芸者と客はこんなにも簡単に終わってしまうのか。

菊乃はさっきの木村参謀とのやりとりが、まだ現実として受け止められなかった。菊乃が一人、ぼんやりと木村参謀の残していった煙草を見ていると、小鈴が座敷に戻ってきた。

「姉さん、どうしよう。あたし、まさかこんなことになるなんて」

小鈴は動揺していた。

「姉さん、どうしたらいいの。ねえ、姉さん」

小鈴はどうしていいか分からずに、菊乃に言い寄った。

「小鈴ちゃん、良かったわね」

取り乱す小鈴に、菊乃は優しく言った。

「えっ、」

小鈴はなんのことだか、分からなかった。

「鈴谷が無事で」

菊乃が言った。

「鈴谷が無事」

小鈴はただ、菊乃の言葉を繰り返した。

「姉さん鈴谷、無事なの」

小鈴は菊乃の言葉を確かめるように聞き直した。

「木村様が、余計な心配だって」

菊乃は木村参謀の言葉の真意を小鈴に告げた。

「余計な心配」

そう言いながら、小鈴はその言葉の意味を考えていた。

「じゃあ、木村様は、」

「あたしの最後の頼みを聞いてくださった」

菊乃は自分に言い聞かせるようにそう言った。

「姉さんの最後の頼み、」

この瞬間、小鈴はすべてを理解した。

「姉さん」

「さあ、分かったら、あたしを一人にしてちょうだい」

堪えていた菊乃もついに涙声になり、最後の言葉は聞き取れなかった。

七

それから数週間後、小鈴は菊屋を出る前に、女将に呼ばれて念を押されていた。今日の客は木村参謀で、もう間違いは許されぬ。むろんあの件以来、木村参謀から声がかかるのは初めてだった。小鈴は何があっても今夜はきちんとお座敷を務めなければと思っていた。ましてそこに菊乃は呼ばれていなかった。小鈴は菊乃に申し訳ないという気持ちとともに、木村参謀の意図が分からぬままお座敷に向かっていた。

どうして、自分だけが呼ばれたのだろう。小鈴は不安の中で料亭の廊下を歩いていた。そして木村参謀のいる座敷の前まで来ると、かしこまった。

「失礼致します」

いざとなると緊張してきた。しかし小鈴は覚悟を決めて襖を開けた。そして三つ指をついて挨拶をし、頭を上げるとすぐ正面に木村参謀の顔が見えた。

「本日はお招きをいただき、誠にありがとうございます」

小鈴はもう一度、頭を下げると丁寧にそう言った。そして頭を上げた瞬間、小鈴は自分の眼を疑った。木村参謀の奥隣の上座にいるのは、紛れもなく直江艦長だった。

「直江様」

小鈴はかすかにそう言うと、まるで雷にでも打たれたように動けなくなり、両方の眼からは勝手に涙が溢れ落ちた。

「おい、見たか。海の英雄は陸に上がってもこの通り、口説きもせずに赤坂一の芸者を見事撃沈したぞ」

木村参謀が嬉しそうに西崎少佐の方を見て言った。

「小鈴、元気だったか」

直江艦長があの懐かしい声で小鈴に話しかけた。

「はい」

小鈴は声を出すのがやっとだった。

「小鈴、泣いてないで早く直江の隣へ行って抱いてもらえ」

木村参謀はからかうように小鈴に言った。小鈴は予期せぬ直江艦長との再会で胸が一杯になり、言葉を返すことができなかった。

「さあさあ、お前たちはこっちだ。そうだな、よしお前にしよう」

そして木村参謀は小鈴の後ろでかしこまる二人の芸者を見ると、手招きしながらそう言った。

「さて、まずは直江の凱旋祝いだ。乾杯」

三人の芸者がそれぞれの座に収まると、木村参謀は酒を注がせて、あらためて乾杯した。

「おい、どうだ直江の腕は」

木村参謀はまだ涙を拭っている小鈴を横目に、同席していた直江艦長の部下、西崎大尉の実兄である西崎少佐にそう言った。

「はい、直江艦長の腕前にも感服致しましたが、それにしても噂には聞いておりましたが、小鈴さんの美しさがこれほどまでとは」

西崎少佐は思ったままを言った。

「なんだ、一目惚れか」

「とんでもありません。私はただ、」

木村参謀にそう言われて、慌てて西崎少佐が否定した。

「横恋慕しようったってそうはいかんぞ。何しろ小鈴は、残念ながら直江にぞっこんだからな。そうだろう小鈴」

木村参謀は泣き顔の小鈴を覗き込むようにして言った。

「それに西崎少佐、修行が足りんな。自分の女が横におるのに他人の女を誉めるとは何事だ。そんなことじゃ今夜は自分だけ一人で帰るはめになるぞ。それ見てみろ、そっちの姐さんの口が曲がってきたぞ」

木村参謀は西崎少佐を見ながら、楽しそうに言った。

「いや、失礼した」

西崎少佐は自分のとなりに座る芸者を見て、真面目な顔で言った。

「あっははは」

こうして和やかな雰囲気の中、宴は始まった。

八

いつものように木村参謀が冗談を言って宴は進んでいた。そんななか、小鈴はあらためて直江艦長を見た。あの時と同じ優しい顔の直江艦長に会えて、小鈴は本当に嬉しかった。

「ご無事で何よりです」

「お前の弟も元気でやっておるぞ」

そう言って直江艦長も小鈴を見た。

「はい、弟が直江様の船に乗っているということがどんなに心強いか。でも、」

そこまで言うと、小鈴が口ごもった。

「うん、なんだ」

「いいえ、なんでもありません。ただ、」

「どうした、いいから言ってみろ」

直江艦長は小鈴の本心が知りたかった。

「ただ待つ身の女は、辛ろうございます。直江様の武勲をお聞きすればするほど、小鈴は生きた心地が致しません」

「いっそのこと、後ろの方で眺めておれと言うのか」

「そんな、でも、」

そう直江艦長に言われて、小鈴はなんと言えばいいか分からなかった。

「いいか小鈴、よく聞けよ。戦場では弱気になった方が負けだ。敵の弾を避け続けることなど到底できん。弾に当たりたくなければ、逃げずに前に進むことだ」

「でも、それではもっと敵に近づいて、余計に弾に当たりやすいのではありませんか」

歴戦の勇士にそう言われて、子供のように聞き返す者など小鈴以外誰もいなかった。

「ならば弾に当たる前に、こちらが当てればいい」

「それでも、もしその弾が外れたら」

「その時は、相手も外すことを祈るしかないな」

直江艦長は頭を掻きながら、他人事のように言った。

「直江様、冗談ではありません」

小鈴は本気で怒っていた。

「分かった、分かった、おっかない顔するな小鈴。今度からはお前の言葉を思い出して、敵に遭ったら一目散に逃げることにするよ」

そう言いながら、直江艦長は小鈴を可愛いと思った。

「直江様」

真剣に心配している小鈴には、直江艦長がそんなことを考えているなど思いもよらなかった。

「なんだ、今まで泣いていたかと思えばもう喧嘩か。仲のいいことだな」

小鈴の声を聞いて、木村参謀が二人の仲に割って入ってきた。

「木村様からもおっしゃってください。あまり直江様が無茶をなさらないように」

小鈴は真面目顔で木村参謀に訴えた。

「そうだぞ直江、小鈴の言う通りだ。貴様も無茶などせんで女は小鈴一人にしておけよ。でなければ身が持たんぞ、あっはははは」

木村参謀が茶化した。

「木村様」

そう言う小鈴の怒った顔が可愛いと、木村参謀も思った。

九

にぎやかな座敷の外から声がした。

「失礼致します。西崎様にお電話が入っておりますが」

仲居は、一度挨拶してから襖を開けて言った。

「俺だ、今行く」

そう言うと西崎少佐が立ち上がった。

「それでは、あたしがご案内致します」

すかさず、西崎少佐の相手をしていた芸者も立ち上がる。そして、二人は仲居と入れ替わりに座敷を出ていった。

「それじゃ、俺もかわやにでも行くとするか。おい、案内してくれ」

この店のかわやなど百も承知の木村参謀であるが、そう言いながら席を立った。

「はい、かしこまりました」

相手の芸者もそれを察して木村参謀に続いた。仲居が空いた銚子を片付けてから会釈をして出ていくと、座敷は小鈴と直江艦長の二人きりになった。にぎやかだった座敷が突然、静寂に包まれた。少しの間、二人は言葉を交わさなかったが、しばらくして小鈴が優しく静寂を破った。

「今日という日がずっと続けばいいのに」

小鈴がうつむいたままそう言った。

「今日という日は、あと数時間で終わる」

直江艦長の言葉は、ただ当たり前のことを言っただけだと小鈴は思った。

「そんなこと、おっしゃらないでください。あたし今から神様にお願いして今夜だけ、いつもより長くしてもらいます」

小鈴はほんの少しむきになって言った。

「神様が聞いてくれればいいがな」

小鈴には直江艦長の言葉が、さらにつっけんどんに聞こえた。

「直江様のいじわる。なんでそんなことばかり言うのですか」

小鈴の言いようを見て、今度は直江艦長が少し意外に思った。

「うん、俺も思っているからかな」

小鈴には直江艦長の言葉の意味が分からなかった。

「思っている、」

小鈴は直江艦長の言葉を繰り返しながら、もう一度その意味を考えていた。

「ああ、ずっと続けばいいと」

直江艦長は素直に自分の気持ちを打ちあけた。

「直江様」

小鈴は自分が勘違いをしていることにようやく気づいた。

「小鈴」

直江艦長は小鈴の目を見て言った。

「はい」

小鈴も素直な気持ちで直江艦長を見た。

「お前が好きだ。今夜はずっとそばにいてくれ」

直江艦長にそう言われて、小鈴は心底嬉しかった。小鈴はそっと身を寄せると、直江艦長の肩に自分の頬をつけた。そして直江艦長も小鈴の肩を優しく抱いた。小鈴はそれだけで幸せだった。

あの時と同じ、直江艦長のいい匂いがした。小鈴が直江艦長に身をゆだねて何か言いかけると、廊下を歩く足音が聞こえた。障子越しに人影が見える。小鈴が思わず身体を直江艦長から離すと同時に襖が開いた。

「どうだ、小鈴。仲直りできたか」

そう言いながら、木村参謀が座敷に入ってきた。小鈴は木村参謀を見ると、少し悔しそうな顔をして見せた。

「なんだその顔は。今度はもうちょっと二人きりがいいとでも言いたげだな」

木村参謀は歩きながら、小鈴に向かって言った。

「もう知らない、木村様ったら」

木村参謀にからかわれて、小鈴はぷいと横を向いた。

「あっははは」

大きな声で笑いながら、木村参謀は自分の座にあぐらをかいた。木村参謀の後ろを歩いていた芸者も笑みを浮かべて座に着いた。そして木村参謀が杯を取り、芸者が新しい酒を注いでいると、西崎少佐も部屋に入ってきた。笑う木村参謀とは対象的に西崎少佐に笑顔はなかった。

「参謀殿、」

低い声でそう言うと、西崎少佐はそのまま木村参謀の後ろまで進むと、真剣な面持ちで何か耳打ちをした。木村参謀は一度うなずくと、注がれた酒をあおって言った。

「残念だが、今日はお開きだ。続きはまた」

木村参謀は皆に向かってそう言うと、次に直江艦長を見た。その時、小鈴が見た木村参謀の顔にはもう笑顔はなかった。

「直江、話はあとだ。さあ、行こう」

そう言って木村参謀が立ち上がると、直江艦長もそれに倣った。

「直江様、」

立ち上がった直江艦長を見上げて小鈴は言った。直江艦長は掛けてあった軍帽を被りながら、自分を見上げる小鈴に笑顔で言った。

「小鈴、神様はお前の願いを聞いてはくれなかったな。元気でな」

そう言うと、すでに座敷を出た木村参謀のあとを追った。

「お待ちください、直江様。まだ、お伝えしたいことが」

そう言いながら、小鈴は慌てて立ち上がったが、直江艦長の後ろは西崎少佐が歩いた。小鈴はもどかしい気持ちで三人の軍人のあとを追って玄関まで来た。

「直江様、またお会いできますね」

靴を履く直江艦長にようやく追いつき、小鈴は確かめるように言った。

「ああ、」

振り返った直江艦長の顔は優しい笑顔のままだった。

「きっと、きっとですよ」

出ていく直江艦長の背中に、小鈴ははかない約束をしていた。

十

木村参謀担当の運転手、鈴木上等水兵は玄関前に止めてある車の運転席で煙草を吸っていた。すると突然、予定よりも早くしかも厳しい表情で玄関を出てくる木村参謀たちを見て、慌てて煙草を消し運転席を飛び出した。鈴木上等水兵は後部ドアを開けると、その場で敬礼をして木村参謀たちを迎えた。木村参謀と直江艦長は返礼ももどかしく後部座席に乗り込んだ。急いで運転席に戻った鈴木上等水兵は木村参謀に行き先を参謀本部と言われて、これはただ事ではないと直感した。

「直江、ついに始まるぞ」

車が発進すると、木村参謀が話し始めた。

「例の作戦か」

直江艦長は大方の見当はついていた。

「ああ、これでアメリカと雌雄を決する大海戦になるぞ」

珍しく木村参謀が少し興奮していた。

「しかし、海軍省がよく首を縦に振ったな」

直江艦長はあくまでも冷静だった。

「従来より本作戦に海軍省は難色を示していたが、最後は連合艦隊に責任はとると言われて押し切られた形だ」

「責任をとるか」

直江艦長はぽつりと言った。

「とにかくこの作戦には、帝國海軍のほとんどすべての艦船が参加することになるだろう。直江、貴様の第七戦隊は、」

木村参謀が直江艦長に問うた。

「これまでの経緯から考えると、先鋒を仰せつかるだろうな」

「敵と真っ先にぶつかることになるか」

木村参謀は直江艦長のことを思いやった。

「この前のこともある。まず、間違いなかろう」

「直江、」

木村参謀が何か言おうとした時、あらためて直江艦長が言った。

「なあ、木村」

「なんだ」

「この作戦は日露戦争の勝敗を決めた、あの日本海海戦と同じだよ。ただし、立場は逆だがな。

大艦隊を以て敵の絶対防衛圏まで押し進む。攻める方は遠く本陣を離れ、守る方は自分の庭で戦をすることになる。どちらが有利かは誰の目にも明らかだ」

直江艦長は海軍の上層部が勝利を疑わぬこの大作戦が、実は日本海軍にとって極めて不利な戦であるときっぱりと言った。

「しかし、真珠湾は上手くいったぞ」

木村参謀が日本海軍の大勝利に終わった、半年前の真珠湾攻撃の話を持ち出した。

「あれは奇襲だ。機動部隊だけで隠密に行動できたからこそ成功したんだ。今回のような大所帯ではな」

直江艦長は少数精鋭の真珠湾作戦に対して、数の論理で押す本作戦の危険性を示唆した。

「じゃあ、貴様は本作戦が失敗するとでも」

木村参謀は少しむきになって言った。

「俺は一介の艦長に過ぎん。作戦のことは貴様たちにまかせて、ただ命令に従うだけだ」

直江艦長はやはり冷静だった。そんな様子から直江艦長がすでに何か覚悟をしているようにさえ、木村参謀には感じられた。

「貴様、そんなことを言ってまさか」

木村参謀は直江艦長の心中をおもんぱかった。

「今日、小鈴に秘策を伝授されたよ。敵に遭ったら一目散に逃げろとな」

そんな木村参謀を察して、直江艦長が冗談で返した。

「おい、直江」

「心配するな、貴様に借りた金は出撃前に必ず返すよ」

直江艦長は木村参謀に借りた金など一文もなかった。

「とにかく、生きて帰ってこい。金は貸したままにしておくからな」

木村参謀も直江艦長に貸した金など一文もないことを承知していた。

十一

多恵はこの日も呉の自宅でいつものように部屋の掃除をしていた。そして夫のいない毎日を家事と婦人会の集まりという日課で過ごしていた。多恵は変わらぬ毎日が、夫の無事の何よりの証だと考えていた。いつもと違うことを多恵は望んではいなかった。多恵は特に電話が嫌いだった。いつもと違う何かを知らせる電話のベルが、多恵は嫌いだった。そんな折、廊下にある電話のベルが鳴った。多恵はいつも平静を装って電話に出ていた。

「はい、直江でございます」

「多恵さん、麗子です」

電話の相手が木村参謀の妻の麗子で、多恵は少しほっとした。

「ああ、奥様」

「実はあなたにお伝えしたいことがあるのですが、今日の午後来てはいただけませんか」

麗子が電話をかけてくることは、さほど多くはなかった。

「はい、ではお昼がすんだ頃、お宅にお伺い致します」

「そうですか、ご足労をかけます。ではのちほど」

そう言って麗子は電話を切ったが、多恵は麗子が詳細を言わなかったことが気にかかった。


午後一時を過ぎた頃、多恵は自宅から町の反対側にある麗子の家に着いた。木村邸は間口も一般の家の倍以上あったが、奥行きが裏山まで続く広い敷地に建っていた。庭は手入れがよく行き届いており、何色もの緑が美しかった。多恵はここに来るたびに、もとは武家屋敷の直江家とは、随分趣が違うものだと感じていた。ここはまるで京都嵐山の貴族の別邸にいるようだった。多恵は手伝いに案内されて、庭に面した廊下を麗子の待つ居間へと歩いていった。

「ごめんなさいね、こちらから言うといて、わざわざ来ていただいて」

麗子は京言葉の残るいつもの口調でそう言うと、愛用の猫足の椅子から立ち上がって多恵を迎えた。

「いいえ、いつも家で一人ではかわりばえがしなくて。それにここはいつもお庭が綺麗」

そう言う多恵に麗子は長椅子に腰掛けるように示すと、自分もまた椅子に腰掛けた。麗子の着物姿は京都の名門の出らしく、軍人の妻にしては、いつも雅やかであった。

「実はお伝えしたいこととは、他でもない直江様のこと。今朝、主人から連絡があって昨日、東京で直江様と会っていたと」

「東京で、」

夫が艦上の人だとばかり思っていた多恵は、東京と聞いて驚いた。

「ええ、この前の戦で直江様が武勲をお立てになって、それで東京に来ていたと。今や、海軍で直江様のことを知らぬ者はないと、木村が言っておりました」

「主人、今東京にいるのですか」

「いいえ、昨日のうちにまた艦に戻られたと」

「そうですか」

夫が艦に戻ったと聞いて、多恵は正直がっかりした。

「直江様から連絡は」

「いいえ、ありません。主人は以前から、一度軍務で家を出たら連絡をよこすようなことは」

多恵は夫が呉を出撃してから、一切連絡がとれていなかった。

「やっぱり、直江様とてもお元気でいらしたって」

麗子はそう言うと、お茶を一口飲んでから切り出した。

「それでなんですけど、実のところあなた、どうお考えになっているのかと」

「どう、考えるって」

多恵は麗子の話向きがよく分からなかった。

「はっきり言うて、おなごのことです」

「おなごのこと」

「小鈴という芸妓のこと」

麗子は多恵を見ずに、庭を眺めながらそう言うと、またお茶を一口飲んだ。

「麗子さん、知っていたのですか。でも小鈴さんには、わたし何回も会っていますし、それに、」

「弟さんのこととか」

麗子は多恵が言い切る前に言った。

「そこまで、」

「ええ、うちの耳にはなんでも入ってくるんです。ねえ、多恵さん。殿方に芸妓の一人や二人いても、ましてやそれが英雄ならば、なおのこと驚きはしません」

そう言いながら、麗子は多恵を見た。

「うちが聞きたいのは、お子のことです」

「お子」

多恵にとって、麗子の言葉は衝撃だった。

「肝心なことやからはっきり言います。多恵さん、あなた小鈴という芸妓に本当に直江様のお子を産ませる気ですか」

麗子はまた視線を庭に戻すとそう言った。

「麗子さん」

「事情を知っているのはたぶんうちだけ。だったら憎まれてでも言うといた方がいいかと。あなた、芸妓を家にまで入れているとか。お子の欲しいあなたと芸妓が、一つ屋根の下で話すことなどそう多くはないはず。おなごのことやったら、うちの方が上手やけど芸妓の子はいけません」

麗子はそう言うと、またお茶を口にした。

「わたしはそんなつもりじゃ」

「それならいいけど、跡継ぎならば格式のある家から養子をとればすむこと。それでも、どうしても直江様のお子というても、芸妓の子では直江家の家柄に傷がつきます」

「家柄に傷」

多恵は刃物を喉もとに突きつけられたような気がした。

「ええ、跡取りが芸妓の子では。外にできた子とは違います」

「うちが言いたいのはそのことだけ。気に障ったら堪忍」

そう言って、麗子は軽く笑みを浮かべて多恵を見た。

「麗子さん」

多恵は麗子に返す言葉が見つからなかった。

多恵は木村邸からの帰り道、麗子の言葉が耳から離れなかった。芸妓の子では家柄に傷がつく。何度も何度もその言葉が多恵の頭をめぐった。それと同時に麗子の言葉は多恵の心を大きく乱した。それは多恵が一番気にしていること。あの夜の夫と小鈴のこと。

自分で仕向けたはずなのに、多恵の心はあの日以来その是非に大きく揺れていた。子は欲しいが夫と小鈴との関係は受け入れられない。多恵は自分の中に大きな矛盾を抱えていた。それが麗子に言われてみて、あらためて自分のしたことを後悔し始めた。多恵は自分の気持ちを整理するためには、どうしてもあの夜のことをはっきりさせるしかないと思った。そして小鈴に子供のことは忘れてもらうしかない。そのためには、小鈴に会って話すほかはないと思った。

気づくと多恵はその日の内に東京行きの汽車に乗っていた。

十二

丸一日以上かけてようやく東京に着いた多恵は、乃木坂を歩いていた。この道は数か月前に通った道。多恵はあの時とはまた別の緊張感の中で菊屋の前に立っていた。

「ごめんくださいませ」

「はい」

あの時と同じように三味線の音がやむと、若い芸者が玄関に現れた。

「わたくしは呉の直江という者ですが、小鈴さんはいらっしゃいますか」

「はい、少々お待ちください」

「小鈴姉さん、直江様がお見えです」

若い芸者はその場で、大きな声を出して二階の小鈴を呼んだ。するとすぐに、階段を速足で下りる音がした。そして浴衣姿に素足の小鈴が多恵の前に現れた。その姿は若さに溢れていると多恵は思った。

「奥様」

玄関に立つのが多恵だと分かった途端に、小鈴の表情は驚きに変わっていた。

「久しぶりね、小鈴さん」

多恵は笑みをつくってそう言った。

「少々お待ちください。今、仕度してきます」

小鈴はそう言うと、今度はゆっくりと階段を上がっていった。


多恵と小鈴はあの時と同じ神社の境内に来ていた。

「小鈴さん、あなたあんなに急いで階段を下りてきたりして。直江と聞いて、わたしのことを主人と勘違いしたんでしょう。あなた本当に主人のこと、好きなのね」

多恵は階段を下りてきた時のあの嬉しそうな小鈴の顔が、どうしても忘れられなかった。

「違うんです。あたしそそっかしくて」

「いいのよ、隠さなくても」

一途な女心は隠しようもないと多恵は思った。

「あたし、奥様に謝らなくては」

「謝る、何を」

そう言いながら、多恵は自分が一番知りたいことが、今まさに小鈴から明かされるのだと思った。

「あたし、あんなに呉では奥様に良くしていただいたのに。挨拶もなしで帰ったりして」

「いいのよ、そんなこと」

小鈴の言葉に、多恵は何かすっぽかされたような気がした。

「それで、奥様今日は」

「ええ、実は主人が東京にいるとある人から聞いて急いで来たのだけれど、結局は会えずじまい。もう艦に戻ったって」

夫がすでに東京にはいないことを承知で来たことを、多恵は小鈴に言わなかった。

「そうですか」

「小鈴さん、主人と会ったんでしょう」

多恵は小鈴の表情を探るように言った。

「お会いしましたが、お座敷でほんの少しの間だけ」

「そう」

「それに周りに人もたくさんいたので、話らしい話もできませんでした」

「そうだったの」

「直江様、とてもお元気そうで。それに弟も元気でやっているから心配ないと」

「そう、それは良かったわね」

顔色も変えずに淡々と話す小鈴に、多恵はそれ以上何も言うことができなかった。

「あの、あたしそろそろお座敷の仕度が」

言いたいことをなかなか言い出せない多恵に、小鈴があっさりと言った。

「そうだったわね、ごめんなさいね」

「それじゃ、失礼します」

そう言って小鈴は、多恵に会釈すると今来た道を歩き始めた。

「あの、小鈴さん」

多恵はなんとか小鈴を引き止めたかった。

「はい」

小鈴が立ち止まり、振り返った。

「実はわたしもあなたに謝ろうと思って」

「謝る」

「ええ」

「奥様があたしに。いったい何をですか」

小鈴はまったく見当がつかないという表情だった。

「あの日、あなたにおかしなことを言ったりして」

「おかしなこと、ですか」

「ええ、わたしが子供のことなど言い出したりして。あなたにはいろいろと迷惑をかけたりして」

「迷惑、ですか」

多恵は思いきって、あの夜のことを小鈴に聞かなければと思った。

「とにかく、子供のことはもう忘れてちょうだい。引き止めたりしてごめんなさいね。それじゃ」

それだけ言うと多恵は小鈴に背を向けて歩き始めた。多恵はついに、あの夜のことは小鈴に聞けずじまいだった。

十三

その頃、横須賀に停泊中の鈴谷の艦内では、兵隊たちが束の間の休息を楽しんでいた。

「おい、士官食堂の当番兵から聞いたんだが、春の祝賀会をうちの艦長たちは赤坂の料亭でやったんだとよ」

東京の下町出身の半田上等水兵が五、六名の兵隊たちの前で話し始めた。

「へぇ、そりゃすげえな」

「おい、赤坂ってなんだ」

この班で一番身体の大きい、栃木出身の大森上等水兵が言った。

「貴様、赤坂も知らねえのか。これだから田舎者は困る」

「なんだと、おい、もういっぺん言ってみろ」

大森は普段から何かと半田上水に田舎者扱いされるのが気に入らなかった。

「うるさい、貴様は黙っていろ。そんなことより赤坂がどうしたんだ」

年長の兵隊が大森上水を抑えた。

「そう、そう、それでおもしれえことがあったんだってよ。赤坂の料亭に海軍士官が十名ほどいたと思いねえ。そこに東京でも、よりすぐりの芸者がざっと七、八名」

「おい、数が合わねえじゃねえか」

「いいから、貴様は黙って聞いていろ。それで」

大森上水がチャチャを入れるのを、他の兵隊がうるさがった。

「その美人ぞろいの中でも、上には上がいたもんだ。赤坂小町と評判の高い芸者が一人。それはもう、天女のような女だそうだ」

「おい、本当か、そりゃ」

「間違いねえさ。だってその場にいた士官全員が、口を揃えてそう言ってるんだから」

半田上水は自信を持って言い切った。

「それで」

「その天女様に、事もあろうにからんだ奴がいたそうだ。いくら器量が良くても、所詮芸者は芸者。商売女だろうと」

「誰だ、俺の天女様にそんなこと言ったゲス野郎は。ぶっ飛ばしてやる」

半田上水の正面にいた兵隊が立ち上がりながら言った。

「あの、郷田中尉殿だ」

「喧嘩屋か、相手が悪いな」

兵隊はそう言って、また腰を下ろした。

「からまれた芸者は見るも哀れ、その場に泣き伏せたと思いきや。あの喧嘩屋に、逆にたんかを切ったそうだ。お前さん、どこか飲むところを間違えてやしないかい。ここは赤坂だよってねえ」

「嘘つけ。天女がたんかを切るかよ」

また大森上水がチャチャを入れた。

「これだから、田舎者は困る」

「なんだと」

「日本一の赤坂でピンを張るには、器量だけじゃ足りやしねえ。顔は静御前のように美しく度胸は女将軍、北条政子のようでなけりゃつとまりゃしねえのよ」

半田上水の口上に周りの兵隊たちも集まってきた。

「さて、座敷の真ん中で天女と喧嘩屋が睨み合って、どっちも一歩も引く気はねえときたもんだ」

「それで」

半田上水の名調子に合いの手がかかる。

「さすがにこれじゃまずいが打つ手も見つからず、皆が手をこまねいていると、とうとう喧嘩屋が貴様、海軍士官を馬鹿にする気かと天女に怒鳴った。その時現れたのが」

「誰だい、もったいぶるねえ」

「何を隠そう、うちの艦長よ」

「おおお」

今では十名以上になった兵隊たちが声をそろえた。

「それから、艦長がどうしたと思う」

半田上水が皆に問いかける。

「そりゃ、怒ったんだろう」

「いいや、その辺がうちの艦長がそこいらの艦長とは違うところよ。怒るどころか、二人を自分のところに呼んで、酒を注がせて自分は飲めない酒を飲んで、それで二人に返杯したのよ」

「手打ちってわけか」

「そうよ、固めの杯よ」

半田上水がここぞとばかりに、見得を切った。

「しびれるね、うちの艦長は」

兵隊たちは皆、そんな艦長の計らいを粋に感じていた。

「この話にはおちがあるんだい。しびれたのは、何もおめえだけじゃねえ。天女様もしびれなすったあ。宴会も終わらねえうちになんと、艦長と天女様が手に手を取って帰りなすったとさ」

「貴様、デマじゃねえだろうな」

得意顔の半田上水に大森上水が言った。

「馬鹿野郎、士官たちの間じゃ有名な話だ。嘘だと思うなら、喧嘩屋の部屋に行ってみな。その時の杯が大事に神棚に飾ってあらあ。おまけに鈴谷の艦長が射止めた天女の名前が小鈴っていうじゃねえか。なんとも、おつな話さ」

兵隊たちが騒ぐなか、一二三一水だけは小鈴という名に衝撃を受けていた。一二三一水は、自分の寝場所に戻ると、少ない荷物の中から蛙のお守りと一緒に渡された杯を取り出した。姉は一二三一水に杯を渡す際に何も言わず、ただ大事なものとだけ告げていた。杯は朱の漆塗りで裏には朧月夜と書かれていた。

一二三一水はどうしても商売女という言葉を忘れることができなかった。しばらくの間、一二三一水はそうやって杯を眺めながら、自問自答を繰り返した。姉は商売女なのか。姉は艦長の情婦なのか。自分はなぜ艦長の当番兵なのか。なぜ姉が艦長の奥様と艦長宅にいたのか。さっきの話は本当なのか。考えれば考えるほど何が本当なのか、一二三一水には分からなくなった。

兵隊たちがそうして雑談をしていると、班長とともに見慣れぬ士官が突然部屋に入ってきた。

「全員起立」

兵隊たちは全員直立不動の姿勢をとった。

「いいか、よく聞け。本艦は明日出撃と決まった。そこで、艦長命令だ。全員手紙を書くように。あて名は誰でも構わん。それから、文字のできん者は他の者に代筆してもらえ。明朝回収する。いいか、全員だぞ。以上だ」

そう言って二人は部屋を出ていった。それから兵隊たちの中で口を開く者はいなくなった。今まで何回も戦闘を経験してきた古兵たちでさえ、この命令には顔色が変わった。なんの説明を受けなくとも、皆自分たちを待ちうける運命を感じ取っていた。

「おい、どうしたって言うんだよ。手紙を書いたからって、どうにかなると決まったわけじゃねえだろう」

半田上水が初めに口を開いた。

「そうだ、まだどうなるって決まったわけじゃねえ」

半田上水とは気の合う八木上水もそれに続いた。

「でも、艦長が手紙を書けなんて尋常じゃねえよ」

「ああ、大変な戦になることだけは間違いない」

他の兵隊たちは皆、士官の言いように動揺していた。すると一二三一水が重い空気を切り裂くように言った。

「自分は艦長が言われた通り、国の家族と女子供を守るために戦います」

一二三一水がそう言ったことで、兵隊たちに少し勇気が戻ってきた。

「そうだ、ここまで来てじたばたしてもはじまらねえ。日本男児なら、いさぎよく戦うまでよ」

半田上水が言った。

「それにうちの艦長は海軍一の艦長だ。何も心配することなんかない」

年長の兵隊が自分に言い聞かせるようにそう言うと、半田上水にいつもの威勢が戻ってきた。

「よし、一丁ふんどしを締め直すか」

「おい、みっともねえから古いふんどしなんか締めてんじゃねえぞ」

八木上水がさっそく合いの手を入れた。

「ふざけるねえ、俺のはおめえの女房が縫った新品よ」

「この野郎、また俺のふんどし盗みやがったな」

「あっははは」

兵隊たちはまたいつものように振る舞っていた。

翌日、鈴谷は予定通りミッドウェイ島に向けて横須賀港を出撃した。

十四

そしてそれから数週間が経っていた。多恵は呉の自宅でその日の朝を迎えていた。いつもの時間に起き、いつもの朝と同じように仏壇の水を換えて仏に祈った。

「どうか、主人をお守りください。どうか、鈴谷の皆をお守りください」

同じ時、小鈴は東京の菊屋でその日の朝を迎えていた。その日はいつもと違い、小鈴は早く目が覚めた。小鈴は浴衣に上着を羽織ると表へ出た。

「おはようございます」

「あら、小鈴ちゃん。今朝は随分と早起きだこと」

十四の時から小鈴を知る近所の者が玄関先を掃除していた。小鈴はいつもの神社に来ると、いつものように五銭をさい銭箱に入れて神に祈った。

「どうか、正が無事でありますように。どうか、直江様がご無事でありますように」

　そしてまさにその日、太平洋戦争における日米の運命を決めたミッドウェイ海戦が始まったことを、多恵も小鈴も知らなかった。

第四章

一

昭和十七年六月、大日本帝國海軍所属の輸送艦あるぜんちな丸は、今回の作戦で最も過酷な任務を負った海軍第二連合特別陸戦隊を乗せて、敵の領海内を一路ミッドウェイ島を目指していた。陸戦隊とはいわゆる上陸部隊のことであり、その任務は重武装した敵が待ち構える海岸に小銃を片手に上陸し、突撃占領するというものであった。当然、死傷者が相当数出ることは必至であり、そのために隊員には独身の若者たちが多く選ばれていた。正に命を懸けた突撃を目前にした部隊である。

あるぜんちな丸はまだ闇の中だったが、僅かに東の水平線だけが他とは違った深い藍色に変わり始めていた。艦内の陸戦隊のほとんどの者はまだ眠っていたが、司令官の大谷大佐と副官はすでに艦橋に来ていた。大谷大佐が、あるぜんちな丸の艦長と朝の挨拶を交わしていると、突然上部甲板の見張り員が大声を出した。

「左舷後方、艦影」

「艦種を確かめろ」

艦長はそう返しながら自分も艦橋の外へ出て、艦影が見える場所で双眼鏡を覗き込んだ。そして大谷大佐と副官もそれに続いた。

「艦種は巡洋艦級」

見張り員がまた大声を出した。下では声を聞きつけた兵隊たちが続々と甲板に出てきた。敵か味方か、見張り員の次の声を待って、あるぜんちな丸は緊張に包まれた。

「味方です。味方の巡洋艦です」

見張り員はできる限りの声で叫んだ。それとともに双眼鏡を覗き込む艦長の口もとが少し緩んだ。安心した甲板の兵隊たちは身を乗り出すようにして艦影を探した。

「巡洋艦、さらに本艦に接近してきます」

今度は落ち着いた声で見張り員が言った。日の出前の僅かな明かりの中で、双眼鏡でしか確認することのできなかった艦影が肉眼でも見えるようになってくると、艦影はどんどんその大きさを増していった。

「巡洋艦より発光信号あり」

「読め」

艦長が返した。

「発、鈴谷艦長。宛、陸戦隊司令官。我、常ニ共ニアリテ全力デ援護ス。陸戦隊ノ健闘ヲ祈ル」

見張り員の声は甲板の兵隊たちにもよく聞こえた。

「司令官、鈴谷の艦長と言えばあの直江大佐です」

艦橋の外で身を乗り出すようにして艦影を見ていた副官が大谷大佐にそう告げた。

「おお、直江か」

陸戦隊の司令官、大谷大佐は兵学校で直江大佐とは同期であった。あるぜんちな丸の艦長は鈴谷への返信を促すように大谷大佐を見た。

「鈴谷に返信。貴艦ニ感謝ス。我、百万ノ援軍ヲ得タリ」

大谷大佐の声は甲板の兵隊たちにもよく聞こえるほど大きなものだった。すると甲板から歓声があがった。鈴谷だ、鈴谷が来てくれた。皆、鈴谷の艦長直江大佐の武勇伝はよく知っていたのだ。そして鈴谷がさらにあるぜんちな丸に近づくと歓声は益々大きくなった。甲板の兵隊たちは皆、鈴谷に向かって手を振りながら、おおい、おおいと大きな声を出していた。

「司令官、あれを見てください」

副官がそう言って指差した鈴谷の甲板には、一列に整列した乗員が一糸乱れぬ姿勢であるぜんちな丸に敬礼をしていた。


東京時間六月五日。現地とは三時間の時差がある東京は夜中の一時を回ったところだった。海軍参謀本部では参謀の木村大佐が、情報部の西崎少佐に現地ミッドウェイの詳細について尋ねていた。

「どうだ、何か動きはあったか」

「いえ、今のところはまだ何も」

「知らせがないのは良い知らせか」

この時点では、参謀本部に現地からの情報は何ももたらされてはいなかった。

「現地では間もなく夜が明けます。空母からの第一次攻撃隊は、夜明けとともに発進の予定となっております」

西崎少佐は、壁に掛けられた現地時間を指す時計の針が午前四時を過ぎたことを確認しながら、日本の四隻の空母から飛び立つ、総勢一〇八機の第一次攻撃隊の発進時刻について説明した。

「うん、すべてはそれで始まる」

木村参謀は日本の命運を懸けて、数か月に亘って周到に準備されたこの大作戦の幕開けに興奮を抑えきれなかった。そして西崎少佐もその気持ちは同じであった。

「長い一日になるぞ」

木村参謀はこの時、日本海軍の勝利を信じて疑わなかった。

二

その日の午後、東京乃木坂の菊屋では、小鈴がいつものように自分の部屋で着物の手入れをしていた。すると下で芸者たちがわっと騒ぎ出した。何事かと小鈴が廊下に出てみると、若い芸者が小走りに階段を上がってきた。

「ねえ、どうしたの」

小鈴が自分よりも年下の芸者に声をかけた。

「小鈴姉さん、今、下で聞いたんですけど、今日から三日間お座敷は全部取り止めだって」

若い芸者は息を切らしながら嬉しそうに言った。

「三日間も取り止め」

小鈴は若い芸者に聞き直した。

「はい、だから見習いさんとも話してたんですけど、どうしようかって。あたし、浅草に行きたいな」

若い芸者はまるで夏休み前の子供のように無邪気にそう言った。

「何をのん気なこと言ってるの。どうして三日間も取り止めになったの」

小鈴が年上らしく問い直した。

「くわしいことはあたしには、」

小鈴にそう言われて、若い芸者は言葉を詰まらせた。小鈴はこれではらちが明かないと、階段を下りて一階の女将の部屋の前まで行くとかしこまった。

「失礼します」

そう言うと小鈴は、両手で女将の部屋の障子を開けた。

「ああ、小鈴」

女将は今は火の入っていない火鉢の前でキセルを吸っていた。

「おかあさん、どうしたんですか、お座敷が三日間も取り止めになったって」

小鈴は障子を閉めると、女将の前でかしこまってから話し始めた。

「どうもこうもありゃあしないよ。まったく海軍さんにも困ったもんだ。三日間立て続けにお座敷をとっておきながら、当日になって全部取り止めだなんて。こっちは商売あがったりだよ」

そう言うと女将はキセルをぱんと火鉢のふちで叩き、火種を落とすと、ふっとキセルを吹いた。

「何かあったんでしょうか」

小鈴は言葉に気をつけて聞いてみた。

「そんなことはこっちの知ったことじゃないね。いくら軍隊だからといって、無理を言った挙句に勝手に約束をすっぽかすなんて、あっていい道理はないよ」

もともと気性の激しい女将だが、今回はいつにも増して機嫌が悪かった。

「それ、うちだけなんでしょうか」

小鈴は女将の気分をこれ以上損ねないように気をつけて話した。

「さっき、お客を回してもらおうと紅屋さんに電話してみたら、あちらさんも同じだそうだよ。この分じゃどこも似たようなもんだろうね」

そう言うと、女将は新しい煙草の葉を詰めると、キセルを逆さにくわえてマッチで火をつけた。

「そうですか、」

小鈴は女将に同調するように言った。そして少し間をおいてから小鈴は切り出した。

「あの、おかあさん。こんな時に申し訳ありませんが、お願いがあるんですが」

小鈴はとにかく女将を気遣いながら丁寧に言った。

「なんだよ、厄介ごとはごめんだよ」

そう言うと、女将はまだ火をつけたばかりのキセルの火種をぱんと叩いて火鉢に捨てた。

「お座敷が三日も空くなんてそうあることじゃありません」

「当たり前さぁ、そうちょくちょくあってたまるもんかね」

そう言って女将はまたふっとキセルを吹いた。

「だからあたし、この機会に田舎に行っておきたいんです」

小鈴は言葉がきつくならないように気をつけた。

「田舎、田舎って秋田かい」

女将はそう言うと、火鉢の横に置いてあった湯呑の冷めたお茶をごくりと飲んだ。

「はい」

小鈴はうつむきながら、申し訳なさそうに言った。しかし女将はぷいと横を向いて、小鈴に言葉を返さなかった。

「実は田舎から手紙があって、父ちゃんがもう良くないって。一度でいいから帰ってこれないかって」

うつむきながら小鈴が言った。

「そんなこと言ったって、お前は、」

「分かってます。売られた女です。だからこんなわがまま言えるもんじゃないことはぐらいは、重々承知しています。でも今度ばかりはどうしてもおかあさんのお情けにおすがりして」

小鈴は顔を上げると、女将の目を見て懇願した。

「そんなこと言ったって、他の者にも示しがつかないじゃないか」

女将は目をそらしてから、またお茶を飲んだ。

「この通り無理を承知でお願いします」

そう言って小鈴は三つ指をついて頭を下げた。

「その代わり必ず三日で帰ってきますから」

「当たり前だよ」

そう言うと女将はまた視線をそらして黙ってしまった。小鈴はどうしても女将の承諾が欲しかった。そして小鈴は以前から女将に言いふくめられていた件をとうとう持ち出した。

「それに、おかあさんに言われていた、例の呉服屋のご隠居さんの件も承知しますから」

小鈴はいくら女将の言いつけでも、今まで断じて承知しなかった、金にはなるが性質が悪い客の相手を了承した。それを聞いて女将はようやく小鈴を見た。

「まったく今どきの芸者は勤め人気取りだね。いいかい、三日だけだよ」

そう言うとぱっと立ち上がり、女将は部屋を出ていってしまった。

「はい、ありがとうございます」

小鈴は女将の出ていった部屋で一人、頭を下げて礼を言った。

三

六月六日、午後三時。小鈴は丸一日以上もの長い汽車の旅を、ようやく終えようとしていた。小鈴にとってそれがどれだけきつい旅であっても、今度ばかりはどうしても行かなければならない。その強い思いが小鈴の疲れきった身体を動かしていた。汽車が速度を落とし駅に近づいたことを知ると、乗客たちは席を立ち始めた。小鈴も節々が痛む身体で立ち上がると、汽車を降りる準備をした。ぎぎぎっという大きな音をたてて汽車がホームに入ると、まだ完全に止まりきる前から乗客たちがぞくぞくと降り始めた。小鈴も人に押されて転ばぬように気をつけながら、汽車とは段差のあるホームに降りた。そして後ろから押されるように歩き出すと、長い間曲げたままだった膝がひどく痛んだ。

周りでは大勢の兵隊たちが車両ごとに整列して点呼をとっている。そういった場景を見て、小鈴は数か月前に初めてこの地を訪れた時のことを思い出していた。東京を発つ時、小鈴は秋田行の汽車が出る上野駅には行かずに、東京駅から呉行の汽車に乗っていたのだ。

「ごめんください」

小鈴は呉の直江家の玄関前にいた。多恵がいるかどうかは分からなかったが、小鈴はどうしても多恵に会わなければという、強い思いに動かされていた。

「はい、」

少し間をおいてから返事が聞こえた。多恵の声を聞いて小鈴は安堵した。これで会えずじまいにならずにすむ。小鈴には曇りガラス越しに多恵が玄関に下りて鍵を回しているのが見えた。そして戸が開いた。

「小鈴さん」

自分を見て驚いた表情の多恵がそこに立っていた。

「突然、押しかけまして」

そう言って小鈴は頭を下げた。

「いつ呉に」

玄関の戸に手をかけたまま多恵が小鈴に聞いた。

「さっきの汽車で」

小鈴は両手でかばんを前に持ち、少しうつむいて答えた。

「そう、まあどうぞ、上がってちょうだい」

多恵は我に返ったようにそう言うと、小鈴を家に招き入れた。それほど多恵にとって、小鈴の訪問は意外だった。

「はい、失礼します」

そう言って小鈴は数か月前に一人で去ったこの玄関の敷居をまたいだ。

「でも突然なんで、びっくりしたわ」

お茶を入れて居間に戻ってくると、多恵はそう言って小鈴の正面に座った。台所でお茶を入れている間、多恵は小鈴がどうしてここに来たのだろうか、何を自分に言いに来たのだろうかと考えていた。

「すいません、急に休みがとれたものですからご都合も聞かずに」

そう言う小鈴の表情は、さすがに長旅で疲れて見えた。

「そんなことはいいけど、せっかく東京から来て会えずじまいじゃあんまりだから」

多恵は小鈴がはるばる東京から来たわけを考えながら言った。

「今度からは連絡します」

「ところで、どうしたの。何かあったの」

多恵は自分の胸の内を小鈴に悟られないように、さり気なく装って聞いた。

「実はあたし、奥様に会ってどうしても確かめたいことがあって」

小鈴は多恵の目を見てそう言った。

「確かめたいこと。いったい何を」

多恵は見当がつかないふうに言った。

「この前、奥様があたしを訪ねてきた時のことです」

「私が小鈴さんを訪ねた時のこと」

そう言いながらも多恵は小鈴の話向きを確信した。

「はっきり言って、子供のことです」

芯のある声で小鈴がきっぱりと言った。

「子供のこと」

小鈴にそう言われて多恵は正直、動揺していた。

「奥様、もうそのことは忘れてほしいと。あれ本当ですか」

そう言って小鈴が多恵に迫った。

「小鈴さん」

多恵はすぐには言葉を返せなかった。

「奥様はもう子供はいらないとおっしゃるんですか」

そう迫られて、多恵は自分が小鈴に会いに行った時のことを思い出していた。子を産めぬ自分と育てられぬ小鈴。一時はお互いの境遇を分かり合えたはずの二人だったが、あの時自分が一方的に小鈴との約束を反故にしてきた。でも多恵は自分が小鈴に悪いことをしたとは思っていなかった。それよりも、自分の夫と関係をもったかも知れぬ小鈴のことは早く忘れたかったのだ。

「小鈴さん、あなたわざわざそのことを言いに呉まで来たの。確かにこの前あなたがここに来た時はそんな話もしましたけど、よく考えてみればおかしな話だしそれに、」

「奥様、今ここでもう一度はっきりと聞きたいんです。もう子供を育てるつもりはないんですか」

多恵の言葉をさえぎって、小鈴が言い寄った。

「どうしたの小鈴さん、いったい、」

小鈴の言いようにさすがに気分を害した次の瞬間、多恵は言葉に詰まった。

「小鈴さん、あなたまさか」

多恵は一つの答えに行き着いた。

「奥様の気持ちを聞かせてください」

真剣な表情で小鈴が尋ねた。

「ねえ小鈴さん、そうなの」

多恵は今まで悩んでいたことがみんな過去のことになっていくように感じた。

「小鈴さん、あなた本当にできたの」

この出来事は多恵の心の中のすべてを超越していた。

「あたし、奥様の気持ちを聞かないと決心がつかないんです」

郵便はがき

料金受取人払郵便

新宿局承認

1409

差出有効期間
2021年6月
30日まで
（切手不要）

1608791

141

東京都新宿区新宿1－10－1

(株)文芸社

愛読者カード係 行

ふりがな お名前			明治 大正 昭和 平成	年生 歳
ふりがな ご住所	□□□-□□□□			性別 男・女
お電話 番 号	（書籍ご注文の際に必要です）	ご職業		
E-mail				
ご購読雑誌(複数可)			ご購読新聞	新聞

最近読んでおもしろかった本や今後、とりあげてほしいテーマをお教えください。

ご自分の研究成果や経験、お考え等を出版してみたいというお気持ちはありますか。

ある　ない　内容・テーマ（　　　　　　）

現在完成した作品をお持ちですか。

ある　ない　ジャンル・原稿量（　　　　　　）

書　名				
お買上 書　店	都道 府県	市区 郡	書店名	書店
			ご購入日	年　　月　　日

本書をどこでお知りになりましたか?

1.書店店頭　2.知人にすすめられて　3.インターネット(サイト名　　　　　　　)

4.DMハガキ　5.広告、記事を見て(新聞、雑誌名　　　　　　　)

上の質問に関連して、ご購入の決め手となったのは?

1.タイトル　2.著者　3.内容　4.カバーデザイン　5.帯

その他ご自由にお書きください。

(　　　　　　　　　　　　　　　　　　　　　　　　　　　　　　　　)

本書についてのご意見、ご感想をお聞かせください。

①内容について

②カバー、タイトル、帯について

弊社Webサイトからもご意見、ご感想をお寄せいただけます。

ご協力ありがとうございました。

※お寄せいただいたご意見、ご感想は新聞広告等で匿名にて使わせていただくことがあります。

※お客様の個人情報は、小社からの連絡のみに使用します。社外に提供することは一切ありません。

■書籍のご注文は、お近くの書店または、ブックサービス(0120-29-9625)、セブンネットショッピング(http://7net.omni7.jp/)にお申し込み下さい。

明らかに混乱している多恵に小鈴が言った。

「決心って」

「あたし、前にもお話ししたように、自分の子を芸者の子として産むつもりはないんです。生まれてくる子が男であろうと、ましてや女だったら芸者の子の行く末なんて知れています。あたしみたいな惨めな思いはさせたくない。もし奥様が心変わりしたと言うならあたし、」

そこまで言うと、小鈴はうつむいて言葉を詰まらせた。

「どうするって言うの」

多恵が聞いた。

「あたし、身を投げます」

「なんてこと言うの」

小鈴の言葉に多恵が咄嗟に返した。

「だって、生まれてくる子にこんな惨めな人生は送らせたくない」

そう言って小鈴は多恵の前に泣き崩れた。

「小鈴さん、落ち着いてちょうだい」

張りつめていたものがぷつんと切れたように泣き崩れる小鈴に、多恵はどうしていいか分からなかった。

「小鈴さん、とにかく落ち着いて。ねえ、それからゆっくり話をしましょう」

多恵は小鈴に近づくと、そっと両手を小鈴の肩においてそう言った。

午後六時。多恵は小鈴を見送りに呉駅に来ていた。多恵は小鈴の身体を思って今日一日は自分の家で休み、明日東京へ帰るように強く勧めたが、小鈴は今夜の夜行で帰ると言ってきかなかった。小鈴は無理を言って出てきた手前、明日のお座敷に遅れるわけにはいかなかったのだ。丸一日以上かけてわざわざ東京から会いに来たというのに、僅かな時間で帰っていく小鈴を見ていると、多恵は心配とともに虚しさを感じた。小鈴の呉滞在は僅か三時間足らずであった。汽車が出るまでの間、多恵はホームから窓側の席に座った小鈴に話しかけていた。

「東京までは長旅だけど、本当に一人で大丈夫」

「はい、ご心配をおかけしてすいません」

小鈴は涙で赤く腫らした瞳で答えた。

「とにかく、あなたは余計な心配なんてしないで。それから妙な考えなんて起こしちゃだめよ。約束は必ず守りますから、安心してちょうだい」

「はい」

小鈴がうなずきながら答えた。

「いい、困ったことがあったら必ず私に連絡するのよ、分かった」

「はい」

小鈴の返事はか細く、ほとんど聞き取れなかった。

「泣かないの、さあ笑ってちょうだい。私まで辛くなるでしょう」

そんな小鈴を見ていると多恵は自分まで悲しくなってきた。

「必ず連絡をちょうだい、いいわね」

多恵のその言葉をかき消すように汽笛が鳴った。がしゃんという大きな音をたてながら汽車は車輪を数回空転させてから動き始めた。多恵は小鈴のことを追おうとしたが、ホームには見送る者が多く、小鈴の姿はすぐに多恵の視界から消えた。多恵はこうまでして自分に今後のことを託しに来た小鈴に、かげろうのような儚さを感じていた。


そして翌日、小鈴を乗せた汽車が東京駅に着いた頃、ミッドウェイ海戦は終結した。結果は日本海軍の大惨敗であった。日本海軍はこの海戦で主力空母のすべてを失ってしまった。七日に入ってから飛龍が大破させていたアメリカの空母ヨークタウンを日本の潜水艦が仕留め、数の上では日本の空母損失四隻に対してアメリカの空母損失一隻であったが、国力の差を考えると日本海軍にとってこの敗北は致命的であった。事実この海戦以来、日本海軍が主導権を握ることができた戦いは一つもなくなった。日本はミッドウェイでの敗北から敗戦への道をひた走ることとなる。

また日本海軍の中で最もミッドウェイ島に迫った鈴谷の所属する第七戦隊は、敵機の猛烈な攻撃にさらされた。航空機の援護を持たぬ艦隊はアメリカ軍機の恰好の標的となったのだ。度重なる空襲を受けた艦隊は、ついに巡洋艦三隈を撃沈された。そしてその他の艦船も多大なる犠牲を出し、一隻として無傷の艦はなかった。直江艦長が指揮を執る巡洋艦鈴谷もその例外ではなかった。鈴谷もまた、敵の潜水艦と急降下爆撃機からの波状攻撃を受けたのだった。

四

それから数週間が経っていた。多恵が呉の自宅で夕飯の支度をしていると突然電話のベルが鳴った。こんな時間に電話がかかってくることなど滅多にない。いつもとは違う何かを告げる電話のベルが多恵は嫌いだった。多恵は電話の前まで来ると、一度息をふうっと吐いてから受話器を取った。

「もしもし、直江でございます」

「奥様でいらっしゃいますか、加藤兵曹長です」

電話の相手は艦長担当下士官の加藤兵曹長だった。

「加藤さん」

そう言いながら多恵は良い知らせであることを祈った。

「艦長は、あと一時間ほどで自分がそちらにお連れ致します。それからこのことはどうかご内分にお願い致します」

「はい、分かりました」

「それでは」

用件だけを言って電話は切れた。そして加藤兵曹長の態度はいつもとは違っていた。帰宅を秘密にするなどということは今までに一度もなかった。帰ってくるという夫は本当に無事なのだろうか。それとも夫に何か良くないことが起こったのだろうか。多恵は嬉しさよりもいつもとは違う何かに不安を感じていた。

それから多恵は急いで夫の夕食のおかずを買いに出かけようと、買い物籠を取りに台所へ行った。自分一人の夕食はいつも質素にすませていたのだ。多恵は財布を持って台所まで来ると、加藤兵曹長の言葉を思い出した。新たにおかずを買いに行けば、近所に夫の帰宅が知れてしまう。今日は買い物に行かぬ方が得策と外出を控えたが、食卓を飾る品の買い置きがないことを多恵は後悔した。

そうこうしているうちに時間は過ぎ、玄関先に車の音がした。多恵は前掛けを外すと急いで玄関に向かい、上がり口にかしこまった。すると置石を踏む足音が聞こえ、人影が近づくと玄関の戸が開いた。

「お帰りなさいませ」

「うん」

そこにはいつもの姿の夫が立っていた。多恵は玄関を上がる夫の姿を見て少しほっとした。夫は軍帽を多恵に渡すとそのまま仏間へと向かった。そして軍服姿のまま仏壇に向かい、手を合わせて無事の帰還を報告した。報告を終えると夫はいつものように次の間で軍服を着替えた。

「あなたお夕食の支度が、突然だったものですからろくな用意もできませんで」

着替えを手伝いながら多恵が言った。

「飯なら食ってきたよ」

「そうですか、ではお風呂でも。用意はできています」

「うん」

そう言って着替える夫の身体を多恵はさりげなく見ていた。どこにも傷らしい傷もなく、多恵はようやく安心できた。

「だいぶ、お疲れのようですね。お身体は大丈夫ですか」

多恵は安心してからそう聞いてみた。

「ああ、どこもなんともない」

「そうですか、それならいいですが」

「明朝四時に加藤が迎えに来る」

浴衣を羽織りながら、夫が言った。

「はい、またお忙しいんですね」

「そうだな」

「なかなかゆっくりはできないのですね」

多恵は独り言のように呟いた。

「ああ、風呂に入る」

そう言って夫は歩き出した。

「はい、着替えは出しておきます」

軍服をたたみながら、多恵は夫の後ろ姿にそう言った。


多恵は片付けを終えると、自分も入浴をすませてから夫よりも一時間以上遅れて寝室に入ってきた。夫は枕元の電気を暗くして布団の中で目をつぶっていた。多恵は一度、鏡台に向かって寝支度を調えてから夫の隣の布団に入った。こうして二人枕を並べて休むのは何年ぶりかと多恵は思った。多恵は手を伸ばして電気スタンドの明かりを消そうとしたが、明かりに照らされる夫の横顔を見て声をかけた。

「あなた、まだ起きていらっしゃいますか」

「うん」

目を閉じたまま、夫が答えた。

「実はこのあいだ、小鈴さんがここに来ました」

「小鈴が」

「ええ小鈴さん、私に話があるって」

「お前に話、また弟のことか」

夫は目を開けると、まっすぐ天井を見たままそう言った。

「いいえ、今回は違います」

そう言ってから多恵は少し間をおいた。

「小鈴さん、できたそうです」

「できた」

「ええ、赤ちゃんが」

「そうか」

夫は無関心なように答えた。

「それで私、決めました」

そう言ってから、多恵は身体を夫の方に向けた。

「私、その子を我が子として育てようと思います」

「育てる、どうしてお前が」

天井を向いたまま夫が言った。

「だって、直江家の子ですから」

「直江家の子、いったい何を言ってるんだ」

そう言いながら夫は初めて多恵を見た。

「いいんです、隠さなくても。もともとあれは私が仕組んだことですから」

多恵はすべて承知の上だと言わんばかりであった。

「何を言っているのかさっぱり分からんが、どうしてお前が小鈴の子を育てると言うんだ」

「だってその子は小鈴さんとあなたとの間にできた子ですから」

「俺と小鈴との子、おい馬鹿なことを言うな」

多恵にそう言われて、さすがに声を少し荒げた。

「いいんです私、もうそのことはなんとも思ってないんですから。あなたを責める気なんてありません。だって子供を産めない私がいけないんですから」

多恵の言い方は言葉とは裏腹にどこか夫を責めるように聞こえた。

「おい、何を分からんことを言っておる。俺と小鈴の間に子供などできるわけがないだろう」

「もういいんです」

そう言って多恵は夫から視線を外した。

「いいか、はっきり言っておくが俺と小鈴はそんな関係ではない」

「違うんです、小鈴さんにそうするように頼んだのは私なんです」

「そうするって、いったい何を」

夫は要領を得ない多恵の話に、さすがに嫌気が差してきた。

「子供を産めない私に代わって、あなたとの間に子供をつくってほしいと」

「いい加減にしろ。まったく馬鹿馬鹿しい」

夫は腹が立った。もう家に帰ることもあるまいと覚悟し、文字通り命懸けで戦に向かい、多くの仲間や部下を失ったというのに、家に帰るなりこんな話とは。普段はよくやってくれる妻ではあったが、肝心な時には心の拠りどころにはならぬものだと夫は思った。

「あなたがどう言おうと、今回だけは私の好きにさせていただきますから」

そう言って多恵は反対を向いてしまった。自分がどれだけ心配しているのかも知らずに、たまに帰った時ぐらい、優しい言葉をかけてくれても罰は当たらないだろうと多恵は思った。

五

翌日の午前五時には直江艦長はすでに機上の人であった。東京の軍令部に赴くために軍が用意したのは大型の飛行艇、二式大艇であった。この新型機は四発のエンジンを持ち、その性能は当時世界最高を誇った。直江艦長は今回初めてこの新型機に搭乗したが、二式大艇が飛びぬけた性能を持つ機体であることはすぐに分かった。汽車ならば丸一日以上かかる呉、東京間を二式大艇は三時間あまりで飛行できた。直江艦長は遥か上空から富士山を眺めながら、あらためて航空機時代の到来を実感していた。

東京の軍令部に到着すると、さっそく艦長報告や各部署への報告質問など、多くの仕事が直江艦長を待っていた。特に撃沈された巡洋艦三隈と最上との衝突の件は繰り返し何度も質問された。直江艦長が午前中の予定を終えて一階の玄関ホールに下りてくると、そこに木村参謀が待っていた。木村参謀が直江艦長の帰還を祝したあと、二人は例の蕎麦屋に行った。直江艦長がいつもの奥の座敷に座ると、正面に座った木村参謀が神妙な面持ちで突然頭を下げた。

「直江、本当に申し訳なかった」

「なんの話だ」

直江艦長は木村参謀から詫びられる覚えはなかった。

「今回の作戦がこんな結果になってしまって」

「別に貴様のせいじゃないよ」

「しかし出撃する前に貴様が言ったことが、すべてその通りになってしまった。これでもし貴様に死なれでもしたら、俺は」

木村参謀は作戦参謀としてこの作戦の立案にも加わり、作戦の成功を疑わなかった己に責任を感じていた。

「もういいよ、現に俺はこうして生きておるんだから」

「でも多くの仲間を死なせてしまった」

木村参謀は拳を強く握りしめながらそう言った。

「ああ」

「もう取り返しがつかん」

「戦争だ、仕方がない」

直江艦長がきっぱりと言った。そしてお茶を一口飲むとしみじみと語った。

「しかし分からんものだ。敵と刺し違えるつもりで出撃した俺たちや陸戦隊の連中がこうして帰ってこられて、万全を期していたはずの機動部隊があんなことになるのだからな」

直江艦長は今回の出撃の際、こうしてまた親友と一緒に蕎麦が食える日が来るとは正直思っていなかった。

「ああ、でもこうしてまた貴様と会えて本当に良かった」

そんな直江艦長の気持ちを察して木村参謀が言った。

「そんなに喜ぶな、気味が悪い」

直江艦長もまた木村参謀の気持ちを汲んで少しはぐらかした。

「しかしこれから先、いったいどうやって戦う」

「それを考えるのが貴様の仕事だろう。今度は上手くやってくれよな。でないと俺の寿命が縮む」

明るい声で直江艦長が言った。

「直江、俺は貴様に何もしてやれん。何か俺にできることはないか」

それとは対照的に、いつも陽気な木村参謀が真剣な表情で直江艦長に聞いた。直江艦長はそれには答えずに運ばれてきた蕎麦をさっそく啜り始めたが、しばらくすると思い出したように言った。

「そうだな、一つある」

「なんだ」

木村参謀は戦場で戦い続ける親友の力になりたかった。

「今夜一席、俺のためにもうけろ。赤坂の風にでもあたりたくなった」

そう言うと直江艦長はまた蕎麦を啜った。

六

小鈴が近所への買い物から菊屋に戻ると、若い芸者が待っていたとばかりに小鈴を玄関口で出迎えた。

「ああ小鈴姉さん、良かった」

「どうしたの」

若い芸者の慌てぶりに小鈴が聞いた。

「実は今さっき海軍の木村様から連絡があって、今夜のお座敷の予約が入ったんですけど、ご指名が小鈴姉さんなんですが、あたし受けちゃったんです。だっておかあさんも菊乃姉さんもいなくて分からなかったから」

大切な常連客からの電話に、若い芸者は自分一人でどうしたらいいのか分からない様子だった。

「そう」

「いけなかったでしょうか」

若い芸者は小鈴の表情を探るようにして聞いた。

「ううん、だいじょうぶよ」

「ああ、良かった」

そう聞いて若い芸者はようやく安心できた。自分が勝手にお座敷を受けたことを叱られやしないかと気が気ではなかったのだ。

「お客様は木村様お一人」

小鈴が聞いた。

「いいえ、お二人でお見えになるそうです」

「そう、指名はあたしだけ」

「はい、あと一人は誰でもいいと」

「そう、もう一人のお客様のこと、木村様、何かおっしゃった」

今度は小鈴が相手の表情を探るように聞いた。

「いいえ、なんとも」

若い芸者は首を振りながら答えた。

「そう、もういいわよ。あとはあたしがやるわ」

小鈴は何か考えるようにそう言った。

「はい」

若い芸者は荷が下りたとばかりに自分の部屋に戻っていった。

七

それからしばらくして菊乃が外出先から帰ってきた。小鈴はさっそく菊乃の部屋まで行くと、襖越しに声をかけた。

「姉さん、小鈴です」

「どうぞ」

部屋の中から菊乃が答えた。小鈴が襖を開けると、菊乃は買ってきたものを整理しているところだった。

「実はさっき木村様から連絡が入って、今夜姉さんと二人でお座敷を頼むって」

小鈴は菊乃の前に座るとそう言った。

「木村様が」

菊乃は聞き返した。菊乃はあの一件以来、木村参謀からは声がかかっていなかったのだ。

「はい、お連れの方が誰かははっきりおっしゃらなかったけど、たぶん直江様じゃないかと。これでようやく四人で会うことができるんですね」

小鈴は嬉しそうにそう言った。

「でも本当に木村様があたしを呼べと」

菊乃は、にわかに小鈴の話を信じなかった。

「はい、だってもともと木村様と姉さんとは好き合った仲。あたしがあんなことをしたばっかりに、姉さんにはとんでもない迷惑をかけてしまって。でもこれでようやく木村様のお許しが出たんですね。あたし本当に嬉しい」

小鈴は木村参謀から言われたかのように菊乃に話した。

「小鈴ちゃん」

菊乃は内心、木村参謀からまた声がかかったことが嬉しかった。

「菊乃姉さん、あたしのために今まで辛い思いをさせちまって、本当にすいませんでした」

そう言って小鈴は菊乃に頭を下げた。自分がお座敷の掟を破ったばかりに菊乃は木村参謀と別れるはめになった。小鈴はなんとかして二人を元のさやに納めたかったのだ。

「小鈴ちゃん、あんた」

菊乃はそう言うと小鈴の話を信じた。

「ねえ、姉さん。あたしどうしても一つ聞きたかったことがあるんですけど」

そう言って小鈴は話題を変えた。

「なに」

「木村様のこと。姉さんが前に言ってた。好きなのは姉さんの方だって、淡い恋心なんかじゃないって」

「ええ」

「どうして、何かわけがあるんでしょう」

小鈴は木村参謀がお座敷を出ていってしまった時、菊乃が言っていたそのわけをどうしても知りたかった。

「そうね、今まで誰にも話したことはないけど」

「良かったら、教えてください」

小鈴がそう言うと、菊乃は昔を懐かしむように話し始めた。

「あたしにもあんたと同じように弟がいることは知ってた」

「いいえ、今初めて聞きました」

「そう、もう十年も前のことだけど、弟が中学を卒業する時の話。学校の成績は良かったのに、うちは貧乏だから弟を上の学校へ行かせる余裕がなかったの。でも貧乏とはいえ、元を正せばうちも武家。ただの兵隊ではなく、士官になることが弟の夢だった。そのためにはどうしても兵学校に行かなければならないのに、あたしの力じゃどうにもならなくて」

「そうだったんですか」

小鈴が菊乃から身の上話を聞くのはこれが初めてだった。

「そうしたら突然弟の中学の担任の先生から連絡があって、弟の海軍兵学校への入学が決まったって。お金の心配もいらないって。あたしびっくりしてどうしてなのか聞いたわ。でもなかなか教えてくれなかった。だけど、兵学校入学の時に分かったの。弟の保証人が木村様になってた」

「木村様に」

「ええ、あたし驚いて。だって木村様とはまだ会ったばかりで、弟のことだって少し打ち明けただけだったし。だいいち木村様は何もあたしにおっしゃらなかった。それに弟の兵学校入学の一切の面倒をみてくれたのが木村様だって分かったあとでも、人違いだろうって」

「そんなことがあったんですか」

いつも陽気に振る舞う木村参謀しか知らない小鈴は菊乃の話に驚いた。

「だから、あんたの弟さんの件もあたし他人事とは思えなかったの」

軍人となった弟を持つ小鈴の気持ちが菊乃には痛いほどよく分かった。

「それから木村様、そんなことがあったあとでもあたしに何一つ望まなかった」

木村参謀の行為は色恋のためなどではないことを菊乃は言いたかった。

「あたし、木村様のためならなんでもできる」

「姉さん」

菊乃の言葉に偽りなどないと小鈴は思った。

八

小鈴は菊乃と一緒に赤坂の料亭朧月夜の廊下を歩いていた。今夜の菊乃はいつもとは様子が違うと小鈴は思った。いつもの菊乃はお座敷へ向かう間も凛として美しく、一流の赤坂芸者の風格をも感じさせたが、今夜の菊乃は、まるで見習いが初めてお座敷に上がる時のように落ち着きがなかった。

「どうこれ、ちょっと派手だったかしら」

小鈴の前を歩く菊乃が突然振り返って言った。

「ううん、姉さんによく似合ってるわ」

「そう、でもやっぱりいつもの着物で来れば良かった」

そう言って菊乃はまた歩き出した。菊乃を見ているとその緊張ぶりが手に取るように小鈴には分かった。しかし落ち着かないのは小鈴も同じだった。木村参謀が自分を指名してくる時は決まって直江艦長と一緒であったが、今夜がそうである確証はなかった。そうであってほしい、いやそうしてくださいと小鈴は神に願った。中庭から左に曲がると木村参謀たちの待つ今夜のお座敷だった。二人は襖の前にかしこまると菊乃が声をかけてから襖を開けた。

「失礼致します。本日はお招きをいただき、誠にありがとうございます」

そう挨拶するとお辞儀をして、二人は今夜の客の前まで進みそこでかしこまった。小鈴は嬉しさで胸が一杯になった。やっぱりもう一人の客は直江艦長だった。

「なんだ菊乃、お前が来たのか」

笑顔の小鈴が凍りついた。目の前にかしこまった菊乃を見て木村参謀がそう言ったのだ。

「木村様、直江様。今日は姉さんとあたしを呼んでいただいて、本当にありがとうございます」

慌てて小鈴が言った。しかし小鈴の言葉はその場の三人には不自然にしか聞こえなかった。

「ちょっと待ってください。あたし木村様には呼ばれていないんですか」

菊乃が信じられないといった様子で言った。

「姉さん、そうじゃないの」

小鈴はなんとかしようと必死だった。

「あんた、いったいどこまであたしに恥をかかせる気なの」

菊乃の顔は紅潮していた。

「大変、失礼を致しました」

そう言って三つ指をつき頭を下げると、菊乃は立ち上がろうとした。

「まあ待て菊乃、今日は俺の帰還祝いだ。一緒に飲んでくれ」

そう言って直江艦長が菊乃に杯を差し出した。

「でもあたしは、」

「何があったかは知らんが、俺に免じて水に流せ。さあ、」

そう言って直江艦長は強引に杯を菊乃に渡した。

「直江様」

「木村、貴様もぼうっとしてないで、たまには菊乃に注いでやれ。いつも注がれるばかりでは能がなかろう」

そう言うと今度は銚子を持って木村参謀に渡した。

「ああ、」

「さあ、今夜は楽しくやろう。おい、木村」

そう直江艦長に促されて木村参謀は菊乃に銚子を向けた。いの一番に酌を受けることに恐縮した菊乃が杯を置き、木村参謀の銚子を受け取ろうとすると、木村参謀は強く銚子を差し出して菊乃に酌を受けるように促した。菊乃は頭を下げると杯を両手で持ち木村参謀の酌を受けた。酒を注がれた菊乃はもう一度頭を下げると、丁寧に杯を膳に置いて木村参謀から銚子を受け取ると、美しい所作で木村参謀に酒を注いだ。直江艦長と小鈴にも酒が行き届いたところで木村参謀が今夜の音頭をとった。

「直江の帰還を祝して乾杯」

そして一同は乾杯した。

「おい、どうした菊乃。そんなに木村を許せんのか」

乾杯したあとも笑顔のない菊乃に直江艦長が言った。

「そうじゃないんです、直江様。あたし、木村様に会ってはいけないんです」

木村参謀とのいきさつを知らない直江艦長に菊乃はそのことをなんとか伝えようとした。

「木村、貴様また違う女に手を出したのか。まったくしょうがない奴だな。よしこの際だ、男らしく菊乃に頭を下げて許してもらえ」

そんなことにはお構いなく、直江艦長が話を進めた。

「違うんです、直江様」

菊乃は事情を知らぬ直江艦長にどう言えばいいのだろうと思った。

「菊乃、いろいろすまなかったな。こんな奴だが愛想をつかさず、これからも付き合ってやってくれ」

それでも直江艦長は話を進めた。

「直江様、」

菊乃はどうしていいか分からなかった。

「もういい直江、分かった」

そんな菊乃を見て木村参謀が言った。詳細など知らなくとも菊乃や小鈴の様子を見て、直江艦長がこの場を取り持っていることは、木村参謀にはよく分かっていた。しかし菊乃といれば自分の胸の内を明かさねばならぬ、木村参謀はそのことを考えていたのだ。

「菊乃、こっちへ来い。一緒に飲もう」

「木村様、でも」

そう言われて菊乃は初めて木村参謀と目を合わせた。

「違うんだ菊乃。俺はお前に腹を立てたり、嫌ったりしていたわけじゃない。いや、むしろその逆だ」

そう言ってから木村参謀は自分で酒を注ぐと、ぐっと飲み干した。

「こういう機会だ、俺も男らしく腹を割って話そう。未練だよ未練」

木村参謀はきっぱりと言った。

「未練」

菊乃には木村参謀の言葉の意味が分からなかった。

「ああ、直江がこうして何回も戦場に出ているというのに、俺ばかりがいつまでも東京であぐらをかいているわけにもいかん。それに俺の命令で多くの仲間を死なせてしまった。俺も自分の進退を考えねばならん時期だ」

そう言うと木村参謀は菊乃の目をしっかりと見た。

「そんな時に菊乃、お前がいると未練が残る」

木村参謀の言葉に菊乃の両眼から涙が溢れ出した。

「潔くなければいかんのに、好きな女がそばにいるとこの世に未練が残ってしまう」

「木村様、」

そう言うと菊乃はその場に手をついて泣き出した。

「だから、辛い思いをする前に、もう会わんほうがいいと思ったんだ。でもこうしてお前と会ってみるとやっぱりお前が愛おしい。菊乃、俺が東京を発つ日まで一緒にいよう」

木村参謀の言葉を聞いて菊乃は声を出して泣きじゃくった。その菊乃の両肩を小鈴が優しく支えていた。

九

直江艦長と小鈴は店が用意した車に乗っていた。二時間ほど料亭で過ごすと、直江艦長が二人で落ち着ける場所へ行きたいと小鈴を誘った。直江艦長にそう言われて小鈴は心当たりの場所に案内すると答えた。木村参謀たちとは店で別れて二人になると、直江艦長が今までよりも打ち解けた感じになったと小鈴は思った。親友とはいえお互い軍人同士、木村参謀がいる時と今とでは、やはり言葉一つから違うものだと小鈴は感じていた。そして当番兵として直江艦長に仕える弟、正の近況も聞くことができた。小鈴はこうして直江艦長と二人でいられることが嬉しかった。

そして車は二十分ほどで目的地に着いた。正門前に横付けされた車から見えるその建物はまさに庶民には縁のない、要人御用達の老舗旅館といった趣だった。車を降りた二人は足元を照らす明かりを頼りに置石を進むと、素晴らしい日本庭園の先に玄関が見えた。数々の高官たちを迎えたであろう玄関も独特の風格を備えていた。

「こんばんは」

そう言って小鈴は玄関の戸を開けた。

「はい、いらっしゃいませ」

そこには仲居ではなく、女将らしい上等な着物を着た年配の女が控えていた。

「ご連絡した小鈴ですが、」

「ようこそ、お越しいただきましてありがとうございます」

三つ指をついて丁寧に挨拶してから女は立ち上がり、二人を招き入れた。

「さあ、どうぞこちらへ」

そう言って女は廊下を奥へと歩き出した。直江艦長がそのあとに続き、小鈴がそれに続いた。旅館だというのに辺りはしんと静まりかえり、廊下では誰一人見かけなかった。三人が一列に建物をぐるっと回るように長い廊下を歩いていくと、一番奥にその部屋はあった。

「こちらでございます」

そう言って女が部屋の戸を開けると直江艦長が先に入り、小鈴がそれに続いた。

「まあ、すごい」

その部屋の広さと豪華さに小鈴が思わず声を上げた。用意されていた見事な肘掛付きの座椅子に二人が座ると、女が襖を閉めて再び三つ指をついた。

「本日は当大倉屋に御運びをいただきまして誠にありがとうございます。当家女将でございます。何かと行き届かぬことと思いますが、どうぞ御くつろぎくださいませ」

そう言って丁寧に頭を下げた。そして部屋に用意してあった紫の風呂敷に包まれた品をお膳の上に差し出すと、三度三つ指をついた。

「それからこれは当家主人からのほんのささやかな品でございます。どうぞお納めくださいませ。また御用のむきがございましたら、廊下正面の部屋に係の者がおりますので、なんなりとお申し付けくださいませ」

そう言って女将は頭を下げた。

「はい」

女将のあまりのもてなしぶりに小鈴も少し驚きながら答えた。

「それからお客様、本当にありがとうございました。深く、深く感謝致しております」

女将は直江艦長を見るとそう言って、あらためて深々と頭を下げた。それを見た直江艦長は、うなずいてそれに答えた。

「失礼致します」

そう言うと女将は満足したように部屋を出ていった。

「わあ、すごい。こんなにお庭がきれい。それにお部屋の広いこと。ここは何かしら、あらまだ二間もお部屋があるわ」

女将が出ていくと小鈴は子供のようにあちこち部屋を見て回った。

「おい小鈴、」

はしゃぐ小鈴に直江艦長が言った。

「はい」

「大丈夫か」

「ええ、何が」

そう言いながら小鈴はお構いなく部屋を探索した。

「何がって、こんな贅沢な部屋。お前、いつもこんなところに来ているのか」

さすがの直江艦長もここまで上等な部屋には来たことがなかった。

「いやですよ、へんなこと言わないでくださいな。あたしだってここに来たのは初めてなんですから」

そう言うと小鈴は今度は部屋の反対側の襖を開けてその先を覗いた。

「初めて、じゃあどうしてここに。それにしてもこりゃすごいな。軍人の安月給で来れるようなところじゃないぞ」

そう言うと直江艦長も立ち上がり中庭に面した障子を開けた。

「大丈夫ですよ、あたしに任せておいてくださいな」

「大丈夫なものか、それにこんな土産まで付いて。おい、付け馬を付けられた挙句にお帰りだなんてごめんだぞ」

直江艦長はあまりの待遇の良さに少し心配になってきた。

「お金のことなら心配いりませんよ」

そう言って小鈴がにっこり笑った。

「心配いらない」

「はい」

「どうして」

直江艦長はとても笑う気にはなれなかった。

「だってただなんですもの」

小鈴があっけらかんと言った。

「ただ、どういうことだ」

なおさら直江艦長は心配になってきた。やはりこういうことは小鈴に任せるべきではなかったと、直江艦長は後悔し始めた。

「どうしてただなのか分からんかぎり、ゆっくりくつろぐ気分になどなれるものか」

「うふふ、歴戦の勇士も慌てることがあるんですね。分かりました、ちゃんと話しますからここに座ってくださいな」

小鈴はそう言うと、直江艦長の両腕に手を回して元の座椅子のところまで戻ると、直江艦長を座らせて自分もその横に座った。

「あたし、分かったんです」

「分かったたって、何を」

「今夜、直江様が木村様と一緒にいらっしゃるってこと。だって木村様があたしをお呼びになる時は必ず直江様と一緒の時なんですもの」

「それとただとがどう繋がるんだ」

直江艦長が知りたいのはそんなことではなかった。

「だからあたし、とびきり上等のところに直江様と来たかった。だからこういうところに詳しい紅屋さんの姉さんに聞いたんです。どこかいいところはないですか、高くても構わないからって」

「それで、」

「それでここを紹介されたの」

そう言うと小鈴はそこで一息ついた。

「まだ、ただのくだりが出ておらんぞ」

「もう、せかさないでくださいな。それであたしここに電話したんです。大切なお客様をお連れしますから、いいお部屋をお願いしますって」

小鈴は直江艦長の肘掛にちょこんと両肘を乗せて、まるで猫のようにして話を続けた。

「そしたら、どういったお客様ですかって聞かれたからあたし、とても偉い軍人さんですって言ったの。だって初めのうちはすごくお高くとまってるんだもの」

「それから、」

小鈴の様子に直江艦長は長期戦を覚悟した。

「えっと、それから、それでもお客様に失礼があってはいけないから、お客様の名前を教えてくださいって。だからあたし、あの有名な海軍の直江大佐ですって言ってやったの。そしたら急に態度が変わって、もしや巡洋艦鈴谷の艦長さんですかって言うから、はいそうですって」

小鈴は悪びれずにそう言った。

「お前、俺の名前を出したのか」

「いけなかったですか」

直江艦長の顔を覗き込むようにして小鈴は言った。

「いけなかないが、」

「あら、芸者と二人じゃ都合が悪うござんすか」

小鈴はわざと芝居がかって言ってみせた。

「ふざけるな、それで」

「ええと、なんでしたっけ。そうだ、そしたら急に態度が変わって、分かりました一番いいお部屋を用意しておきますからって。だからあたし、そのお部屋はいかほどですかって聞いたんです」

「問題はそこだ」

直江艦長はようやく話の核心にたどり着けた。

「そしたら御代は要りませんって」

「どうして、」

「どうしてでしょうね」

小鈴はまるで他人事のように、さらっと言った。

「なんだお前、わけを聞かなかったのか」

直江艦長はあきれて小鈴を見た。

「聞きませんよ、だって向こうが要らないって言うものを、どうしてなんて藪蛇じゃありませんか」

そう言うと小鈴はつんと顎を出した。

「しょうがないやつだな」

そう言って直江艦長は右手で頭の後ろをかいた。

「心配しなくても大丈夫ですよ、さっきだってああして女将さんがわざわざ挨拶に来たんですから、話はちゃんと通ってますよ」

小鈴は直江艦長を見ると、またにっこりと微笑んだ。

「だからと言って、はいそうですかというわけにもいくまい」

「そうですか、」

小鈴は不満気に言った。

「こういうことははっきりさせせんとな。小鈴、お前女将を呼んできてくれ」

「呼ぶんですか」

小鈴は唇を突き出すようにして言った。

「そうだ、何かの間違いであってもいかん」

直江艦長はただのわけを考えていた。

十

小鈴が戻ってからしばらくすると襖の向こうで声がした。

「失礼致します」

そう言って女将は襖を開けると部屋に入り、膝をついて襖を閉めてからその場にかしこまった。

「いや女将、遅い時間に呼び出したりしてすまんな」

座椅子に座ってお茶を飲んでいた直江艦長が言った。

「いいえ、何かありましたでしょうか」

女将は少し心配顔で言った。

「実は少し尋ねたいことがあってな」

「はい、なんでございましょう」

「率直に言って、代金のことなんだが」

「はい」

「聞くところによると、女将は代金は要らないと言ったそうだが」

はっきりと直江艦長が言った。

「はい、申しました」

「いや、これだけ豪華な部屋だ。ただというわけにはいくまい」

「いえいえ、お客様から御代はいただけません」

右手を前で振るようにして女将が言った。

「それはどういうことか」

「それは私どもの感謝のしるしでございますから」

女将は首を少し斜に傾けながら、うなずくようにして言った。

「感謝のしるし」

「はい」

「そこのところがよく分からんのだが」

正にそこが直江艦長の知りたいところであった。

「それは直江様がうちの息子の命の恩人だからでございます」

そう言って女将は直江艦長に頭を下げた。

「俺が」

直江艦長にとって女将の言葉は意外であった。

「はい、息子は南太平洋で直江様の鈴谷に助けていただいた、駆逐艦の新任少尉でございます」

女将はお辞儀をするようにしてそう言った。

「新任少尉」

「はい、あの時のことは息子からよく聞かされております。息子はあの時が初陣でして、ただただがむしゃらに敵と戦っていたそうです。でも艦が敵弾を受け多くの犠牲者が出たあと、火災が収まらずに傾き始めて、ついに自力では航行できなくなってしまったそうです。もはやこれまで、あとは他の艦の救援を待つほかに手立てがないという時に、味方の艦隊は息子の艦を見捨てて遠ざかっていってしまった。その時の気持ちたるや、それは言いようもないものであったそうでございます」

女将が震える声でそう言った。

「そして皆が絶望するなか、それでも息子は傷ついた仲間をなんとか助けようと必死だったそうです。すると近くにいた兵隊が、帰ってきた、帰ってきてくれたぞと叫んだそうです。あの時の、あの時の鈴谷の雄姿だけは一生忘れることはないと申しておりました」

「そうだったんですか」

女将の話に聞き入っていた小鈴がそう言った。

「それから息子は内地に返され、そこで自分たちを助けに来てくれたのは、司令官の撤退命令を無視して救援に戻った鈴谷艦長の判断だったと知ったのでした。そしてその艦長こそが直江様なのでございます」

大きくうなずくようにして女将は言った。

「あなた様は息子の、いえ駆逐艦の生存者全員の命の恩人でございます。本当にありがとうございました」

そう言って女将は直江艦長に深々と頭を下げた。

「話は分かりました。しかしだからと言って女将の好意に甘えるわけにもいきません」

「いいえ、こうしてあなた様にお会いして、直接お礼が言えたのも神様のお導きと思っております。どうかささやかな母親からの感謝の意として御受けくださいませ」

そう言うと女将は三つ指をついたまま直江艦長を見ていた。そんな女将を見て直江艦長は子を思う母親の姿を見た思いがした。

「分かりました。では今回だけは遠慮なく御受け致します」

柔らかな声で直江艦長は言った。

「ありがとうございます」

「女将さん、あたしの弟も直江様に助けていただいたんですよ」

小鈴が涙ぐむ女将にそう言った。

「そうでしたか、これは御くつろぎのところを大変失礼致しました。私はこれで失礼致します」

女将は涙をすっと指で拭うと、挨拶をして部屋を出ていった。女将は以前から息子の命の恩人にひと目会ってお礼が言いたいと思っていた。それが今回こういう形で実現した。日頃から神仏に念じていれば願いは叶うものだとこの時女将は思った。

しかしその一方で、辛い現実の中で生きる直江艦長の邪魔はしたくないとも思っていた。老舗旅館の女将として、たとえ僅かな時間であっても気の休まるひと時を、直江艦長には送ってもらいたかったのだ。

十一

女将が帰ると小鈴は直江艦長の腕をとり、肩に頰をよせて言った。

「やっぱり、直江様で良かった」

「何が」

小鈴の方を少し向いて直江艦長が言った。

「ええ、もちろんあたしが好きになった御方が」

上目遣いに直江艦長を見ながら小鈴が言った。

「何を言っておる。さて、ようやく二人になれたな」

「はい」

「夜もだいぶ更けてきた」

「はい」

「それではそろそろ、」

直江艦長がそこまで言うと、小鈴はすっと身体を離して立ち上がった。

「ねえ直江様、お部屋に特別の風呂があるんですよ。ほらここに」

「おい小鈴、話をはぐらかすな」

さっと逃げ出した小鈴に直江艦長が言った。

「もう話はたくさん、せっかくこんな上等なお部屋に来たんですから、ゆっくりしましょうよ。それに女将さんだって、どうぞおくつろぎくださいって、言ってたじゃありませんか」

小鈴は着物の袖を振りながら唇をとがらせて言った。

「しかしな、」

「あたし、お座敷のままの姿でちょいと疲れちまったんです。髪と着物を替えたいんでそのあいだ、お湯にでも入って直江様も疲れをとっていてくださいな。ようやく二人っきりになれたんです。この小鈴、もう逃げも隠れも致しませんから」

そう言うと、振っていた袖を胸の前で合わせてから膝を少し曲げて踊りの形をとった。

「いつもお前には口では勝てんな」

今度はそう言う直江艦長に近づくと、両手をとって立ち上がらせた。

「さあさあ、素敵なお風呂はこちらでございます。あら、軍服のボタンが少しゆるくなってるわ、あとであたしが直しておきますから」

「部下にやらせるからお前がせんでいいよ」

「直江様、あたしだって女ですよ。これぐらいの針仕事は毎日こなしてるんですから、これはあたしにやらせてくださいい」

ボタンを触りながら小鈴が言った。

「分かった、好きにしてくれ」

「さあこちらでございます、艦長殿」

そう言うと背中を押すようにしながら、小鈴は直江艦長を湯殿へと連れていった。


総檜造りの湯船で直江艦長は手足を伸ばしてくつろいでいた。お湯の熱さもちょうど良く、正に極楽気分であった。こんなふうにしていると、つい先日までの出来事がまるで嘘のようにも感じられた。直江艦長は束の間の安楽を味わっていた。

「失礼します」

外で声がすると小鈴が戸を開けて湯殿に入ってきた。

「艦長殿、お背中をお流し致します」

浴衣に着替えた小鈴が敬礼をして言った。

「いいよ、自分でするから」

直江艦長は困り顔で答えた。そんな直江艦長に構わず小鈴は湯船に近づいてきた。

「いいえ、お流し致します。まあ、いい湯加減。あたしも一緒に入らせていただいてもよろしゅうございますか」

悪びれずに小鈴が言った。

「おいおい、俺だって男だぞ。からかうんじゃない」

海の英雄もここでは形無しだった。

「からかってなんていやしません。お背中をお流しするか、一緒に入らせていただくか、どっちがよろしゅうございますか」

小鈴はにっこり微笑んで首を傾げた。

「分かったよ、じゃあ背中を流してもらおうか」

やられるばかりの直江艦長がざぶんと勢いよく湯船を出た。

「ああ、いいお湯だった、生き返ったみたい」

そう言いながら小鈴は濡れた手ぬぐいを広げて衣紋掛けに干した。

「お前もどうだ、酒じゃないがな」

そう言って直江艦長は小鈴にコップを差し出した。

「いただきます、あたしもお酒は好きじゃないんですよ。仕事だから飲んでるだけです」

小鈴は直江艦長の隣に座ると、両手でコップを受け取って直江艦長の酌を受けた。

「そうか、いくら飲んでも酔わんし大の酒好きだと思っていたが」

「芸者が酔っぱらっているようじゃお話になりません。まあ、そんなお姉さんもときどきお見かけしますが、あれじゃ到底玄人とは言えません」

そう言うと小鈴は注がれたサイダーを半分ほど飲み干した。

「なるほど、どの道も厳しいものだな」

「はい」

飲み口を指でなぞってから小鈴はコップをお膳に置いた。

「さて、それじゃそろそろ聞かせてもらおうか」

ほっと一息ついた小鈴に直江艦長が言った。

「なんですか、せっかくゆっくりできたっていうのに。話なんてあとにしましょう。そうだ、今度は肩をお揉み致します」

そう言って立ち上がると小鈴は直江艦長の手を引いた。

「もうごまかされはせんぞ」

今度は直江艦長も簡単には立ち上がらなかった。

「ごまかしてなんていやしません。さあ、早くこっちへ来てくださいな。さっきお背中をお流しした時に思ったんです。こんなに凝ってちゃ、お身体に毒だって」

そう言って小鈴は直江艦長の手を強引に引っ張った。

「おい、小鈴」

「いいからはやくこっちへどうぞ。話だったらこっちでもできるでしょう」

小鈴に思いのほか強く手を引っ張られて、直江艦長は立ち上がるほかはなかった。

「まったく、赤坂一と言われる芸者だけのことはある。これじゃ、どんな男だってすぐに骨抜きにされてしまうな」

「なんですか、何かおっしゃいましたか。直江様はあたしとこうしているのがお嫌なんですか」

小鈴は直江艦長の手を引いて、すでに二組の布団が並べて敷かれている寝室に誘った。直江艦長は小鈴に促されるまま、布団の上にあぐらをかいて座った。

「お前とこうしているのが嫌な男など一人もおらんだろうよ」

小鈴はそう言う直江艦長の後ろに回り、肩を揉み始めた。直江艦長は小鈴のされるがままになっていた。

「ねえ、あたしけっこう上手いでしょう。小っちゃい頃から田舎のじいちゃんの肩を揉んでたんですよ」

慣れた手つきで肩を揉みながら小鈴が言った。

「お前、どうしてあんなこと言ったんだ」

「あんなことって」

「子供のことだよ」

「ああ、そのこと」

小鈴の言い方はどこか他人事のようだった。

「多恵が本気にしてたぞ、俺の子だって」

直江艦長がそう言っても小鈴は何も答えなかった。

「お前、困ってるのか」

小鈴を気遣うように直江艦長が言った。

「何をですか」

「だから子供のことだよ、できたはいいが育てられない。だからあんな嘘を言って、」

「あたし、嘘なんて言ってやしません」

小鈴の言いようはまるで叱られた子供のようだった。

「犬、猫じゃないんだぞ。そう簡単にあげたり、もらったりなんてできるもんじゃない」

「そんなこと分かってます」

小鈴は肩を揉む手を止めると少しむきになって言った。

「じゃあ、どうして」

「確かにあたしは産むことはできても、子供を満足に育てることはできません。いいえ、おまんまが食べさせられないっていうわけじゃないんです。芸者の子は所詮芸者の子、いくらがんばってみたところで世間からは白い目で見られるんです。自分の子にあたしみたいな辛い思いはさせたくない」

小鈴の声は真剣だった。

「お前のその気持ちは分からんではないが、だからと言って、お前の子をうちで育てるわけにはいくまい」

「どうしてですか、多恵様は了承してくださいました」

そのために小鈴はわざわざ呉まで行って多恵に会ってきたのだ。

「それはあれがどうしても子供が欲しいから、しかしだからと言ってもらう子が俺との間にできた子というのは話が違う」

「何が違うんですか」

「何がってお前、俺との間に子供ができるわけがなかろう」

小鈴の言いように直江艦長は困惑した。

「あたしが産む子は間違いなく直江様の子です」

それでも強情に言い切る小鈴に、さすがの直江艦長も嫌気が差してきた。

「いったい誰の子なんだ、その腹の子は」

強い口調できっぱりと直江艦長が言った。すると小鈴は直江艦長の肩をぽんと両手で叩くと、あっけらかんと言い放った。

「えっ、いやだ。あたしのお腹に子なんていやしませんよ」

「子などいない」

直江艦長は小鈴の言うことが分からなくなった。

「とにかく、あたしの産む子は直江様のお子に間違いございません。きっちり今日から十月十日後に産んでご覧にいれます」

小鈴がきっぱりと言い切った。

「今日から、」

小鈴のその言葉で今までの疑問がいっぺんに解けた。なるほどそういうことか。小鈴の作戦は見事という他なかった。からくりが分かると直江艦長は、なんだか急におかしくなってきた。そんなこととは知らずに真面目顔で問いただす自分が、まるで馬鹿のように思えてきたのだ。気づくと直江艦長は大きな声で笑っていた。ここ何年もの間、直江艦長はこれほど笑ったことなどなかった。

「あっはっはっはっは。今日から十月十日か、考えたな小鈴」

「はい」

小鈴は勝ち誇ったように答えた。

「この作戦はお前一人の立案か」

笑いながら直江艦長が言った。

「作戦だなんて人聞きの悪い、あたしはただそう願っただけです。だってそうでもしなけりゃ直江様、あたしとこんなふうに水入らずにはなってくれないじゃありませんか」

小鈴はすねるようにそう言った。

「いや、恐れ入った。お前が軍令部の参謀長ならばこの戦、勝てるかも知れんぞ」

直江艦長はそう言うと、両手をあぐらをかいた膝の上に置いて前方に一礼した。

「なんですか、そのさんぼう長って」

小鈴には直江艦長の言った意味が分からなかった。

「いや、これは一本取られた。ここが海の上ならば我艦は撃沈されておる」

そう話す直江艦長はどこか嬉しそうだった。

「でも一つ聞くが、そこまでして、いったいお前になんの利があるというんだ」

直江艦長にとってその点だけが未だ解けぬ謎であった。

「直江様、犬、猫がどうして生きているかご存知ですか」

小鈴の言いようはまるで、子供のなぞなぞのようだと直江艦長は思った。

「あたし子供の頃、マタギだったじいちゃんに教わったんです。生き物はどうして生きているか分かるかって。あたしが首を横に振ると、じいちゃんがそれは自分の子を残すためだぞって、教えてくれたんです。いいかすず、熊は熊の子を残そうとしているんじゃない。自分の子を残そうとしているんだって」

「自分の子を」

小鈴の話に直江艦長の表情が変わった。

「熊ばかりじゃない、鳥だって魚だって虫だって、生き物はみんな命をかけて自分の子を残そうと必死なんだ。だからお前も自分の子を残す時は命がけだぞって」

そう言うと小鈴は直江艦長の後ろで姿勢を正した。

「あたしが命を懸けてお慕いできるのは、直江様をおいて他にはありません」

小鈴の声は真剣だった。

「小鈴、お前」

「でも今夜は、今だけでも奥さんにしてくださいなんて、野暮なことは言いやしません。赤坂の芸者、小鈴としてどうぞあたしと遊んでくださいまし」

直江艦長は芸者の自分と遊んでほしいと言った小鈴が、たまらなく愛しく感じた。

「後生ですから、今夜だけはあたしに夢を見させてくださいまし」

小鈴がそう言うと直江艦長は振り返り、小鈴の瞳を見つめた。小鈴はそっと瞳を閉じてほんの少しだけ直江艦長に身体を寄せた。直江艦長は優しく小鈴の肩を抱き寄せると、この世の観音菩薩と唇を重ねた。

直江艦長が目を覚ますと、ぼんやりと板張りの天井が見えた。そして明かりの方に目を向けると、女がこちらに背を向けて何かをしていた。直江艦長はその光景を見て、ようやくここが小鈴と来た旅館であることに気づいた。

「何をしているんだ、小鈴」

突然の声に驚いたように小鈴が振り返った。

「ああ、起こしてしまったんですね、すいません。もうすぐ終わりますから」

そう言う小鈴の手には直江艦長の軍服があった。

「軍服のボタンか」

「あたしが直江様にしてあげられることなんて、こんなことぐらいしかなくて」

そう言いながら小鈴は針を持つ手を進めた。

「今、何時だ」

「まだ外は暗いけど、もう少しで夜が明けます」

「そうか、小鈴もういいからこっちへ来い」

「はい、もうちょっとで終わりますから」

そう言って小鈴は縫う手を早めた。そして最後に針にくるくると糸を巻きつけてから針を抜き、糸を留めた。

「はいできました。これでもう大丈夫」

小鈴は針を針箱の中に仕舞うと軍服を持って立ち上がった。そしてできあがった軍服を衣紋掛けに掛けると、しわを伸ばした。小鈴はそっと軍服の胸ポケットに触れてから満足そうに微笑んだ。この時、小鈴は軍服のボタンを縫い付けていたのではなく、軍服の内ポケットの中に、銀の蛙を入れた小さなお守り袋を縫い付けていたのだった。それから小鈴は手元を照らしていた電気を消すと、直江艦長の待つ布団に入ってその胸に頬を寄せた。

「このままずっと、夜が明けなければいいのに」

「そうだな」

そう言って直江艦長は小鈴の肩を抱いた。

「夜が明けてしまえば、また直江様とは離れ離れなんですね」

そう言うと小鈴は右手を直江艦長の胸に当てた。

「ねえ、また会えますよね」

「ああ、」

「そうじゃなくて、」

小鈴には直江艦長の返事がおざなりに聞こえた。

「そうだ明日は日曜日だわ。ねえ、明日なら休みだし明日会えませんか」

直江艦長の胸の上で小鈴が言った。

「明日」

「ええ、明日。明日じゃなきゃ絶対にだめ」

「そうだな、明日なら夕方までには用事は終わるか」

明日の予定を思い出しながら直江艦長が言った。

「本当、じゃどこかに行きましょう。あたし一度でいいから直江様と一緒に外が歩きたかったの。どこがいいかしら、そうだ浅草がいいわ。ねえ、浅草に行きましょう」

身体を起こして直江艦長の顔を見ながら小鈴が嬉しそうに言った。

「浅草見物か、久しく行ってないな」

「それなら浅草で決まり、直江様と浅草に行けるなんてあたし本当に嬉しい。きっとですよ。嘘ついたら針千本飲んでいただきますから」

「針千本か」

「そうですよ、痛いですよ。はい、げんまん」

そう言って小鈴は右手の小指を直江艦長の前に出した。そして直江艦長もその指に自分の小指を絡ませた。

「指切りげんまん、嘘ついたら針千本飲ます、指切った」

指を切ると小鈴はまた直江艦長の胸に頬を寄せた。

「きっと、きっとですからね」

そう言って小鈴は、明日また直江様に会えますようにと神様にお願いした。

十二

随分余裕を見て家を出てきたはずなのに、もう約束の時間が迫っていた。小鈴は人波をかき分けるようにして待ち合わせの場所へ急いだ。浅草に着いてから、小鈴は直江艦長との待ち合わせ場所を雷門にしたことを後悔した。辺りは暗くなり始めているというのに雷門前は大変な人出だった。こんなに混んでいては直江様と行き会えないかもしれない。それにもし行き会えたとしても、一度はぐれてしまったらもう会うことなんてできそうにない。

小鈴は慣れない人ごみの中で心細い思いをしていた。とにかく早く直江様に会いたい、小鈴は人波に流されてはまた雷門の大提灯の下へ戻ることを繰り返していた。何度かそれを繰り返したあと、小鈴は突然肩をたたかれた。振り返ると昨日の軍服の袖が見えた。

「ああ良かった、今日はもう会えないのかと思った」

そう言って小鈴が振り返ると、それは直江艦長とは違う軍人だった。

「小鈴さん」

軍人は小鈴の名を呼んだ。

「西崎です。以前お座敷で一度お会いした」

そう言われて小鈴も、その軍人がお座敷で会ったことのある西崎少佐だと思い出した。

「ああ、西崎様」

小鈴はそう言って頭を下げた。

「直江艦長に言われて参りました」

そう言う西崎少佐に笑顔はなかった。

「直江様に、」

「はい」

西崎少佐はただそう答えた。

「直江様、今日は来られないんですね」

西崎少佐の表情を見て小鈴は悟った。やはり直江様と二人で浅草見物など自分には夢物語なのかと思った。

「直江艦長は先ほど東京を発たれました」

西崎少佐の言葉に小鈴は自分の耳を疑った。

「東京を発った」

「はい」

西崎少佐はそう言ってうなずいた。

「どこへ、どこへ行かれたんですか」

我に返ったように小鈴は西崎少佐に尋ねた。

「残念ながらそれは申し上げられませんが、任務に戻られました」

西崎少佐は軍人としてそれ以上小鈴に話すことはできなかった。

「任務」

任務という言葉が小鈴に重くのしかかった。

「それから、これを預かって参りました」

そう言うと西崎少佐はポケットから封筒を取り出した。

「艦長が小鈴さんにくれぐれもよろしくお伝えするようにと」

そう言って西崎少佐は封筒を小鈴に差し出した。小鈴は西崎少佐から封筒を受け取ると急に足元がふらついた。そしてよろける小鈴を西崎少佐が受け止めた。

「大丈夫ですか、小鈴さん」

「はい、」

そう言って小鈴は左手で頭を少し押さえた。

「よろしければ、お宅まで車でお送り致しますが」

西崎少佐は心配して小鈴にそう申し出た。

「いいえ、結構です」

そう言うと小鈴は西崎少佐の手を借りずに一人で立った。小声ながら小鈴の声はしっかりしていた。

「そうですか、」

どうすべきか西崎少佐は迷ったが、結局小鈴の気持ちを酌み取ることにした。

「それでは私はこれで」

そう言って西崎少佐は小鈴に敬礼した。

「わざわざ、ありがとうございました」

そう言って小鈴は丁寧に頭を下げた。周りの者がそんな小鈴を振り返るようにして見るなか、小鈴は西崎少佐が立ち去った方向とは反対に歩き出した。小鈴は行く当てもなく、ただ人波に流されて仲見世通りをぼんやりと歩いていた。ふと気づくと人波が途絶え、すっかり暗くなった通りに街灯の明かりが灯った。小鈴は近くの街灯の下へ行くと、さっき受け取った直江艦長からの手紙を開けた。涙でインクがにじまないように気をつけながら、小鈴は初めてもらった直江艦長からの手紙を大切に読んだ。


「小鈴殿。小鈴、さぞかし怒っているだろうな。あんなに約束したというのにすっぽかしたりして。これも軍人の定めだと思って勘弁してくれ。それから弟のことは心配するな。悪いようにはせん。お前は身体に十分気をつけるんだぞ。ではまた会おう、直江。追伸、今度会う時にお前に針を千本飲まされるのが怖いよ」

第五章

一

昭和十八年二月下旬、戦時下の東京は、七年前の青年将校らが決起して帝都を占拠したあの事件の時と同じように、低く雪雲が空を覆っていた。皇居にほど近い外堀通りを行きかう人々は、薄暗い空と厳しい寒風のせいで足取りも速く、またその光景が不穏な出来事を予感させた。

ミッドウェイ海戦では上陸部隊の司令官であった大谷大佐は、この日軍令部を訪れるとまっすぐに木村参謀の部屋へ向かった。

「木村はおるか」

入室するなりそう言って、担当下士官を睨みつけた。

「はい、」

下士官は慌てて気をつけの姿勢をとったが、大谷大佐は立ち止まらずにそのまま奥の部屋へ入ろうとした。

「あの、お待ちください大佐殿。木村参謀殿はただ今打ち合わせ中でして」

「うるさい、打ち合わせもくそもあるか」

下士官をそう一括すると、大谷大佐は躊躇なくドアを開けた。

「おい木村、貴様に話がある」

打ち合わせをしていた数名の士官がその声に振り返り、そして次に木村参謀を見た。木村参謀が軽くうなずくと、士官たちはそれぞれに書類を持って立ち上がり、ドアの前に立つ大谷大佐に一礼して退室していった。

「第八十一号作戦が発動されるというのは本当か」

最後の士官が一礼してドアを閉めると、大谷大佐がさっそく口火を切った。

「何も言わんところをみると、本当なんだな」

「まあ大谷、いいから座れ」

木村参謀はあくまで冷静だった。

「こんな時に座ってなどおれるか。貴様、本気であの作戦を実行させる気か。いや、あれはもはや作戦などと呼べるようなものではない。貴様たち軍令部は本気であんなことが成功するとでも思っておるのか」

木村参謀の言葉には応じずに大谷大佐は立ったまま話を進めた。

「いいか七千名の兵隊を護衛するのに、直江の三水戦の駆逐艦数隻だけとは、いったいどういうことか。しかも、今回の相手は敵艦隊ではない。敵航空機だ。それも空母からの艦載機ではなく、陸上基地からの攻撃機だぞ。我軍の艦船を全滅させるまでは、いくらでもやってくる」

直江艦長はミッドウェイ海戦の後、少将に昇進し、第三水雷戦隊の司令官になっていた。

そして大谷大佐は木村参謀の机のすぐ前に立ってさらに続けた。

「敵が何百機も待ち構えるその鼻先を、ほとんど丸腰のままで通り抜けろというのか。兵員輸送船の全滅は目に見えておる。いや、護衛艦隊にしても防空能力の乏しい駆逐艦だけでは護衛はおろか、自分の身を守ることさえままならんだろう。今度こそ、直江も帰ってはこれまい」

大谷大佐はミッドウェイ海戦で上陸部隊の司令官として輸送船に乗り込み、直江司令官とともに戦った戦友であった。

「それでも貴様はやれというのか。そんなにやりたければ貴様が直江に代わって護衛艦隊の指揮を執れ。地獄とはどんなところか、思う存分味わってみろ」

何回も実戦を経験し、その度に生還した大谷大佐は、軍令部から命令を出す木村参謀たち東京組が好きではなかった。

「おい木村、黙ってないで、なんとか言え」

両手で机を叩くと大谷大佐が迫った。

「失礼します」

その時、ドアの向こうで声がした。

「木村参謀、至急お耳に入れたいことが」

そう言って入室してきたのは、情報部の西崎少佐だった。

「なんだ、俺がいては都合の悪い相談か。情報部とこそこそしやがって」

大谷大佐は木村参謀同様に東京組の西崎少佐に厳しく接した。

「なんだ」

「はあ、それが」

木村参謀が発言を促したが、西崎少佐は言葉を濁した。

「構わん」

「はい、極秘ですがよろしいでしょうか」

再度、木村参謀に促されて西崎少佐が話し始めた。

「たった今入った情報ですが、木村参謀の昇進が内々に決まりました」

「ほう、東京で命令を出しているだけで少将閣下に昇進とはさすがだな」

さっそく、大谷大佐が皮肉を言った。

「それで、その昇進に合わせて転属が行われるはずです」

「そういうことか、なるほど。でどの艦隊か」

自身の昇進には関心を示さずに木村参謀が西崎少佐に尋ねた。

「それが、」

「うん、」

一瞬ためらった西崎少佐に木村参謀は何かを悟ったようだった。

「そうか。海軍にはもう俺が指揮を執れる艦隊など残ってはおらんのか」

そう言うと木村参謀は西崎少佐をまっすぐに見た。

「南方か」

「いえ、アリューシャンです」

西崎少佐がはっきりと答えた。

「アリューシャン」

それまで黙って二人の話を聞いていた大谷大佐が割って入った。アラスカにほど近い北の果てのアリューシャン列島へ行くことがいったい何を意味するのか、知らぬ軍人など一人もいなかった。

「それで、時期はいつ頃か」

木村参謀は表情を変えずに西崎少佐に尋ねた。

「それが、例の第八十一号作戦完了後になるはずです」

「すべてはそういうことか」

「はい」

西崎少佐がそう答えると、木村参謀は自分に待ち受ける運命を実感した。

「何がそういうことだ、俺にも分かるようにはっきりと言え」

合点がいかぬ大谷大佐が西崎少佐に迫った。

「はい、今回の第八十一号作戦が参謀会議で検討された当初は、作戦自体の必要性とその困難さから多くの方々が反対されておりました。しかし陸軍との兼ね合いから上層部の意向が作戦実行に傾くと、手のひらを返したように反対の声は聞かれなくなってしまいました。そんななか、唯一最後まで断固反対を唱えていたのが木村参謀であります。木村参謀はいくら陸軍からの要請があろうと成功の見込みのない作戦を実行し、多くの将兵を犠牲にすることなどあってはならぬと、公然と上層部を批判されたのです」

本作戦の発動までの経緯を西崎少佐が要約して説明した。

「その結果がアリューシャンか。昇進などと言ってはおるが、木村を人も通わぬ辺境の地に追いやる口実に過ぎんわけだ。しかも本作戦の完了後に転属させようとは、自分たちが立てた作戦にも係わらず成功するとは思っておらんわけだ。そして作戦が失敗の時は、唯一この作戦に反対していた木村にその全責任を被せて詰め腹を切らせる気とは、まったくどこまで汚い連中なんだ」

大谷大佐がはき捨てるように言った。

「上層部の中に、木村参謀を快く思っておられぬ方々がいることは事実です」

西崎少佐も思いは同じであった。

「貴様、こうなることは承知の上で、それでも最後まで反対したのか」

今回の経緯を知って、大谷大佐が同期の木村参謀を初めて気遣った。

「いくら反対したからと言って、作戦が実行されてしまえば何もしなかったことと同じだ。俺は軍令部の参謀の一人として、この作戦を実行せねばならぬ直江たちに顔向けができん」

木村参謀は自身を厳しく律していた。

「木村、お前」

そんな木村参謀に大谷大佐が声をかけた。

「俺は前線へ行くことは構わん。いや、むしろ本望だ。かねてから、直江や貴様が出撃するのをここから見ていて心苦しく思っていたんだ。しかし、行くと決まったからには俺も海軍の軍人らしく、最期は艦で行きたかった。今はそれだけが心残りだ」

木村参謀はすでに覚悟を決めている様子だった。

「何が心残りだ。行く前からそんなことでは生きて帰っては来れんぞ」

それを見て大谷大佐が檄を飛ばした。

「いや、この戦局の中でアリューシャンへ行くとなればもう内地の土を踏むこともなかろう」

「馬鹿もん、司令官の貴様がそんなことでどうする。アリューシャンにいる数千名の兵隊の命は貴様にかかっておるんだぞ。雑草を食ってでも必ず生きて帰ってこい」

「ああ、そうだな」

そう答えながらも、木村参謀の心は決まっていた。

二

東京、赤坂の料亭朧月夜では木村参謀がいつもの部屋で飲んでいた。しかし今夜はいつもと違って手酌で一人酒であった。いつものように馴染みの芸者菊乃を呼んではいたが、この日はかれこれ小一時間経っても菊乃は現れなかった。木村参謀は廊下を行きかう芸者の声や仲居の足音を聞きながら、一人もの思いにふけっていた。

「失礼致します」

「大変遅くなりまして、申し訳ございません」

木村参謀をだいぶ待たせたことを気にして、菊乃は神妙な面持ちで三つ指をついた。

「随分と忙しいようだな」

そう言う木村参謀の声は穏やかなものだった。

「もともと人手が足りないところにきて、急に若い娘に休まれたものですから。木村様にはとんだ御迷惑をおかけ致しまして」

いつものように菊乃は木村参謀の右隣に座ると、さっそく銚子を取って両手で酒を注いだ。

「人手がないと言えば、最近小鈴の姿を見かけんが」

注がれた酒を一口で飲み干すと木村参謀はそう言って菊乃を見た。

「はい、」

「うん、どうした。何かあったか」

菊乃のはっきりしない返事に木村参謀が尋ねた。

「いえ、そういうわけでは」

菊乃の返事はやはり曖昧だった。

「おいおい、まさか助平親爺に身請けでもされたのではあるまいな」

菊乃の様子で、木村参謀はすぐに何かあると思った。

「とんでもございません、そのようなことは」

「じゃあなんだ、俺にも言えんようなことか」

木村参謀にそう言われて、菊乃はすべてを打ち明けることにした。

「実はあの娘、今千葉で療養しているんです」

「療養、小鈴が」

菊乃の言葉は木村参謀にとって意外であった。

「はい、あの娘、もともと身体が強い方ではないのですが、ここのところ特に具合が悪くて」

「ちゃんと医者には診せているのか、いい医者なら俺がいくらでも紹介するぞ」

菊乃の表情から、小鈴の状況はあまり思わしくないと木村参謀は感じた。

「ありがとうございます。お医者様は大学の偉い先生に診ていただいたんです。あの娘はまだ先のある身ですから、おかあさんも気にして知り合いの先生に連絡をとって。そしたら、なんとかいう胸の病気だから今のうちにしっかり治さないと大事になると。そう言われて、そこの療養所の方に。おかあさんも知り合いの先生に言われた手前、渋々了承して。何しろ小鈴はうちの稼ぎ頭ですから」

「で、どうなんだ様子は」

木村参謀はとにかく小鈴の近況が知りたかった。

「はい、今はだいぶ落ち着いたそうで、なんでも来月にはこちらに戻れるようです」

「そうか、ならいいが。直江が帰ってきて、小鈴に何かあったんじゃ話にならんからな」

今の直江司令官の状況を考えると、木村参謀はおのずと小鈴のことが気になった。

「大丈夫ですよ、直江様がご帰還される頃にはまたお座敷に出ているはずです」

確証はなかったが、菊乃は木村参謀を安心させたかった。

「そうか」

「それから、この話はどうかご内分に。売れっ子芸者が胸の病で療養では、ちょっと」

「うん」

そうは答えたが木村参謀はまた何か別のことを考えている様子だった。

「木村様、どうかされましたか」

菊乃がそう言うと木村参謀は一呼吸おくとしみじみと語り始めた。

「うん、小鈴の話を聞いているうちに随分と昔のことを思い出してな」

そう言うと木村参謀は杯の酒を一気に飲み干した。そして菊乃は木村参謀が話し始めるのを待った。

「俺がまだ大尉だった頃、縁談話が持ち上がってな。うちは格式だけはあったが、内情は火の車だった。いくら家柄が良くても金がないんじゃ始まらん。夢にまで見た海軍士官になったはいいが、家が潰れたのではな。そんな時、両親が縁談を持ってきた。先方は事業が大成功して金には困らん家だ。相手の顔も知らんうちにふたつ返事で決めたよ。いや、家を潰さぬためにはそうするより仕方がなかった」

「そうだったんですか」

菊乃が木村参謀の身の上話を聞くのは初めてだった。そして木村参謀が結婚話をすぐに決めたと聞いて菊乃にはぴんときた。

「もしや木村様、その時好き合っていた人がいたのでは」

勘の鋭い菊乃に木村参謀は自分の昔話を始めた。

「ああ、少尉時代から五年間、結婚の約束をして待たせるだけ待たせた女を俺は捨てたんだ」

そう言って、木村参謀は酒を口にした。

「俺たちは半ば夫婦同然に暮らしていたんだが、俺の縁談を知るとその女は突然俺の前から姿を消した。あの頃は仕方のないことと自分でも割り切ったつもりだったが、年を追うごとにそのことが思い出されてな」

しみじみと語る木村参謀に、菊乃が優しく返した。

「木村様も辛かったのですね」

「自業自得ってやつだ。ただ、あれには可哀そうなことをしてしまった」

そんな木村参謀に、菊乃はまるで弟を思う姉のように言った。

「木村様も可哀そう。お家のために好き合った人と一緒にはなれなかったなんて」

「俺のことなどどうでもいい。可哀そうなのは捨てた女と女房だよ」

木村参謀は自分を悲観せず、二人の女を思いやった。

「奥様が、」

菊乃は木村参謀の言葉を意外に思った。

「ああ、そんな男と結婚させられて夫婦らしい心の通う間もないまま、ただいたずらに時間だけが過ぎてしまった。俺はとことん悪い男だよ」

木村参謀はそう言うと酒を一気にあおってから、空になった杯を菊乃に差し出した。

「いいえ、木村様は優しいお方です。それもこれもみんなこんな時代のせいです。それにその人、もしかしたら初めから木村様とは結婚できないと、分かっていたのではないでしょうか。もしそれがあたしだったら、そう思ったはずです」

菊乃は、なんとしても木村参謀を悪者にはしたくなかった。

「どうして」

「もともと身分違いの恋。夫婦になることはできずとも、せめてその日が来るまでは一緒にいたいと」

そこまで言うと、菊乃は言葉を切った。そして伏し目がちにぽつりと言った。

「今のあたしとおんなじことです」

「菊乃」

木村参謀には、菊乃の気持ちがよく分かっていた。

「それでもいいんです。それでも十分幸せなんです、女は」

少し明るく菊乃が言った。

「なかなか上手くはいかぬものだな、男と女ってやつは」

そう言って、木村参謀はまた一口酒を飲んだ。

「ところで俺もお前に伝えておくことがあってな」

気分を変えるように、木村参謀も声をあらためた。

「はい、なんでございますか」

「まだ、正式ではないが近々昇進することが決まった」

「御昇進」

「ああ、俺もこれでようやく直江と肩を並べて閣下と呼ばれる立場になる」

木村参謀がそう言うと、菊乃は木村参謀に向かって三つ指をついた。

「閣下、御昇進誠におめでとうございます」

そう言って菊乃は丁寧に頭を下げた。木村参謀を閣下と呼べることが菊乃はとても誇らしかった。

「おいおい、閣下はまだ早い」

「御祝の席はいかが致しましょう」

三つ指をついたまま、菊乃が尋ねた。

「いや、こんな時勢だ。特別なことはすまい」

「はい」

そう答えると、菊乃は差し出された杯に酒を注いだ。酌を受けながら、木村参謀がさらりと言った。

「それに、昇進すれば、ほどなく転属にもなろう」

菊乃の酒を注ぐ手が一瞬止まった。それは菊乃が最も恐れていたことだった。軍人の転属が何を意味するのか、それは聞くまでもないことだった。

「転属、どちらに行かれるのですか」

それでも菊乃は一縷の望みに期待したかった。

「いや、それはまだ分からぬが、俺もようやく腕の振るいようがあるというものだ」

木村参謀は蒼ざめていく菊乃を見て、あえて行先を伏せた。

「では、戦地へ行かれるのですね」

一縷の望みも絶たれて、菊乃は喉元に刃物を突きつけられた気がした。

「ああ、戦場で戦ってこそ軍人だ。これで俺も肩身の狭い思いをしなくてすむ。なんだ、そんな顔するな菊乃。出陣の際は笑顔で送ってくれよ」

想像以上に落胆する菊乃を見て、木村参謀が逆に励ましていた。

「はい」

ようやく聞き取れるほどの声で菊乃が答えた。今の菊乃には返事をするのがやっとだった。

三

江戸川の鉄橋を越えて千葉県に入り、四つ目の駅を降りてから十分ほど歩いたところにその家はあった。そして駅前からまっすぐ伸びる路地の一番奥にある家の二階に小鈴の部屋があった。一、二階二間ずつの小さな家に普段は中年女が一人で暮らしていたが、一か月ほど前から二階の一室を小鈴が使っていた。ここへ来た当初の小鈴は日常生活に問題はなかったが、数日前から床に臥せていた。

「すずさん、起きてる」

家の主のおはつが襖の外から声をかけた。

「はい」

部屋の中から弱々しい返事があった。

「お粥、持ってきたわよ」

「ああ、すいません」

そう言って小鈴は身体を起こそうとした。

「あら、全然手をつけてないじゃないの」

「すいません、ずっと気分が悪くて」

「だめよ、いやでも少しは食べなきゃ」

昼に持ってきた手つかずの粥を見ておはつが言った。

「はい」

小鈴はようやく身体を起こし、枕元に置いてあった半纏を肩に掛けた。

「そうそう、さっき菊乃さんから連絡があって」

「姉さんから、」

「ええ、様子はどうかって。まだ寝てるって言ったら、今度の休みにはこっちに来るからって」

「あたしがこんなで姉さんだって忙しいってのに」

そう言いながら、小鈴は半纏が肌蹴ぬように袖を通して前紐を結んだ。

「そう思うのなら、早く良くなりなさい。あんなに優しい人に心配かけちゃだめよ」

おはつは粥を載せた盆を置くと、小鈴の額に手のひらを当てた。

「熱はなさそうね、これなら大丈夫」

「ねえ、おはつさん」

「なあに」

「おはつさんは菊乃姉さんのこと、随分前から知ってるんでしょう」

「ええ、知ってるわよ」

「いつ頃から、」

「ずっと昔、まだ菊乃さんが子供の頃からよ」

そう言うと、おはつは小鈴の後ろに回り、温めるように背中をさすり始めた。

「子供の頃、どうして」

「うちの父ちゃんは先代様の時分にあそこの使用人頭だったの」

「使用人頭」

「そう、昔で言う中間《ちゅうげん》よ」

「中間、じゃあ姉さんは」

「もともとは立派なお武家様のお嬢様」

「お嬢様、」

小鈴は振り返るようにしてそう言った。

「ええ、可愛かったわ、あの頃。いつもにこにこ笑って、でも時としてりんとするの。やっぱり血筋ね」

「血筋、」

「あら、すずさん何も聞いてなかったの。菊乃さんの昔のこと」

そう言われて小鈴は言葉に詰まった。

「お互い、昔のことは言いっこなしで」

「そうね、そうよね」

おはつは少しばつが悪そうに言いながら、小鈴の腕を揉んだ。

「でも、そんなお嬢様がどうして芸者になんか」

「ここまで言っちゃったから話すけど、今の旦那様。つまり菊乃さんのお父様がね、別に遊び潰したわけじゃないけど、傾いた事業をなんとか立て直そうと焦ったんじゃないかしら。悪い商売に引っかかって、立て直すどころか大きな借金をこさえて。昔の御屋敷を全部手放すだけじゃ足りなくて」

「それで姉さん」

「でも、立派だったのよ菊乃さん。親が言い出す前に、自分から芸者になると」

「ほんとですか、それ」

小鈴は振り向くと、おはつの顔を見た。

「ええ、だから源氏名も本名のままの菊乃でいいと」

「菊乃は本名だったんですか」

この時まで菊乃が本名だとは小鈴は知らなかった。

「そうよ、自分は好きで芸者になるんだから、別に恥ずかしいことじゃないって言って。あたしそれを聞いた時は泣けたわ。菊乃さん、そうやって自分を奮い立たせたんでしょうね」

「奮い立たせた」

「ええ、菊乃さんのおかげで弟さんも今では立派な海軍士官になれたし、ご両親だってああやって生活できるわけだから。でもその割にはご両親、なんか昔のお武家気分が抜けないみたいで。あんまり悪くは言いたくないけど、なんだか菊乃さんが可哀そう。だって、若い娘が家の重みを一人で背負ったみたいで」

そう言うと、おはつは固くなった昼の粥を盆に載せて立ち上がった。

「そうだったんですか」

小鈴は自分とはまったく違う菊乃の生い立ちを、初めておはつから聞いた。


ラバウルでは第三水雷戦隊所属の八隻の駆逐艦が護衛作戦の準備をすませ、出撃の命を待っていた。出撃準備を終えた兵隊たちは詳しい作戦の内容を知らずとも、自らに迫りくる運命を感じていた。そして出撃前の静寂と束の間の休息がいっそう兵隊たちを緊張させた。

巡洋艦鈴谷から直江司令官とともに三水戦に転属してきた加藤兵曹長と一二三一等水兵の両名は司令官室に呼ばれていた。加藤兵曹長は直江司令官とは十年来ともに戦ってきた歴戦の勇士であったが、今回の出撃準備では今まで感じたことのない異質な感覚に気づいていた。命の危険を本能的に察知する古参兵の直感は、艦隊の運命を正確に感じ取っていた。

「失礼します」

「入れ」

副官の返事を聞いて両名は司令官室に入り、司令官の前まで来ると深く一礼してから気をつけの姿勢をとった。

「お呼びでありますか、閣下」

加藤兵曹長は椅子に座る直江司令官を直視せずに、視線を正面に見据えたまま言った。司令官の横には、やはり鈴谷以来の副官西崎大尉が立っていた。

「加藤兵曹長」

「はい」

「一二三一等水兵」

「はい」

「ただ今から両名に命令を伝える」

西崎大尉の言葉で、二人はあらためて気をつけの姿勢をとり、前方を直視した。

「加藤兵曹長、一二三一等水兵の両名は本日付をもち、第三水雷戦隊司令部付の任を解き、海軍兵学校への転属を命ずる。昭和十八年二月二十七日、第三水雷戦隊司令官、直江正富。なお、加藤兵曹長は教官として、また一二三一等水兵は教官付としてこれまでの経験を生かし、今後は後進の指導にあたるべしとの司令官のお言葉である、以上」

命令を聞いて、加藤兵曹長は我が耳を疑った。

「待ってください、今さら転属なんて納得できません」

身体は正面のまま、首だけを西崎大尉に向けて加藤兵曹長が言った。

「納得などせんでいい、命令だ」

西崎大尉が鋭く加藤兵曹長を制した。

「そんな命令には従えません」

上官である西崎大尉に加藤兵曹長が真っ向から言い返した。

「なんだと、貴様軍規をなんと心得るか」

西崎大尉の表情が変わった。三十年以上海軍の飯を食ってきた加藤兵曹長が、司令官の面前でその副官にこのような態度をとることなどあり得ないことであった。しかも命令は副官からのものではなく、司令官の直江少将から発せられたものである。これは明らかに、いち下士官が少将閣下の命令に背くことを意味した。加藤兵曹長は身体を西崎大尉に向けると、さらに一歩前に出て直立不動の姿勢をとった。

「準備はすべて整っております。あとは出撃の命を待つばかりの今、閣下のお側を離れて自分だけが内地に帰れるわけがありません。どうか、一二三だけを行かせてください」

西崎大尉に向けて言い放ったこの加藤兵曹長の言葉は、実は十年来生死をともに戦ってきた直江司令官に向けられていたのだ。

「加藤兵曹長、貴様司令官のお気持ちが分からんのか」

西崎大尉が顔を紅潮させて返した。

「分かりません。自分だけ生かされても嬉しくはありません。どうか自分もラエに行かせてください」

加藤兵曹長は気をつけの姿勢のまま西崎大尉に向かって訴えた。そして今度は身体を直江司令官に直接向けると、腰を深く折り頭を垂れた。

「閣下、最期までお供をさせてください」

「自分もお願い致します」

加藤兵曹長の言葉を聞いて、一二三一等水兵もそれに続いた。加藤兵曹長はまだ二十歳に満たない一二三一等水兵の覚悟を知って胸が熱くなった。二人の兵隊は身体を深く折った礼の姿勢で地獄への随伴を司令官に懇願した。

これを見た西崎大尉は殴りかからんばかりの剣幕で二人を一括した。

「馬鹿もん、貴様たち、それでも帝國海軍の軍人か。上官の命令は絶対である。私情を挟む余地などない。下がれ」

「いいえ、下がりません。閣下、どうかご一緒させてください」

加藤兵曹長はそのままの姿勢でその場から動こうとはしなかった。

「つべこべ言わずに下がらんか」

とうとう西崎大尉が加藤兵曹長の胸ぐらをつかんで身体を引き起こした。加藤兵曹長は無抵抗のまま、鈴谷以来旧知の仲の西崎大尉の目を見た。

「副官からも口添えしてください。自分だけ助かるわけにはいきません」

訴えかける加藤兵曹長の目からは涙が溢れていた。このままこの場を立ち去れば、直江司令官と西崎大尉とは今生の別れになると加藤兵曹長は思った。

「うるさい、早く出ていかんか」

西崎大尉はそう言って加藤兵曹長を突き飛ばした。床に倒れ込んだ加藤兵曹長はその場で立ち上がると、司令官に向かってまた気をつけの姿勢をとった。

「閣下、」

男泣きのかすむ目で加藤兵曹長は初めて直江司令官を見た。しかし司令官は無言のまま鋭い眼差しを加藤兵曹長に向けるのみであった。司令官の厳しい表情が命令の絶対性を物語っていた。

加藤兵曹長はそれを悟り、うつむいて拳を強く握りしめた。肩を震わす加藤兵曹長は少しの間そうしていたが、ついに握っていた拳をまっすぐに直すと、直江司令官に深々と一礼して司令官室をあとにした。そして一二三一等水兵もそれに倣った。

二人が部屋を出ていくと西崎大尉が直江司令官に一礼した。

「司令官、これで宜しかったでしょうか」

西崎大尉はそう言って直江司令官を見た。

「これでいい。加藤は普通ならばとっくに予備役の歳だ。それに一二三はまだ若すぎる。何もそう急ぐこともあるまい」

直江司令官は静かにそう言うと、すずりの横にあった筆を手にした。

「はい」

そう答えた西崎大尉は、毛筆で命令書に自らの名前を書き入れる直江司令官の横顔に、今までにない強い覚悟を見た。

四

同じ日の午後、菊乃はようやく時間のやりくりをして、千葉の小鈴のもとを訪れていた。丸一日休みをとりたいところだったが、今の菊屋は菊乃一人でなんとか切り盛りしている状態で、半日時間を作るのが精一杯であった。

「こんにちは」

菊乃が小鈴のいる家の玄関の戸を開けると、ちりんちりんと戸に付けられた鈴が鳴った。

「はい」

家の奥から声がすると、台所仕事をしていたおはつが割烹着姿で現れた。

「ああ、菊乃さん」

「おはつさん、この度は無理なお願いばかり言って本当にすいませんでした」

地味な着物姿の菊乃がそう言っておはつに丁寧に頭を下げた。

「いいえ、あたしは何も」

「ううん、おはつさんにはいつも甘えるばかりで何もできなくて」

玄関先に立ったまま、おはつを見上げるようにして菊乃が言った。

「よしてくださいよ菊乃さん。こんなこと、僅かばかりの恩返しにもなりゃしない。さあさあ、早く上がってくださいな」

「失礼します」

菊乃は玄関を上がると手荷物を一度置き、自分の草履を直してから居間に入った。そしてお膳の前で正座をすると、手荷物の風呂敷を取って持参した菓子折をおはつに差し出した。

「これ、召し上がってください」

「まあ、気を遣わないでくださいな。まあどうぞどうぞ。今、お茶を入れてきますから。遠いところ大変だったでしょう」

そう言って菓子折を受け取ると、おはつは菊乃を火鉢の方へと誘った。そして自分はその菓子を持ってすぐ隣の台所へ行った。

「いいえお構いなく、あの小鈴は」

台所でお茶を入れるおはつの後ろ姿に、菊乃は風呂敷をたたみながら尋ねた。

「さっき、お粥を持っていったら寝てたんで。だいぶ良くはなってきたと思うんですけど、いかんせん食べてくれないんでね」

お茶を入れながら、おはつはいつもよりも少し大きな声で答えた。

「そうですか。あの、ちょっと見てきたいんですけど」

「ああ、どうぞ二階の右手の部屋です」

振り返りながら、おはつが言った。

「それじゃ、すいません」

菊乃は立ち上がると、居間のすぐ脇にある急な階段をゆっくりと上っていった。二階に上がるとすぐに左右に襖があった。菊乃は言われた通りに右の部屋の襖の前に立ち、声をかけてみた。

「小鈴ちゃん。どう、起きてる」

部屋の中から返事はなかったが、菊乃はそっと襖を開けた。四畳半ほどの広さの部屋で小鈴が寝ていた。小鈴は厚い布団を肩の上まで掛けてはいたが、部屋には火の気がなく菊乃は寒いと感じた。菊乃は小鈴を起こさぬように気をつけて布団のそばに座ると、小鈴の顔を覗き込んだ。

「あら、こんなに汗をかいて」

寒い部屋の中で汗をかいて寝ている小鈴を不審に思い、菊乃はもう一度声をかけてみた。

「小鈴ちゃん、」

それでも小鈴は目を覚まさなかった。おかしいと感じた菊乃は、すぐに小鈴の額に手を当ててみた。

「ひどい熱。ねえ、小鈴ちゃん。分かる、ねえ」

さっきよりも大きな声で呼んでみても、やはり小鈴は目を開けてはくれなかった。そして菊乃が布団をまくり小鈴を抱きかかえようとしたその瞬間、菊乃ははっと息を呑んだ。なんと、まくった布団の敷布が真っ赤に染まっていたのだ。

「大変、」

「おはつさん、おはつさん、」

菊乃は階段の方を向くと、ありったけの声でおはつを呼んだ。

「小鈴ちゃんしっかりして。ねえ、小鈴ちゃん」

そう声をかけながら、身体を揺すってみても小鈴が目を覚ます気配はなかった。抱きかかえた小鈴の身体は火鉢を抱いたように熱かった。尋常ではない小鈴の状態に、菊乃はただ小鈴を抱いておはつを待つことしかできなかった。菊乃にはおはつを待つその少しの時間が途方もなく長く感じられた。そしてようやくおはつが息を切らして部屋に入ってきた。

「どうかしましたか」

菊乃の後ろで、小鈴を覗き込むようにしておはつが言った。

「小鈴が出血してるんです。それにひどい熱であたしのことも分からないみたい」

菊乃は事態の急をおはつに告げた。

「ええっ、さっきまでなんでもなかったのに」

血に染まった小鈴の浴衣と敷布を見て、おはつはうろたえた。菊乃はそんなおはつの目を見ながら大きな声で言った。

「おはつさん。早く、早く先生を。このままじゃ危ないわ」

「はい、すぐ呼んできます」

菊乃の声で我に返ったおはつは慌てて階段を下りていった。

「小鈴ちゃん、しっかりしてちょうだい。小鈴ちゃん」

目を開けぬ小鈴を抱きながら声をかけ続ける菊乃の姿は、魑魅魍魎の魔の手から必死に妹を守ろうとする姉そのものであった。

五

昭和十八年三月二日、のちにビスマルク海海戦と呼ばれる第八十一号作戦で、直江司令官が指揮する第三水雷戦隊と七千名の陸軍兵を乗せる八隻の輸送艦で構成された艦隊は、誰もが危惧する通り、やはり多大なる損害を受けてしまった。

艦隊護衛の航空兵力をほとんど持たない直江艦隊は連合軍航空部隊の徹底的な攻撃を受け、ラバウルに帰還できた艦船は十六隻中僅か四隻のみであった。しかも七千名を乗せた輸送艦は全艦撃沈されてしまった。それは直江艦隊が一方的に攻撃を受ける続ける悲惨を極める戦だった。

そしてその日から十日あまりたった日の午後、呉の自宅に電話のベルが鳴った。多恵は急を告げる電話が嫌いだった。この家が海軍の提督の自宅でなければ、電話など必要ないのにと思いながら、多恵はいつも電話に出ていた。

「もしもし、直江でございます」

「ああ、多恵さん。うちです、麗子です」

電話の相手が麗子で、多恵は少しほっとした。

「まあ麗子さん」

「多恵さん、よく聞いてください。今さっきうちの主人から連絡があって、直江さんが、」

「待って、言わないで」

多恵は麗子の言葉を切った。多恵は自分が恐れていることが現実になると直感した。いつもとはまったく違う麗子の差し迫った様子が、それほどまでに多恵を狼狽させたのだ。多恵は夫に起こったであろう悪い事実をもうこれ以上聞きたくはなかった。

「大丈夫よ、多恵さん。直江さんは大丈夫です」

それを察した麗子はまずは多恵を安心させることに努めた。耳元から遠く離した受話器から聞こえてくる麗子の声に、多恵は恐る恐るもう一度受話器を耳に当ててみた。

「本当ですか」

「ええ、ただ負傷されて内地に戻ってこられたそうです」

麗子は多恵に心配する時間を与えずに、話の内容だけを的確に伝えた。

「負傷、」

「ええ、私も詳しいことまでは分かりませんが、とにかくすぐに東京へ行きましょう」

動揺しているであろう多恵に麗子は先導するように言った。

「麗子さん、」

「今ならまだ午後の汽車に間に合うはず。これからうちがお宅まで車で迎えに行きますから、すぐに支度をしてくださいい。うちもそのまま多恵さんと一緒に東京へ行きますから、安心してください」

「麗子さん、ありがとう」

どうしていいのか分からずにいた多恵にとって、今は麗子だけが頼りだった。

「じゃあ、詳しいことは会った時に」

そう言って、麗子の電話は切れた。

「はい」

多恵はすでに切れている電話にそう言うと、しばらくそこから動かずにいた。そして少ししてから、ふと我に返ったように受話器を置くと急いで旅の支度に取りかかった。

麗子の電話から一時間後、二人はどうにか広島行きの汽車に乗ることができた。この汽車にさえ間に合えば、広島で本線に乗り換えて大阪経由で東京まで行ける。もしこの汽車を逃してしまえば、東京行きが一日近くも遅れてしまう。二人は走り出した汽車の荷棚にかばん一つの荷物をのせると、ようやく安心することができた。

「さあ、これであとは東京へ着くのを待つばかり」

座席に腰を下ろすと、ほっとした様子で麗子が言った。

「麗子さん、本当にありがとうございます。私一人じゃとても心細くて、東京まで一緒に行っていただけるなんて、私本当に感謝しています」

向かい合わせの席で立ったまま多恵がそう言うと、手を前に添えて丁寧に麗子にお辞儀をした。

「こういう時は御互い様。一人より何かと二人の方が便利なもんです。どうということではありません」

麗子はそう言うと手で多恵に座るように促した。

「それに、うちにも東京へ行かなならんわけがあります。だから気にせんといてください」

「麗子さんにも、」

膝を揃えて座席に腰かけると、多恵は東京行きのわけを尋ねるように麗子を見た。

「実は主人が昇進したんです」

そう言って、麗子が話を切り出した。

「御昇進、それはおめでとうございます」

「いいえ、めでたいことでもありません」

「おめでたくない、」

多恵は麗子の言いようが呑み込めなかった。すると麗子が汽車の窓に視線を移してから、多恵に言った。

「ええ、昇進の次は出撃です」

「出撃、」

多恵は麗子になぐさめの言葉を返せなかった。

「直江さんはそれこそ何遍も出撃されて、そしてたくさん武勲をお立てになって。今回は御怪我をされてそれは大変なことですが、それでも直江さんは大丈夫です」

「大丈夫、」

多恵は麗子の確信に満ちた言い方はどうしてだろうと思った。

「直江さんはどんなことがあっても、きっと帰ってくる。そういう強い根っからの軍人さんです。でも木村は違います。あの人は直江さんのような軍人さんとは違います」

「主人とは違う」

「あの人、昇進のことも、それから出撃のことも、何もうちには言ってはこないんです。これはうちが他から聞いたこと」

麗子は外の景色を見ながら淡々と多恵に語った。

「でもそれは麗子さんに心配をかけまいと」

多恵がなんとか麗子を励ますつもりでそう言うと、麗子は視線を多恵に向けた。

「あの人は出撃したら、もう帰ってはきません」

きっぱりとした麗子の言いように多恵は言葉に詰まった。

「あの人、それが自分でもよう分かってるんです」

「麗子さん、どうして」

「あの人、ああ見えて中身はとても繊細なんです。だからいつもああして自分を男らしく豪快に見せて。今回も直江さんを負傷させたのは自分の責任だと随分責めていたそうです」

麗子は取り乱すこともなく、冷静に話を続けていた。そして多恵は長年知る麗子の夫の意外な一面を知った。

「そんな人が地獄に行って、帰ってこられるわけがありません。だからうちにも何も言わずに」

そこまで言うと、麗子はまた窓の外に視線を移した。

「女房に、これから死んでくるとはさすがに言えません」

そう語る麗子の横顔は間違いなく悲しげに多恵には映った。

「麗子さん、そんなことはないわ。木村さんも立派な軍人さんです」

多恵はそれ以上麗子にかける言葉が見つからなかった。すると麗子がまっすぐに多恵を見て言った。

「軍令部勤務の軍人が戦場へ出て、帰ってきた例はありません。戦場から帰ってこられるのは、直江さんのような本当に強い軍人さんだけです。だから多恵さん、御主人はなんの心配もいりませんよ」

そう言う麗子は笑みをも浮かべていた。

「麗子さん」

多恵はとうとう最後まで麗子にかける言葉が見つからなかった。

六

呉を発車した汽車の車中で麗子と多恵がそんな話をしている頃、数日前に少将に昇進していた木村少将は、横須賀の海軍病院を訪ねていた。木村少将は昨日ここに収容された直江司令官の病室には直接向かわずに、将官用の特別室にいた。

「失礼します、閣下」

そう言って二人の軍医が木村少将の待つ特別室に入ってくると、木村少将の前で一礼した。

「軍医長の大塚です。それから、担当医の藤本大尉」

「初めてお目にかかります、直江司令官の担当をしております藤本大尉であります」

木村少将が促すと、二人はさらに一礼してから向かい側の長椅子に腰を下ろした。

「では、早速ですが直江司令官の容態について担当からご説明させていただきます」

軍医長はそう言って、担当医の藤本大尉に説明を任せた。

「まず司令官の容態ですが、大量出血のために一時は危篤状態でしたが、現在では意識もはっきりされており、短時間であれば会話も支障ないほどまでに回復されております」

「そうか、それを聞いてほっとしたよ」

木村少将は正直に胸の内を明かした。

「自分も司令官の回復力にはただただ驚くばかりでして。司令官は三か所銃弾を受けておられます。右肩と左腿は被弾時に貫通しており、腹部への被弾に関しましては現地で緊急の摘出手術を受けておられます。その時摘出されたのがこの弾丸です」

そう言って、藤本大尉は白いハンカチをポケットから取り出すと、テーブルの上でそれを広げて弾丸を木村少将に見せた。木村少将がその弾丸を手に取ってよく観察してみると、前方部分が少し変形しているのが分かった。

「七・七ミリ機銃弾か」

直江司令官の腹部から実際に摘出された弾丸を見ながら、木村少将が藤本大尉に言った。

「はい、これがもしもっと口径の大きいものでしたら」

「今頃直江はここにはおらんか」

木村少将はそう言って、弾丸を一度ハンカチに戻して包み、大事そうに自分の軍服のポケットに仕舞った。

「おそらくは」

担当医の藤本大尉がそう言って、うなずいた。

「悪運の強い奴だ。それで傷の後遺症については」

木村少将が一番気がかりなのは正にこのことであった。命が助かれば、次は誰しもが患者の全快を期待するものである。

「まだはっきりとは断言できませんが、」

藤本大尉はそう前置きしてから話した。

「著しく運動能力を損なうようなことはないかと思われます」

「では今まで通りに歩けるようになるんだな」

木村少将が念を押すように藤本大尉に尋ねた。

「日常生活に支障はないかと」

「益々もって悪運が強い。脚の一本も諦めねばならんかと思っていたよ」

そう言って木村少将は我が事以上に喜んだが、二人の軍医の表情は変わらなかった。

「しかし、少々気になることが」

軍医長の大塚大佐がそう言って話を切り出した。

「なんだね、軍医長」

「実はこれは私の診たてなんですが、」

そこまで言うと、軍医長はあらためて木村少将を見た。

「はっきり言ってもらって構わん。俺と直江は同期の仲だ」

今度は木村少将が厳しい表情で軍医長を見た。

「それでは申し上げますが、今は外傷よりも艦隊司令官としての御立場で、だいぶ思いつめられているのではないかと」

軍医長の言い方は穏やかではあったが、事態の重要性が込められていた。

「直江が、」

兵学校時代からの親友であり、屈強なあの直江司令官が精神的に追い込まれているなど、木村少将は、にわかにそれを信じられなかった。

「はい、よくあることなんですが、壮絶な戦闘であればあるほど司令官として、なかには御自身の責任を強く感じられて」

軍医長は問題の核心部分を含みを持たせてそう言った。そしてそれを聞いた木村少将も軍医長の言葉の意味を察した。

「自決する者もあるか」

「ですので、そこのところを、できましたら閣下からも」

軍医長が木村少将に伝えたかったのは正にこのことであった。

「よし分かった。それで直江とは会えるか」

木村少将は軍医長の言わんとするところをすべて了解した。

「はい、これからご案内致します」

満足そうに軍医長がうなずいた。


担当医の藤本大尉は直江司令官の病室まで木村少将を案内すると、ドアの前で一礼してその場を立ち去った。一人になった木村少将はノックしてからドアを開けた。

「おい直江、俺だ」

病室に入ると、木村少将はいつものように明るく振る舞った。

「木村か、どうしてここに」

ベッドに寝ている直江司令官は首だけを動かして木村少将を見るとそう答えたが、その声には力強さが感じられなかった。

「なんだ、ご挨拶だな。親友の貴様が負傷したというから心配して駆けつけてやったというのに。思ったよりも大したことはなさそうだな」

木村少将はそう言って軍帽を取り、帽子掛けに掛けてから、壁際にあった椅子をベッドの横に置いてそれに腰掛けた。

「どうした、黙っているところをみると傷が痛むか」

木村少将がそう言っても、直江司令官はすぐに答えずに視線を天井に移した。

「なあ木村」

天井を見つめたまま、直江司令官が呟くように言った。

「なんだ」

木村少将の声は親友のそれだった。

「俺だけが助かってしまった」

直江司令官が申し訳なさそうにそう言った。木村少将はこれほどまでに気弱な親友を見たことがなかった。

「貴様だけ」

「ああ、俺が護衛した輸送艦は全部撃沈されたというのに、それを指揮した自分はこうして生き残ってしまった」

天井を見つめたまま、直江司令官は意識を取り戻してから繰り返し考え続けていたことを親友に話した。

「だからどうしたというんだ」

厳しい口調で木村少将が返した。

「俺のせいで三千人が死んでしまった」

明らかに直江司令官は自分自身を強く責めていた。

「何を言っているんだ。確かに今回の作戦で三千名が戦死したが、それは貴様の責任ではない。

俺たち、作戦を立案した者の責任だ。貴様は命令に従って現場の指揮を執ったにすぎん」

木村少将の言い分は武人として正しかった。

「しかし、」

「軍人は命令を遂行するのみ。責任などというのは何もしてはいない者が、あとから誰かのせいにするために使う言葉だ。貴様は戦場で最善を尽くした。そのことは皆がはっきりと見ておる」

木村少将は自信を持って、きっぱりと言い切った。

「だが、三千人が死んだことには変わりはない」

それでも直江司令官は自らを責め続けた。

「ミッドウェイで負けた時、取り返しのつかんことをしてしまったと、作戦参謀としての責任を痛感している俺に、戦争だから仕方がないと言ったのは貴様じゃないか」

「だが俺はあの光景を忘れられん」

押し迫ってくる記憶に立ち向かうように直江司令官が声を震わせた。すると木村少将はあえて直江司令官の心情には無関心なようにあっさりと聞いた。

「おい、直江。貴様そんなに忘れられんか」

「ああ、あの場にいない者にはあの地獄は分からん」

直江司令官が珍しく感情をあらわにした。

「貴様、三千名が死んだことがそんなに悔やまれるか」

木村少将が直江司令官に辛い言葉を投げかけた。

「ああ、悔やんでも悔やみきれん」

目をつぶって直江司令官が訴えた。

そこで二人の会話が一瞬途切れた。直江司令官はほんの僅かな静寂の時にも、自身の責任のとり方について考えていた。

「貴様、いつまでそうしてうじうじしておるんだ」

突然、木村少将が言い放った。

「なに、」

直江司令官は木村少将を睨みつけた。地獄を経験した直江司令官にとって、その言葉は聞き逃せなかった。

「そんなに悔やみきれんのなら、寝ていないで早く司令官に復帰しろ。復帰して今度は助からんはずの四千名の命を貴様が救えばいい。戦争はまだ終わってはおらん。くよくよ考えるのは戦争が終わってからにしろ」

その言葉には親友の最も重い心情が込められていた。一瞬、何かを言いかけた直江司令官だったが、それを自分の胸の中に押し留めると再び天井を見つめた。その瞳には光るものがあった。

しばらくの沈黙のあと、木村少将が今までよりも少し柔らかい口調で語り始めた。

「それから貴様に言っておくことがある。俺もこうして金筋が増えた。ようやく俺の腕を振るう番が回ってきたというわけだ」

「腕を振るう。やめておけ、もう何年も艦には乗っておらんだろう。貴様が艦隊司令官では部下の艦長たちのいい迷惑だ」

天井を見つめたまま、直江司令官が答えた。

「いつまでもそうして俺を馬鹿にしていろ、と言いたいところだが、残念ながら海軍も俺に回す艦はないらしい」

自嘲的に木村少将が言ってみせた。

「艦がない」

ここで、ようやく直江司令官が木村少将を見た。

「ああ、島の守備隊の隊長さんだ」

木村少将はまるで他人事のように言った。

「南方か」

「いいや、アリューシャンだ」

今度は木村少将がカーテンの隙間から僅かに見える横須賀の景色を見ながらそう答えた。

「アリューシャン。貴様、何かヘマをやったな」

同じ実戦でも将官でありながら、艦も与えられずに勝利なき陸戦を強いられるとは何事かと、直江司令官は思った。

「ああ、三千名の兵隊を見殺しにした」

視線を変えずに、木村少将が言った。

「木村」

今の言葉で直江司令官は木村少将の心情と大方の事情を理解した。木村少将は視線を直江司令官に戻すと、いつものように親友に語り始めた。

「戦場へ出るのは俺の本望だ。ただ行くなら俺も艦で行きたかったよ」

いつしか、直江司令官の気持ちは我が事から親友の事へと変わっていた。

「いつだ」

「二、三日のうちには行く。貴様と会うのも今日が最後かもしれんな」

そう言って、木村少将は立ち上がると椅子を元の場所へと戻した。

「木村、そういうことを言うようでは生きて帰っては来れんぞ。石に齧り付いてでも生き延びるようでなければな」

立ち上がった木村少将の姿を追うように、直江司令官は首を少し起こした。

「ああ、大谷にも同じことを言われたよ。だが現実に戦況は厳しい。とにかく貴様は早く身体を治せ、使える将官は少ないんだ。いいな」

そう言って、軍帽を被ると木村少将はドアへと歩き始めた。直江司令官は辛い身体を包帯の巻かれていない左肩を下にして傾けると、帰ろうとする木村少将を引き留めた。

「おい、木村。俺も貴様に言っておくことがある」

「なんだ、」

その声に木村少将が振り向いた。

「いいか、絶対に玉砕だけはするな。上がなんと言おうと構わん。貴様の仕事は兵隊を殺すことではない。一兵でも多く日本に連れ帰ることだ。貴様も死んではいかん、いいな」

ベッドから訴えかける直江司令官に、木村少将が落ち着いた声で返した。

「分かった、貴様も死ぬなよ」

こうして木村少将が病室を去ると、直江司令官はさらなる寂しさに襲われた。歴戦の勇士でさえ、心は鋼でできているわけではなかった。皆がそれぞれの立場でぎりぎりの戦いをしているのだ。直江司令官は大きく息を吐くと、他人には言えぬほど辛い身体を元のように戻して瞳を閉じた。激しい痛みに耐えながら、直江司令官は辛いのは自分ばかりではないと自らに言い聞かせていた。

第六章

一

昭和十八年四月、美しく咲き誇っていた皇居の桜が瞬く間に散り始めたこの日、小鈴は自らの運命と懸命に闘っていた。

ひと月ほど前、小鈴は重大な秘密を菊乃に打ち明けた。それは小鈴がそのことに気づいてから半年ほども、誰にも明かさずに隠し通してきた秘密だった。この秘密が女将に知れれば大変なことになる。小鈴は女だけの世界でも誰にも気づかれずにここまでやってきたのだ。

しかしそれにも限界はあった。もう小鈴一人ではどうにもならなかった。そして小鈴は一大決心をした。ことの一部始終を菊乃に話したのだ。

秘密を打ち明けられた菊乃は小鈴の大きな味方になってくれた。まずは女将を説得すること。それは小鈴にとって最大の難関だったが、菊乃が何かと助けてくれた。それでも事実を知った女将は烈火のごとく怒り、その炎をおさめるためには小鈴は三か月の休養の代償として、三年の追加奉公を受け入れざるを得なかった。そしてこの事実にはかん口令がしかれた。小鈴はあくまでも胸の病での休養であり、真実は三人だけの秘密にして売れっ子芸者の体面を守った。

臨月が近づくと小鈴は菊乃に所縁のある、千葉のおはつに預けられることになり、ここで人知れず母になるはずであった。しかしここ数日、今までの無理が祟ってか小鈴は急に体調を崩して寝込んでいた。心配した菊乃が見舞いに行くと、なんと小鈴は出血して気を失っていたのだった。駆けつけた医者は予断を許さぬ状況と診断、母子ともに危険な状態が続いていた。菊乃は荒い息で横たわる小鈴の手を握り必死に回復を祈っていたが、その手から伝わる命の力は、吹けば消えてしまうロウソクの炎のように頼りなかった。

小鈴は今まさに自らの運命と闘っていた。

二

小鈴が生命の危機にさらされていたこの夜、そのことを知る由もない直江少将は横須賀の海軍病院の病室にいた。直江少将は自身が指揮を執った南方ビスマルク海での作戦中に、敵機の機銃弾を受けて重傷を負い、一か月ほど前からここに収容されていた。

夕食も終わり消灯までのこの時間、直江少将があのビスマルク海での惨状を忘れる日はなかった。艦隊のほとんどを失い、三千名以上の戦死者を出したことを直江少将は自身の責任と強く感じていた。そしてその責任のとり方を思い浮かべぬ日はなかったのだ。実際は成功の見込みのない作戦の実行を強いられ、作戦中は指揮官として最善を尽くしながら、自らも重傷を負った直江少将を責める者などなかった。しかし本人はその結果を重く受け止めていたのだ。

研ぎ澄まされたままのその感覚は、廊下を歩く足音で誰のものかが分かった。そしてこの夜、直江少将は聞き慣れぬ足音を聞いていた。階段を上ってくる時から、間違いなく自室のドアをノックするであろうその足音の主を、直江少将は聞き分けることができずにいた。聞き慣れぬ足音はやはり直江少将の部屋の前で止まり、そしてやはりドアがノックされた。

「失礼致します」

暗がりに立つ軍人の姿に隙はなかった。

「閣下」

「西崎少佐か、」

僅かに見える顔立ちから、それが情報部の西崎少佐であることが分かった。

「はい、御無沙汰致しております。御加減はいかがですか」

そう言ってベッドの近くまで来ると、ようやく西崎少佐の顔がはっきり見えるようになった。

「うん、この通りだいぶいい」

「こちらに入院されてもう一か月が経とうというのに、今までお見舞いにも参りませんで申し訳ありませんでした」

そう言うと、西崎少佐は深々と頭を下げた。

「君に見舞いの時間などないことは十分承知しておる。そんなことは気にせんでいい。それより、この時間だ。ただの見舞いでもあるまい。よほどのことが起きたか」

聞き慣れぬ足音の主が西崎少佐だと分かった時から、直江少将は容易ならざる事態が起こったことを直感していた。

「実は、」

そう言ってから西崎少佐はさらに直江少将に近づき、細心の注意を払って話し始めた。

「今朝、南方ブーゲンビル島上空で、一式陸攻が米戦闘機に撃墜され、搭乗されていた山本長官が戦死されました」

「なんと、長官が」

直江少将は瞼を閉じて訃報を悔んだ。西崎少佐がもたらした情報とは、こともあろうに連合艦隊司令長官山本五十六大将戦死の知らせであった。

「長官は最前線視察のため、僅かな護衛戦闘機のみを引き連れて移動中のところを、敵の戦闘機隊に待ち伏せされ、撃墜されたものと思われます」

「長官が最前線視察」

「はい、最近は旗艦を離れもっぱら前線視察をなさっておられました。参謀がたびたび危険なのでとお止めしてはいたのですが。それから長官は視察地でも第二種軍装を着用されることが多く、目立って危険なので替えていただくように、それも参謀から申し上げておりました」

第二種軍装とは全身白色の帝國海軍の軍服のことである。一般的には司令部などの非戦闘地域での着用が主であったが、その軍服を山本長官は最前線、つまり、いつ敵に攻撃されてもおかしくない地域で着用していたのだ。

「長官が第二種軍装で最前線視察をされていたということがすべてを物語っておる。外部に留まらず、海軍の中にも何かと長官を揶揄する者がおるが、長官は覚悟の上でここまでの戦況の責任をとられたのだ」

戦地での山本長官の白一色の軍服姿は、敵の標的になりやすいばかりではなく、死を覚悟しての装束のように直江少将には感じられた。

「それにもし仮に長官が自身の命が惜しいなどと考えていたとすれば、目立つ服を着て自ら最前線へなど出かけていく道理がない。長官がお考えになっていたのは常に日本の行末だけだ。自己の保身などありようはずもない」

「はい」

開戦前は誰よりも強くアメリカとの戦争に反対し、そしていざ開戦となれば見事に真珠湾攻撃を成功に導いた山本長官を、直江少将は武人として尊敬していた。にもかかわらず、戦場で自身の命を懸けたことすらないような連中が、この偉大な軍人を中傷することが直江少将は許せなかった。役に立たない者ほど大口を叩く。直江少将はそんな連中を心底嫌っていた。そしてその思いは西崎少佐も同じであった。

「任官の折、長官から直接ジョニ黒をいただいた。長官も酒はおやりにならんのだが、二本のうち一本を自分に渡されて、お互い、いよいよの時はこれを飲もうと言われた」

「そうでありましたか」

「それを同じラバウルで、しかも一か月違いで飲むことになろうとは」

直江少将は一か月ほど前のラバウルでの出来事を思い出していた。そして自分自身に言い聞かせるように語り始めた。

「以前、長官が言われたことがある。苦しいこともあるだろう。言いたいこともあるだろう。不満なこともあるだろう。腹の立つこともあるだろう。泣きたいこともあるだろう。これらをじっと堪えていくのが男の修行であると。長官も自分も同じ地から覚悟の出撃をして、長官は逝かれ、自分はこうして生き残ってしまった」

自身を強く責める直江少将の言葉を聞いて、西崎少佐は背筋を伸ばしてから腰を折り、礼の姿勢をとった。

「閣下、長官が逝かれた今、海軍を引っ張っていけるだけの方はおられません。どうか、一日も早いご復帰をお願い致します」

山本長官を失った今、直江少将は自身にかかる新たな重圧を感じ始めていた。そして日本国民に山本長官の訃報が知らされたのは、この日から一か月以上も経ってからのことであった。

三

多恵は呉の自宅で、ひと月ほど前の横須賀での出来事を思い出していた。

木村少将がアリューシャンへの出撃命令を受けた正にその日、多恵は夫が収容された横須賀の海軍病院に来ていた。夫の直江少将はその二週間前の南方ビスマルク海での戦闘中に、敵機の機銃弾を浴びて重傷を負い、ここ横須賀の海軍病院に収容されたのだった。

多恵にとって今回は、夫の容態も分からぬままの大きな不安の中での旅であった。重傷の意味することはなんなのか。東京へ向かう汽車の中で多恵は何度も何度もそのことを考えた。そして考えれば考えるほど恐ろしい結末にしか行き着かなかった。

不安の中での長い道中に疲れ果てた多恵がようやく病院に着くと、そこには大勢の重傷患者たちが収容されていた。その光景を目の当たりにした多恵は、一人で担当医の説明を受けることが怖くなった。

恐ろしいと思う気持ちをなんとか抑えて、多恵は決意した上で担当医に会いに行った。若い担当軍医は少将閣下夫人である多恵に、とても丁寧に夫の容態を説明してくれた。そして軍医が説明した夫の容態は多恵が想像していたよりも良いものであった。張りつめた緊張感からようやく少し解放された多恵は、軍医に礼を言って夫の病室へと急いだ。

多恵は病室の前まで来ると、一度息を吐き、呼吸を整えてからドアをノックして病室に入った。そこには包帯の巻かれていない左肩を下にして、窓の外の景色を眺める夫の姿があった。

「あなた」

多恵が声をかけると、直江少将は窓側を向いている身体を一度まっすぐに戻してから首だけで振り返った。

「多恵」

妻の名を呼ぶその声はいつもとは違っていたが、多恵はそのことに気付かなかった。

「いかがですか、お加減は」

そう言って多恵はベッドのすぐ傍に立った。

「大したことはない」

「弾が三つも当たったというのに、それでも大したことではないのですか」

軍医から怪我の状態を聞いていた多恵は、夫が自分の前では強がりを言っていると思った。

「ここにはもっとひどい目に遭った連中が大勢いる。こんなのは大したうちには入らん」

「確かに、それだけお元気なら心配なさそうですね」

そう言いながら多恵は椅子に腰かけた。そして直江少将が多恵に身体を向けようとしたその瞬間、直江少将の顔が痛みで歪んだ。

「あなた、大丈夫ですか」

多恵が思わず夫に手を差し伸べた。

「いや、手伝わんでいい。一人でできる」

自分の腕を支えようとした多恵の手を払うようにして夫が言った。

「そんなこと言って、まだ傷口はふさがってはいないって先生が」

「お前、どうして」

直江少将は戦場から帰還した早々に、自分の収容先にまで女房がやってきたことが解せなかった。

「麗子さんが教えてくれたんです。わざわざ東京まで一緒に来てくれて、木村さんもとても良くしてくださって」

「またあいつか、余計なことをしおって」

大勢の犠牲者を出した今回の作戦の司令官として、直江少将はこの時期にこの場所で、女房と会うことを良しとは思ってはいなかった。

「あなた、いくら親友の木村さんでもそんな言い方はやめてください。お二人には本当にお世話になっているんですから」

しかし多恵は夫がまさかそんなことを考えているなど思いもよらなかった。

「でもこうしてあなたの顔を見て、ようやく安心することができました。今日からは私が付き添いますから、」

「お前は呉に帰れ」

多恵の言葉を遮るように、厳しい声で夫が言った。

「ええ、私はそのつもりで、」

「馬鹿もん、女房に付き添われている者がここにいると思うか」

直江少将が言う通り、この病院に収容された重症患者の中で、家族に付き添われている者など一人もいなかった。

「でも、」

「女房の世話になるなど、いい笑い者だ。さあ、用がすんだら早く帰れ」

そう言うと、直江少将は痛む身体を動かして妻に背中を向けてしまった。

「あなた」

はるばる呉から会いに来たというのに、多恵には夫のこの行動が信じられなかった。

「あなたが負傷したと聞いて私がどんなに心配したかお分かりですか。なんでもう少し優しい言葉をかけてはくださらないのですか。いつもあなたはそうなんです。これではあんまり酷過ぎます。あなたには女の気持ちが分からないんです」

背中を向けている夫に、多恵は涙ながらに思いをぶつけた。

「ああ、俺には女の気持ちなど分からん。俺が分かっているのは自分が指揮した作戦で三千名の兵隊を死なせたことだ。分かったら早く帰れ」

状況をまったく理解しようとしない多恵とは、もうこれ以上何を話しても無駄だと直江少将は思った。

「ひどい、あんまりです。なんで優しくはしてくださらないんですか」

それでも多恵は湧き出る自分の感情を抑えようとはしなかった。

「うるさい、早く出ていかんか」
とうとう直江少将が大きな声を出した。多恵は雷にでも打たれたようにその場で動けなくなってしまった。多恵が夫に怒鳴られたのは、結婚して初めてのことであった。

四

菊乃はもどかしい気持ちで赤坂の料亭朧月夜の廊下を急いでいた。二日前に菊乃が小鈴を見舞いに行くと、小鈴は出血して気を失っていた。駆けつけた医者の診たては母子ともに危険な状態であり、ここ二、三日が山とのことだった。

菊乃はそのまま小鈴の元に残り看病を続けたかったのだが、菊屋の女将がそれを許さなかった。女将にすれば、小鈴ばかりか菊乃までもがお座敷を休むことなど以ての外。やむなく菊乃は東京へ戻り、おはつにあとを託した。

そしてそのおはつからここに電話が入ったのだ。菊乃は良い知らせでありますようにと神に祈りながら電話口へと向かっていた。

「もしもしお待たせしました、菊乃です」

息を切らせて菊乃が言った。

「ああ、菊乃さん。こんな時間にすいません、おはつです」

電話から聞こえるおはつの声は、どこか慌てているように菊乃には感じられた。

「おはつさん、小鈴はどうですか」

しっかりとした声で菊乃が尋ねた。

「菊乃さんには早くお知らせした方がいいと思いまして。たった今、先生がお帰りになって。一時はどうなることかと思ったんですが、ほっとしました。元気な女の子ですよ」

「ほんと、本当なの、おはつさん」

元気な女の子という言葉だけが菊乃の耳に残った。

「それで小鈴は」

菊乃は小鈴の無事を神に祈った。

「はい、それからすずさんも大丈夫です」

「良かった、本当に良かった」

母子ともに無事と聞いて、菊乃はようやく安心できた。すると自然に菊乃の瞼から涙が溢れ出した。

「すずさん、お産のすぐあとに水が欲しいって」

「そう、それで水を飲んだの」

涙声で菊乃が言った。

「はい、水を飲んでから今は眠っています」

「そう、ありがとう、おはつさん。本当に嬉しいわ」

菊乃は涙が止まらなかった。ここ数日の菊乃の張りつめた気持ちが一気に解き放たれていった。

「だから、こっちのことは心配しないでください」

菊乃の声からその心情を察したおはつが気遣った。

「分かりました。電話をくれてありがとうございます。おはつさんも少しは休んでくださいね」

少し間を置いて、気持ちを落ち着かせてから菊乃が言った。菊乃は夜通し小鈴を看病し続けたおはつを、なんとか労いたかった。

「はい、それじゃ」

そう言って電話は切れた。菊乃は受話器を元の場所へ戻すと手を合わせた。

「ああ、良かった。神様、本当にありがとうございました」

声に出してそう言うと、菊乃はその場で神に一礼した。

五

それからひと月半が過ぎた五月の下旬、ようやく小鈴が菊屋に戻ってくるという連絡が入った。

小鈴のいなかったこの三か月あまり、菊乃は事実上一人で菊屋を切り盛りしていた。菊屋には見習いを含めて、あと数名の芸者がいたが、まだ駆け出しの芸者ばかりでとても菊乃の力にはならなかった。

菊屋の看板芸者であり、赤坂小町とうたわれた小鈴の復帰は、菊乃ばかりではなく菊屋みんなの待ち望むところであった。

菊乃がお座敷で使う新しい手拭いの注文から帰ると、玄関で小鈴が菊乃を出迎えた。小鈴は廊下に正座すると、菊乃に向かって三つ指をついた。

「姉さん、長い間本当にご迷惑をおかけしました。この御恩は一生忘れはしません」

「そんなことはいいけど、本当に心配したわよ。もう身体は大丈夫なの」

そう言いながら、菊乃は小鈴に立ち上がるように手を添えて促した。

「はい、お陰様ですっかり良くなりました」

「そう、それならいいけど」

そう言うと、菊乃は小鈴の横を通り過ぎながら、自分の部屋に来るように手で合図をした。小鈴は菊乃のあとに続いて部屋に入ると襖を閉めて、あらためて菊乃の前にかしこまった。

「それで、おかあさんには」

菊乃は小鈴に座布団を勧めながら小声で尋ねた。

「はい、戻って、いの一番にお礼を言いました」

小鈴は勧められた座布団を丁寧に断りながら言った。

「そう、それでおかあさん、なんて言ってたの」

「今日から今までの分をしっかり稼いでもらうからって」

「今日から、そんな無茶な」

確かに今は猫の手も借りたいぐらいに忙しかったが、小鈴の顔色はまだ良いとは言えなかった。それに産後の肥立ちをしくじると大事になる、菊乃はそれを心配していた。

「大丈夫です。あたしもそのつもりでいましたし」

「でも、それじゃいくらなんでも」

「もうこれ以上姉さんや皆に迷惑はかけたくないし、それにここにいるよりお座敷に出ている方が気が楽ですから」

小鈴にはすでにその覚悟ができていた。

「でも無理はしないでね。まだ本当の身体じゃないんだから」

女として、菊乃は小鈴の身体を案じていた。何しろ本当のことを知っているのは女将を除けば自分だけ、小鈴を思いやってあげられるのは自分だけだと菊乃は思っていた。

「ありがとうございます」

そんな菊乃を安心させるように小鈴が微笑んで見せた。それから小鈴は少し恥ずかしそうに話を切り出した。

「あの、姉さん」

「なに」

「あたしがいない間に連絡はありましたか」

「連絡って誰から」

「あの、弟とか、直江様とか」

小鈴が本当に知りたいのは、直江少将から連絡があったかどうかということで、聞くまでもないことだった。

「いいえ、なかったわよ」

「そうですか。あたし、弟とも今は連絡がとれてないんです」

「そう」

弟の話を持ち出したところで、小鈴の本心は菊乃には隠しようがなかった。

「それから、木村様はお元気ですか」

唐突に小鈴が木村少将のことを聞いてきた。

「うん」

今度は菊乃が曖昧な返事をした。小鈴は菊乃の表情が曇るのを感じた。

「実は木村様、戦地に行かれたの」

少し間をおいてから、菊乃がぽつりと言った。

「えっ、いつですか」

「二か月ほど前」

「そうだったんですか。すいません、あたしちっとも知らなくて」

淡々と話しているようではあったが、いざ実際に菊乃の口から戦地と聞かされると、小鈴は菊乃にすまないことをしたと思った。

「ううん、軍人ですもの、仕方がないわ」

菊乃の言いようは、まるで自分に言い聞かせるためのように小鈴には聞こえた。

「あたし、木村様のことでは姉さんに散々迷惑のかけどおしで、本当にすいませんでした。姉さんあたしのこと、恨んでるでしょう」

木村少将のことでは自分が菊乃のお座敷に割って入り、ふたりの仲を引き裂く結果になったり、お座敷に菊乃が呼ばれたように装ったりしたことを、菊乃がどう思っているのか小鈴はずっと気になっていた。

「ええ、正直言って初めは本当にあんたのこと恨んだわ。だって、あんたがお座敷の掟を破ったばっかりに、あたしは木村様と別れるはめになったって、そう思ってたから」

菊乃にそう言われて、小鈴は申し訳ない思いで視線を落とした。

「でもそうじゃなかった。あれは一つのきっかけでしかなかった。あんたが木村様がお呼びと嘘をついてあたしを木村様のお座敷へ連れていった時、」

「姉さん、本当にごめんなさい。あれは、」

小鈴は悪気があったわけではないことを、菊乃に分かってほしかった。

「ううん、そうじゃないの。あんたがそうしてくれたからこそ分かったんですもの。木村様はお座敷の出来事であたしと別れたわけじゃない。こうして戦地に行かれる時に別れるのは辛すぎる。

だからその時が来る前に別れた方がいい。未練が残るからって」

「姉さん」

菊乃の言葉が小鈴は嬉しかった。何を言い訳しなくとも、菊乃はいつも自分を許してくれた。ふところの深い、本当に優しい姉のようだと小鈴は思った。

「でも考えてみれば分かることなのにね。木村様がお座敷のことだけで別れ話を切り出すはずはないって。そんなに了見の狭いお方のわけがないって」

そう言って菊乃は少し言葉を切った。菊乃は今、木村少将との思い出の中にいると小鈴は思った。

「今ではあたし、あんたに感謝してるのよ。だってあの時、もしもあんたがあたしのことを、木村様のお座敷に連れていってくれなかったとしたら、木村様がそこまであたしのことを想ってくださってるって、一生知らずにいたことになるんですもの」

菊乃はまっすぐに小鈴を見て言った。

「あれから、あたし本当に幸せだった」

「姉さん」

「小鈴ちゃん、ありがとう」

菊乃の目が潤んでいた。

「良かった、あたし、こんなに姉さんに世話になっておきながら、実のところ不安だったんです。

姉さんあたしのこと、どう思ってるのかって。でもようやくこれで安心できました」

ほっとした瞬間、小鈴の瞼から涙がこぼれ落ちた。

「あんたはあたしの可愛い妹、たとえ血は繋がっていなくても、あたし、そう思ってる」

そう言って菊乃は小鈴の両手を握った。

「ありがとう姉さん、あたしも今日から姉さんのこと、本当の姉さんだと思っていいんですね」

そして小鈴もその手を握り返していた。

「ええ、芸者の姉妹が本当の姉妹になったわね」

「はい」

そう言ってお互いに泣き顔を見ていると、なんだか急におかしくなってきた。そして二人は泣き笑いの顔をお互いに笑い合った。

「実はあたし、四人で最後に会ったあの日から、直江様とは何も連絡がとれていないんです」

「あの日って、」

涙を人差し指で拭いながら、菊乃が尋ねた。

「去年の六月」

「去年の六月って、もうかれこれ一年も経つじゃないの。じゃあ、直江様」

ここで菊乃は大変なことに気づいた。

「はい、何もご存知ないんです」

うなずきながら、小鈴が答えた。

「そうだったの。あたしてっきり今回のことは、直江様ともよく相談して決めたことだとばかり」

「ううん、あたし一人で決めたことです」

「小鈴ちゃん、あんた」

直江様は何も知らない。菊乃は小鈴と子供の行末を心配した。

「そのことはいいんです。あたし後悔どころか、今はこれで本当に良かったって思ってるんです。でも、もし直江様とこのままもう会えないんじゃないかって思うと」

「そんなことないわよ。きっと、きっと会えるわ」

菊乃は直江少将のうわさを聞いたお座敷での会話を思い出していた。

「本当、姉さん」

「ええ、きっと会えるはずよ」

菊乃はとにかく小鈴を安心させたかった。

「姉さん、あたし分かるんです」

落ち着いた声で小鈴が言った。

「分かるって何を」

「姉さんのこと」

「ええ、」

菊乃は言葉を詰まらせた。

「姉さん顔に書いてある、言うか言うまいか」

「小鈴ちゃん」

小鈴にはすべて見通されていると菊乃は感じた。

「悪いことなんですね、あたしが寝込んでいたから姉さん気を遣って。でももう大丈夫です。姉さん話してください。あたし泣いたりなんかしませんから」

「小鈴ちゃん」

それでも菊乃は、言うべきかどうかためらっていた。

「お願い、姉さん」

小鈴のその一言で菊乃は決心がついた。

「分かったわ。あたしも偶然お座敷で耳にしただけなんだけど、直江様、怪我をされて横須賀の海軍病院に入られたって」

できるだけ小鈴の不安を煽らぬように気をつけながら、菊乃は言った。

「怪我、いったいどんな怪我なんですか」

怪我と聞いて、やはり小鈴の表情が変わった。

「詳しくは分からないけど、重傷だって」

「重傷、いつ、いつの話ですか」

「二か月近くも前の話、それに本当かどうかも。だからあたし、あんたに話さなかったの。またいらぬ心配をかけたくはなかったから。ごめんなさいね」

そう言って菊乃は小鈴に頭を下げた。小鈴もそれを見て言葉を少し和らげた。

「ううん、姉さん話してくれてありがとう」

小鈴もそうして頭を下げた。それからほんの少しの間、小鈴は何かを考えている様子だったが、突然小鈴の目に力が入った。

「あたし、明日横須賀に行ってきます」

小鈴の声はしっかりとしていた。

「でも、もうだいぶ前の話じゃ」

「行けば直江様に会えなくても、何かきっと分かるはずです。あたし行ってきます。あたしどうしても直江様に会わないと」

小鈴の心はすでに横須賀に飛んでいた。

六

翌日の午前中には小鈴はもう横須賀に来ていた。いかにも軍の施設らしい高い壁沿いを歩き、正門を通り過ぎると病院の建物が見えてきた。白壁の鉄筋コンクリート造りのその建物は、想像していた病院とは随分と違い、まるで西洋のホテルのようだと小鈴は思った。

しかし車寄せの前の大きな玄関口まで来ると、その印象はがらりと変わった。その美しい外観とは裏腹に、建物の内部は痛々しい姿の軍人たちでごった返していた。小鈴の目に飛び込んできたのは大勢の白い着物を着た軍人たちであった。小鈴は初めて見るその光景に大きな衝撃を受けた。命は助かったとはいえ、大怪我をしたその軍人たちの将来を思うと小鈴は胸が痛くなった。

日本に暮らす自分たちを守るために身を挺して戦い、そして傷ついた軍人たちに、小鈴は心の底から感謝と労いの気持ちが込み上げてきた。小鈴は長椅子に座り、順番を待つ包帯姿のその軍人一人ひとりに丁寧に会釈をしながら建物の奥へと進んだ。

そして小鈴は受付に行き直江大佐について尋ねてみたが、直江大佐が入院したという記録はここにはなかった。小鈴は受付係だけでなく、病院関係者や患者にも聞いて回ってみたが、やはり直江大佐を知るものは一人もいなかった。

さあ、いったいこれからどうしたものなのか、小鈴がなすすべもなく失意の中で病院の玄関先に立っていると、突然後ろから自分の名を呼ぶ声がした。

「小鈴さん」

その声におもわず小鈴は振り返った。

「やっぱり、小鈴さんでしたか。西崎です」

そう言われてよくよくその軍人を見ると、浅草に直江司令官からの手紙を届けてくれた西崎少佐だった。

「ああ、西崎様」

小鈴は救われた気がした。

「どうしたんですか、こんなところで」

「良かった、やっと知ってる方に会うことができました」

たった今まであんなに心細かったのが、まるで嘘のように小鈴に笑顔が戻った。

「西崎様、あたし直江様に会いにここまで来たんですが、受付で教えてもらえなくて、門前払いをされて途方に暮れてたんです」

今まで心細い思いをしていた小鈴は、知人に会えた嬉しさで一気に話しかけた。しかし西崎少佐はこの時、自分に訴えかける小鈴の言葉よりもその美しさに魅了されていた。

「ちっとも親身になって調べてくれないんですもの。でも西崎様に会えて本当に良かった。これは絶対に神様の御引き合わせですね。だってあたしに直江様の手紙を届けてくれた西崎様が、直江様のことを知らないわけがないですもの。直江様のお加減はいかがですか。今どこにいらっしゃるんですか」

病院の玄関口で矢継ぎ早に話す小鈴を、西崎少佐は建物脇の花壇の小道へと誘った。

「どうして黙っていらっしゃるんですか」

前を歩く西崎少佐の肩越しに小鈴が尋ねた。

「何もお答えすることはできません」

立ち止まって振り返ると、西崎少佐が言った。

「答えられない。あたしが芸者だからですか」

上目遣いに西崎少佐を見ながら小鈴が聞いた。

「いいえ、自分は答える立場にありません」

僅かに微笑みながら西崎少佐が答えた。

「立場、」

「自分は職務で知り得たことを、外部に漏らすことは許されておりません」

西崎少佐は穏やかな声で、情報部士官である自分の立場を説明した。

「直江様が元気かどうかさえ、おっしゃってはいただけないんですか」

それでも小鈴は納得できなかった。

「何もお答えすることはできません」

言葉がきつくならぬように西崎少佐が繰り返した。

「やっぱり、あたしが芸者だからですね。だって家族だったら、こんなことありませんものね」

うつむいて花壇に咲く小花に視線を落とすと小鈴が言った。

「小鈴さん」

「やっぱり惨めなもんですね、芸者なんて」

そう言うと小鈴はその場にしゃがみ、けなげに咲く小花の茎にそっと触れてみた。

「いいえ、たとえあなたが閣下の御身内であっても同じです。自分は答える立場にありません」

「知っているくせに、みんなで意地悪して。だってあたしの方から直江様に連絡のとりようがないんですもの」

小鈴は小花に触れたまま、まるでそれが唯一の味方のように訴えた。それでもやはり西崎少佐は押し黙ったまま、そんな小鈴を見つめていた。すると突然、小鈴が何かを思いついたように立ち上がった。

「そうだ、それじゃ今言伝を書きますから、それを直江様に渡してください」

小鈴の顔が輝いていた。

「それはできません」

「どうしてですか」

「それを受け取れば、自分が閣下のことを知っていることになります」

情報部の責任者である西崎少佐が自ら軍律を曲げることなど許されなかった。

「いいえ、そうじゃないんです。偶然会ったら、渡していただければいいんです。会えなかったら、捨てていただいてけっこうですから。それなら問題ないでしょう」

そう言いながら小鈴は手さげからペンと手帳を取り出すと、西崎少佐に断る間を与えぬように大急ぎで何かを書くと、そのページを切り取って四つ折りにした。

「偶然どこかで直江様に会うことがあったらこれを渡してください。あたし、どうしても直江様にお会いして、直接お伝えしなければならないことがあるんです」

そう言いながら小鈴は西崎少佐の右手を取り、言伝をその手のひらに置くと両手でそれを包み込むように握らせた。

「西崎様、どうかあたしに力を貸してください。あたし、頼る方がどこにもいないんです」

小鈴は両手を握ったまま、西崎少佐の目を見つめて訴えた。

「小鈴さん」

「西崎様、後生ですから」

そう言い残して小鈴はその場から立ち去った。小さくなっていくその後ろ姿を見送りながら、西崎少佐はこの女に惚れぬ男など、どこにもいないと思った。

七

西崎少佐は病院で小鈴と別れたあと、敷地が隣接する横須賀海軍基地の直江少将の元に向かっていた。西崎少佐が今日、横須賀に来た目的は正にそのためだった。小鈴に自分がこれから会いに行く直江少将にどうしても会いたいと懇願された時、さすがの情報部士官の西崎少佐も心が痛んだ。不慣れな場所で想う人を一人捜す小鈴の姿はあまりにも健気だった。一年前の浅草で心細そうに大提灯の下で立っていたあの小鈴の姿とも重なり、西崎少佐は華やかな花柳界の印象とは裏腹に小鈴に切なさを感じていた。

「失礼します」

そう言って将官室のドアを開けた時、西崎少佐はいつもの情報部士官たる自分に戻っていた。

「お久しぶりです、閣下」

「西崎少佐」

直江少将が西崎少佐に会うのは、山本長官の訃報を聞いて以来一か月ぶりであった。

「お身体はいかがですか」

「いや、もう大丈夫だ。いつまでも寝ているわけにはいかんからな」

そう言って直江少将は自分の席を立ち、応接用の椅子に移りながら西崎少佐にも着席を促した。

西崎少佐は軍帽を取ると一礼して、直江少将の正面の長椅子に腰掛けた。

「ところで今日は」

直江少将の声は穏やかだった。

「はい、実は閣下のお耳にお入れしたいことがございまして」

「木村のことか」

直江少将は西崎少佐の用件におおよその察しはついていた。

「はい、木村閣下がアリューシャンへ着任されてから早二か月が経ちますが、敵の本格的な反撃がついに始まりました」

「そうか、それで木村が指揮を執っておるのは」

「最前線の守備隊であります」

「最前線か」

諸島であるアリューシャンには日本軍が占領している島がいくつかあったが、最前線とは最も敵に近い島を意味した。

「この分ですと敵の上陸作戦が始まるのも時間の問題かと」

「守備隊に増援を送る動きはどうか」

「残念ながら、そればかりか物資の輸送もままならぬ状況でして、現地ではすでに食料や弾薬が不足していると思われます」

西崎少佐はこのように緊迫しているアリューシャンの状況を、直江少将に伝えに来たのだ。

「敵と戦う前にすでに飯や弾がないとは」

直江少将は親友である木村少将の厳しい実情を憂いだ。

「閣下」

訴えるように西崎少佐が姿勢を正した。

「閣下が負傷された第八十一号作戦では上層部が作戦決行を押し進めるなか、木村閣下はただお一人最後まで断固反対を貫かれました。しかしそのために結果としては、増援も来ないような最果ての島へ行かれることになったのも、また事実であります。そして敵の侵攻が始まった今、なんとか木村閣下をお救いする手立てはないものでしょうか」

事態がここまでに至った今、西崎少佐はどうにもならぬ現実をどうにか変えられるのは、直江少将をおいて他にはいないと思っていた。

「木村が病院に見舞いに来た時にそのことはすぐに分かったよ。あいつのことだ、俺たちを助けようとお偉方に噛みついたんだろう。こうなることはあいつも分かっていたはずだ。あの時の木村は死することもありと覚悟したのではなく、死そのものを覚悟した顔だった」

「閣下。自分に何かできることはないでしょうか」

西崎少佐は、なんとしても木村少将を救いたかった。

「西崎少佐。俺たちにできることは限られておる。軍人は自分に与えられた状況の中で最善を尽くすのみだ」

「はい」

直江少将の言う通りだった。あせる気持ちだけでは現実は何も変わりはしない。

西崎少佐は冷静に考えることに努めた。

「そんなに心配するな。木村だってそう簡単にはくたばりゃせんよ」

直江少将は笑顔だった。木村少将を取り巻く厳しい状況に心を痛めているのは、直江少将も同じはずである。にもかかわらずこのように振る舞える直江少将に、西崎少佐は百戦錬磨の猛者の姿を見た思いがした。

「自分も情報部士官として木村閣下のため、アリューシャンの数千名の将兵のために全力を尽くします」

「うん、それでいい」

現実問題として、いち軍人にできることは限られていた。どんなに厳しい状況に置かれていても、軍人は自らの力で活路を開くしかないのだ。西崎少佐は立ち上がり、あらためて直江少将に一礼した。そして直江少将も立ち上がった。西崎少佐は軍帽を被り数歩進むと、思い出したように切り出した。

「閣下。実はここへ来る途中で思わぬ人物と出会いました」

「誰か」

直江少将は自席に戻ると尋ねた。

「それが、小鈴さんです」

西崎少佐の言い方は事実を伝えるに留まっていた。

「小鈴」

「はい、海軍病院の玄関口で途方に暮れている様子だったので声をかけたところ、閣下を訪ねてきたが所在が分からず往生していたというのです」

「俺を探しに」

直江少将は意外なふうに言ってみせた。

「はい。そして自分なら絶対に閣下の近況を知っているはずと迫られましたが、自分は答える立場にはいないとだけ話しておきました」

西崎少佐はあくまで淡々と話した。

「そうか」

「小鈴さん、閣下に直接会って話すことがあると言っていました」

「うん」

直江少将もそれ以上、何も聞かなかった。すると西崎少佐はポケットから小さい紙片を取り出した。

「それから、閣下に偶然会ったら渡してほしいと、これを預かりました」

「うん」

直江少将は差し出された紙片を受け取った。

「では、失礼致します」

そう言って西崎少佐は敬礼をして部屋を出ていった。一人の部屋で直江少将は四つに折られたその紙片を開けてみた。それは慌てて切られたような手帳の一片で、こう書かれていた。

「うみのえいゆうもはりはこわいのですか」

小鈴からの言伝を読み、直江少将の口元が僅かに緩んだ。そしてそれを捨てようとするも、紙片の裏書が目に留まった。それは表とは違い、決して上手くはないが丁寧な字で書かれていた。

「あした直江様にあへますように」

昨日書かれたであろうその文字は、人に送るためのものではないからこそ、小鈴の誠の心が伝わってきた。直江少将は折り目を伸ばし、裏を表にして小鈴の真心を自分の手帳に挟んだ。

八

西崎少佐が横須賀に訪ねてきた数日後、直江少将は東京の連合艦隊司令部に来ていた。今回は第五艦隊司令官からの呼び出しであった。直江少将は自身に待ち受ける新たな難局を予感しながら司令官室のドアをノックした。

「失礼します」

「おお、直江君。どうだ、傷の具合は」

第五艦隊司令官の岡田中将が席を立ち、直江少将を迎え入れた。

「御無沙汰しております、閣下。お陰様でもうこの通り、なんでもありません」

直江少将は軍帽を取ると、そう言ってドアの前で一礼した。

「ラバウルでは大変だったたな」

岡田中将は白いカバーがされた応接椅子に腰を下ろすと直江少将にも着席を促した。

「申し訳ありませんでした。お役に立てませんで」

直江少将は長椅子に座る前にそう言ってもう一度頭を下げた。

「いや、君だからあそこまでやれたんだ。他の者なら護衛艦隊まで全滅だよ」

岡田中将はそう言うと、早速本題に入った。

「実は今朝情報が入った。アリューシャンだが、アッツが落ちたよ」

そう語る岡田中将の表情はとても険しかった。

「玉砕ですか」

玉砕とは降伏なき徹底抗戦、つまり全滅を意味していた。直江少将はアリューシャン守備隊の司令官、木村少将をおもんぱかった。

「ああ、そうだ」

岡田中将は簡潔に答えた。そして直江少将はその現実を受け止めるしかなかった。

「そこでなんだが、海軍省も軍令部も孤立したキスカの将兵は、なんとしても玉砕させずに撤退させたいと考えておる」

「はい」

「今は第五艦隊の潜水艦部隊がその任に当たってはおるんだが、なかなか芳しくなくてね。そこで君に第一水雷戦隊を指揮してもらおうと思っておる」

「はい」

第一水雷戦隊は軽巡洋艦と駆逐艦からなる高速艦で構成された艦隊であった。

「キスカには陸海あわせて約六千名の将兵が駐留しておる。全軍を撤退させるには潜水艦だけでは到底無理だ。水雷戦隊を使って撤退作戦をやり遂げるには誰が適任かと、いろいろ考えておったんだが、腕の立つ者はなかなかおらん。まだ傷は癒えんだろうが、どうだろう」

アッツ島が玉砕したと聞いた時から直江少将の心は決まっていた。

「そういうことでしたら、是非自分にやらせてください」

「そうか、やってくれるか」

「はい」

直江少将の力強い声を聞いて岡田中将は満足だった。

「私としてはこの作戦の指揮官は君しかおらんと思っておったんだが、何しろ君は重傷を負ったばかりだったので、直接会って話した方がいいと思ってね。今度の作戦は前回とは違う。本当の意味で人命を救うための作戦だ。これなら君も腕の振るい甲斐があるだろう」

作戦の主旨さえ見えぬ前回と違い、今回は作戦そのものに大きな意義があった。

「閣下、この作戦の遂行に全力を尽くします」

「うん、思う存分やってくれ。それから必要なものがあれば、なんでも言ってくれ。できる限りの力を尽くそう」

岡田中将は、この男にならすべてを任せられると確信した。

「はい、ありがとうございます」

増援もないまま玉砕を強いられたアッツ島守備隊を思うと、なんとしてでもキスカは救わねばならない。直江少将は自身の責任の重さとともに、親友の無念を痛感していた。

九

直江少将は司令官室を出るとすぐに西崎少佐に連絡をとった。情報室は今朝のアッツ島玉砕の報告を受けて多忙を極めていたが、直江少将は西崎少佐に直ちに出頭するように命じた。

「失礼します。お呼びでありますか、閣下」

西崎少佐は将官室に入ると軍帽を取り、一礼した。

「西崎少佐、アリューシャンのことは聞いておるか」

直江少将は自席に座ったまま質問した。

「はい、残念ながらアッツが玉砕しました」

西崎少佐は直江少将の前まで進むと、直立の姿勢のまま答えた。

「木村の最期は」

玉砕とは、つまり全員戦死を意味していた。直江少将は親友の最期をどうしても知っておきたかった。

「いえ、木村司令官はご健在です」

「健在、」

それはあり得ないことだった。守備隊が玉砕しているというのにその司令官が生きているはずがなかった。

「木村司令官はキスカ島守備隊を指揮されております」

落ち着いた声で西崎少佐が説明した。

「木村はアリューシャンの最前線を指揮しておると聞いていたが」

「はい、キスカ島がアリューシャンの最前線であることは間違いないのですが、今回敵はキスカ島を飛び越えて、後方のアッツ島へ上陸し占領しました。ですので木村司令官は現在ご健在であります。しかしアッツ島が落ちた今、キスカ島守備隊は完全に敵の勢力圏に孤立した形になってしまいました」

「なるほど、そういうことか」

この時、直江少将は自分と木村少将とを繋ぐ強い絆を感じていた。

「閣下、閣下が第一水雷戦隊を指揮されるというのは本当ですか」

今度は西崎少佐が質問した。

「さすがに耳が早いな。ついさっき、艦隊司令官からそう言われたよ」

「では、閣下が」

「ああ、キスカへ行く」

その声は必ず自分がキスカを救うという決意に満ちていた。

「閣下が行かれることを知れば、木村司令官もどんなに心強いことか」

西崎少佐は嬉しかった。この作戦の司令官に直江少将よりもふさわしい人物などいるはずがなかった。今度こそ必ず成功する。これで木村少将以下キスカ島守備隊を救うことができる。西崎少佐の期待は高まっていた。そして直江少将が西崎少佐のその胸の内を察したように語り始めた。

「今朝俺はアリューシャンの島が落ちたと聞いて木村のことをあきらめた。そしてキスカ島守備隊を救う作戦を任されると知った時、木村のように援軍もないまま玉砕を強いられる前に、なんとか同胞をこの手で援《たす》けたいと思った。しかし現実には真っ先に攻撃されるはずの木村たちが取り残され、別の島が玉砕していたとは」

「木村司令官が未だご健在で、そのキスカ島守備隊を閣下が救いに行かれるというのは、お二人の強い運命の巡り合わせとしか思えません」

西崎少佐も直江少将と同じ思いを感じていた。

「俺も自分が救けに行く島が木村の守る島とは知らなかったよ」

この時直江少将は、前作戦で多くの戦死者を出した責任を痛感し自身の処遇を考える自分に、三千名の命を失ったのならば今度は四千名の命を援《たす》けろと、檄を飛ばした木村少将の言葉を思い出していた。

今まさに直江少将の救援を待つキスカ島守備隊の総数は木村司令官以下、陸海軍合わせて約六千名であった。

十

暦も明日から六月、桜の木も逞しく葉が生い茂り、季節は新緑から梅雨へと変わろうとしていた。

小鈴はこの日、日本橋の呉服屋で夏の着物の見たてをすませてから、乃木坂の菊屋に戻るところだった。思ったよりも見たてが長引き、今日はいつもの時間よりも少し遅くなっていた。

「ただ今」

小鈴が帰ると、菊乃が玄関に飛んできた。

「ああ、小鈴ちゃん。ようやく帰ってきた」

「どうしたの、姉さん。そんなに慌てて」

いつもは何事にも物怖じしない菊乃なのに、この時ばかりは違っていた。

「さっき、連絡が入ったの」

菊乃の表情は真剣だった。

「連絡」

草履を脱ぎながら小鈴が答えた。小鈴はどの客からの連絡だろうと思った。そしてその小鈴の所作をじれったそうに菊乃が言った。

「直江様、」

「えっ、直江様から」

それは小鈴にとって、まったく予期せぬことだった。

「そう、今夜朧月夜で、小鈴を頼むと」

菊乃はしっかり小鈴の目を見て言った。

「今夜。ほんと、姉さん」

小鈴は信じられなかった。

「間違いないわ。あたしが電話に出たんだけど、電話をかけてきたのは直江様ご本人だった」

「姉さん、直江様、何か言ってた」

小鈴の胸中で徐々に直江少将と会えることが現実のものとなっていった。

「ただ用件を言われてあたしが分かりましたと答えたら、それで電話は切れてしまって。でも今夜になれば、あんたが夢にまで見た直江様と会えるのよ」

菊乃は小鈴が待ち焦がれていた直江少将との再会を、我が事のように喜んでいた。しかし菊乃の期待とは裏腹に小鈴の表情は晴れなかった。

「姉さん、どうしよう」

小鈴がまるで少女のように呟いた。小鈴は急に不安になったのだ。

「どうしようって、何が」

菊乃が問うた。

「あんまり突然なんで、どうしていいのか。それにあたし、なんだか怖い」

明らかに小鈴は動揺していた。しかしそれは驚きのあまりというより、何か別のわけがありそうだった。そんな小鈴の様子に菊乃は少し穏やかな口調で聞いてみた。

「何が怖いの」

菊乃の問いかけに小鈴が小さな声で答えた。

「あたし、意地悪されそう」

「意地悪って、いったい誰に」

小鈴の意外な答えに菊乃はさらに優しく聞いてみた。すると小鈴は誰にも打ち明けなかった心の内を菊乃だけには伝えた。

「お天道様」

小鈴の思いもよらぬ答えに菊乃は戸惑った。

「お天道様に、なんでそんなふうに思うの」

菊乃はまるで子供に問い正すかのように聞いてみた。

「あたし、毎晩お月様にお願いしてたんです。どうか直江様に会わせてくださいって。だってお天道様はあたしから直江様を奪っていくから。それが一年願ってようやく今夜夢が叶う。その夢を誰かが奪っていきそうな気がして。芸者は夜の商売、お月様は微笑んでも、お天道様はあたしが嫌いに決まってる。だからあたしが夜を心待ちにしたら、きっと意地悪されそうで。あたしが一番怖いこと、それは直江様を連れていかれること」

自分が望めば逆に奪われる。散々辛い思いをしてきた小鈴は、いつしかそう思うようになっていた。せっかく待ち焦がれた相手に今夜会えるというのに、菊乃はなんとか小鈴を安心させてあげたかった。

「だったらお月様に助けてもらって、今夜はいつもよりも早く出てもらうといいわ。お月様ならきっとあたしたちの味方になってくれるはずでしょう」

気づくと菊乃はそう言っていた。それは考えたことではなく、自然と菊乃の口から出た言葉だった。

「そうね、そうよね。お月様ならきっと味方になってくれるわよね」

月に味方になってもらうという菊乃の言葉で、不安だった小鈴の気持ちが少し楽になった。

「さあ、そうと分かったらさっそく支度をしなさい。お天道様が連れていきたくても連れていけないほど、きれいな小鈴を直江様に見せてあげなさい」

それは頼りになる姉の言葉だった。小鈴は顔を上げると確かめるように菊乃に聞いてみた。

「姉さん、あたし、きれいかしら」

心配そうに呟く小鈴の両手を握ると、菊乃は笑顔で小鈴に答えた。

「今のあんたが一番きれいよ。好きな男に会う時の芸者にかなう女なんて、どこにもいやしないわ」

菊乃の言葉で小鈴に自信が戻ってきた。今夜ほど赤坂芸者としての小鈴の魅力を存分に披露するに相応しい日はない。小鈴はしっかりとうなずくと菊乃の手を握り返した。

「お月様、どうか今夜のあたしをきれいに映してください」

月に祈る小鈴の目に不安の色はなくなっていた。

十一

美しい月夜のこの日、小鈴は赤坂の料亭朧月夜の廊下を歩いていた。小鈴の芸者姿をいつも見慣れている仲居のお春でさえ、今夜ばかりは立ち止まった。小鈴の艶やかさは正に見る者の目を奪っていった。小鈴の通るところ、男も女もその美しさに、思わず立ち止まらずにはいられなかった。

「失礼致します」

襖の前でかしこまり、小鈴が声をかけた。

「本日はお招きをいただき、誠にありがとうございます」

そして三つ指をついて挨拶をした小鈴が顔を上げる。それは二人にとって一年ぶりの再会であった。

「元気だったか」

直江少将の優しい声が聞こえた。

「はい」

しっかりとした声で小鈴が答えた。今夜の小鈴はお座敷では決して泣くまいと心に誓っていた。

そして小鈴は立ち上がり、優美な所作で直江少将の元へと近づいていった。

この時、直江少将は次にかける言葉を失っていた。そこまで今夜の小鈴は違っていたのだ。その艶姿は赤坂、いや日本一美しい芸者と言われるに相応しかった。

「でも直江様は大怪我をされたとお聞きしましたが」

心配そうにそう言うと、小鈴は直江少将の前にかしこまった。

「大したことはない」

「本当ですか。あたし直江様が大怪我をされたと聞いて本当に心配してたんです」

そう言って小鈴は用意させておいた、いつものサイダーを直江少将のコップに注いだ。

「でも本当に良かった。こうして直江様とまた会えて」

今度は直江少将が膳にあった銚子を取り、小鈴に酒を注いだ。小鈴は両手で直江少将の酌を受け、頭を下げた。しかし酒を注いだあとも直江少将は銚子を持ったまま小鈴を見つめていた。

「どうか、しましたか」

銚子を受け取りながら、小鈴が尋ねた。

「いや、」

珍しく直江少将がはっきりしなかった。

「あたし、何か」

直江少将のそんな態度にもう一度小鈴が聞いてみた。すると直江少将が切り出した。

「いや、以前からお前は綺麗だったが」

「ええ、」

直江少将の言葉に小鈴は驚いた。

「今夜はまた格別だ」

直江少将は思ったままを小鈴に打ち明けた。

「ほんと、」

「ああ、本当だ」

「嬉しい、直江様がそんなことおっしゃるなんて」

「うん、」

「初めてです。直江様がそんなふうに言ってくださったの」

「そうか」

そう小鈴に言われるほど、直江少将はなんだか照れくさくなってきた。そんな直江少将の気持ちを知ってか、小鈴が直江少将の隣に移ってきた。

「ねえ、直江様。あの日のこと、覚えてらっしゃいますか」

甘えるように小鈴が言った。

「あの日のこと」

「はい、二人で過ごしたあの日のこと」

そう言って小鈴が直江少将の肩に寄り添うと、小鈴の甘い香りがした。

「ああ」

「本当。あたし、なんでも覚えてるんですよ。まるで昨日のことのように」

身を寄せる小鈴が一年前の出来事を話し始めた。

「あの時、直江様、あたしにおかしなことをおっしゃって」

「おかしなこと」

「はい、お前の腹の子はいったい誰の子だなんて」

少しすねるように小鈴が言ってみせた。

「あれはお前に一杯食わされたんだ」

「あたしがずっと心に決めたお方は、直江様だけですって、いくら言っても信じてはいただけなくて」

「おいおい、俺のせいか。自分で仕組んでおきながら」

「仕組んだなんて、人聞きの悪い」

そこまで言うと、小鈴は憂いを含んだ瞳で直江少将を見た。

「あれは、運命だったんです」

「運命、」

「直江様とあたしが出会ったのは、初めから運命だった。あたし、そう思ってるんです」

そう言って小鈴は直江少将の肩に頬を寄せた。

「運命か。そうかも知れんな」

そんな小鈴を直江少将がしっかりと抱き寄せた。

「本当にすてきな夜でした。それから、朝方に直江様が目を覚まされて。それであたしと約束したことを覚えていらっしゃいますか」

「ああ、」

「本当」

今度はまるで少女のように無邪気な目で直江少将を見た。

「ああ、本当だ」

「じゃあ、もしその約束を直江様が破った時はどうするかも、覚えていらっしゃいますか」

子供のように問い正す小鈴に直江少将は先手を打った。

「ああ、覚えている。俺が針を千本飲むんだったな」

「いいえ、」

かさにかかって責め立てられると思っていた直江少将は、小鈴の答えが意外だった。

「その約束のはずが、実際に針を千本飲まされたのはあたしの方でした」

小鈴は直江少将に身を寄せたまましみじみと語った。

「浅草で直江様を待ったあの日から一年経った今日の日まで、こんなに辛い思いをするとは思ってはいませんでした。直江様が今、どこで、何をなさっているかも分からずに、ただ好きなお方からの連絡をひたすら待つ身がこんなにも辛いものとは」

「小鈴」

直江少将は小鈴の両肩に優しく手を添えると、まっすぐに小鈴を見た。小鈴の瞳はどこまでも美しかった。

「もう二度と、こんな思いをするのはいやです。直江様、どうかあたしを強く抱きしめていてくださいまし」

小鈴はそう言って直江少将の胸に身を任せた。そして直江少将も小鈴を強く抱きしめた。小鈴はこの一瞬のためにこの一年を生きてきたのだ。

「もっと、もっと強く抱いてくださいまし。これが夢なんかじゃないって分かるくらいに」

この時、小鈴ばかりではなく、直江少将もまた生きていることを実感していた。


「どうした、小鈴」

直江少将は自分の胸につたう涙を感じて腕の中の小鈴に聞いた。

「いいえ、別に」

そう答える小鈴が直江少将の胸に落ちた涙を拭った。

一人は一年前と同じ、あの旅館のあの部屋にいた。あの時と同じ天井を眺めながら、二人は束の間の幸せを確かめ合っていた。

「泣いているのか」

「いいえ、そうじゃありません。ただ、」

透き通るように白い肌の小鈴が答えた。

「直江様が可哀想」

「俺が、どうして」

直江少将が他人からそんなふうに言われたのは初めてだった。

「あたし、真に受けちまったんです。直江様が大した怪我じゃないなんておっしゃるから。それなのに、お身体にはこんなにひどい傷が。五つも大きな傷痕ができて、さぞかし痛かったでしょうに、そんなことはおくびにも出したりしないで」

そう言って小鈴は、直江少将の身体にできた大きな傷痕の一つひとつに優しく触れていった。

「あたし、直江様と会えなかったこの一年の間、自分がどんなに辛い思いをしてきたかって、いつもそう思っていたんです。でも今はっきりと分かりました。直江様の辛さに比べたらあたしの辛さなんて、」

「だが、またこうしてお前と会えた。生きていて良かったよ」

紛れもなくそれは直江少将の素直な気持ちだった。直江少将はビスマルク海での作戦から帰還して今日まで、生きていることが嬉しく感じる日など一日もなかった。

「あたし絶対に許さない。直江様をこんなひどい目に遭わせた敵を。あたしがきっと仕返ししてやります」

小鈴の声は真剣そのものだった。

「仕返しか、おっかないな」

「またそんなふうにからかって。あたし、本気で言ってるんですから」

小鈴は本気だった。自分の大切な人を奪おうとする敵は断じて許せなかった。

「分かったよ。だが、少し嬉しくもあるな」

「何がですか」

「俺のことを心配してくれる者はいても、俺の傷を見て仕返しするなんて言ったのはお前が初めてだ。まるで我が子を守る母親のようだな」

直江少将はそんな一途な愛情を欲している自分に気づいた。

「当たり前です。大切なお方が傷つけられたんです。黙って見過ごすわけにはいきません。たとえあたしの力が足りずとも、せめて一太刀だけでも」

益々小鈴の威勢が上がった。

「せめて一太刀か。小鈴、お前は強いな」

直江少将は美しさの中に潜む小鈴の内面の激しさを知っていた。

「この一年であたしも強くなりました」

そう言うと小鈴は身体を少し起こして、直江少将の胸にそっと左手を添えた。

「直江様」

そう言ってから、次の言葉を言うには小鈴には勇気が必要だった。この時になっても小鈴は真実を告げるかどうか迷っていた。もし真実が直江少将に受け入れてもらえなかったら。そう思うと小鈴は簡単には言い出せなかったのだ。

「もう、お気づきですか」

小鈴の声は真剣だった。

「あたしの身体も一年前とは違っていたことを」

そう呟くと小鈴は、何も身に着けてはいない身体を直江少将に見せるように上体を起こした。

「直江様、あたし女の子を授かりました」

暗い灯りの中で小鈴の身体の稜線が美しかった。

「名前はゆりと名づけました。あたしがゆりの花が好きだから、女の子だったらゆりにしようとそう決めてたんです。よろしかったでしょうか」

ついに真実を告げた小鈴の手を直江少将は優しく取って引き寄せると、愛しむようにその身体を抱きしめた。

「ゆりか、いい名だ。お前に似て、さぞかし美人だろう」

小鈴は嬉しかった。自分一人で決めたことを直江少将は喜んでくれていた。

「名の通り色白の可愛い子です。それに乳飲み子とは思えないくらい聞き分けが良くて。きっとそれは父親に似たんですね」

勝手に涙が溢れてきた。でもそれは嬉しくて堪らない喜びの涙だった。

「あたし、ゆりを授かって本当に良かったと思っているんです。あの子も立派な父親を持って幸せ者です」

小鈴は幸せだった。今までの苦労がいっぺんに報われたような気がした。

「小鈴」

そう言って、直江少将がもう一度小鈴を抱きしめた。

「はい」

小鈴はもうこれ以上、何も望むものなどなかった。

「ありがとう」

直江少将の言葉に小鈴の心は満たされていった。

十二

二人が再会してから一週間後、小鈴は浅草の大提灯の下に立っていた。突然直江少将から連絡があり、今日ここで待ち合わせることになった。

でも小鈴はここへ来てみてここでの待ち合わせを後悔し始めていた。それは直江少将を待つ間、思い出されるのは去年のことばかり。もう二度と直江少将とは会えないような予感ばかりが小鈴を襲っていた。それに浅草の様子も去年よりだいぶ活気がなくなっていた。確実に戦争の影が辺りを覆い始めていた。

「待ったか」

突然後ろから声をかけられて、小鈴は一瞬振り返るのをためらった。

「どうした、またすっぽかされるかと思ったか」

それは間違いなく直江少将の声だった。

「いいえ、でもお会いできて正直ほっとしました」

「そうか、せっかくだ。観音様にお参りしよう」

そう言うと、直江少将は海軍将官の立派な軍服で仲見世通りの中央を歩き始めた。周りの者は会釈をして直江少将に道を譲っていた。小鈴はほんの少しだけ、直江少将のあとに続いて歩いた。

小鈴は直江少将と二人で外を歩くのはこれが初めてだった。本当は一緒に並んで歩きたかったがここではさすがに無理だった。二人はそうして参道を進み本堂まで来た。直江少将は軍帽を取るとさい銭を入れて仏に祈った。そして小鈴も自らを忘れて、ただ直江少将とゆりの無事を仏に祈った。祈りが終わって直江少将が軍帽を被ると、小鈴は願い事を聞こうとした。

「今夜はこの前のこともある。豪勢にすきやきといくか」

直江少将にそう言われて、小鈴は聞くことをためらった。

「すきやき、」

「なんだ、牛肉は嫌いか」

小鈴の中途半端な答えに直江少将が聞き返した。

「いいえ、あたし、そんな上等なもの食べたことがなくて」

「俺も特別な時以外にすきやきやビフテキを食べることなどないよ」

そう言って、直江少将は寺の横手の道に入っていった。石造りの階段を数段上ったところに料亭らしき門があった。小鈴は着物の裾を持って直江少将のあとを一段ずつ階段を上ると、料亭の玄関が見えてきた。二人が玄関に入ると仲居が丁寧に接客をして、用意されていた部屋に案内をした。

「まあ、素敵なお庭」

部屋に入ると小鈴がさっそく口火を切った。

「直江様、東京にご滞在の折は、よくここにいらっしゃるんですか」

そう言いながら、小鈴は直江少将の表情を読んでいた。

「ああ、毎晩のようにいい女とな」

それに気づいた直江少将があっけらかんと言ってみせた。

「まあ、」

小鈴は大袈裟に頬をふくらませた。

「と、言いたいところだが実は俺も今日が初めてだ」

「本当ですか」

その方が小鈴には信じられなかった。

「軍艦乗りが浅草に詳しいわけがあるまい。ここは西崎少佐の勧めだよ」

「今夜のところはそういうことに致しておきます。あの直江様、西崎様から言伝は」

西崎少佐の名を聞いて、小鈴は言伝のことを思い出した。あの言伝の裏書が、実は二人の再会の決め手になったことを小鈴は知らなかった。

「ああ、偶然会ってもらったよ」

「やっぱり、渡していただけたんですね」

「だが、なんと書いてあったかはもう忘れた」

珍しく直江少将が少しとぼけてみせた。

「まあ、随分と都合がよろしいことで」

「さあ、そんなことより料理だ。いい匂いがしてきたぞ」

仲居が運んできた鍋からすきやきのいい匂いがしていた。小鈴は小鉢に手際よくすきやきを盛りつけると、直江少将に渡した。そして自分の分を少し取ると、ほどよく火の通った牛肉を口に含んだ。

「おいしい。お肉がこんなに軟らかくて」

その肉は小鈴の口の中でとけていった。小鈴がこんなに上等な牛肉を食べたのは、もちろん生まれて初めてだった。小鈴はいったん箸を置くと、すきやきをつつく直江少将を見ていた。

「どうした、もう食べないのか」

箸の進まぬ小鈴に直江少将が言った。

「いいえ、でもあたしには、なんだかもったいないような気がして」

それは自然と小鈴から出た言葉だった。

「何も毎日こんな贅沢をしているわけではない。さあ、遠慮するな」

「はい」

直江少将にそう言われて、小鈴はまた箸を持った。

「直江様、熊の肉は召し上がったことがおありですか」

鍋をつつきながら小鈴が言った。

「熊の肉、いいや、ないな」

「おいしいんですよ、熊の肉も。臭みがあるなんて言う人がいますが、全然そんなことなくて。熊の肉は年に数回のご馳走なんです」

小鈴は貧しかった幼い頃を思い出しているようだった。

「でも、このお肉は別格。こんなおいしいものを食べている人が、世の中にはいるんですね」

そう言って小鈴はもう一口肉をつまんだ。しかし小鈴の食が進まないのは、何も肉のせいばかりではなかった。

「直江様、今夜はゆっくりできますよね」

小鈴はさり気なく装ったが、小鈴が心配だったのは、実はこのことだった。今日初めて直江少将に会った時から、いいや直江少将から突然の連絡が来た時から小鈴には悲しい予感がしていた。

「うん、」

やはり直江少将の返事は、はっきりしなかった。

「何か、」

それでも小鈴は気付かぬふりをして聞き返してみた。

「それが、今夜東京を発つ」

あまりのことに小鈴は言葉を失った。それほどまでに直江少将の言葉は残酷だった。

「海軍は人使いが荒いからな」

そう言いながら、直江少将は小鈴と目を合わさずに鍋をつついた。

「ちょっと待ってください、ようやくお会いできたばかりだっていうのに」

「実は店の前の車に西崎少佐を待たせてある」

食事を続けながら直江少将は淡々と話した。その様子から小鈴は自分に残された時間が、もう僅かなことを悟った。

「では、何時にご出発されるんですか」

小鈴の問いに直江少将は箸を置いた。

「出発は一時間前だったよ」

「そんな、あたしいやです。せっかくこうして会えたっていうのに」

小鈴はうろたえた。今度こそ、もう二度と直江少将に会えないような気がしてならなかった。

「小鈴、もうそろそろ行かねばならん」

直江少将はそう言うと、鞄から装飾が施された古い布に包まれたものを取り出した。

「これは家に代々伝わる短剣だ、これをゆりに。護り刀だ。それから、よくよくの時はこれを処分して構わん。母娘二人が少しの間はやっていけるぐらいの金にはなろう。今はこれぐらいのことしかしてやれん。すまんな」

そう言って直江家に代々伝わる名刀を小鈴に手渡した。鎌倉時代の業物《わざもの》は東京に家一軒を買えるだけの価値があった。

「直江様、」

「お前にはいつも辛い思いをさせてしまうな」

そう言って、直江少将は小鈴の肩に優しく手を添えた。

「直江様、せめてもう少しだけご一緒させてくださいまし。あたし、直江様にお話ししたいことがまだたくさん、」

その時だった。廊下を歩く足音がこちらに近づいてくると、黒い影が部屋の前でかしこまった。

「失礼致します。閣下、そろそろお時間が」

非情な声がはっきりと聞こえた。

「分かった。今行く」

「はっ、」

そう答えて、黒い影が障子の向こうで気をつけの姿勢をとった。

「直江様、待ってください。これ、これを」

急いで小鈴は手さげの中から一枚の写真を取り出した。

「おお、これがゆりか。やはりお前に似てべっぴんだな」

それは生まれたばかりの幼子を抱く小鈴の写真だった。直江少将はその写真を大切に軍服の内ポケットに仕舞った。

「小鈴、また会おう。この次はもう少しゆっくりとな。それから、菊乃に木村のことは心配せんように伝えておいてくれ」

直江少将は立ち上がると軍帽を被った。その姿は小鈴にとって、もはやあの優しい直江様ではなく、大日本帝國海軍直江少将に外ならなかった。

「直江様、」

小鈴は立ち上がろうとしたが、それを見て直江少将は首を横に振った。

「小鈴、ここでいい。別れは俺とて辛い。ではまたな」

白い手袋をつけながら、直江少将はかすかに微笑んだ。

「直江様、」

小鈴の声を背に聞きながら直江少将が障子を開けた。そこには直立不動の姿勢で敬礼をする兵隊の姿があった。

第七章

一

昭和十八年七月初旬。東京乃木坂の菊屋では、菊乃が忙しく今夜のお座敷の客への品を準備していた。近頃では女将はお座敷以外の段取りもすべて菊乃に任せ、自分は好きな花札に芝居にと、勝手気ままに過ごしていた。そんな女将のやりように愚痴一つこぼさずに、菊乃は菊屋を文字通り一人で切り盛りしていた。

「小鈴ちゃん、頼んでおいた貴島社長様へのお返しの品、準備できてるかしら」

一階の女将の部屋の前を通りかかった小鈴に菊乃が尋ねた。

「えっ、」

突然の菊乃の問いかけに小鈴は思わず声を出した。

「やだ、忘れてたの。今夜お座敷に持っていく手はずだったのに」

孤軍奮闘の菊乃の声はいつにも増して厳しかった。

「すいません、あたし今からちょいと日本橋まで行ってきます」

念を押されていたにも関わらず、すっかり忘れていた小鈴が慌ててそう言った。

「ちょっと待って。今からあんたが行ったんじゃお座敷に間に合わないわ。若い子に行かせてちょうだい」

いつもは優しい菊乃であったが、今日ばかりは小鈴に手加減はなかった。

「はい、すいませんでした」

素直にそう詫びると、小鈴は見習いにそのことを伝えるために、二階へと階段を上がっていった。菊乃は小鈴のそんな後ろ姿を見送りながら思うところがあった。

しばらくすると、小鈴が二階から下りてきて、今夜の品の準備をしている菊乃の前に裾を正して正座した。小鈴は菊乃に叱られることを覚悟している様子だった。

「ねえ、どうかしたの。なんだか最近ぼうっとしたりして、あんたらしくないわよ。何かあったの」

小鈴の意に反して、菊乃の言い方は穏やかだった。

「直江様のことなんでしょう。気になることがあるなら話してみたら。力になるわよ」

てっきり叱られるとばかり思っていた小鈴には、菊乃の言葉は意外であった。そして忙しい最中にこんな失敗をした自分に優しく接する菊乃に、一層申し訳ないという気持ちが込み上げてきた。

「すいません、いつも姉さんには迷惑をかけちまって」

「そんなこといいから、心配事があるなら話してごらんなさい」

「はい」

そう言われてどうしたものか一瞬ためらったが、菊乃には包み隠さず話してみようと小鈴は思った。

「実は今回の出撃の際に、ゆりに、って直江様からいただいたものがあるんですが、あたし、なんだかそれが気になって」

「ゆりちゃんに、いったい何を」

「それが、姉さん、良かったら見てもらえないでしょうか」

そう言うと小鈴は立ち上がり、自分の部屋へと階段を上っていった。菊乃は贈り物の品を風呂敷に包むと、それを脇に置いて小鈴の帰りを待った。

「これなんですが」

菊乃の元へと戻ってきた小鈴は、古い布地に包まれた品を大事そうに両手で持っていた。そして菊乃の前に正座するとその品を菊乃に手渡した。

菊乃はまず手渡された品を包むその錦の袋を注意深く見た。それはだいぶ昔のもののようだったが、金の絹糸で見事な刺繍が施されており、中の品が決して粗末な品ではないことを物語っていた。

「開けていい」

「はい」

菊乃は丁寧に結びを解き、中の品をゆっくりと取り出した。それは黒い漆塗りの上に、見事な文様と家紋を金粉で描かれた短刀であった。

「懐剣じゃない」

「かいけん」

小鈴はその言葉の意味を知らなかった。

「これ、抜いたことある」

「いいえ」

「そう、いいかしら」

「はい」

菊乃は小鈴がそう答えると一度短刀を布地の上に置き、贈り物の品書きにとそばに置いてあった半紙を取って、それを四つ折りにして口にくわえた。小鈴は突然の菊乃の行為に驚いたが、黙ってそれを見守った。

そして菊乃は右手で柄を、左手で鞘を持ち真横に刀を抜くと、慎重に鞘を外して足元に置いた。今度は右手に持った刀の剣先を上にして真剣な眼差しでその波紋を見た。上から下へとじっくりとその波紋を確かめると、今度は左手を添えて刀の刃を反対に返してから、また上からじっくりと波紋を見ていった。両側の波紋を見終わるとまた左手を添えて刀を返し、置いてあった鞘を左手で取るとゆっくりと刃を鞘に滑らせるようにして刀を納めた。

その一部始終を見ていた小鈴は、菊乃の所作すべてに張りつめた緊張感があり、武家の出の者にしかできぬ凄みを感じていた。菊乃が半紙をくわえたのは、刀に息が直接かからぬための作法であり、菊乃の祖父が刀を扱う所作を子供の時に見ていて、自然と覚えたものだった。

「姉さん、刀をゆりにって、いったいどういうことなんでしょう。直江様はゆりの護り刀だっておっしゃったけど、その言葉通りにとっていいんですか。あたし直江様のお考えが分からなくて。だって赤子に刀だなんて、あたし、なんだか怖いんです。あたしにこれを、いったいどうしろと言うんですか」

小鈴は直江少将から贈られたこの刀の意味するところが分からずに困惑していた。小鈴にとって刀は恐ろしい刃物でしかなかった。しかし刀を見て表情を強ばらせる小鈴とは対照的に、菊乃は刀を元の錦の袋に納めると優しく微笑んだ。

「小鈴ちゃん、良かったわね」

「えっ、」

菊乃の言葉に小鈴は戸惑った。

「ゆりちゃんは本当に幸せ者だわ」

にこやかに話す菊乃の言葉を、小鈴はまったく理解できない様子だった。

「あのね、これは懐剣といって武家の女が一生大切にする宝物なの」

「宝物」

「ええ、武家に女子が生まれると、その子のために護り刀として懐剣をつくるの。でもその中でも特に大切な子には、先祖代々その家に伝わる特別な刀を渡すのよ。この刀は素人のあたしが見ても、それはすばらしいものだということは分かる。たぶん鎌倉とか室町時代から直江家に先祖代々伝わる名刀に違いないわ。つまりねえ、小鈴ちゃん。直江様はゆりちゃんが直江家にとってとても大切な子だということを、この刀で示してくださったのよ」

武家の作法を知る菊乃はそれが我が事のように嬉しかった。

「ほんと、姉さん」

「ええ、直江様がゆりちゃんのことをご自分の子として大切に思っている証をくださったの。この刀はゆりちゃんが正真正銘直江家の子である証なのよ」

「姉さん」

小鈴はようやくこの刀の意味がのみ込めてきた。

「ゆりちゃんの誕生にこれ以上の贈り物はないわ。直江様、本当にゆりちゃんを授かったことが嬉しいのよ」

「直江様、本当にゆりのことを喜んでくれているんですね」

小鈴は刀を渡されてから揺れていた自分の心が、今初めて直江少将と通じたことが嬉しかった。

「当たり前よ。でなきゃ懐剣なんて渡すはずがないわ」

「良かった、本当はあたし心配だったんです」

「心配って何が」

「直江様がゆりのこと、本当はどう思っていらっしゃるかって。だって直江様はゆりが生まれたことを何もご存知なかったわけだし、ゆりのことを話した時は喜んではいただけたけど、本当のところはどうなんだろうって」

小鈴は誰にも言えなかった不安を初めて口にした。

「そうだったの」

「でもこれで安心しました。姉さん、ありがとう」

直江少将がゆりのことを本当はどう思っているのか、そして誕生祝いの品が短刀であったが故の小鈴の不安。しかしそれらが一変に解けたことで、小鈴は深い安堵感に包まれていた。そしてこのことを菊乃に相談して本当に良かったと小鈴は思った。

「ところで小鈴ちゃん、この刀のこと、おかあさん知ってるの」

心持ち小さな声で菊乃が、何か心配げに言った。

「いいえ、誰にも言いやしません。話したのは姉さんが初めてです」

小鈴は滅多なことでは他人に自らのことを話したりはしなかった。

「そう、ねえ小鈴ちゃん、よく聞いてちょうだい、これを誰かに話したり、ましてや見せたりしたら絶対にだめよ。この刀はとんでもない価値の品に違いないわ。それこそもしこの刀を売れば、家の一軒や二軒分のお金にはなるはず」

「そんなに高価なものなんですか」

刀の価値を聞いた小鈴はあまりのことに驚いた。この刀がそれほど高価な品であるなど思いもよらぬことだった。

「だからそうと分からないように、この錦の袋の上から粗末な布を被せて隠しておくのよ」

「はい」

小鈴はしっかりと菊乃の目を見て答えた。菊乃の真剣な表情が事の重大さを物語っていたのだ。

「それから絶対にこの刀は手放してはだめ。これはゆりちゃんが直江様の子である唯一の証なんだから」

そう言うと菊乃は、錦の袋に入れられた短剣を小鈴の両手にしっかりと握らせた。

「はい、あたしこの刀は死んでも手放したりはしません」

短剣を受け取った小鈴は、この刀が自分の命よりも大切なものだと思った。

二

東京の芸者置屋菊屋では、今日も菊乃が忙しくお座敷の準備に追われていた。芸者としての自分の仕度さえままならぬほど、菊屋の仕事が菊乃を待っていた。常連客への心づくしの品や礼状から帳簿のことまで、本来であれば女将の仕事もすべて菊乃が切り盛りしているのが実状であった。

菊乃が一階の女将の部屋で今夜使う品々を準備していると、見習いが菊乃の元へやってきた。

「あの菊乃姉さん、小鈴姉さんに手紙なんですが、今、出かけちまってて」

「そう、じゃああたしが預かっておくわ」

菊乃は帳簿に目を通しながらそう答えた。

「すいません」

そう言って見習いは、菊乃の傍らに突っ立ったまま封筒を差し出した。忙しい手を止められた菊乃は、この娘がもうちょっと力になってくれればと思いながら、差し出された封筒を受け取った。

「ちょいと、」

封筒を渡し終えると、部屋を出ていこうとする見習いを菊乃が呼び止めた。

「はい」

「小鈴が帰ってきたら、ここに顔を出すように言ってちょうだい」

菊乃は封筒の差出人を見ながらそう言った。

「はい、分かりました」

見習いはいつものように、ただ言われた通りに返事をするだけだった。

それから小一時間ほどして、ようやく小鈴が外出から帰ってきた。

「ただ今戻りました」

「ああ小鈴ちゃん。さっき手紙が届いて、はいこれ」

菊乃は持っていたペンをお膳に置くと、何も言わずに預かっていた封筒をただ小鈴に差し出した。

「すいませんでした」

封筒を受け取り、その場で裏書の差出人を見た小鈴の顔が曇った。そして小鈴もそれ以上何も言わずに部屋を出ていった。

小鈴に手紙を渡したあと、菊乃はどうも帳簿仕事に身が入らなくなった。ただなんとなく帳面を見ているだけで、一向に手が動かなくなってしまった。菊乃はふうっとため息を一つつくと、帳面を閉じて女将の部屋をあとにした。菊乃は自分の部屋の前でどうしたものかともう一度考えてみたが、どうしてもさっきの手紙が気になった。

やっぱり確かめる他はない。そう決めて階段を上っていくと、二階の上り口でさっきの見習いが、驚いたような顔をして菊乃に道を空けた。普段は菊乃が二階に来ることなど滅多になかった。

「小鈴ちゃん、ちょっといい」

小鈴の部屋の前で菊乃が声をかけた。

「どうぞ」

部屋の中から小鈴の声がした。菊乃は部屋に入ると、帯に差していた扇子を取りながら、差し出された座布団に座った。

「なんだか今日も蒸し暑いわね。まだ二階の方が少しは風が入るかしら」

そう言いながら菊乃は開けられている窓の外を見て扇子を仰いだ。小鈴は菊乃の裾元をぼんやりと見ながら菊乃の言葉を待った。菊乃もどう言い出そうかと迷ったが、ここは直接尋ねることにした。

「ごめんなさいね、あたし差出人を見ちまったもんだから、どうにも気になって」

菊乃がそう言っても小鈴はうつむいたまま何も答えなかった。少しの沈黙のあと、菊乃が切り出した。

「直江様の奥様、なんだって言ってきたの」

菊乃は小鈴を気遣って丁寧に尋ねた。しかし小鈴はまだ何も答えようとはしなかった。

「ゆりちゃんのことなんでしょう。良かったら話してみたら。少しは気が楽になるわよ」

菊乃のその言葉に小鈴は視線を窓の外へ移した。

「あたし、約束してるんです」

窓の外をぼんやりと眺めたまま小鈴が初めて口を開いた。

「約束」

菊乃が繰り返した。

「お乳じゃなくて、おまんまが食べられるようになったら」

そこまで言って、小鈴は言葉を詰まらせた。そして少し唇を噛んでから仕方ないように言った。

「ゆりを奥様に引き渡すって」

「そんな」

菊乃は咄嗟にそう言っていた。

「冗談じゃない、ゆりちゃんはあんたがお腹を痛めて産んだ子じゃない。確かに父親は直江様だけど、だからってゆりちゃんを差し出さなきゃならない法なんてないわ。こっちが芸者だと思って馬鹿にして。そんな高飛車なもの言いなんてないわよ」

菊乃は我慢がならなかった。いくら正妻だからといって、まるで犬猫の子をもらうように母親から子供を奪おうするなんて。

「大丈夫、心配しなくていいわ。あたしがきっちり先方と話をつけてあげるから」

菊乃は今、小鈴を守ってあげられるのは自分しかいないと思った。そして小鈴を勇気づける言葉をかけようとした時、小鈴が厳しい表情で初めて菊乃を見た。

「違うんです。育ててほしいと言ったのは、あたしの方なんです」

菊乃は小鈴が言い捨てた言葉が、ただただ信じられなかった。

「どうして、だってあんた命懸けでゆりちゃんを産んで、いつだってこんなに可愛いって言ってるじゃないの」

「だからこそ、あたしが育てちゃいけないんです。ゆりのことが可愛いからってあたしが育てたら、ゆりの行く末が決まっちまう。ここで育てたら、ゆりは芸者になるしかないんです。ゆりにまでこんな惨めな思いはさせたくない」

小鈴の目から涙がこぼれていた。

「小鈴ちゃん」

「あっちで育てば、ゆりは誰からも後ろ指なんて指されない。どこへ出しても恥ずかしくない名家のお嬢様になれるんです」

「だからって」

「姉さんだってあたしだって、たとえ貧乏だったとしても十四、五までは普通の娘だった。生まれた時から芸者になるって決まってたわけじゃない。でもゆりはこのままここにいたら、外の世界も知らずに一生色町で生きていくしかないんです。生まれつき芸者になることが決まってるなんて、そんなのひどすぎます」

小鈴にそう言われて、菊乃は返す言葉が見つからなかった。

「それにゆりは生まれる前から、いいえ授かる前からこうなるって決まってたんです」

「授かる前からって、いったいどういうこと」

「弟の出撃で呉に行った時、奥様とは夜通し話し合ったんです。奥様は子が産めぬ自分の境遇に心を痛め、あたしは子は産めてもその子はこの世界でしか生きられない境遇に苦しんでた」

そこまで言って、小鈴はしっかりと菊乃を見た。

「そんな二人が同じ人を愛したんです」

涙を流す小鈴の唇が震えていた。

「小鈴ちゃん、あんたほんとにそれでいいの。自分の子を手放しちまって、それでほんとに後悔しない」

「もう決めたことです」

「嘘。じゃあ、なんでそんなに辛い顔してるの。芸者だってなんだっていいじゃない。あんた今、自分の身を裂かれる思いなんでしょう。お乳が張るとゆりちゃんのこと思い出して、いつもそばにいてやれなくて、可哀想で涙が出てくるってそう言ってたじゃない」

「もうやめて、」

小鈴の悲痛な声が菊乃の言葉を遮った。

「一人にしてください。これは姉さんとは関係のない話なんです」

瞼を閉じた小鈴が言い切った。涙を流し震える唇を噛んで耐える小鈴に、菊乃はもうどうすることもできなかった。自分が何か言葉をかけようとすればするほど、それはただ小鈴を苦しめるだけだと菊乃は悟った。

少しの沈黙のあと、菊乃がぽつりと呟いた。

「そうね。そうだったわね」

静かにそう言い残すと菊乃は立ち上がり部屋を出た。後ろ手に襖を閉めると泣き崩れる小鈴の声が聞こえた。

菊乃は悔しかった。今日ほど芸者であることが恨めしいと思う日はなかった。菊乃もまたやりどころのない気持ちのまま、大粒の涙で階段を下りた。

三

麗子は呉の自宅の居間で一人庭を眺めていた。普段であれば早くに夕食をすませ、今頃は入浴後に寝室に移る時間であったが、今夜はそのまま居間に留まり掃き出しの硝子戸を開け放って、幾分涼しくなった夜の風にあたっていた。

ふと、娘時代に父に買ってもらったお気に入りの置時計を見ると、時計の針はすでに十一時を回っていた。まあ、もうこんな時間、と麗子が硝子戸を閉めようと立ち上がったその時、静かな居間に電話のベルが鳴り響いた。この時間の電話、と緊張しながら、麗子は気を落ち着かせようと大きく一度息を吸ってから受話器を取った。

「はい、木村でございます」

「麗子さん、ごめんなさい。多恵です、直江です」

電話の相手は意外にも多恵であった。夜分に電話をかけてくることなど滅多にない多恵の慌てぶりが、麗子は気になった。

「多恵さん、どうしはりました。こんな夜中に」

「麗子さん、」

そう言うと、多恵は黙ってしまった。

「多恵さん、しっかりしておくれやす。なんぞ連絡でもありましたか」

多恵の様子から麗子は直観的に直江少将の身を案じた。

「麗子さん、私どうしていいのか」

多恵の声はまるで何かに怯える少女のようであった。

「なんぞあったんですか」

麗子は幾分大きな声で多恵の気持ちをしっかりさせようとした。

「私、初めてなんです。今までこんなこと一度もなかったのに」

それでも多恵は珍しく取り乱していた。

「ええですか多恵さん。うちに落ち着いて話しておくれやす」

言い聞かすように麗子がそう言うと、多恵は恐る恐る話し始めた。

「主人が、」

「直江さんがどうしはったんですか」

麗子も同じ軍人の妻として毅然と尋ねた。すると多恵は、麗子が思いもよらぬことを弱々しく話し始めた。

「主人が私の枕元に立って」

「多恵さん」

麗子は多恵の言葉に驚いた。

「私がどうしたのって言っても、何も言ってはくれないで。ただ私を見ているだけなんです」

そこまで言うと、多恵が電話の向こうで泣いているのが麗子には分かった。

「多恵さん、分かりました。これから私が車でそちらに伺います。三十分もあれば着くはずです。それまで一人でおられますか」

麗子は多恵の力になってあげたかった。普段とはまるで違う今の多恵を支えてあげられるのは、自分しかいないと思った。

「麗子さん、ありがとう。私待っています。本当にありがとう」

電話の向こうで多恵が拝むようにしているのが、麗子にははっきりと分かった。麗子が来てくれると聞いて、多恵はいくらか落ち着くことができた。あまりの出来事に我も忘れて気づけば麗子に電話をかけていたが、今は体裁よりも麗子が来てくれることが心底嬉しかった。

出征中の亭主に枕元に立たれる。

こんな体験を初めてした多恵にとって、今はとにかく誰かにそばにいてほしかった。多恵は汗をかいた寝間着姿のままの自分にふと気づき、電話のある廊下から一度寝室に戻った。そして多恵は寝間着を脱ぐと手ぬぐいで丁寧に汗を拭い、麗子を迎えるための着物に着替えると、鏡に向かって身支度を調えた。そうこうしている内に時間はあっという間に過ぎ、玄関先に車の音が聞こえた。

多恵は慌てて寝室を出るとそのまま玄関へと向かった。そこには麗子らしい女の姿が硝子戸越しに見えた。多恵は裸足のまま玄関に下りると、急いで内鍵を回し玄関戸を開けた。

「ごめんなさい、麗子さん」

多恵は駆けつけてくれた麗子の顔を見ると、涙が勝手にまた溢れてきた。

「どうです、少しは落ち着きましたか」

そう言うと麗子は、そんな多恵の両手を優しく握った。

「どうしよう、こんなに取り乱したりして。麗子さんにも迷惑をかけてしまって」

そんな多恵の言いようは、涙は流しているものの、電話の時よりも随分落ち着きを取り戻していると麗子は思った。

「そんなこと気にせんと、今夜はじっくりと話し合いましょう。実はうちもなんだか寝付けんと困っていたところやったんです」

「ほんと、麗子さん」

こうやっていつも気遣ってくれる麗子の優しさが、多恵は本当に嬉しかった。

「こんな夜もたまにはあります。さあ、じっくりと話しておくれやす」

麗子はそう言うと自らが内鍵を閉めて、多恵の背中を押すようにして玄関を上がった。

四

その夜、東京乃木坂の菊屋でも小鈴が何時になっても寝付けずにいた。夜の遅い芸者置屋であっても、さすがに夜中の三時過ぎでは皆床についていた。一度は横になった小鈴であったが、繰り返しよぎる不安感と蒸し暑い夜も手伝って、どうしても今夜だけは寝ることができずにいた。

酔いも醒めて喉も渇いた小鈴は一階の台所へと向かった。小鈴は寝付いた者たちを起こさぬように音に気遣いながら、灯りを点けずに手元を頼りに廊下を進んでいった。ようやく台所までたどり着いた小鈴は手元の小さな灯りだけを点け、湯呑に水を一杯注ごうと蛇口を捻ったその時、突然台所の電気が点いた。

「誰、小鈴ちゃんなの」

流し台に立つ小鈴に声をかけたのは菊乃であった。

「すいません、姉さんのこと起こしちまって」

突然灯りを点けられた小鈴の方も少し驚いたが、夜中に菊乃を起こしてしまったことを小鈴は詫びた。

「どうしたの、寝付けないの」

音の犯人が小鈴と分かり、ほっとした菊乃が台所の入口で柱に寄りかかるようにして、後ろ髪を撫でながら尋ねた。

「水を一杯飲んだらすぐ行きますから」

夜中に菊乃を起こしてしまったことを気にして、小鈴は早くこの場を立ち去ろうとした。

「なんだか蒸し暑くていやな夜ね」

菊乃は椅子に座るでもなく、その場に立ったまままそう言った。水を一杯飲み、使った湯呑をさっと洗って元の場所へ戻し、振り返った小鈴に菊乃が問いかけた。

「ねえ、」

「はい」

小鈴はただそう答えた。

「あん時のこと、ごめんなさいね」

菊乃が突然小鈴に詫びた。

「ええ、」

なんの話か見当がつかなかった小鈴は、困ったような顔をした。

「余計なお節介なんか焼いちまって」

うつむいたまま、菊乃がそう言った。それで小鈴にもピンときた。数日前のあの一件。菊乃が気にしていたのは直江夫人からの手紙のことだった。

「ああ、いいんです。あたしの方こそいつも姉さんには助けてもらってるくせに、偉そうな口なんかきいたりして」

あの件については小鈴の方は、菊乃のことをさして悪くは思ってはいなかった。菊乃が興味本位で言っているわけではないことはよく分かっていたし、菊乃の言うことにも一理あった。

「あたしの考えが足りなかったわ。あんたの気持ちも知りもしないで」

「もういいんです。それより、」

そう言って小鈴は話題を変えた。

「うん、」

「あたし、今夜は」

そこまで言うと今度は小鈴の方が口ごもった。

「今夜だけは、なんだか居たたまれなくて」

小鈴は胸の内にある不安を言うまいかどうか迷っていた。

「どうかしたの」

菊乃が小鈴の顔を覗き込むようにして尋ねた。

「いいえ、でも落ち着かないんです。なんだか胸騒ぎがして」

「小鈴ちゃん」

「何かあったんじゃないかと」

小鈴は胸の内の不安を抑えきれなくなった。小鈴がいくら眠ろうとしても、いつもとはまるで違う厳しい表情の直江少将が頭から離れなかったのだ。

「だめ、そんなこと考えちゃ。前にも言ったでしょう、悪い想像なんてしちゃいけないって」

「でも、」

それでも小鈴は今夜の不安を菊乃に話したかった。

「もうそれ以上口に出したらだめよ。いい、考えたり、ましてや口に出したことが本当に起きるのよ。あんたが無事だと思っていれば大丈夫。決して悪いことなんて起きやしないわ」

菊乃はまるで娘に言い聞かせる母親のように落ち着いて話した。菊乃にそう諭されて、小鈴も少しは落ち着くことができた。

「はい」

「あんた、ここんところ、いろいろ考えて疲れてるのよ。今夜は余計な心配なんぞせずに寝ちまいなさい」

「そうですね、悪いことなんて起きやしませんよね」

小鈴は自分に言い聞かせるようにそう言った。

「そうよ、起きるもんですか」

少し元気を取り戻した小鈴を見て、菊乃もそんなことがあってたまるかと、胸を張って言い切った。

「そう言えば、」

突然、小鈴が何かを思い出したように言った。

「あたし、すっかり忘れちまってたんですが、直江様が姉さんにって」

「直江様、」

今度は菊乃の方が、なんのことやら分からなかった。

「ええ、木村様のことは心配するなって、姉さんに伝えてほしいって」

唐突に小鈴が直江少将に以前言われたままを口にした。

「それ、いつのこと」

「それが浅草での別れぎわに。念を押すように」

小鈴は当時のことを思い出しながらそう答えた。

「直江様、それだけをあたしに伝えろっておっしゃったの」

「はい、今考えてみればちょっと妙で」

「妙ってどんなふうに」

菊乃は話の全容が早く知りたかった。

「なんだか、これから木村様に会いにでも行くみたいにおっしゃって」

小鈴はあの日のことをはっきりと思い出して言った。

「小鈴ちゃん」

「直江様、もしかして今回は、木村様と一緒に戦ってらっしゃるんじゃないかと。あたしそんな気がして」

小鈴は胸に痞えていたものが急に取れたような気がした。

「だったら、なおのこと大丈夫。お二人が一緒なら鬼に金棒。どんな敵でも尻尾を巻いて逃げ出すに決まってるわ」

そう言いながら、菊乃は自然と小鈴の両手を握り、嬉しそうに大きく揺さぶっていた。

「そうですね、大丈夫に決まってる」

「あんたとあたしでお二人のご無事を信じてさえいれば、必ず万事上手くいくはず。そうだ、明日はいつもより早起きして、お二人のご無事をお願いに行きましょう」

名案とばかりに、菊乃の表情がぱっと明るくなった。

「ええ浅草に、直江様と行った浅草の観音様にあたしお参りしたい」

お参りと言えば浅草。小鈴にはそれしか考えられなかった。

「そうと決まったらさっさと寝ましょう。寝ぼけた顔でお参りしても、観音様に願い事なんて聞いてもらえないわよ」

「そうですね」

二人は娘同士のように喜び合った。すると菊乃が気づいたように人差し指を唇にあてて、静かにという代わりに、にっこり微笑んだ。お互いにうなずき合うと、菊乃は足音に気をつけながら自分の部屋へと歩き始めた。

「姉さん、」

小鈴は小声で歩き始めた菊乃を呼び止めた。

「ええ、」

優しい笑顔で菊乃が振り返った。

「ありがとう」

小鈴の言葉は心の底から湧き出たものだった。

五

多恵はどこか遠くの方から誰かに呼ばれているような気がした。誰だろうと思うがそれが一向に見当がつかなかった。返事をしようにも、うまく声を出すこともできない。もどかしいうちに呼ばれる声はどんどん大きくなっていった。

「ごめんください」

声は夢ではなく、玄関から聞こえてきた。

「はい」

多恵は咄嗟に返事をすると立ち上がった。横ではお膳に両手を置き、それを枕代わりに寝ていた麗子も多恵の声で目を覚ました。どうやら二人は一晩中語り合いながら、知らぬ間にその場でうたた寝をしていたようだった。

「はい、少々お待ちください」

あらためてそう言いながら多恵は着物の乱れを直し、一度廊下の鏡で身支度を調えてから玄関へと向かった。多恵は玄関に下りる前に壁の時計を見たが、まだ七時半を回ったところだった。随分早い来客だと思い、多恵は内鍵を開ける前に声をかけてみた。

「どなた様でしょうか」

朝日に映る人影は軍服姿のように見えた。

「一二三です。一二三上等水兵であります」

硝子戸越しに聞こえるその声は、まさしく聞き覚えのある一二三上水の声だった。多恵は急いで内鍵を外すと、玄関戸を開けた。

「一二三さん」

そこには水兵姿も凛々しい一二三上水が立っていた。日焼けした顔立ちは以前会った時よりも、また一段と頼もしくなったと多恵は思った。

「朝早くから申し訳ありません。時間がなかったものですから」

再会早々、一二三上水は突然の早朝の訪問を多恵に詫びた。

「時間が、」

「はい、転属が決まりましたのでご挨拶に参りました。奥様にはいろいろとお世話になり、本当にありがとうございました」

そう言って一二三上水は腰から折る軍隊式の礼を多恵にした。

「そんな、私は何も」

「上官が内地もこれで最後になるだろうから、身寄りに挨拶して来いと。しかし自分は呉に身寄りがないものですから基地に残るつもりでしたが、お世話になった奥様にご挨拶と思いまして」

そう言う一二三上水の表情は、どこか少しはにかんだようにも多恵には見えた。

「そうですか、さあどうぞ」

内地が最後という言葉が多恵は気になったが、そうであれば、なおのこと一二三上水とは話をしておきたかった。

「いえ、もう時間が」

一二三上水は直江家の玄関の敷居をまたごうとはしなかった。一兵卒が提督閣下の自宅に来ること自体はばかられたが、内地が最後という出撃を前にして、また必ず会いに来るように言われた多恵の言葉を一二三上水は守ったのだ。

「今度はどちらに」

「龍鳳です」

胸を張って一二三上水は答えた。

「りゅうほう」

「新造の航空母艦です。自分は航空機には不慣れでありますが、早く覚えて白雪の敵を討つつもりです」

新たな艦隊勤務に一二三上水の闘志は燃えていた。

「そうですか」

多恵は航空母艦と聞いて心が痛かった。敵も味方も真っ先に狙われるのが航空母艦である。それを知らぬ海軍軍人など一人もいなかった。

「では自分はこれで」

そう言って一二三上水は左足から一歩下がった。

「あの一二三さん、身体には十分気をつけてくださいね」

「はい、奥様もお元気で」

そう言うと一二三上水は穏やかだった今までの表情とはうって変わって、厳しい眼差しで多恵に敬礼した。覚悟の出撃であることが十分に伝わり、多恵は深くお辞儀をして礼を返した。

一二三上水が去ると、多恵はどうしようもないやるせなさに襲われた。こうして二十歳になるかどうかの若者たちが、日一日と戦場に送られていくのだ。多恵は力なく玄関の戸を閉めると麗子の待つ居間へと戻っていった。

「今の兵隊さんは」

麗子は三つ用意していた湯呑のうちの二つにお茶を入れながら尋ねた。

「一二三上等水兵。小鈴さんの弟さんです」

そう言うと多恵は麗子の向かい側に腰を下ろした。

「そうやったんですか。大方は聞こえました。航空母艦に乗りはるって」

そう言って麗子は入れ終えたお茶の一つを多恵に差し出した。麗子にも航空母艦に乗ることが何を意味しているかはよく分かっていた。

「まっすぐないい若者です」

会釈してお茶を受け取ると、多恵がしみじみと麗子に語った。そして二人は朝のお茶を静かに飲んだ。その味はいつにも増してありがたく感じられた。戦地ではお茶はおろか、一杯の水でさえままならぬ人たちがたくさんいると思うと、このお茶はおろそかにはできなかった。

「なあ多恵さん」

「はい」

「昨夜の話、もう決心が揺らぐことはないんですね」

麗子は湯呑の中を覗くようにして昨夜の話を持ち出した。

「はい」

多恵も手元の湯呑を見つめながらそう答えた。

「それでいいんですね」

麗子は視線を上げると念を押した。

「麗子さんに言われたこともよくよく考えました。それでもいざ子供が生まれたと聞かされたら私、どうしてもその子を引き取って正真正銘我が子として育てたいという気持ちが、日に日に強くなっていくんです。昨夜のことも今になって考えてみれば、もしかしたら主人もそのことを伝えたかったんじゃないかと」

多恵は視線はそのままに淡々と話した。でもその仕草がかえって多恵の決心の強さを表しているかのようだった。

「そうですか」

麗子がぽつりと呟いた。

「麗子さんには本当にお世話になっていて申し訳ありませんが、」

「そうやないんです」

「えっ、」

昨夜、芸者が産んだ子を我が子として育てたいという多恵に、散々反対していた麗子だっただけに、この言葉は意外であった。

「さっきの兵隊さんがその芸妓の身内やったら、そうかも知れませんな」

麗子は何か考えるようにそう言った。

「いいえ、京都ではよく聞く話なんです。枕元に立つ。それは何も亡くなった人ばかりではのうて、生きてる人でもその気持ちが物凄く強くて、会いたくても会えないほど遠方にいれば、その強い気持ちが、たとえ何千里離れていようと姿となって目の前に現れると」

たびたび、京都の古寺に出かける麗子の話には妙に説得力があった。

「生霊」

麗子にそう言われて多恵は、女学校時代に読んだ源氏物語を思い出した。

「六条御息所やあるまいし、そんな怖いもんではありません。例えば子を強く思う母親が、我が子に降りかかる災難を感じてそのことを伝えに我が子の前に現れたり。京都は古い都です。不思議な話にはこと欠きません」

そう言って麗子はお茶を一口飲むと続けた。

「直江さんが亡くなってないのは間違いのないこと。ならば多恵さんの枕元に立ってまで伝えたかったこととは。そしてその朝、その子の叔父に当たる人が訪ねて来はった」

麗子は自信を持って直江少将が生きていると言い切った。

「確かに」

「それなら辻褄が合います。みんなその子に関わることやったのかも知れません」

麗子は思いを巡らしていた。昨夜はもし多恵が直江少将が芸者に産ませた子を引き取れば、この先様々な苦労は目に見えている。ならばいっそのこと、直江家の跡取りはそれなりの家柄から養子を取ればいい。それならば多恵が要らぬ苦労をすることもなければ、家の体面も守れる。麗子の助言は、この時代の上級軍人の家としては至極当然のことであった。

しかし昨夜のことといい、今朝の出撃だけを告げに来た一二三上水の来訪といい、不思議な巡り合わせは、すべてその子を中心に起こっているように麗子にも思えた。

「麗子さん」

麗子の話を聞いて、多恵も確信を持った。

「そうであるなら、私に考えがあります。多恵さん、今度ばかりはどうしても私の言う通りにしておくれやす。その子をいつ引き取るつもりですか」

麗子の話が小鈴の子を引き取ることに、より具体的になってきた。

「約束ではその子がお乳じゃなく、おまんまが食べられるようになったら。先方もあまり長く手元に置くと別れが辛くなるだけだからと」

「そうですか」

そう言うと麗子は、左手で右手を摩るようにして何か考えていた。多恵はその仕草が麗子が思案する時の癖だと知っていた。

「そんなら、多恵さんが東京にその子を引き取りに行ったら、ここに戻ってはあきません。ここに戻れば本当の親子になることはできまへん。事情を知る人が多すぎます。それではいつになっても気苦労が絶えんのは目に見えてます」

麗子はきっぱりと言い切った。

「ではどうしろと」

ここへは戻るなと言われて、多恵には麗子の考えがまったく分からなかった。

「本当の親子になりたかったら、誰もその事情を知らん土地で暮らすのが一番です。多恵さん、京都に来なはれ。京都やったら誰一人事情は知らん。誰が見ても実の親子でしかありません」

麗子は多恵の目をしっかりと見つめながら言った。

「でも私がここを離れるわけにはいきません」

麗子の申し出は多恵には想像もできぬことであった。

「どうしてです」

麗子の言い方は選択の余地などないと言わんばかりであった。

「どうしてって、」

「はっきり言うて、お武家の考えは堅すぎますな。ご先祖様が大事やったら、お位牌一つ持って京都に来たらええ。京都にはいいお寺さんがぎょうさんあります。決して罰が当たることなどありません」

麗子にはっきり言い切られて、自分にも立場があると多恵は言いたかった。

「でも呉にはたくさんの部下の家族がいます」

「部下って誰の部下です」

そう言って、麗子は残ったお茶を飲み干した。

「誰のって鈴谷の」

多恵は明らかに動揺していた。

「鈴谷はもう直江さんの艦ではありません。直江さんはもう鈴谷の艦長ではのおて、艦隊の司令官です。何隻もの軍艦を率いる提督です」

麗子の言い分は正しかった。多恵は何も言い返せなかった。

「それにここは危ない」

「危ない」

「呉は海軍の町です。戦争もどんどん激しくなって、アメリカに狙われるのは間違いなくここです」

「だからと言ってこの町を離れたら、命懸けで戦っている主人に申し訳が立ちません」

多恵はこれだけは言わなければならないと思った。夫の留守を守るのが妻の本分であることに間違いはないはずだ。

しかし多恵にそう言われても、麗子は慌てるどころか笑みさえ浮かべて見えた。

「多恵さん、本気でそんなこと考えてはるんですか」

麗子の言いようは自信たっぷりだった。

「ええ、」

「ほんならはっきり言わせてもらいます。本当に申し訳ないのは、引き取った赤子を殺してしまうことです」

「殺す」

多恵にはなんのことやらわけが分からなかった。

「そうです。赤子を抱いて連日の空襲の中、いったいどうやって女が生き延びていくと、言わはるんですか」

麗子にそう言われて、多恵は一言も返せなかった。だいいち、子供を引き取るかどうかで精一杯で、そんなことまで考えたことさえなかった。

「京都なら空襲もないはず。木村がそう言ってました。戦争が厳しくなったら、京都の実家に行けと。京都なら敵の空襲もないはずやからと」

そこまで言うと、明らかに動揺している多恵を見て、麗子は穏やかな口調で言った。

「なあ多恵さん、男たちはなんのために戦こうてると思いますか」

帝國軍人の、それも提督閣下の妻たる者、その答えは言うまでもないことだと多恵は思った。

「それはもちろんお國のために」

その言葉を聞いて、麗子はこれ以上多恵を刺激しないように気をつけながら、穏やかに話を続けた。

「表だってはお國のためと言ってはいますが、うちはそうは思いません。男たちは女房子供のため、家族を守るために命を懸けて戦こうてるのと違いますか。それなのに、その女房子供が先に死んでしもうたら、それこそ申し訳が立ちません。軍人の女房は、たとえ夫がどんな身体になろうと、骨になって帰ってこようと、生きて夫を迎えなければなりません。それが命懸けで戦こうてる軍人の妻の本分やと、うちはそう思うてます」

麗子の言葉の一つひとつが多恵の胸に突き刺さった。それは長年多恵が当たり前だと思っていたこととは、まったく違っていた。

そもそも二人の生い立ちには大きな違いがあった。多恵の育った東京の実家はもともと武士の家系であり、父や親類の男子のほとんどは軍人であった。それに対して麗子の実家は京都の有名な老舗であり、母方は公家の血を引く家系であった。刀を捨ててまだ五十年足らずの武家の娘と、京都の裕福な豪商の娘では、自ずと育ち方も生き方もまるで正反対なのはしごく当然であった。そんな麗子の自分とはまるで違う生き方を聞いていると、多恵の頬を勝手に涙がつたった。

「こんな性格やから、きついこと言うて堪忍。うちはこれで帰ります」

そう言うと麗子は静かに立ち上がった。

第八章

一

昭和十八年七月二十九日、キスカ島撤退作戦は直江司令官の冷静な指揮のもと進められた。無論、すべてが順調であったわけではない。日本艦隊がキスカ島へ向かうまでの濃霧はひどく、各艦は霧中浮標と呼ばれる浮きを艦尾からワイヤーで流し、後続艦はそれを艦首に当てるようにして艦隊行動をとっていた。それでも補給艦が行方不明となり、旗艦阿武隈は敵に発見される危険を覚悟の上で高角砲を撃ち、その音で味方に位置を知らせた。

しかし補給艦は突然霧中から現れると阿武隈の左舷に衝突し、そのあおりを受けて三隻の駆逐艦が衝突してしまう事故が起きた。阿武隈は応急処置の結果、作戦に復帰することができたが、損傷の激しかった駆逐艦若葉は単独でその場から帰投せざるを得なかった。

そして直江司令官は待ち構える敵の大艦隊を横目に、満足な海図もないような狭い海峡を島づたいに進み、まんまと敵の裏をかいてキスカ湾に到達することができた。

さらに僅か五十五分間で守備隊を収容し、全艦全速でキスカ島を離脱する際、事もあろうに浮上中の敵潜水艦と遭遇してしまう。これにはさすがの直江司令官も肝を冷やしたが、敵潜水艦は煙突の数を巡洋艦は少なく、また駆逐艦は増やして偽装した日本艦隊を、なんとアメリカ艦隊と誤認して素通りしていったという。そして日本艦隊は八月一日には、全艦千島列島の幌筵に帰投を果たしたのであった。

一方それに対してアメリカ艦隊は、レーダーに映った幽霊艦隊に計六百発を超える主砲弾を撃ち込んで、日本艦隊を撃滅したと確信した。そしてその補給のために全艦を後退させ、キスカ島包囲網を解いた。その期間は僅か一日のみであったが、その空白の一日に日本艦隊が日本軍守備隊五千名以上の撤退を完了させていたとは、アメリカ側は想像すらできなかった。かくして日本艦隊の帰投した翌日七月三十日から、アメリカ艦隊の戦艦を基軸とする大型艦の艦砲射撃が無人のキスカ島に行われた。

そして遂に八月十五日に、アメリカ軍は満を持して百隻の艦船と三万四千名の兵力でキスカ島上陸作戦を開始した。しかし日本軍の反撃も受けずに無抵抗のまま上陸を果たしたアメリカ兵たちは、かえって疑心暗鬼に陥った。島の奥に潜むであろう五千名以上の日本兵は、いったいどんな秘策をもって襲いかかってくるのだろうか。想定とはまったく違う状況がかえってアメリカ軍に極度の緊張をもたらした。その結果、なんと各所で同士討ちが起こり、およそ百名ものアメリカ軍兵士が命を落とすこととなったのである。

さらに無人の島内を探索中のアメリカ兵はある看板を発見し、これがアメリカ軍に大パニックを引き起こさせた。それは負傷兵収容棟前に残された、ペスト患者収容所という文字であった。

アメリカ軍は本国に報告すると同時に大量のペストワクチンを発注。そのためにそれを翻訳した通訳をはじめ、長期間隔離される者も出た。これは連日の爆撃に傷つき、命を落とす兵士の治療にあたっていた日本の軍医長が、撤退の際に書き残したものであり、その事実はなかった。

このようにキスカ島撤退作戦は日本軍にとって大成功のうちに完了した。これは直江司令官の並外れた判断力と強運はもちろんのこと、作戦に参加したすべての日本軍将兵が一致団結して責任ある行動を果たした結果である。その後、日本に生還した兵士たちは口々にアッツ島で玉砕した英霊の加護なくして、この奇跡の作戦の成功はなかったとも語った。

かくして日本陸海軍合計五千百八十三名のキスカ島守備隊の命が救われたのである。

二

キスカ島撤退作戦の成功から数日後、多恵は呉の自宅で一人居間にいた。夫が鈴谷の艦長時代は、艦長夫人として婦人会や部下の妻たちからの相談事など、多恵は毎日を忙しく過ごしていたが、夫が提督ともなると気軽に立ち寄る者もいなくなってしまった。今や多恵の日常は孤独との闘いになっていた。

そんな日の午後、廊下の壁に備え付けてある電話のベルが鳴った。戦争が始まって以来、多恵は電話のベルが怖かった。訃報でないことをなんとか祈りながら、気持ちを落ち着かせて多恵はいつも電話に出ていた。

「はい、直江でございます」

多恵は不安な気持ちを抑えて、提督夫人にふさわしい声を装っていた。

「お久しぶりです多恵さん。木村です」

電話の声は、今は京都の実家にいる木村夫人の麗子であった。

「まあ、麗子さん。ご無沙汰しております」

麗子の声を聞いて、多恵の声が幾分柔らかくなった。

「早速ですが、たった今東京の知人から連絡が入って、直江様とうちの主人が無事戦地より帰還したそうです」

「本当ですか」

「はい、もちろん内地に戻るのはもう少し先の話になるやろうけど、二人とも負傷もなく、とても元気やそうです」

「良かった」

それは多恵の心の声だった。多恵は横須賀の海軍病院を訪ねて以来、夫が負傷することが心底恐ろしかったのだ。

「それを聞いて安心しました。麗子さんわざわざご連絡をいただきまして、ありがとうございます」

「いいえ、それからこのことは、どうかまだ内密にお願いします」

「はい、分かりました」

「そして、もう一つ。これはうちからのお願いなんですけど」

珍しく麗子がそう切り出した。

「はい」

そう答えながらも、多恵は少し戸惑った。自分が麗子に頼み事をしたことは幾度もあったが、麗子からの頼み事など思い返してみれば、今まで一度たりとも思い当たらなかった。

「直江様も主人も無事やということやし、図々しいのは百も承知でお願いしたいことが」

「私がお役に立てることでしたら」

「そう言うてもらえると、うちも気が楽なんやけど」

「なんでしょう」

多恵がそう答えると、麗子は誘うように話し始めた。

「ねえ、多恵さん。主人たちが内地に戻る前に、一度京都へ来てもらうわけにはいきまへんやろうか」

「京都にですか」

「どうしても多恵さんに相談したいことがあって。実はうちと主人とのことでちょっと。本来ならうちからそちら様に出向くのが当たり前のことやのに、母の具合もあまり良うはなくて」

「まあ、お母様が」

多恵にとって、麗子の母親の体調が良くないことは初耳だった。

「歳が歳だけに、なかなか家を空けられへんのです。ねえ、多恵さん後生やから二、三日こちらに来てもらうわけにはいきまへんやろうか」

「分かりました。いつもお世話になっている麗子さんのお役に立てるのでしたら」

多恵には、いつも世話になるばかりの麗子の申し出を断る理由はなかった。

「ほんま、ああ良かった。これでうちも安心できます。それからこちらが頼んで来ていただくわけやから、どうか気を遣わんと来てくださいね」

「はい、では段取りを調えてから日時はあらためてご連絡致します」

「そうですか。ご連絡お待ちしております。おおきに」

そう言って麗子は電話を切った。しかし多恵は最後まで麗子が話の内容について触れなかったことが、少し気がかりだった。

三

麗子からの電話の数日後、多恵は京都駅にいた。夕方も近いというのに、八月の京都は本当に蒸し暑かった。出かける直前まで、多恵は着ていくものに散々迷った挙句に、結局時勢を考えて地味で目立たぬ着物を選んだ。しかし出迎えた麗子が着ていたのは、およそ戦時中とは思えぬほど優美な京友禅の着物だった。

「まあ、多恵さん。この暑い中、わざわざ遠くまで出向いていただいて、ほんまにすいませんでした」

そう話す麗子は、軍人の妻というよりは優雅な京都婦人そのものだと多恵は思った。

「いいえ、こちらこそいつも麗子さんにはお世話になりっぱなしで。京都どころか、私なんて東京までご一緒いただいて」

「あれは、うちにも用事があっただけのことです。それより、ここはほんまに暑うてかないませんな。さあさあ、少しでも涼しいところへ早よう行きましょう」

そう言って麗子は近くに待たせていた黒塗りの自家用車に多恵を誘った。多恵が車の近くまで来ると、白手袋の運転手が多恵の手荷物を受け取り、二人が後部座席に収まると静かにドアを閉め、自分は運転席に座ると行先も尋ねずに車を発車させた。

「ところで多恵さん、京都は良うご存知ですか」

そう麗子に聞かれて、多恵はなぜか東京生まれの自分がどこか田舎者のように感じられた。

「実は私、京都はこれがまだ二度目なんです」

多恵は自信なさげに答えた。

「まあ、ほんまに」

それを聞いた麗子には思うところがあった。

「でも二度目というたら、一度目はいつ」

「それが、」

今度こそ多恵は答えに困ってしまった。本当のことを言うべきかどうか、多恵は少し迷ったが、麗子には正直に話すことにした。そして多恵は年頃の娘が恥ずかしがるように答えた。

「主人と。新婚旅行で」

「ほんまですの」

麗子は大袈裟に驚いてみせた。

「いいえ新婚旅行と言っても、東京から呉に行く途中で」

多恵は開けられた窓からの風も役に立たぬほど、身体が汗ばんでいくのを感じていた。

「そうですか。それで京都にはどれくらい」

麗子は扇子で涼をとりながら、当たり前に尋ねてきた。多恵は初めて京都駅で麗子に会った時から、勝手に麗子に引け目を感じていた自分に気づいた。それほど麗子には京都人としての風格が感じられた。それは麗子の着ていた京友禅の見事さのせいもあったかも知れないが、呉で会っていた頃の麗子とはまったくの別人にさえ思えるほどだった。

「それが、たったの一泊だけ。主人もまだ大尉になったばかりで時間もなくて」

今度は少し落ち着いて話すことができたと多恵は思った。

「そうやったら、今回はうちがたんと京都をご案内致しましょう。多恵さん、京都に来て金閣寺さんだけ見て帰ったらあきまへんえ」

麗子のその言葉は多恵にとってとても恥ずかしいものだった。なぜなら多恵の新婚旅行は、午後に京都に着くとその日は一晩旅館に泊まって、翌日には金閣寺と清水寺だけを見て呉へと向かう、なんとも忙しないものだったからだ。

「でも、そんなにこちらにいるわけにもいきませんし」

「そんな、せめて一週間はこっちにいてもらえるもんやとばかり思うてましたのに」

「とんでもない。今夜はこちらで過ごして、明日には」

特別な用事など何もなかったが、気づくと多恵はそう答えていた。

「そんなせっかちな。分かりました。それなら約束通り三泊で決まりにしましょう。まずは涼しいところでお夕食でも。もううち、お腹と背中がくっつきそうやわ」

いつも明るい麗子であったが、京都の麗子にはさらに自信と風格が備わっていると、多恵は思った。

四

「ああ、美味しかった」

そう言って、麗子は箸を膳に置いた。二人は鴨川のほとりにある老舗の料亭で、戦時中とは思えぬ本格的な京料理を味わった。店の者は女将から仲居に至るまで、麗子を知らぬ者など一人もいなかった。多恵は麗子のことを、さすが京都老舗の呉服店の御嬢様だと、あらためて実感した。

「あの、麗子さん」

食事がすみ、冷やされたお茶をゆっくりと飲む麗子に多恵が尋ねた。

「なんです」

「私、今晩の宿を紹介していただきたいんですが」

それを聞いて、麗子があからさまに驚いて見せた。

「何を今さら言うてますの。それは気の遣い過ぎというものです。多恵さんに心配事があった時、わざわざ旅館をとって話しおうたことなどなかったはず。これから、うちが勝手気ままに使うとる家へ行きましょう。それなら、誰にも気を遣わんとじっくり二人で話ができます」

そう言うと、麗子はまた冷たいお茶を美味しそうに飲んだ。

「はい」

多恵にとって、ここは自分の日常とはかけ離れた場所であった。


料亭の女将に丁寧に送られてから、車で三十分ほどで麗子の言う別宅へ着いた。別宅への道中、多恵は車窓から景色を眺めていたが外は暗く、辺りの様子はよく分からなかった。ただ少しずつ民家の灯りが見下ろせるところから、麗子の家が高台にあることだけは分かった。

「さあさあ、入っておくれやす。ここは去年までは親類の者が使うとりましたが、今はもう誰も使ってへんのです。気が向いた時にうちが風を通しに来るぐらいで。そやからなんにも遠慮はいりません」

麗子はそう言って、暗がりの中を慣れた足取りで玄関口まで行くと、鍵を開けて玄関の灯りを点けた。多恵はその灯りを頼りに玄関に立つと、後ろから荷物を持ってやってきた運転手が多恵の荷物を玄関に置いて、一礼して車へと帰っていった。寡黙な運転手は、道中ほとんど言葉を話さなかった。

「では失礼致します」

そう言って多恵は麗子の別宅へ上がった。本宅では自分が気を遣うからと、麗子がここを用意してくれたのだろうと多恵は思った。

「家具も最低限のものしか置いてへんのです。なんか殺風景ですやろ」

そう言いながら、麗子は手際よく窓を開けていった。夏のこもった空気が、さっと外気と入れ換わるさまが多恵には心地良かった。

「いいえ、とても気持ちのいいお部屋。さすがは麗子さんです。私、こういった感じのお部屋がとても好き。なんだか初めて来たとは思えないくらい」

多恵が通された居間は十二畳ほどの大きさで清楚な中にも品があり、とても居心地のいい部屋だった。

部屋の造りも落ち着いた雰囲気でそこにも麗子の好みの良さが見て取れた。

「ほんまに。ああ、良かった多恵さんに気に入ってもらえて。朝はこっちの窓から陽が良う当たって。でも今は真夏やから暑うてかなわんようやけど、夏の間は窓の外に長い日よけがあって、暑うなることもなく良う風が通るし、絶景とまではいかへんけど、景色だってまあまあなんです。そやからここは別宅にはぴったり」

そう言って窓を開け終えると、多恵の前を横切る時に麗子が言った。

「でもうちにとってはちょっと」

そう言って麗子は蚊取り線香を取り出して、火を点けた。

「ええ、どうしてですか。こんなに素敵なのに」

「だって、実家からその気になれば歩いてでも来れるところに別宅があっても、それでは帯に短したすきに長しやわ」

そう言いながら麗子は窓際に火の点いた蚊取り線香を置いた。

「まあ、もったいないこと」

「そやから、ここは誰かに貸してお家賃でもたんといただこうかと思うとるんです」

多恵の方に振り向いた麗子が真顔で言った。

「まあ、麗子さんたら」

そう言って多恵が笑った。裕福な麗子の実家がそんなことをするとは多恵には思えなかった。

「いやいや、ほんまの話。家は人が使わんと傷んでしまうさかいに」

そう言う麗子の顔は、やはり冗談ではなさそうに見えた。

「それはそうですね」

それを見て、多恵も麗子に話を合わせた。

「あら、なんの話を長々と。ごめんなさいね多恵さん。さてさてゆっくりしてくださいい。ああそれから、多恵さんはこの部屋を使ってください」

そう言って、麗子は居間の先にある寝室の襖を開けた。

「はい、ありがとうございます」

そう言って、多恵は自分の荷物をその部屋に置いた。多恵に充てられたその部屋も庭に面した八畳ほどの、南と東に風が通るいい部屋だった。

荷物を置くと多恵はまた居間に戻った。しかし多恵にはこの家に入った時から気になることがあった。それは玄関から居間に至る廊下の左側にある洋風のドアが付いた部屋だった。京都の別邸らしいこの家の中にあって、そのドアだけがなんとも不釣り合いだったのだ。多恵は麗子に尋ねるかどうか迷っていたが、多恵の好奇心が今回は勝った。

「あの、麗子さん、一つだけ聞いてもいいですか」

多恵は麗子の表情を窺うように尋ねた。

「ええ、なんでしょう」

「実は私この家に入った時から気になっていたんですが、あの、玄関の左側の洋風のドアのお部屋は」

後付けされたようなあの堅固な洋風のドアだけが、多恵はどうにも気になっていたのだ。

「ああ、あれ。不細工ですやろ」

「いいえ、そういうわけではなくて」

多恵は聞いてはいけないことを聞いてしまったのではないかと後悔した。

「ではどうぞ、こちらへ」

そう言って、麗子は多恵をその部屋の前まで連れてきた。

「どうぞ、ご覧ください。犯人はこれでございます」

麗子はそう言ってからドアを開けて電気を点けた。多恵は部屋の中央で灯りに照らされて輝くそれに思わず目を奪われた。

「これは、」

「そうです、この家に後付けの不細工な洋室を造らせた犯人はこれです」

十畳ほどの板張りの洋室で黒く輝いていたのは、大きなグランドピアノであった。そのピアノは多恵の女学校の講堂に置かれているものよりも大きく感じられた。

「これ、麗子さんの」

多恵はそのピアノに圧倒されていた。

「これは父が戦前にニューヨークに行った時に買うてきたピアノです。何しろ重いので、買ったはいいが実家の日本家屋では床がもたへんことが分かって。それで急きょここにピアノの部屋を造ったと、まあそういうわけです。だからこのピアノはたいして弾かれてへんのです」

麗子がこのピアノの経緯を話している間も、多恵の目はピアノに釘付けになっていた。そのピアノには金文字のアルファベットで「ＳＴＥＩＮＷＡＹ」と書かれていた。

「多恵さん、ピアノは」

麗子の問いに多恵は大きく首を横に振った。

「とんでもない。弾いたこともありません」

「良かったら、明日にでもどうぞ。何しろ大きい音がするので夜はふくろうさんも驚きますやろし。それに最近は誰も弾いてへんかったので、調律もしてもらわんと、音もばらばらかも知れませんけど。さあさあ長旅のあとで疲れはったでしょう。あちらで少し休みましょう」

そう言って、麗子は居間へと戻っていった。しかし多恵はそのピアノから離れることができなかった。それは多恵が女学生時代、学校からの帰り道にお茶の水の楽器店でいつも遠くから眺めていた、憧れの名器スタインウェイそのものであったのだ。

こうして多恵が麗子とともに過ごした京都は、戦時下の同じ國とは到底思えぬほど多恵の日常とはかけ離れた正に別世界であった。

五

多恵が京都での出来事を一人汽車の中で思い返しながら呉の自宅へ帰った数日後、直江少将と木村少将の二人は北極圏から真夏の東京に戻っていた。軍令部での報告その他をすませると、二人はいつもの蕎麦屋へ来ていた。二人とも口にこそ出さなかったが、まさかこうして再び東京で蕎麦を食う日が来るなどとは、正直思っていなかった。激戦地から一転して、戦時下とはいえ、まだ日常のある東京に戻ってくると、何か現実が現実ではないような不思議な感覚を二人はそれぞれに感じていた。

「さてと、美味い蕎麦にでもありつくとするか。おいどうした木村、元気がないな」

口数の少ない木村少将を見て、直江少将がはっぱをかけた。それでも木村少将はただ黙ったまま注文の終わった品書きを見ていた。

「おい、なんとか言え。貴様らしくないぞ」

そんな木村少将を見かねた直江少将が、ぽんと相手の肩を叩いてそう言った。すると木村少将がようやく重い口を開いた。

「直江、」

「なんだ」

直江少将はわざと少し気合いを入れるように答えた。

「いろいろとすまなかった」

うつむき加減に木村少将が言った。それを聞いて直江少将がじれったそうに返した。

「だから何が」

「何がって、あの状況下でああまでして俺たちを援《たす》けてくれて」

木村少将は親友であり、戦友でもある直江少将に負い目を感じているようだった。

「おい木村、貴様勘違いするなよ。俺は貴様だから行ったわけじゃない。軍人として命令に従ったまでのことだ。実際アッツ島が玉砕したと聞いた時、俺は貴様がアッツ島の司令官として死んだものと諦めた。だからこそキスカ島の守備隊は、なんとしてでも救いたかった。それで受けたんだ。それなのに西崎少佐がまだ貴様は生きているというじゃないか。聞いてみれば、貴様はアッツではなくてキスカの司令官だという。さすがに俺も面食らったよ。ただそれだけの話だ」

そう言うと直江少将は運ばれてきた蕎麦を前に、箸立てから箸を取った。直江少将が正に一口目の蕎麦を垂れにつけて啜ろうとしたその時、木村少将が思いつめた声で言った。

「直江」

言われた直江少将は仕方なさそうに口元で箸をいったん止めた。

「なんだ」

そう言ってから、直江少将は一気に蕎麦を啜り込んだ。

「貴様は強いな」

木村少将はそう呟くと、ようやく箸に手を伸ばした。

「何をさっきからくよくよと。貴様それでも海軍の将官か、もっとしっかりしろ」

そう言って、直江少将は二口目の蕎麦を啜った。

「横須賀の海軍病院を見舞った時、俺は貴様に偉そうなことを言った。身も心もぼろぼろの貴様に。今回俺も実際に戦場に出てみてつくづく思い知らされたよ。自分がいかに何も分かっていなかったかということを」

木村少将は蕎麦には手をつけぬまま出撃前のことに触れた。

「もういい、せっかくの蕎麦がのびる。さあ、早く食え」

そう言うと直江少将はもう聞く耳を持たずに、無言で蕎麦を啜った。木村少将もそんな戦友を見て、初めて蕎麦に手をつけた。そして二人はしばらく無言で蕎麦を食った。

直江少将は最後の一口を啜り終えると、調理場の方に顔を向けて大きな声を出した。

「おやじ、蕎麦湯をくれ」

「へい」

調理場から店主の声が聞こえた。先に食い終えた直江少将は楊枝に手を伸ばすと、それを口にくわえた。

「敵弾を三発くらって入院していたあの時、俺は自分の責任のとり方ばかりを考えていた。何しろ三千名も失ったんだからな。でも貴様はそんな俺に、くよくよするぐらいなら早く病院を出て今度は四千名を救ってみろ、戦争はまだ終わってはいないと言いやがった。俺は悔しくてあの晩は眠れなかったぞ」

厳しい口調で直江少将が言った。

「すまん」

そう言ってから、木村少将は弱々しく蕎麦を啜った。

「そうじゃない。だからこそ立ち直れたんだ。そして結果として五千名以上を救うことができた。それでいいじゃないか」

直江少将はそう言うと、運ばれてきた蕎麦湯を自分の蕎麦猪口に注ぎ、くわえた楊枝を左手に持ってからそれを飲んだ。

「やっぱり貴様は強いな」

弱気な木村少将の言葉を聞いたあと、直江少将は半分ほどになった蕎麦汁を膳に置いた。

「いいか、はっきり言っておくぞ。俺は強いわけではない。俺と貴様の一番の違いは強さではない。早く忘れられるかどうかだけだ。貴様も辛いのなら今度は一万、いや十万の命を救えばいい」

意気消沈の木村少将に戦友がきっぱりと言った。すると木村少将が戦友の言葉に反応した。

「十万だと。何を言っている、もう我が軍にそんな戦力など残ってはおらん」

いくら自分の士気が下がっているからとはいえ、戦友の言いようは現実的ではないと、木村少将は思った。

「そうじゃない。今までの戦争は軍隊同士の殺し合いだったが、これからの戦争は違う。米軍はドイツがロンドンを爆撃したように、いやそれ以上に日本中を爆撃するはずだ。特に東京は悲惨を極めるだろう。そうなれば兵隊でもない女、子供や年寄りまでが無差別に殺されることになる。僅か一日に何万人、何十万人が命を落とすことになるんだ」

直江少将の目はいつも確かであった。

「直江、」

そんな戦友の言葉に木村少将はそれ以上、何も言えなかった。

「俺は生涯軍艦乗りだ。できることにも限度がある。しかし貴様はこれから本土防衛を任されることになるだろう。だから、貴様の裁量が何十万人もの日本人の命に係わることになる。いいか、本当の戦争はこれからだ。木村、本土は任せたぞ」

直江少将はそう言うと、また楊枝をくわえた。

「貴様、そこまで」

木村少将はただただ感心していた。ミッドウェイ海戦の時もそうだった。木村少将は直江という男の懐の深さを、あらためて実感していた。

「さあ、これでこの話は終わりだ。まったく、くよくよと言いおって、いいか、ここは貴様のおごりだぞ」

そう言うと、直江少将はさっさと席を立った。

六

　蕎麦屋を出た二人に突然前方から黒塗りの車が近づくと、目の前で急停車した。助手席から飛びだすように降りてきたのは、キスカ島でともに戦った情報部の西崎少佐であった。西崎少佐は二人の前に駆け寄ると敬礼をした。

「西崎少佐」

「どうした、何かあったか」

　二人の将官はそう声をかけたが、西崎少佐の表情を見ればそれは一目瞭然であった。

「お探ししておりました。直江閣下、恐れ入りますが、このまま私とこの車でご一緒願います。詳しいことはのちほど」

　そう言う西崎少佐に笑顔はまったくなかった。

「そうか」

　直江少将はあえて落ち着いた声でそう答えた。

「それじゃ、俺は軍令部に戻る」

　そう言って木村少将が一人で歩き始めた。

「申し訳ありません、木村閣下」

　後ろ手に手を振る木村少将に、西崎少佐は腰を折る礼の姿勢でそう言った。そして西崎少佐は車の後部座席のドアを開けると直江少将を車へと招いた。直江少将が車に収まるとドアを閉め、自分は助手席に乗り込み運転手に発車の合図をした。車を運転していたのは兵ではなく、情報部の若手将校であった。車が走り出すのを待って直江少将が西崎少佐に言った。

「行先は木村にも言えんところか」

それは、裏返せばそれほどのことが起こったということだった。

「閣下、海軍省であります」

西崎少佐が端的に答えた。

「海軍省」

「はい、海軍大臣が閣下をお待ちです。それに軍令部総長と連合艦隊司令長官も、既に海軍省に向かわれました」

やはりただ事ではなかった。日本海軍を動かす三者が一堂に集うことは極めて稀であった。

「そんなお歴々方の中、下っ端の俺が一番最後か」

そう言って直江少将は軍帽を被り直した。それは参ったなという時の直江少将の癖であった。

「その点はご心配なく。連絡が入ったのはつい先ほどですので、時間に問題はありません」

西崎少佐がそう説明しても、直江少将は無言であった。この時、直江少将は今後起こり得る状況を様々な角度から分析していた。海軍省、軍令部、そして実行部隊である連合艦隊の長たちが集う中で、自らに言い渡されることとは。

そしてしばらくの静寂のあと、両手を組んだ直江少将が言った。

「西崎少佐」

「はい」

「それでいったい、何が始まる」

直江少将の問いに、西崎少佐が慎重に言葉を選んだ。

「自分はそれ以上のことは一切知らされておりません」

自らを待ち受ける新たなる運命とは、いったい何か。激動の時代の中で直江少将を乗せた車は、一路海軍省へと向かっていた。

第九章

一

昭和十八年八月、大日本帝國海軍第五艦隊第一水雷戦隊司令官の直江少将は、西日が強く照りつけ茹だるような暑さの中、東京の軍令部へ戻る車中にいた。

この日、直江少将は情報部の西崎少佐の出迎えで海軍省へと向かった。そして海軍省へ着くなり直江少将はすぐに大臣室に通された。将官とはいえ直接海軍大臣に会うことは異例であり、しかもその部屋にはすでに、連合艦隊司令長官と軍令部総長という日本海軍の三大巨頭が、顔を揃えて直江少将の到着を待っていたのである。

日本海軍の権力者であるこの三人が揃うことは稀であり、現在の戦局を考えると直江少将は、身の引き締まる思いでこの場に臨んだ。しかし三人の権力者たちはその意に反して、笑顔で直江少将を迎え入れた。

三人はケ号作戦、即ちキスカ島守備隊救出作戦を大成功へと導いた直江少将の優れた指揮能力を異口同音に称えた。そして近く閣議で正式に決定した折には、この困難な作戦を見事成功へと導いた指揮官として、直江少将は天皇陛下の拝謁を賜るはこびであるとのことであった。軍人として最高の栄誉を賜ることに対し直江少将は、感謝の意を伝えて大臣室を出た。

しかし車中の直江少将の気持ちが晴れることはなかった。それは武勲に対し陛下の拝謁を賜ることは軍人として最高の誉れである。直江少将は自身の功績がそれに相応しいかどうかはともかく、そのことについては素直に光栄に感じていた。

だが問題は三人の海軍首脳陣の意図するところと、その言動にあった。三人の関心事は激しさを増す連合軍の侵攻への対策よりも、次の国会で報告できる日本海軍の具体的戦果、つまり国民を歓喜させるような話題を欲していたのだ。

昨年のミッドウェイ海戦の大敗北以来、主力空母を失った日本海軍は主だった戦果をあげるどころか敗北と撤退、そして自軍を見捨てる玉砕を繰り返すばかりであった。すなわち三人が胸を張って公表できるような勝利の事実はほとんどなく、大本営発表の名のもとに日本国民に伝えられてきた戦果は、大きく水増しされたものや虚偽のものだったのである。そういった状況の中、ケ号作戦の成功は三人にとって、待ちに待った真の朗報であった。

大臣室での三人は始めこそ直江少将の手腕を称えていたが、時の経過とともにそれは自らの手柄話へと変わっていた。ケ号作戦の進行中、連合艦隊司令部や軍令部は直江少将に対して断じて協力的ではなかった。連合艦隊司令部は直江少将が要請した戦力の半数ほどしか艦船を送らず、また作戦遂行時においても直江少将の指揮官としての能力に疑念を持った首脳陣は、直江少将に監視役まで付ける始末だったのである。

それが作戦が成功裏に終わると、文字通り一変したのだ。しかもケ号作戦は陸軍の強い要請があって実現したものであり、作戦成功の見込みが低いと判断していた海軍首脳陣は、本作戦の発動を最後まで渋っていたのである。

つまり海軍首脳陣の当初の方針はキスカ島もアッツ島同様、自軍を見捨てる玉砕だったのである。このような事情から直江少将は、この軍服を着た政治家たちに強い憤りを感じながらも、自らは軍人としての態度を貫き海軍省をあとにしたのだった。

車中の直江少将は心を乱す事柄を捨て、軍人として自らの責務を全うすることだけを心に刻もうと努力していた。そして同時にこのような日本海軍の首脳陣と直接対話したことにより、迫りくる自身の将来をも感じ取ったのである。

直江少将はそんな気持ちのまま、開けられた窓から入る埃混じりの蒸し暑い風を受けながら、今日ほど小鈴に会いたいと思う日はなかった。

二

海軍省から帰ったその夜、直江少将は赤坂のいつもの料亭朧月夜で小鈴を待っていた。小鈴とはキスカへ向けての出撃のため、浅草で別れて以来二か月半ぶりの再会であった。日本から数千キロも離れたキスカで不可能とも思われたあの救出作戦の間、直江少将の胸ポケットには、別れ際に手渡されたゆりを抱く小鈴の写真が常に収められていた。過酷を極めたこの数か月間に思いを馳せる直江少将に、あの懐かしい声が聞こえた。

「失礼致します」

直江少将が声の方に目をやると、そこには出会った頃よりも一段と美しさを増した小鈴の姿があった。

「閣下、無事のご帰還誠におめでとうございます」

小鈴は艶やかな所作で襖を閉めるとかしこまり、三つ指をついてそう言った。

「どうした小鈴。そんなにあらたまって」

二人だけの席ならば、挨拶もそこそこに自分のもとに飛んでくると思っていた直江少将は、そんな小鈴を意外に思った。

「いいえ、でも、」

その場にかしこまったまま小鈴がそう答えた。

「なんだ、お前らしくないな。さては菊乃に帰還の挨拶でも伝授されたか」

小鈴らしからぬ他人行儀な挨拶を直江少将は望んではいなかった。

「あたし、提督閣下の直江様にいつも甘えるばかりで。思ってみれば小娘でもあるまいし、今までろくな挨拶一つできませんで、本当に申し訳ありませんでした」

そう言って小鈴はもう一度頭を下げた。

「何を今さら、無邪気で素直なのがお前の取柄じゃないか」

「でも、いつまでもそれでは」

「挨拶などどうでもいい。いつも通りのお前でいてくれさえすればそれでいいんだ」

「はい」

そう答えると小鈴は立ち上がり、直江少将とは向かい合わせにまたかしこまった。直江少将はそんな小鈴の所作の中に以前とは違う何かを感じていた。例によって酒ではなくサイダーを注ぐ小鈴に、今度は直江少将が酒を返しながら尋ねた。

「前回、お前とここで会った時のことを覚えているか」

「はい」

両手で直江少将の酌を受けながら小鈴が答えた。

「お前はまるで子猫のように俺の隣に来ると、じゃれつくようにして思い出話に華を咲かせていた」

「はい」

「嬉しそうに話すお前を見ているだけで、俺の心は癒された」

そう直江少将に言われて小鈴は、注がれた酒を両手に持ったまま黙ってしまった。

「どうした小鈴」

直江少将の問いに小鈴の視線が畳に落ちた。

「ゆりのことが気にかかるか」

普段とは違う小鈴の態度に直江少将はゆりの名を口にした。それでも小鈴はまだ注がれた杯を両手で持ったままうつむいていた。

「さあ、こっちへ来い」

直江少将にそう促されると小鈴は杯をそのまま膳に置き、直江少将の隣へ移った。直江少将がそんな小鈴の肩に左手を添えると、小鈴はそっと軍服に自らの頬を寄せた。

「お前が悩んでいるのはよく分かる。しかし今は束の間の安楽を俺に味わわせてくれ。正直に白状するが、今夜ほどお前に会いたいと思ったことはない。小鈴、お前の無邪気な笑顔を俺に見せてくれ」

直江少将は自分の帰還を無邪気に喜ぶ小鈴を期待していた。しかしそこには芸者としてよりも、母として苦悩する小鈴がいた。

「すいません。あたし、」

「もう何も言わんでいい」

そう言って直江少将は小鈴の言葉を遮り、自らのもとへ小鈴を引き寄せた。小鈴は言いかけた言葉を胸にしまって直江少将に身をあずけた。二人はそうやって寄り添ってはいたが、互いに思うところは違っていた。

「失礼致します。お料理をお持ち致しました」

襖の外から仲居の声がすると、小鈴はすっと身体を直江少将から離し着物の裾を直した。仲居が料理を膳に並べる間も二人に会話はなく、静かな部屋にはただ食器の音がするだけだった。給仕を終えて仲居が部屋を去ると、直江少将は運ばれてきた料理をつまみながら切り出した。

「ところで小鈴。実際のところ、お前はどう思っているんだ」

そう言われても小鈴はまだ黙っていた。それを見て直江少将がはっきりと問いかけた。

「ゆりの今後のことだよ」

今度は何も言わないわけにはいかなかった。小鈴はなんと言えば今の自分の気持ちを上手く伝えられるのだろうと思った。

「正直言って、あたし迷ってるんです」

「うん」

「芸者の子の行く末なんて、分かりきったことです。いくらもがいてみたところで、男ならやくざ者。女なら良くて芸者、悪くすれば女郎にだってされかねやしません。本当に惨めなものです」

小鈴から切実な実情を聞かされて、今度は直江少将が無口になった。

「だからこそ、多恵様と相談して。そうすればあたしも愛する人の子が産める。多恵様だって愛する人の子が育てられる。そして何よりも直江様のお子がこの世に生を受けられる。あたしそう思ったんです」

そう言って小鈴は、この日初めて直江少将の目をまっすぐに見た。そして今まで抑えられていた小鈴の感情が解き放たれた。

「でも実際に命をかけて産んだ子にお乳を飲ませていると、そんな簡単な話じゃなくなるんです。頭じゃ分かってるつもりでも、お乳が張ってくれば我が子が愛おしいのに、芸者も何も関係なくなるんです。あたし、どうすればいいんですか」

小鈴の訴えかけるその言葉に、直江少将は箸を膳に置いた。

「俺は男だ。そもそも母親と子との絆の深さを知る由もない。ただ、男の俺にも分かっていることがいくつかある」

その言葉に小鈴がうなずくと、直江少将は諭すように話し始めた。

「もしゆりがここに残れば、ゆりの行く末はお前の言ったようになるだろう。それは俺もお前も望んではいないはずだ」

「じゃあ、直江様はやっぱり、」

直江少将のその言葉に、小鈴が素早く言い返した。

「まあ、そう慌てずにもう少し俺の話を聞け」

直江少将はそう言うと、小鈴を少しいなすように一度喉を潤してから話を続けた。

「次にもし多恵がゆりを育てることになったら、決して意地の悪い継母にはならんだろう。多恵のことだ、それこそ手塩にかけてゆりを育てるだろう」

直江少将の言うことに間違いはないだろうと小鈴も思った。しかしそれと同時に、素直にそのことを認めたくないという気持ちも小鈴にはあった。

「それからこれが一番大事なことだが、」

直江少将のその言葉に小鈴の顔が、さらに真剣さを増した。

「もしゆりがこのまま東京にいれば、無念だが、ゆりが満三歳の誕生日を迎えることは難しかろう」

「それ、どういう意味ですか」

思いもよらぬ直江少将の言いように、小鈴は強い口調で返した。それは我が子を守ろうとする母の声そのものであった。

「俺は軍人だ。母子のことはよく分からんでも、戦争のことは誰よりもよく分かる。敵は二年以内に東京を大空襲して、一面焼け野原へと変えてしまうだろう」

「そんな、」

「今までの戦争は外地での軍隊と軍隊との殺し合いだった。しかしこれからの戦争は違う。日本の女子供や年寄りたちが爆弾で吹き飛ばされ、機関銃で撃たれることになる」

「それ本当ですか」

直江少将の言葉は小鈴にとってあまりにも衝撃的であった。

「残念ながら、もう日本にはそれを防ぐだけの軍艦も航空機も、兵隊も残ってはおらん」

「直江様」

海軍随一の英雄の言葉であっても小鈴はそれを信じたくはなかった。直江少将の言葉はゆりの将来の話を一瞬にして生死の問題に変えてしまった。

「ドイツがロンドンを焼いたように、いやそれよりも遥かにひどく日本は、特に東京はアメリカに破壊されることだろう。一晩に何万人、いや何十万人もの罪のない日本人が殺される日が必ず来る」

そう語る直江少将の目は真剣そのものであった。小鈴は自分の悩みとはまた別の次元の困難と対峙せざるを得なくなった。

「そんな恐ろしいことが本当に起きるんですか」

にわかに信じられぬほど恐ろしい直江少将の言葉に、小鈴は何かの間違いであってほしいと願った。

「俺たちが今戦っているのは、もはやこの戦争に勝つためではない。そんな日をたとえ一日でも遅らせるためだと言っても過言ではないのだ。日本の実情は極めて厳しい。それに俺が強運なのもいつまでも続くわけではあるまい」

「いや、そんなこと言わないでください」

「小鈴、俺は軍人だ。徴兵された兵隊ではない。十六の歳に俺が兵学校を選んだ時から、戦うことが俺の仕事なのだ。だが今はその戦う目的がはっきりしている。お前やゆり、家族、そして日本人を敵から守るために俺は戦っている。このことに後悔はない」

その言葉には直江少将に宿る生粋の軍人魂が感じられた。

「直江様」

小鈴にはもう返す言葉が見つからなかった。

「いいか小鈴。どんなに辛くても必ずお前とゆりは生き抜くことだけを考えろ」

直江少将にそう言い切られて、小鈴は今が戦時中であることを否応なく思い知らされた。この夜、直江少将は自身が望んだように、激戦のあとの癒しを小鈴から得ることはできなかった。そして小鈴も直江少将と会うことで母としての苦悩から救われることはなかった。二人の関係が以前とは明らかに違っていることを、二人はそれぞれに感じていた。

三

それから数日後、多恵は東京の海軍官舎にいた。多くの将官たちが東京に自宅を構えるなか、直江少将は将官となった今も東京在住時には海軍の官舎を使っていた。本人は自分は生粋の軍艦乗りであり、陸《おか》の上には興味なしと言ってはいたが、実のところ現在の戦況を考えれば、東京に自宅を持つなど無意味であると直江少将は考えていた。そしてこの日、多恵は呉から東京の官舎に来ていた。

「お帰りなさいませ」

多恵は呉から上京する旨を夫に伝えていた。連絡を受けた直江少将は軍令部での仕事を終えると、予定を入れずに妻の元へと帰宅した。直江少将は呉にいる時と同じように玄関で軍帽を妻に渡し部屋に上がった。

「あなた、お食事は」

「もうすませた。お前はどうだ」

「はい、汽車の時間が遅かったものですから、外ですまさせていただきました」

「そうか」

そう言うと直江少将は軍服を着替え始めた。

「お風呂になさいますか」

着替えの浴衣を用意しながら、多恵は夫に尋ねた。

「いや、今はいい。それよりお前も長旅で疲れているだろうが、俺に話があってわざわざ東京まで出てきたんだろう」

「はい」

「お茶を一杯淹れてきてくれ。話を聞こう」

そう言って浴衣の帯を締めると直江少将は居間へ移った。多恵は軍服をきちんとたんすに掛けてから台所へと向かった。しばらくしてから多恵は急須に入れたお茶を一つだけ湯呑に注ぐと盆に載せて、居間で待つ夫に出した。夫がそのお茶を飲むところを見ながら、多恵もその場にかしこまった。

「さてこの際だ。遠慮はいらん、お前の思うところをすべて話してみなさい」

二口目のお茶を飲むと、直江少将は湯呑を膳に置いて穏やかに話した。夫にそう促されて多恵はいつになく緊張したが、今日は勇気を出して伝えるべきことはきちんと伝えようと、心に決めていた。

「あなたが今、大変な時だということは私にも十分わかっています。でも今からお話しすることだけは、どうしても私の思うようにさせていただきたいんです」

そう言いながらも多恵は、まだ夫をまっすぐに見ることができないでいた。

「私は二十歳の時に直江家に嫁ぎました。東京から誰一人知る人のいない呉の町へ。呉は私にとってお友達はおろか、結婚したはずのあなたさえいない場所でした。その呉で毎日顔を合わせるのはあなたのお母様だけ。それは何一つ楽しみもなく、誰一人味方もいない孤独な日々でした。でもそれが当たり前のことだと教えられ、毎日を過ごしてきたんです。それはただ時間だけが過ぎていく孤独な日々でした」

多恵の話を聞きながら直江少将は浴衣の袖に両腕を組んだ。

「お母様には多くのことを教えていただきました。東京の女学校を出ただけで、何一つ知らない私は、お母様にとって自慢の嫁ではなかったと思います。姑として言わずにはいられないことも多々あったのは分かります。でもどんなに私が嫁修業、嫁奉公を尽くしても、お母様はとうとう最後まで私を直江家の嫁とは認めてくれませんでした」

そこまで言うと多恵の声が変わった。

「私、これを言われるのが一番辛かった。子の、子の産めぬ嫁などいらぬと」

泣くことを堪えたはずの多恵の右目から一筋の涙が頰をつたった。

「多恵」

そんな妻を夫が気遣った。

「違うんです。あなたが悪いわけでも、あなたに謝ってもらいたいわけでもないんです。ただあなたに私のこの気持ちを分かってほしいだけなんです。毎日一人ぼっちであなたの無事を祈り、悪い知らせではないかと電話のベルに怯える日々を、あなたに分かってもらいたいだけなんです。負傷の知らせを聞いて、私がいったいどんな気持ちで呉からあなたの入院先の横須賀まで行ったのかを、あなたに分かってもらいたいだけなんです。軍人の妻とはなんたるかを、散々あなたのお母様に教えられました。でも軍人の妻も中身はただの女だということを、あなたに分かってもらいたいだけなんです。軍人の妻はどんなことでも我慢しなければいけないんですか。子供を産めなくてはいけないんですか。すべてわたしがいけないんですか」

数十年間の多恵の思いが堰を切って溢れ出した。涙声で夫に訴える多恵はこのまま泣き崩れてしまってはいけないと思った。なんとしてでも自分の言いたいことは、最後まで夫に伝えておかなければ。今回を逃せばもう二度と夫に自分の本心を伝える機会などないことが、多恵には分かっていた。多恵は込み上げる感情を必死に抑えて話を続けることに専念した。

「だから小鈴さんと出会った時、私思ったんです。子を産めない私に代わって、この人にあなたの子を産んでもらって私が育てようって。一二三さんの初陣の夜、二人で夜通し話し合ったんです。現実には子を産めても育てることのできない小鈴さんと、私が出会ったのは運命だったんだって。でもそのあとで麗子さんから言われたんです。後継ぎならば名のある家から養子を取らなければ直江家の家名に傷がつくと。私、悩みました。悩んだあげくに小鈴さんとの約束はなかったことにするために、東京まで来て小鈴さんに会って。でもそのあとで今度は小鈴さんが呉に来たんです。子供ができたって。小鈴さん、私が育てないのなら身を投げるって。私、いったいどうしたらいいのか分からなくて」

興奮して一気に話す妻を気遣い、夫は自分の湯呑を妻の前へ差し出した。

「でも数か月後に実際に小鈴さんから女の子が生まれたと知らされると、なんだか今までの迷いが吹っ切れた気がしたんです。私がその子を育てなければって」

言うべきことは言えたと多恵は思った。気がつくと多恵は夫に差し出されたお茶を飲み干していた。

「お前の言いたいことは分かった。今まで辛い思いをさせてすまなかったな」

夫にそう言われて多恵は無言で首を横に振った。

「それで、これからいったいどうしたいんだ」

幾分落ち着きを取り戻した妻に、夫は落ち着いた声で尋ねた。多恵はハンカチで涙を拭うと、ふうっと一度息を吐いてからまた話し始めた。

「私、麗子さんに誘われて京都に行ったんです。麗子さんがどうしても子供を引き取る気なら、呉ではだめだと。事情を知る人の多い呉にいれば、一生本当の親子にはなれないからと。それで私も半信半疑で京都に行ってみて驚いたんです。京都は日本であって日本ではない町。物事のすべてが呉や東京とはまったく違うんです。ここなら人目も気にせず穏やかな気持ちで子育てができる。あの子を、ゆりを育てるならここしかないと。しかも別宅を貸してくれるって麗子さん、そう言ってくれたんです。だからこのことだけはどうしても、あなたに許していただきたいんです」

意志の強さを表すように、この日初めて多恵は夫の目をまっすぐに見た。

「そうか、話は分かった」

そう言って夫は組んでいた両腕を解いた。

「多恵、お前の気のすむようにすればいい」

「えっ、」

病院の時と同じように夫が怒り出すに決まっていると思っていた多恵は、その言葉に驚いた。

「いや、むしろそうすべきだ。俺がそのことに反対する理由など、どこにもないよ」

「あなた、それ本当ですか」

自分の提案を決して良くは言わないはずの夫が、今回はあっけないほどあっさりと認めてくれた。多恵はそのことが意外だった。

「多恵、お前はいい友人を持ったな。木村のお内儀の言うことに間違いはない。それに呉も東京も危険だ。無念だが近い将来、日本の大都市は連日敵の空襲を受けることになるだろう。だがさすがは木村のお内儀、京都とは考えたものだな。京都なら確かに敵の爆撃を受けることもまずなかろう」

多恵は夫が両親の眠る呉を出ることを咎めもせずに、京都行きに賛成していることが不思議でならなかった。

「では本当にそうしていいんですか。呉を離れてもいいんですか」

夫の予想外の言葉に多恵はもう一度念を押してみた。

「いいか多恵。軍人である俺が命をかけて戦う理由は國を守るためだ。そして國とは家族や守るべき者のことだよ。國に残した家族に先に死なれでもしたら、俺たちが戦う意味がなくなってしまう。俺はお前に田舎かどこかに行くことを勧めるつもりでいた。でも京都とは思いつかなかったよ。多恵、京都は京都でも街場はいかん。なるべく田舎の方がいい」

「麗子さんの別宅はまさにそんな場所です」

夫の言葉を未だに信じられぬまま、多恵はそう答えた。

「そうか、益々もって木村とは出来が違うな、あのご内儀は」

そう言って夫が笑った。怒るどころか笑う夫を多恵は今一つ理解できずにいた。それでも多恵はこの際自分が気にしていることを、あえて夫に聞いてみることにした。

「でも、なんだか呉を逃げ出すようで、少し後ろめたいような気持ちも」

「おいおい、自分で言っておきながらそんなことを考えていたのか。いいか敵が撃ってくるのに、ぼうっと突っ立っている兵隊など一人もおらん。まずは隠れることだ」

やっぱり夫は呉を出ることを卑怯だとは言わなかった。

「では、私の思うようにして本当によろしいんですね」

多恵には夫の真意がよく分からなかったが、自分の望む結果になったことが、ただただ嬉しかった。そしてこれからは自分の思い描いた生活が送れる喜びが徐々に湧いてきた。

「お前には子供のことまで苦労をかけてすまんな」

そう言ってあの夫が自分に頭を下げた。多恵がそんな夫の姿を見たのは、もちろん結婚以来初めてのことであった。軍人であり提督でもある夫に頭を下げさせたことを、多恵はなぜか申し訳なく思った。自分の前で大声で笑ったり、ましてや頭を下げる夫を見ているうちに多恵は頑なになっていた夫への想いが、少しずつ元に戻っていくように感じた。

「いいえ、私自分でも不思議なくらい母親になることが嬉しいんです。小鈴さんから子ができたと聞かされた時は、さすがにいろいろ思い悩むことも多かったのは事実です。でもいざ生まれたと聞いて、それが女の子で名前はゆりだと聞いただけなのに、なんだかもう愛おしく思えるんです。おかしいですよね、まだその子の顔さえ見てもいないのに。だから母親になることが私の一番の夢だったんだって、今はっきりとそう思えるんです」

多恵は今日初めて明るい声で夫に話すことができた。

「そうか、お前はいい母親になるだろうな」

「そうなれるように精一杯ゆりを育てようと思います」

「それを聞いて安心したよ。実は俺もお前に話しておきたいことがある」

「はい」

穏やかだった夫の表情が変わったことを、多恵は見逃さなかった。

「いいか、多恵。日本がこの戦争に勝つことはもうない」

「あなた」

夫がきっぱりと言い切ったことに多恵は驚いた。

「二年と経たずに東京は敵の空襲によって火の海と化すだろう。そして他の都市も同じ目に遭う。そうと分かっていても、残念だが我々にはそれを阻止するだけの戦力はもうない。俺は根っからの水雷屋だ。この戦争が終わらんかぎり陸《おか》に上がることもあるまい。だからお前やゆりを直接守ってやることができん」

そして直江少将はしっかりと多恵を見て言った。

「生きるんだぞ、多恵。たとえどんな境遇でもいい、生き抜くんだ。お前が生きておらねば、俺が戦う意味がなくなってしまう。断じて生き抜くと俺と約束してくれ」

「あなた」

多恵の表情も変わった。どれだけ出撃しても夫がこんなことを言うのは無論初めてだった。今はくだらぬわだかまりなど捨てて夫と向き合わねば、一生後悔すると多恵は思った。

「そんなに心配するな。俺だってそう簡単にはくたばりはせんよ。艦同士の戦なら負ける気がせん」

その言葉で多恵は夫が小型高速艦、いわゆる海軍で言うところの水雷戦隊の司令官であり、実戦で戦っている軍人であることを、あらためて実感した。多恵は今はただ夫には無事に帰ってきてほしいと、そう願うばかりであった。

「あなた、私たちには娘がいるんです。必ず、必ず帰ってきてください」

「分かった、敵の魚雷をくった時は泳いででも帰ってくるよ」

そう言って直江少将は笑って見せた。この時、夫婦のわだかまりは少しずつ解けていった。

四

小鈴は菊屋から十五分ほど歩いたところにある、ゆりの子守り場へ向かっていた。小鈴がゆりを産んだこと自体世間には知らされてはいない上に、菊屋の女将は大の子供嫌いであった。だから小鈴はゆりと一緒に暮らせるはずもなく、ゆりは女将の口利きで町はずれにあるその子守り場に預けられていた。

色町には芸者では食っていけなくなった女たちの行き場がいくつかあったが、子守りもその一つであった。もともと気の利かぬ年をとった元芸者が、まともな子守りなどするはずもなかったが、芸者として座敷に出る以上、小鈴はそうせざるを得なかった。

小鈴は細い路地を曲がり、長屋の一番奥にある子守り場へと急いでいたが、開けっぱなしの窓からゆりらしい赤子の泣き声が聞こえてきた。

「うるさいね、まったくこの子は。いい加減に泣きやんだらどうなのさ」

小鈴がまさに玄関の戸に手を掛けたその時、子守りの怒鳴り声が家の中から聞こえてきた。

「お世話様です」

そう言って小鈴が玄関の戸を開けると、驚いた様子で怒鳴った子守りが振り返り、バツの悪そうな顔で小鈴を見た。小鈴が軽く会釈をしてから子守りの脇を通り、泣いたまま寝かされているゆりの元へと向かうと、子守りは何も言わずに隣の部屋に引っ込み、ぱたんと障子を閉めてしまった。

そして小鈴が畳に直に寝かされているゆりを抱き上げようとすると、ひどい匂いがした。一枚だけ着せられている肌着と外れかかったおしめはひどく汚れていた。小鈴が持ってきたおしめと急いで交換しようとした時、ゆりのおしめが昨日自分が変えたものだと気づいた。ゆりはおしめも交換されずに丸一日放置されていたのは間違いなく、この調子では満足に食事を与えられているかも不安であった。

小鈴は一度表に出て井戸の水で手ぬぐいを濡らすとゆりの元へと戻り、汚れ物をすべて脱がして丁寧にゆりの身体を拭いていった。いつもそうされているのが一目瞭然なほど、ゆりの白い肌はお腹から太ももにかけて真っ赤にただれていた。その痛さも手伝って泣きやまぬゆりを世話しているうちに、小鈴の両眼には勝手に涙が溢れてきた。それは悔しさと悲しさの入り混じった涙であった。

小鈴はゆりの身体をきれいに拭き終わると汚物は袋にすべて入れて、新しいおしめと肌着をゆりに着せた。そしてようやくゆりを抱き上げると小鈴は隣の部屋の障子を開けた。そこには立て膝で花札をする二人の元芸者がいた。

「あの、おしめはいつ取り換えたんですか」

怒りの気持ちをなんとか抑えて小鈴が尋ねた。

「いつって、朝昼晩とちゃんと換えてますけど」

さっき怒鳴った女が花札を続けながら、小鈴の顔も見ずに答えた。

「でも、こんなに汚れて。それにお尻も背中もこんな真っ赤にかぶれてしまって」

「ちょっとあんた、いったい何が言いたいのさ。文句があるならはっきりお言いよ」

突然もう一人の年増の女が喧嘩腰に言ってきた。

「このところ、おしめがきれいだったことが一度だってないし、それに、」

「何様のつもりだい」

小鈴の言葉を遮るようにその女が大声を出した。

「あたしたちはね、菊屋のお女将さんから頼まれたから仕方なく子守りをしてやってるんだ。そもそもあんたの子を見なきゃならない道理なんて、こっちにはないんだよ。あたしたちのやり方に文句があるなら、あんたの子なんだ。手前で育てな」

そう言って女は小鈴を睨みつけた。

「でも、それだから、」

「雀の涙ほどの金を出してるからって、偉そうに言うんじゃないよ。赤坂小町だかなんだか知らないが、ケチをつけるんなら上等だ、とっとと連れて帰んなよ」

小鈴の言い分など初めから聞く耳を持たない女は、出ていけとばかりにまくし立てた。するとゆりを怒鳴った女も勢いづいた。

「なんだいその顔は。他人様のご厄介にならなきゃ子が育てられないなら、ガキなんて産むんじゃないよ。まったく三度三度、おまんまを食べさせてもらえるだけありがたく思いな」

そこまで言われても小鈴は言葉を返せなかった。ゆりを菊屋に連れて帰ることもできず、他に預ける当てもない小鈴は、女将の息がかかったこの子守りたちの横暴な態度に耐える以外に方法はなかったのだ。

「ゆり、ごめんね。母ちゃんそばにいてやれなくて」

口惜しさのなか、まだ泣きやまぬゆりをあやしながら小鈴が言った。

「それが当てつけがましいって言うんだよ。ああやだやだ、金輪際あんたの子なんか面倒見るもんかい」

そう言うと年増の女が立ち上がり、小鈴の目の前の障子を激しく音を立てて閉めた。小鈴はそのまま家を出るしかなかった。

ゆりを抱いて両手のふさがっている小鈴は、自分の涙が拭えずにその涙は小鈴の頰をつたってゆりへと落ちた。これだけひどい仕打ちを受けても小鈴にはどうすることもできなかった。悲しさに打ちひしがれて小鈴が立ち尽くしていると、ゆりの泣き声がやんだ。こんなにひどい目に遭っていても、子供は母親に抱かれていれば自然と泣きやむものなのか。小鈴はうとうとし始めるゆりの寝顔を見て、また涙が溢れてきた。泣き疲れて眠りにつくゆりを起こさぬように、小鈴は言葉にならぬほどの声で言った。

「ごめんね、ゆり」

小鈴は身体をゆっくり動かしながらゆりの寝顔を見ていた。あたしがこの子にしてあげられることって、いったいなんだろう。どうすることがこの子にとって本当の幸せなんだろう。どんなにゆりの幸せを願ったところで、今の小鈴にはただこうしてゆりを抱いてやることしかできなかった。そして束の間の時間が過ぎてしまえば、どういう扱いを受けるか分かっていても、ゆりをあの女たちに預ける以外に道がないことが、小鈴には堪らなく辛かった。

しばらくそうしてゆりと過ごしたあと、小鈴は気持ちを落ち着かせるとそっと玄関の戸を開け、ゆりを元いた部屋に連れていった。小鈴は畳に両ひざをつくと、抱いていたゆりをゆっくりと座布団の上に寝かせようとした。そしてゆりの背中が座布団に着くと、反射的にゆりの身体に力が入った。起きそうになるゆりを小鈴は自分の身体を近づかせて、なんとか安心させようとした。眠っていても赤子は母親に置いていかれることが本能的に分かるのだ。

小鈴はそのままの姿勢でゆりの身体から力が抜けるのを待った。そしていったんこわばったゆりの身体が徐々に柔らかくなってくると、小鈴は静かに静かに、ゆりの背中にある自分の両手を抜いていった。母親の両手が完全に自分の背中から離れても、ゆりはそのことも知らずに泣き疲れて眠っていた。小鈴は自分で縫った花柄の小さな夏掛けをゆりに丁寧に掛けると、部屋をあとにした。

小鈴は子守りのいる部屋の前まで来ると、声をかけてから障子を開けた。二人の女は文句でもあるのかと言わんばかりに小鈴を睨めつけた。そして小鈴はその場にかしこまった。

「さっきはすいませんでした。あたしの了見違いでした。これからもよろしくお願いします」

そう言って小鈴は二人に深々と頭を下げた。そんな小鈴を見ても二人はそっぽを向いたまま返事すらしなかった。小鈴はゆっくりと障子を閉めるとその家をあとにした。歩き始めた小鈴の両眼からは止めどもなく大粒の涙がこぼれていた。

五

それから数日後、直江少将と木村少将の二人は赤坂の料亭朧月夜へ来ていた。もちろん二人は小鈴と菊乃を呼んでいた。四人が同じ座敷で顔を合わせるのは、当時巡洋艦鈴谷の艦長だった直江少将が、ミッドウェイ海戦から帰還した去年の六月以来、実に一年二か月ぶりであった。四人にとってこの一年二か月は、正に人生を大きく変える出来事の連続であった。

直江少将はビスマルク海海戦で敵機銃弾を三発受け、重傷を負って帰還。その後一年ぶりに小鈴と再会して、初めて小鈴がゆりを出産した事実を知った。しかしそれも束の間、まだ傷も癒えぬうちに、木村少将以下五千名以上のキスカ島守備隊を救出するためにアリューシャンへと向かった。

木村少将はキスカ島守備隊司令官として覚悟の出陣をし、玉砕必死の状況の中で直江少将の指揮する第一水雷戦隊によって奇跡的に救出された。

さらに人生が大きく変わったのは男たちばかりではなかった。

小鈴はゆりを身ごもったこの期間、戦場で戦う直江少将とは一切連絡がとれぬまま一人ゆりを産むことを決意し、正に命がけの出産をして母となっていた。

そして菊乃は木村少将から別れを告げられ傷心の日々を送っていたが、小鈴の手引きで再会した折に、覚悟の出陣をする木村少将が、この世に未練を残さぬように自分と別れたことを知り、それからというもの、ただひたすらに木村少将の無事の帰還を神仏に祈っていた。今日という日が来ることを最も心待ちにしていたのは菊乃であった。

しかし一年を超える時間は四人にとってそれぞれに大きな意味を持っていた。二組の男女は以前のようにただ相手を想う気持ちだけでは、どうにもならない状況の中にいた。戦争は四人の人生を容赦なく呑み込んでいった。

「失礼致します」

直江少将と木村少将が待つ部屋に菊乃の声がすると襖が開いた。そこには芸者姿も艶やかな菊乃と小鈴がかしこまっていた。それは赤坂一を競う芸者の競演と呼ぶに相応しい情景であった。華やかな美しさなら小鈴、上品な中にも愁いを秘めた美しさでは菊乃と、正に甲乙つけ難い二人であった。そして今日は菊乃にとって夢にまで見た木村少将との再会の日であった。

「本日はお招きをいただきまして誠にありがとうございます」

いつものように菊乃がそう言うと、二人の芸者は三つ指をつき優雅に挨拶をした。

「菊乃、久しぶりだな」

一年以上会っていなかった直江少将が声をかけた。

「直江様、木村様。お久しぶりでございます。ご無事のご帰還誠におめでとうございます」

そう言って菊乃が、あらためて頭を下げた。

「さあさあ、堅苦しい挨拶などいいから早く入れ」

直江少将がそう促すと、二人の芸者はもう一度お辞儀をしてから立ち上がり、向かい合わせに座る二人の海軍少将の隣へと進んだ。

「しかしこうして四人で会うのは、もうどれぐらいぶりかな」

直江少将は正面にうつむき加減にかしこまる菊乃にそう話しかけたが、すぐに菊乃の様子に気づいた。

「おいおいどうした。入ってくるなり泣くやつがあるか」

菊乃は木村少将の隣にかしこまると万感胸に迫り、気づくと両瞼から涙がこぼれていた。

「すいません、こんなおめでたい席なのに」

そう言って菊乃はハンカチでそっと涙を拭った。

「姉さん、木村様が戦地へ行かれてからというもの、毎日欠かさず木村様のご無事を祈っていたんですよ。ご出陣の際も会えずじまいだったし」

小鈴が正面に座る木村少将に、辛かった今日までの菊乃の想いを代弁した。

「小鈴ちゃん」

涙を拭いながら菊乃が、木村少将を責める小鈴の言いようをたしなめた。

「まあ、そう恨むな。俺たちだって突然命令が出るんだ。それが軍人の定めと諦めてくれ。それよりせっかくこうしてまた四人で会えたんだ。今夜は楽しくやろう」

そんな女たちの気持ちを察して直江少将が場をとりもった。

「はい」

菊乃は自分の涙で皆に気を遣わせてしまったことを悔やむように、笑顔をつくろうとした。そして四人は一年を超す長い時間を取り戻すように、再会を祝して乾杯した。

しかしそれでも小鈴に笑顔はなかった。勘の鋭い小鈴の視線は直江少将にではなく、正面に座る木村少将に向けられていた。

「木村様、どうかなさいましたか」

探るように小鈴が問いかけた。

「いや、」

木村少将は笑顔をつくるとそう答えた。それを見てまた小鈴が呟いた。

「なんだか、いつもとあべこべみたい」

小鈴の言いように、直江少将が小鈴の表情を確かめるようにして聞いた。

「あべこべとはどういうことだ」

「だっていつもはお話しするのは木村様、横で聞いてらっしゃるのが直江様なのに、今夜はそれがあべこべ」

小鈴の人の気持ちを読む目は確かであった。それは十代からこの世界で生きてきた中で自然に養われた女の直感だった。

「そうか、あべこべか」

困ったように直江少将が答えると、例によって酒ではないサイダーを飲み干し、コップを小鈴に差し出した。

「なんだかおかしい」

小鈴は出されたコップにサイダーを注ぎながら、今度は直江少将の目をじっと見てそう言った。

「小鈴ちゃん、木村様はご帰還されてまだ間もないんです。失礼ですよ」

そう言って菊乃がまた小鈴をたしなめた。

「でも姉さん、あの木村様が今夜はまだ一言も話していらっしゃらないなんて、やっぱりおかしい」

それでも小鈴はやめなかった。小鈴は木村少将ばかりではなく、いつもの直江少将とも違うことにとっくに気づいていた。せっかく四人で会えたからこそ、小鈴はこのままにはしてはおけなかったのだ。

「小鈴ちゃん」

菊乃がそう言って小鈴を止めた。もはや菊乃にも何かあることは分かっていたが、菊乃は知らぬ方がいいこともあると思った。いや、今夜は何も知りたくないと思った。たとえ束の間であったとしても、今夜だけは平和の余韻を菊乃は感じたかった。しかし今夜のお座敷は菊乃が望んだような、笑顔の絶えない宴にはならなかった。

「小鈴、やっぱりお前には隠し事はできんな。実はどうしようかと迷っておったんだが、」

そう言って今まで黙っていた木村少将が切り出した。そして木村少将は隣にかしこまる菊乃を優しく見つめた。

「菊乃、俺に転属命令が出たんだ」

「転属って、だってまだご帰還されたばかりだというのに」

それは菊乃が一番聞きたくはない言葉だった。

「そんな、いったいどこへ行かれるんですか」

事の真相が木村少将の転属と知って、小鈴が思わず大きな声を出した。

「小鈴ちゃん」

気が動転していても、菊乃は咄嗟に小鈴を制した。軍人の、ましてや将官の転属には機密事項も多いはずである。

「いや、今回は戦地ではないので言っても構わん。舞鶴へ行くことになった」

そう言って木村少将は注がれた酒を飲み干した。

「舞鶴」

菊乃は独り言のように呟いた。打ち明けられた現実をすぐには受け止めきれずに、さすがの菊乃も空になった木村少将の杯に酒を注ぐことを忘れていた。

「菊乃、舞鶴は内地だから心配はない。お偉方も補給もきかぬ辺境の地に木村を行かせておいて、帰ったその足でまた外地へ行けとは言えんのだろう」

直江少将はそう言って菊乃を励ました。しかし菊乃は銚子を両手に持ったまま、言葉を失っていた。

「東京へはもう戻られないんですか」

そんな菊乃を見て、小鈴がはっきりと尋ねたが、木村少将は無言で酒を飲んでいた。小鈴は悔しかった。木村少将が戦地から戻ったと知って、早く菊乃と会ってほしいと直江少将に言伝を頼んだのは小鈴だった。木村少将との再会を心待ちにする菊乃の喜ぶ顔が、誰よりも見たかったのは小鈴だった。それなのに会ったその日に転属の話を聞かされるとは思いもしなかった。菊乃の気持ちを思うと小鈴はどうにも居たたまれなかった。

「あたし知っています。木村様はアリューシャンへ行かれていたんですよね」

一瞬の静寂の中、菊乃が独り言のように呟いた。菊乃の声は心ここにあらずであった。

「菊乃、お前どうしてそれを」

キスカへの転属が決まった折、菊乃のあまりの落胆を見た木村少将は、最前線の島へ行くことをあえて菊乃には伏せていた。

「ここは赤坂です。大抵のことは聞こえてきます」

菊乃はうつむいたままそう答えた。そして思い出したように木村少将の空の杯に酒を注いだ。酒を受けながら木村少将は、まだ二か月も経たぬ当時の状況を菊乃に語った。

「アリューシャンは夏でも凍えるような最果ての地だ。そこで敵に包囲され増援も届かず、弾も食料も尽きかけていた。もはやこれまでと、五千名の部下とともに玉砕を覚悟しておった」

「玉砕」

思わずその言葉をなぞった菊乃は衝撃を受けた。新聞で目にする言葉がこんなに身近にあることを、菊乃は初めて知った。

「それを命懸けで救出に来てくれたのが直江だ」

そう言って木村少将は正面に座る直江少将を見た。しかし直江少将は自分は任務を遂行したまでのことと、その言葉には何も返さなかった。すると小鈴が、キスカへ向かう直江少将との別れ際の会話を思い出しながら言った。

「あたし分かったんです。直江様と別れた浅草で直江様が、木村様のことは心配しないように姉さんに言っておいてくれって。だからあたし、姉さんとも話したんですが、もしかしたら今回はお二人ご一緒に戦われているんじゃないかって。だから姉さんと浅草の観音様に、お二人のご無事をお願いに行ったんです」

「木村、霧が俺たちの味方をしてくれたのは、どうやら観音様のお陰だな」

小鈴の話を聞いて直江少将が戦友にそう告げた。キスカ作戦では直江少将の類まれな指揮能力は無論のこと、天が日本軍に味方し続けたことも事実であった。

「まさか生きて再び日本の地を踏めるとは思いもしなかった。今ここにこうしていること自体が奇跡なのだ。いや、その奇跡を直江が起こしてくれたんだ」

木村少将がしみじみと語った。いくら天の助けがあったにせよ、それを生かすだけの能力を指揮官が有していなければ、なんの意味も持たないと木村少将は思っていた。

「俺は命令に従ったまでのことだ」

直江少将は自らの功績をひけらかすことなど一度もなかった。

「そうやって直江はいつも謙遜するが、他の誰が来ようとあんな芸当はできやしない。直江だからこそ、五千百八十三名の命が救えたんだ」

それは五千百八十三名の命を預かった司令官の本音だった。木村少将はこの時、キスカの地で、阿武隈の旭日旗がはっきりと見えます、と言った部下の声を聞いていた。木村少将は一生涯、あの声を忘れることはないと思った。

「でもそんなにご苦労して帰ってきたばかりだっていうのに。これじゃ姉さんがあんまり可哀想」

男たちが激しい実戦を思い出すなか、小鈴が思うのはやはり菊乃のことだった。小鈴は自分の部屋の小さな窓に映る月に、願掛けをしていた菊乃の後ろ姿がどうしても忘れられなかった。

「小鈴ちゃん」

「だって姉さん」

悔しそうに小鈴が言った。受け止めきれないほどの衝撃を受けているはずなのに、それを胸に閉じ込めてお座敷を務めようとする菊乃の気持ちを、小鈴は二人に知ってほしかったのだ。

「ううん、わたし、なんだかそんな気がしてた。木村様はご帰還されても、なかなかここへはいらっしゃらなかった。それは大変なご苦労をされて、多くの部下の方々を失くされて、さぞかしお辛いんだろうなって」

感情をはっきりと表に出す小鈴とは対照的に、菊乃の声は落ち着いていた。

「姉さん」

「それにね、あたしもいけないの」

そう言って菊乃がうつむいた。

「姉さんの、いったい何が」

小鈴は菊乃に悪いところなどあるわけがないことを知っていた。

「あたし、間違っちゃった」

そう言ってうつむいていた菊乃が顔を上げた。無理に笑顔をつくろうとしたが、菊乃の瞳から一筋の涙が頬をつたった。

「あたし観音様ばかりじゃなくて毎晩お月様にもお願いしてた。どうか一度でいいですから木村様に会わせてくださいって。だからお月様、あたしの願い通りに一度だけこうして木村様に会わせてくださったのよ」

そう言い終える頃には菊乃の唇は大きく震えていた。その表情には決して言葉にはしない菊乃の本心が、はっきりと表れていた。

「菊乃、」

そんな菊乃に木村少将が声をかけた。すると菊乃はさっとハンカチで涙を拭うと、木村少将に笑顔をつくった。それはなんとも痛ましい笑顔であった。

「木村様、あたし嬉しいんです。本当に嬉しいんです。木村様がこうしてご無事でご帰還されて、その上今度は内地にご転属。こんなに嬉しいことなんて、滅多にあるもんじゃありません。しかもこうしてお会いすることもできたなんて」

笑顔のはずなのに、菊乃の瞳からは勝手に涙がこぼれていた。

「菊乃、お前は今まで俺に本当によく尽くしてくれた」

木村少将が菊乃の手を取り、涙の瞳を見てそう言った。

「いいえ、木村様があたしや弟にしてくださったことに比べたら、そんなこと」

「はっきり言って、前回は生きて再びお前と会うこともなかろうと思っていた。だからお前には会わずに行ったんだ。今生の別れなど、どちらにとっても辛すぎるからな。でも今回は違う。同じ日本の中で少しばかり離れているだけだ。だからこそこうして会いに来たんだ」

菊乃を見る木村少将の目はどこまでも優しかった。

「はい」

菊乃がうなずくように答えた。

「あたし分かってました。いつか必ずこんな日が来るって。でも一番辛いお別れなんかじゃない。

あたしやっぱりお月様に感謝しなくちゃいけないですね」

菊乃は自分に言い聞かせるようにそう言った。そして菊乃は最後まで月のせいにはしなかった。

「菊乃」

あらためて木村少将が菊乃の名を呼んだ。その声には木村少将の菊乃への想いが込められていた。

「はい」

その声に菊乃も別れの時を感じていた。

「俺はお前に出会えて本当に幸せだった。楽しい思い出をありがとう」

菊乃は言葉にならなかった。

この時、菊乃はなぜか自分を見知らぬ女の姿と重ね合わせていた。それは以前聞いたことのある、木村少将の結婚話を知って自ら身を引いた昔の恋人の姿であった。


座敷には直江少将と小鈴が残っていた。二人はおそらく最後の東京の夜となる木村少将と菊乃を、早く二人きりにさせてあげたいと思っていた。内地への転属と言っても、今後の戦況次第ではそれぞれの運命がどうなるかは誰にも分からなかった。明日という日が必ず来るとは言い切れない時代に生きる者にとって、今だけが現実だった。

「木村様、本当に行ってしまわれるんですね。やっぱり姉さんが可哀想。だってあんなに木村様のお帰りを願っていたのに、一度きりしか会えないなんて。随分お月様も意地悪なことをするもんだわ」

小鈴は納得できなかった。自分よりも他人を大切にするあの優しい菊乃が、こんなにも心待ちにしていた再会の日だというのに、その日がまさか別れの日になるなんて、どう考えてみてもひど過ぎる。月はいつでも自分たちの味方だと信じていたのに、小鈴はなんだか月に裏切られたような気がした。

「月は正直だよ。ちゃんと菊乃の願いを叶えたんだからな」

思い通りにいかない世の中に腹を立てる小鈴に直江少将は思ったままを言った。

「でもそれは、」

「言葉のあやか」

「そうですよ、だって好きなお人にたった一度だけ会いたい人なんて、いやしないじゃないですか」

やっぱり小鈴は納得できるものではなかった。それは日頃から何かと良くしてくれる菊乃には、誰よりも幸せになってほしかったからだ。

「それはそうだな。だが日本にいれば、またいつか必ず会えるさ」

「そんなことおっしゃらないでください」

怒ったような声で小鈴がきっぱりと言った。

「うん」

「いくら直江様が海の英雄だからって、こんなにいつもいつも出撃されたら。いくら直江様だって。それにまだ、ゆりにも会っていただいてはいません」

それは母となった小鈴の本音であった。

「そうだったな。ゆりは元気でいるか」

直江少将がそんな小鈴を気遣った。

「直江様」

「うん」

小鈴は直江少将の名を呼んでからしばし沈黙した。それはこのことを今話すべきかどうか、小鈴はまだ迷っていたのだ。

「どうした、小鈴」

直江少将にそう促されて、小鈴の心も決まった。

「実はこの間、多恵様があたしに会いにいらっしゃいました」

小鈴がそう告げても、直江少将はあえてそれには答えずに次の言葉を待った。

「辛いけど、あたし決心しました。あと一週間したら、ゆりを多恵様に」

小鈴の最後の言葉は聞き取れぬほどか弱かった。そしてそれは我が子を手放す母親の心境が痛々しいほど伝わる声だった。

「そうか」

そして直江少将の声も小鈴の心情を十分受け取るものだった。

「だから、せめて一日。いいえ、一晩でもいいんです。一晩だけでもゆりと三人、親子水入らずで過ごしたいんです。親子三人川の字で寝ることができたら。あたし、その一晩の想い出を胸に刻んで生きていきます」

直江少将にとって小鈴の願いはあまりにも慎ましやかなものであった。さすがの直江少将もこの若い母親の申し出に胸が痛かった。

「分かった、そうしよう」

今はそれぐらいしかしてやれぬ自らの境遇を、直江少将はすまないと思っていた。この時、直江少将は小鈴の辛さや悲しみを最も強く感じていた。


その数日後、その約束は果たされた。小鈴は望み通りゆりを真ん中に、親子三人水入らずで過ごすことができた。しかしそれは直江少将の役職上、そして小鈴の立場上、たった一晩しか許されぬ儚い時間であった。それでも小鈴はその僅かな時間をすべて心に刻み込もうとしていた。たとえそれが決して二度と訪れることのない仮初めの時だと分かっていても、小鈴はその時を母として生きていた。

そして直江少将もその思いは同じであった。しかしそれは小鈴とゆりとの最後の晩ということではなく、日本で過ごす束の間の幸せの時間という意味であった。生粋の軍人である直江少将にとっても、小鈴やゆりを残して出撃することが辛くないはずがなかった。この子の成長を父として見届けてやれない辛さは、直江少将にとっても同じことであった。航空機の援護も期待できぬ次の出撃は、それほどまでに直江少将の心を追いつめていた。

この日、直江少将の心に深く刻まれたのは、木村少将が言っていた未練という言葉と、ゆりの優しく柔らかい赤子独特の匂い。そしてゆりに乳を与える小鈴の姿だった。母としてこの一瞬を生きようとする小鈴のその姿は、どんな絵画よりも美しいと、その時、直江少将は思った。

六

約束の日、小鈴はゆりを抱いて菊乃とともに、多恵との待ち合わせ場所である東京駅に向かっていた。そもそも菊乃はゆりを手放すことに反対だった。菊乃にしてみれば、それは直江少将の妻が、自分たち芸者の一番大切なものを奪い取っていくことに外ならなかった。どうしてそこまで自分たちが我慢しなければならないのか。それほど妻という立場は偉いのか。この日も小鈴の東京駅への同行の願いを菊乃は断っていた。しかし最後は一人で仕度をする小鈴を見てはいられずに、ここまで一緒に来たのだ。バスを降りた三人にとって約束の場所はすぐ目の前だった。

「小鈴ちゃん、本当にいいの。ゆりちゃんを手放しちまって本当に後悔しない」

約束の場所を目前にして菊乃が小鈴に問いかけた。

「分からない。本当はどうしていいのか、姉さんあたし分からない」

小鈴の心は大きく揺れていた。ここまで来ると小鈴はゆりを強く抱きしめて、ただその場に立ち止まることしかできなかった。

「やっぱりやめましょう。先方にはあたしから話してあげるから、ねえ小鈴ちゃん」

菊乃は右手を小鈴の肩に添えて帰ろうと促すと、小鈴が差し迫った表情ではっきりと言った。

「あたし、やっぱりできない」

「分かった、あんたはゆりちゃんを連れて帰りなさい。東京駅にはあたしが行くから」

菊乃はそう言うと、ゆりを抱く小鈴を元来たバスの発着所へ連れていこうとした。

「ううん、そうじゃない」

突然そう言うと小鈴は、抱いていたゆりをなかば強引に菊乃に預けた。わけも分からずにゆりを託された菊乃は困惑した。

「そうじゃないって。いったい何がそうじゃないの」

寝ているゆりが目を覚まさないように、菊乃はゆりを優しく揺らしながら小鈴に問うた。

「いくら可愛いからって、ゆりをこのままあたしが育てたら、この子がだめになっちまう」

「そんなことないわよ。子供は実の母親のそばがいいに決まってる」

「あたしだってそう思ってた。でも、実際にはおまんまだって自分じゃ満足に食べさせてあげることさえできないんです。手元に置くことさえ許されずに、いったいどうやって育てろって言うんですか」

「それは、」

そんな二人のやりとりを、駅舎の前を行きかう人々が振り返って見た。小鈴は荒げた声を落ち着かせて菊乃の目をしっかりと見た。

「あたしが言ったのは、この手で、自分の手で、ゆりを先方へ預けることはやっぱりできないってことです」

「小鈴ちゃん」

小鈴の言葉に菊乃は、ただただ驚いた。菊乃は、小鈴がゆりを手放すことなどできないという意味で言ったとしか、思ってはいなかった。

「ねえ、姉さん。お願い。ゆりを東京駅に連れてってください」

小鈴がゆりを抱く菊乃に懇願した。

「いやよ、そんなの。ねえ、やっぱりこのままいったん帰りましょう」

そう言うと菊乃は、元来たバスの発着所へ向かって歩き始めようとした。すると小鈴がその菊乃を阻むように菊乃の両腕を握った。

「だめ、帰れない」

「どうして」

菊乃は腹が立った。このまま帰ればいいだけなのに、どうしてゆりを手放そうとするのか。それでも母親なのか。菊乃には小鈴の考えがまったく分からなかった。すると菊乃をつかんでいた小鈴の手に力が入った。菊乃は小鈴を睨みつけるが、その時、小鈴の両眼から涙がこぼれるのが分かった。

「直江様が言ってた。東京はそのうち敵の爆撃で焼け野原になっちまうって。ゆりがこのまま東京にいたら、三歳までは生きられないって」

小鈴の声は震えていた。小鈴は頬をつたう涙を拭おうともせずに、じっと菊乃を見つめていた。

「そんな」

「ねえ、姉さんお願い。ゆりを先方に連れてってください」

そう言って小鈴は菊乃から両手を放すと、深々と頭を下げた。

「小鈴ちゃん」

「先方は戦火を逃れるために、ゆりを京都で育てるそうです。京都なら敵の爆撃もないだろうからって」

「そんなこと言ったたって」

「あたし、ゆりを死なせるわけにはいかない」

その気持ちこそが今の小鈴を動かしていた。

「だからって、あんた本当にそれでいいの」

小鈴の気持ちを確かめるように菊乃が言った。

「生きてさえいれば、いつかきっと会える日も来る。生きてさえいれば」

小鈴は自分自身にそう言い聞かせるように呟くと、また菊乃の腕を握った。しかし今度は握りしめるわけではなく、すがるようであった。

「姉さん、あたしを助けると思って。後生だから、自分の手で我が子を手放すことだけはしたくない」

「小鈴ちゃん」

菊乃はそんな小鈴を見ていられなかった。どこの世界に好きで赤子を手放す母親などいるものか。菊乃が小鈴の心情に胸を痛めていると、小鈴は菊乃に抱かれ眠っているゆりの寝顔をそっと見た。

「ゆり、ごめんね。母ちゃんそばにいてあげられなくって。ごめんね」

そう語りかける間に、小鈴の涙がゆりの頬に落ちた。

「小鈴ちゃん」

そんな小鈴にいったいどんな言葉をかけたらいいのか、菊乃に知る由もなかった。

「姉さん、お願いします。いくらなんでも自分じゃできない。そんなの辛すぎます」

小鈴は菊乃にそう言うと、もう一度ゆりを見つめた。

「ゆり、先様に可愛がってもらうんだよ。母ちゃん、不甲斐なくってごめんね」

そう言って小鈴は目を閉じた。それはゆりの幸せを祈る母の姿であった。小鈴はしばらくそうしたあと、背にしょっていたゆりの荷物を菊乃の足元に置くと、逃げるようにその場から去ってしまった。

「ちょっと、小鈴ちゃん」

菊乃の大きな声に驚いてゆりが目を覚ました。菊乃は小鈴を追いかけることもできずに、泣き出したゆりをその場でなだめるしかなかった。

「ごめんねゆりちゃん、怖がらせちまって。大丈夫だからね」

菊乃にもどうしていいのか分からなかった。今の菊乃にはゆりをあやすこと以外、何もできなかった。

七

菊乃は小鈴の置いていった大きな荷物を肩に掛け、ゆりを抱いて東京駅の駅舎を歩いていた。小鈴に突然ゆりを託された時は、てっきり荷物を取り出すためだと思っていた菊乃は、まさかこんなことになろうとは思いもしなかった。当初、菊乃はたとえ小鈴がなんと言おうと、ゆりを連れて帰るつもりでいた。こんな馬鹿な話などない。自分一人でゆりを先方に預けることなどできようはずがない。菊乃は泣き出したゆりをあやしながらそう考えていた。

しかしそうしてゆりをあやしているうちに、菊乃の気が変わった。せっかくここまで来たのだ。先方がどういう相手なのか、そしてどう思っているのか、菊乃は自分の目で確かめてみたいと思った。菊乃は、芸者が産んだ自分の亭主の子を育てたいという、提督夫人に会ってみたいと思った。その上で先方の出方次第では、自分としても言ってやりたいことを言うこともできる。先方の真意を見届けた上で、ゆりを連れて帰ることだってできるのだ。菊乃はあえて直江夫人と会うことにした。

菊乃が東京駅の待合所に着くと、そこは大勢の人々で混雑していた。こんなに大勢の中から会ったこともない相手を探し出すのは難しいと菊乃は思った。菊乃は一通り見て回ったらやはり帰ろうと思い、待合所の中をぐるりと歩いてみた。自分はここまで来てこうして先方を探したのだ。もうこれ以上できることもないと思い、待合所を出ようとした時、奥の長椅子に一人で座る、地味な着物を着た女がこちらをずっと見ていることに気づいた。菊乃がその女をもう一度見てみると、女は立ち上がって菊乃に会釈をした。もしやと思った菊乃は、その女のところへまっすぐに向かっていった。菊乃はこの時、毅然と振る舞うことを心がけた。

「あの、失礼ですが直江様の奥様でいらっしゃいますか」

菊乃は立ち上がった女に少し早口で尋ねた。

「はい」

「初めてお目にかかります。あたしは菊屋の菊乃と申します」

そう言う菊乃に笑顔はなかった。

「ああ、あなたが菊乃さん。お名前は存じております。それじゃ、」

「はい、この子がゆりです」

それは菊乃にしては珍しく、まるで仇にでも会ったかのような言い方だった。

「まあ、ゆりちゃん。なんて可愛いんでしょう。初めまして、ようやく会えましたね」

多恵の仕草が、まるで親類の子に初めて会ったように自然であることに、菊乃は内心驚いた。

「ああ、ごめんなさい。とにかくお掛けになって」

そう言って多恵は横に除け、菊乃の座る場所をつくった。そして菊乃は遠慮なく多恵の座っていた場所に腰を下ろし、重い荷物を肩から下ろそうとした。多恵はすぐにそれを手伝い、荷物を菊乃の脇に置いた。

「あの、小鈴さんは」

聞きづらそうに多恵が尋ねた。

「実は、ついさっきまで一緒だったんですが、」

そこまで言うと菊乃は多恵をはっきりと見た。

「どうしてもできないって。我が子を自分の手でお渡しするのは辛すぎるからと」

菊乃の言いようは厳しいものだった。

「そうでしたか」

息を吐くように多恵が言った。

「それはそうですね。私、ゆりちゃんに会えるのがただただ楽しみで。でも考えてみれば、小鈴さんにとって、今日は我が身を斬られる思いだったでしょうね」

自分に対して申し訳なさそうに語る多恵を見て、菊乃はこの人が提督夫人だとはとても思えなかった。

「あたし、正直言ってよく分からないんです。小鈴に自分は行くのが辛すぎるからってあたしがこの子を託された時、あたしゆりを連れてこのまま帰ろうって言ったんです。なのに小鈴がこの先この子が東京にいたら命だって危ないからって。でも今でもどうしようか、あたし迷ってるんです。あたしがこのままこの子を奥様に渡しちまって本当にいいのかって。あとになってとんでもない間違いだったなんて思わないかって」

菊乃の口調は変わらなかった。菊乃は何かあれば、すぐにでもゆりを連れて帰るつもりで話していた。

「小鈴、この子を産む時死にかけたんです。母子ともに危険な状態で。あたし神仏にどうか二人をお救いくださいってずっと願ってた。なのにこんなに簡単にこの子を手放しちまって、それでいいのかって」

菊乃はあの時の小鈴を思い出して、思わず涙がこぼれそうになった。しかし菊乃はそれを堪えて言うべきことは言い、伝えるべきことは伝えなければと思った。

「これじゃ、あんまり小鈴が可哀想すぎる。奥様、分かりますか。母親が実の子を手放す気持ちが。芸者だってただの女です。なんであたしたちだけ、いつもこんなに辛い思いをしなきゃならないんですか」

涙は見せたくなかったが菊乃の唇は大きく震えていた。

「菊乃さん」

そんな菊乃を見て多恵が優しく声をかけた。

「芸者だから我慢しなけりゃならないんですか。あたしたちがいったい、何をしたっていうんですか」

そこまで言うと菊乃は辛さや悔しさ、そして悲しさなどが入り混じった感情が込み上げてきて、もう話すことができなくなった。涙を堪えるために横を向いた菊乃の前に多恵はしゃがむと、ゆっくりと話し始めた。

「菊乃さん、私間違っていました。ゆりちゃんができたって小鈴さんから聞いた時、正直言って私迷ったし、悩んだんです。本当にこれでいいのかって。私に他の人が産んだ主人の子を育てることができるんだろうかって。でもいざ、女の子が生まれた。名前はゆりだって聞かされたら、私、ただただ嬉しくて。今までの悩みなんてどこかに行ってしまって、早くゆりちゃんに会いたい、早くゆりちゃんをこの手に抱いてみたいって、それしか考えられなかったんです」

提督夫人が本音で話していることは菊乃にも分かった。

「そして今、菊乃さんの話を聞いてはっきり分かりました。私の悩みなんて悩みなんかじゃない。女として子供が産めない私は神様さえ恨みました。なんで私だけって。でもこうして母親になる機会を神様は与えてくださった。自分が産む産まぬじゃなくて、私に娘を授けてくださろうとしている。信じてもらえないかも知れませんけど、ゆりちゃんが生まれたって聞いて娘ができたって思ったら、子供を産んでもいない私のお乳が張って。私もそんな馬鹿なって、でも本当なのよ。お乳が張っているのに我が子に与えてやれない痛みと悲しみを、私も知ったんです」

菊乃は驚いた。まさか提督夫人が初対面の芸者である自分に、こんな話をするとは思ってもいなかった。多恵の話を聞くにつれ、菊乃は自分の構えた気持ちが少しずつほぐれていくのを感じていた。

「小鈴も同じこと言ってた。お乳が張るのに与えてやれなくて、ゆりが可哀想だって」

「でも、私の苦しみとは比べものにならないほど、小鈴さんは苦しんでいるんですね。私、そのことに全然気づいていなかった。菊乃さん、本当にごめんなさい」

そう言って多恵が菊乃に丁寧に頭を下げた。その姿は菊乃が想像していた提督夫人とはまるで違っていた。自分の目の前にいるのは高飛車な物言いの提督夫人ではなく、子供に恵まれず、そして母になることを真に望む一人の女だと菊乃は思った。

「奥様、小鈴が言ってました。奥様には良くしていただいたって」

「いいえ、私は何も」

「奥様にとっては、芸者のあたしたちは仇と思われても仕方がないのに、奥様は小鈴に本当に良くしてくださったって」

多恵と接していたその僅かな時間で菊乃の気持ちは変わっていた。それは菊乃本人にとっても意外なことだった。菊乃は多恵から伝わる穏やかさや安心感のような感覚に、いつしか満たされていた。そして多恵の方も菊乃を初めて会った相手のようには感じていなかった。

「そんなことはないけど、でも初めて小鈴さんと会った時から何か不思議な縁というか、運命みたいなものは感じてたんです。でもまさかこんなことになろうとは、夢にも思いませんでしたけど」

多恵はそう言うと、菊乃に抱かれて眠っているゆりをそっと覗き込んだ。

「ねえ、菊乃さん。ちょっとの間でもいいから、ゆりちゃんを抱かせてもらうわけにはいかないかしら」

多恵にとってそれは待ちに待った瞬間だった。

「ええ、どうぞ」

菊乃は長椅子を少しずれて、多恵の座る場所をつくった。そしてそこに多恵が座ると、菊乃は多恵に身体を寄せて寝ているゆりを起こさぬように、そっと多恵の手の中に委ねた。多恵も左手でしっかりとまだ首の据わらぬゆりの頭を支え、細心の注意を払ってゆりを抱いた。

「なんて可愛い寝顔なんでしょう。ほっぺがこんなにぷくぷくして」

多恵はゆりを初めてその手に抱いた。今日という日まで多恵は赤子を実際に抱いた経験がなかった。それは想像よりも小さく、誰かが守ってあげねばとても生きてはいけぬ存在だと感じた。

そしてその赤子こそ、女にとって最も大切な宝物なのだと実感した。自分がこの子を育てることができたら、どんなに幸せだろうか。どうしてこんなにも可愛いのだろうか。そしてどうしてこんなにも愛おしく感じるのだろう。多恵はそんなことを思いながら、ただただゆりの寝顔を見つめていた。そして菊乃は、ゆりを抱く多恵の満たされたその横顔を見ていた。

「奥様、ゆりを京都で育てるって本当ですか」

「ええ、実はもう京都に家も借りているんですよ。それも街場ではなくて山に近いほうなの。あそこならさすがに敵も来ないだろうし、それに呉は危ないし事情を知る人も多いから、なんのしがらみもない土地の方が、ゆりちゃんにとってもいいかと思って」

ほんの少しだけ菊乃を見たあと、多恵はゆりを起こさぬように気遣いながら、自分の左手をゆっくりと滑らすようにして、ゆりの頭を肘の内側で支えながら話した。

「ああ、赤ちゃんの匂いだわ。こんなにお手々が小っちゃくて」

少し自由が利くようになった右手で、多恵は着物の袂に引っ掛かっていたゆりの左手を注意深く外しながら言った。そうして優しく揺らしながらゆりを見つめる多恵を、菊乃はしばらく見ていた。大事に大事にゆりを抱くその多恵の姿は、自分が考えていた身勝手な提督夫人とはまったく違う女性だと菊乃は思った。

「奥様」

そんな多恵に菊乃が声をかけた。

「ええ」

穏やかな笑顔で多恵は菊乃に振り返った。そしてその後、何も語ろうとしない菊乃の様子に多恵は気づいた。

「ああ、ごめんなさい。ちょっとのつもりが」

そう言って多恵はゆりを菊乃に渡そうとした。しかし菊乃は多恵の目を見て、無言のまま首を横に振った。

「奥様、あたしは小鈴にゆりを奥様に託してきてほしいって言われてここに来ました。でもこの子を抱いてるうちに、もしあたしが奥様を気に入らなかったとしたら、あたしの裁量でゆりを連れてこのまま帰るつもりだったんです。でも奥様がゆりを抱いてる姿をこうして見ていて、あたし思ったんです」

そこまで言って菊乃は言葉を切った。そして多恵はゆりを抱きながら、心配そうに菊乃の言葉を待った。

「この人にだったら、ゆりを託せるかもしれないって」

「菊乃さん」

菊乃の言葉に多恵の瞳が潤んだ。

「奥様は、あたしが考えてたようなお人じゃなかった」

そう言うと、菊乃は身体を多恵の方へ向けて足を揃えた。

「ゆりを、この子をどうかお願いします」

そう言って菊乃は多恵に頭を下げた。

「菊乃さん、ありがとう」

潤んだ瞳で多恵も同じように菊乃に頭を下げた。それを見て菊乃は驚いた。提督夫人が初めて会った芸者のあたしに頭を下げるなんて。たとえ僅かな時間であっても、その人となりは分かるものだと菊乃は思った。そしてふと荷物を持ち替えた時、菊乃は大事なことを思い出した。

「それからこれは、直江様がゆりの護り刀として小鈴に渡されたものです」

そう言って菊乃は荷物の中から、錦の包みに入れられた例の懐剣を取り出すと、多恵はそれをじっと見つめていた。ゆりを抱いている多恵に代わって、菊乃が懐剣をまた荷物の中に仕舞おうとすると、今度は多恵が首を横に振った。

「それは主人が小鈴さんに贈ったものです。それを私がそのまま受け取るわけにはいきません。申し訳ありませんが、それは一度小鈴さんに渡していただけないでしょうか」

多恵は誤解がないように丁寧にそう言うと、柱の大時計に目をやった。多恵が乗るはずの京都行きの汽車の発車時刻がそろそろ迫ったいた。多恵のその仕草を見て菊乃もそれを悟った。

「菊乃さん、本当にありがとうございました。ゆりは大切に大切に私が育てます。くれぐれも小鈴さんによろしくお伝えくださ い」

そう言って多恵が立ち上がった。菊乃は多恵が持ちやすいように、多恵とゆりの荷物を一つにまとめて多恵の肩に掛けた。多恵は菊乃に会釈すると乗車口へと歩き始めた。

二人の後ろ姿を菊乃はその場で見送った。菊乃には分からなかった。これで本当に良かったのかどうか。でもそれは誰にも分からないことと自分に言い聞かせて、菊乃もその場をあとにした。

菊乃は駅舎を歩きながら急に寂しさが込み上げてきた。今はゆりの温かさも荷物の重さも、もうそこにはなかった。こんなにも大勢の人たちがいるというのに、駅はなんて寂しい場所なのだろうと、その時菊乃は思った。菊乃は早くここから出て外の空気を吸いたい、そして早く帰ろうと足を速めた。

そして菊乃は、その一部始終を物陰から涙ながらにずっと小鈴が見ていたことを知らなかった。

八

ゆりが多恵に託されてから数週間が経っていた。小鈴の心の痛手が癒えることはなく、一日として気の晴れる日はなかった。小鈴はゆりの将来を考えて決断したはずなのに、母としての心が計算通りに動くはずもなかった。小鈴が自分の気持ちを理屈で納得させようとすればするほど、ゆりへの恋しい想いはかえって募るばかりだった。そしてあの日以来菊乃と話すこともあまりなく、小鈴は孤独な時を過ごしていた。

そんなある日、ようやく直江少将から連絡が入った。小鈴にお座敷がかかったのは、ゆりが去って以来初めてだった。この数週間小鈴は寂しさの向けどころもないまま、久々に直江少将にお座敷で会うことになった。

「失礼致します」

いつものように小鈴が声をかけて直江少将の待つ部屋の襖を開けた。しかし小鈴の気持ちはいつもと同じではなかった。会って心の傷を癒してほしい時にも連絡は来ず、小鈴は何か大切な時にほうっておかれたような気がしていた。

「どうだ、元気にしていたか」

直江少将のいつもの決まり文句のはずが、今日の小鈴はそれを素直に受け入れることができなかった。

「はい」

「そうか」

笑顔もなく、正面にかしこまった小鈴の返事が随分気のないものだと、直江少将は思った。すると小鈴はいきなり風呂敷に包んであった品物を取り出すと、直江少将に差し出した。

「あの、今日はこれをお持ちしました」

小鈴が差し出したのは直江少将が贈ったあの懐剣だった。

「あの時、ゆりと一緒に多恵様にお渡ししようとしたんですが、多恵様がこれは直江様があたしに贈ったものだから、自分は受け取れないと言われて」

そういって小鈴は風呂敷を畳んだ。

「そうか」

直江少将は差し出されたその懐剣を手に取ると、感慨深げに見つめた。そして再びその懐剣を小鈴の前に差し出した。

「これはお前が持っていてくれ」

「だってこれはゆりの」

小鈴の言い方はどこか喧嘩腰のように聞こえた。

「確かにこれはゆりの護り刀としてお前に渡したものだが、その意味だけではないのだ」

直江少将はそんな小鈴に対して、あくまでも落ち着いた物腰で接した。

「その意味だけじゃない」

「これはお前たち親子に、というよりもお前に贈ったものだ」

「あたしに、それどういうことなんですか」

直江少将の意に反して、小鈴の態度は厳しくなっていった。

「その刀には、いくつかの俺の思いがあってな」

そう言って直江少将は空のコップを持った。それは気の急いている小鈴を落ち着かせるためでもあったが、小鈴はもどかしそうにサイダーを注ぐと直江少将の次の言葉を待った。

「もちろん、ゆりの護り刀としての本来の意味はある」

「だったら、」

「しかし、それだけではないんだ」

それを聞いた小鈴の目は、早く違う理由を教えてと言わんばかりであった。

「二つ目の理由は、ゆりの出生の証として贈ったものだ」

「はい、そのことについてはあたし、そんなことはちっとも知らなかったもんで、菊乃姉さんから詳しく教えてもらいました」

きっぱりとそう言う小鈴は、明らかにむきになっていた。

「そうか」

そんな小鈴を見て直江少将は少々困った。こういう場合、得てして伝える側の意図するところを聞く側は、うがったものの見方をするものである。直江少将はこれから伝える自分の意志を、小鈴が素直な気持ちで受け入れることを願った。

「しかし俺がお前にこれを贈った一番の理由はそれじゃない。これは本当の意味で、お前たち親子の護り刀として使ってほしかったんだ」

「本当の意味」

小鈴の言いようは懐疑的でさえあった。

「俺は軍人だ。艦に乗って國の盾となることはできても、直接お前たちのそばにいて護ってやることはできん。だからお前がそれこそ身一つで逃げなきゃならん時はこれを持って、これなら大してかさばりはせん。そして世の中が少し落ち着いた頃合いを見計らってこれを処分すれば、当分暮らしの心配はいらんはずだ。それに懐剣なら女が持っていても、おかしいとは思われんだろうしな」

小鈴は直江少将と菊乃とでは、言うことがまったく違うと思った。

「じゃあこれは初めから、」

「この刀はゆりとお前の生活を護るために贈ったものなのだ。でも今はゆりが暮らしに困る心配はせんでもいいだろう。たとえ俺が近くにいてやれなくなってもな」

直江少将のその言葉を聞いても、小鈴は何も言おうとはしなかった。そして小鈴はただじっと直江少将を見つめていた。

「だからこの刀は今はお前の護り刀として、お前が持っていてくれ」

そう言うと直江少将は懐剣をあらためて小鈴へと差し出した。それでも小鈴は懐剣を受け取ろうとはしなかった。

「でもあたし、直江様にそんなことまでしていただかなくても。なんだかそれじゃまるで手切金じゃありませんか。嫌です、あたしそんなの」

そう言うと小鈴は、気分を害したとばかりにぷいと横を向いてしまった。

「いいか小鈴、俺の目をよくみろ」

直江少将にそう言われても、小鈴は素直にその言葉には従わなかった。ふてくされて目を合わせようとはしない小鈴に、直江少将はこれだけは伝えておかなければと思った。すでにこの時、戦局は小鈴が考えるほど日本にとってあまくはなかった。この数週間というもの直江少将は、小鈴との時間も作れぬほど緊迫した状況に置かれていた。今は仲違いなどしている暇などなかった。

「一度しか言わんから、よく聞くんだ。今度出撃命令が出たら、もう二度とお前と会うことも叶わぬだろう。だからこそお前のことが心配なんだ。お前の行く末がな」

直江少将の声は真剣そのものであった。そしてそれが小鈴を、さらに狼狽させた。

「なんでそんなこと言うんですか。あたし、ゆりを失った上に、なんで直江様まで。そんなの嫌です。なんであたしだけこんな辛い目に遭わなきゃいけないんですか」

感情的に小鈴が言い返した。

「小鈴、お前はゆりを失ってはおらん。生涯お前はゆりの実の母親だ」

「でも、産んだだけで育てることもできない駄目な母親なんです、あたしは」

「そんな言い方はするな。お前がそんなことを言って、ゆりが喜ぶと思うか。お前は駄目な母親などではない。今の時代は今日を生き抜くだけで皆、精一杯なんだ。ゆりを手元におけないお前の辛さは分かるが、ゆりがこの時代を生き抜くためには今はこれが最善の道なのだ。お前もそれは承知の上だったはずだ。俺がいくら望んだとしても、お前やゆりを直接護ってやることはできん。お前だって、ゆりをこの東京で育てることはできんだろう。多恵だってゆりを自分で産むことはできなかった。人は自分のできる範疇で最善を尽くすしかないのだ」

直江少将はとにかく小鈴には事態を冷静に見つめてほしかった。そして迫りくる極めて困難な現実の中で、小鈴にはどうしても生き抜いてほしかったのだ。

「そんなの男の理屈です。女はそんなふうに思うことなんてできやしません。女にとって我が子を失う苦しみがどんなに辛いことなのか、直江様には分からないんです。だからそんなことが言えるんです。苦しくって辛くって、毎日どうしようもないんです。あたしのこの気持ちが直江様に分かるんですか。女の、母親の辛さが分かると言えるんですか」

直江少将の思いはとうとう小鈴には届かなかった。今の小鈴を支配するものは母としての本能だけだった。

「俺は男だ。俺には男としてお前にできることしかしてやれん」

それは提督としての重い責任の中で、直江少将に与えられたほんの僅かな自由であった。

「あたしが欲しいのはゆりです。こんな刀なんかじゃありません」

そう言って小鈴は懐剣を突き返すようにして直江少将に渡した。直江少将は懐剣を受け取ると立ち上がり、掛けてあった軍帽を被った。

「今日は帰る。小鈴、また会おう」

九

朝夕もすっかり涼しくなり秋の気配が色濃くなったこの日、菊乃は菊屋の一階で午後の帳簿仕事をしていた。開戦当初はあれだけ繁盛していたお座敷仕事も、この頃はめっきりと減ったのは数字を見れば一目瞭然だった。それでも菊屋は小鈴と菊乃の二枚看板でどうにかやりくりしていたが、気の利かぬ芸者にはもう簡単には声がかからなくなっていた。季節も変わり何かと物入りなこの時期、店を切り盛りしている菊乃にとって頭の痛いことが多かった。

菊乃が今月のやりくりを考えていると玄関に来客の声がした。見習いが応対しているようだが、菊乃は今頃いったい誰だろうと思った。そして少しすると菊乃の元に見習いがやってきた。

「すいません菊乃姉さん、玄関にお客様が」

「あたしに」

「いいえ、小鈴姉さんになんですけど、今、近所まで出かけちまってて」

「そう、どなた」

菊乃にそう尋ねられると、見習いは首をすぼめて頼りなく答えた。

「それが、あたし名前を忘れちまって。偉そうな軍人さんです」

「分かったわ。今、行きます」

「すいません」

見習いは叱られやしないかと菊乃をじっと見ていたが、毎度のことと菊乃はそれ以上見習いを問いつめはしなかった。

菊乃は鏡の前で髪と着物を簡単に整えると玄関へと向かった。廊下を曲がって玄関に出ると、そこには軍服姿も凛々しい海軍士官が立っていた。

「西崎様」

そこには中佐に昇進した西崎がいた。菊乃は玄関の板の間にかしこまり、西崎中佐を出迎えた。

「今日は小鈴さんにお伝えしたいことが。それに預かってきたものもありまして」

いつものように西崎中佐は丁寧に話した。

「すいません。小鈴は今、近所に使いに出ておりまして。じきに戻るとは思うんですが」

「そうですか」

そう言って西崎中佐は腕時計を見た。簡単な用事でわざわざここまで来たわけではないと感じた菊乃は、西崎中佐に尋ねてみた。

「あの、こんな芸者置屋ではありますが、もしお時間がおありでしたら、中でお待ちいただいても。なんのおもてなしもできませんが」

普段は芸者仕度の前に客を上げることなどなかったが、菊乃は西崎中佐にそう勧めた。

「では少しだけ待たせていただきます」

「どうぞお上がりくださいませ」

そう言って菊乃は玄関の脇へ避けた。そして菊乃は西崎中佐を自分が今まで使っていた居間に通し、座布団を差し出すとお膳の上の帳面を片付けた。

「すいません、化粧もろくにしておりませんで」

「いえ、こちらこそ突然お伺いしまして」

そう言って西崎中佐は軍帽を取り、差し出された座布団に座った。菊乃は見習いにお茶を持ってくるように言うと、西崎中佐の下座にかしこまった。

「あの、何かあったんでしょうか」

心配そうに尋ねる菊乃に、西崎中佐は落ち着いた声で話した。

「菊乃さん」

「はい」

「自分もあまり時間がありませんのでもう少し待って、もし小鈴さんに会えないようでしたら、その時は菊乃さんに用件をお話しします」

「はい、分かりました」

どう考えてみても、西崎中佐が大した用もなく昼間にここに来るわけがなかった。菊乃はこれ以上西崎中佐に話すことも見当たらず、早く見習いがお茶でも持ってこなければ間が持たないと思った。情報部の将校だけに、西崎中佐が無駄口を利いているのを、菊乃は見たことがなかった。

「あの、」

「はい」

「最近、木村様には」

結果は見えてはいたが、菊乃は西崎中佐に聞くだけ聞いてみた。

「閣下が舞鶴へ赴任されてからは自分もただお元気なことぐらいしか」

「そうですか」

やはり西崎中佐は必要なこと以外は話さなかった。その時、玄関の戸の開く音が聞こえた。

「ああ、帰ってきたようです。ただ今呼んで参ります」

そう言って菊乃は玄関へ急いだ。そこには使いから戻った小鈴が立っていた。菊乃の様子と玄関に置かれた靴を見て小鈴が尋ねた。

「姉さん、お客様」

「西崎様があんたに伝えたいことがあるって、さっきからお待ちよ」

声を落として菊乃がそう言った。

「西崎様」

西崎中佐と聞いて小鈴にはピンときた。小鈴は硬い表情で西崎中佐の待つ居間へ入っていった。

「お待たせ致しまして申し訳ございません」

そう言う小鈴に笑顔はなかった。

「いや、自分も突然でしたので。では早速ですが」

西崎中佐は挨拶も早々に早速本題に入ろうとした。

「あの、あたしは失礼致します」

そう言ってかしこまったばかりの菊乃が立ち上がろうとした。

「待って姉さん。西崎様、姉さんも一緒でよろしいですよね」

いつもよりも低い声で小鈴が尋ねた。

「自分は別段構いませんが一つだけ。菊乃さんは以前閣下が小鈴さんに贈られたものについてご存知ですよね」

確かめるように西崎中佐が菊乃に尋ねた。小鈴は西崎中佐のそんなところも好きではなかった。

「それは懐剣のことでしょうか。そのことでしたら、以前小鈴から相談を受けましたが」

「そうですか。それならば問題はありません」

西崎中佐の言葉に菊乃はあらためてかしこまった。すると西崎中佐はまっすぐに小鈴を見て話し始めた。

「今日は小鈴さんにお伝えしたいことがあって来ました」

「直江様のことですか」

ぶっきらぼうに小鈴が返した。

「はい。閣下は今朝ほど東京を発たれ、任務に就かれました」

「やっぱり。それは出撃されたということですか」

小鈴の目はすでに仇を見る目になっていた。

「残念ながら自分はそれ以上お答えすることができません」

「そうでしたね。西崎様はいつも知っていても何も教えてはくださらないですものね」

それはこれ以上ないほど失礼な言いようだった。

「小鈴ちゃん」

堪らず菊乃が割って入った。

「いえ、いいんです。小鈴さんの言う通りです。自分は立場上、いつも最低限のことしかお話しすることができませんので」

西崎中佐は常に冷静だった。そしてそのことが、さらに小鈴を苛立たせた。

「それは仕方がないことです。そうでしょう、小鈴ちゃん」

小鈴の気持ちも分からないではないが、小鈴のそんな態度に菊乃は西崎中佐に申し訳ないと思った。

「自分のことはともかく、東京を発たれる際、閣下がこれを自分に託されました」

西崎中佐はそう言うと、鞄の中から錦の包みを取り出した。

「懐剣ですね」

「はい。閣下は出発の直前自分に、どうしてもこれを小鈴さんに直接手渡してほしいと言われまして」

そして西崎中佐は懐剣を小鈴の前に置いた。

「直江様はその時、小鈴に何かおっしゃっていましたか」

黙ったままの小鈴に代わって、菊乃がその際の事情を西崎中佐に尋ねた。

「いいえ、事態が緊迫しておりましたので、この懐剣を自分に託されるのが精一杯でした」

西崎中佐はそう言うと、あらためて小鈴を見た。

「小鈴さん、どうかこの懐剣をお納めください。この懐剣には閣下のお気持ちがすべて表れていると自分は思います」

そう言われても小鈴はただ黙って差し出された懐剣を見つめるだけだった。すると珍しく西崎中佐が言いづらそうに切り出した。

「そしてもう一つは、自分がここへ来る直前に入った情報ですが、昨日艦隊勤務に就いていた一二三上等水兵が艦を降り、呉の海軍病院に収容されたとのことです」

「正が。負傷したんですか」

西崎中佐を睨みつけて小鈴が叫んだ。

「詳しいことはまだ分かっておりませんが、残念ながら危篤状態であると」

「そんな、何かの間違いでは」

菊乃もこの話には驚いた。よりによってどうしてこんなことが重なるのだろうか。

「詳しい状況は分かり次第ご連絡しますが、ご家族は面会されたしとの連絡が入りました」

西崎中佐の言葉に、小鈴は畳に両手をつくと泣きながら右手で畳を叩いた。

「なんで、なんであたしだけこんな目に遭わなきゃいけないんですか。ゆりを失い、直江様は出撃されて、今度は正まであたしから奪おうとする。いったいあたしになんの恨みがあるというんですか」

そうやって涙を流す小鈴に二人は、かける言葉がなかった。すると泣いていた小鈴が突然顔を上げると西崎中佐に涙ながらに訴えた。

「あなたが来ると悪いことしか起こらない。嫌、もう何も聞きたくない。もうあたしに近づかないでください。お願いですから早く帰ってください」

感情のままに小鈴はそう言い捨てた。

「何を言っているの。西崎様はご親切にも、」

あまりのことに菊乃がそう言いかけると、小鈴は大声を出した。

「嫌、みんな嫌。どうして、どうしてあたしだけ」

畳に手をつき声を出して泣き崩れる小鈴に、菊乃もどうすることもできなかった。菊乃には小鈴の心労が限界を超えたように感じられた。

「心中お察しします。小鈴さん、どうか気を強く持ってください。それでは自分はこれで失礼します」

静かにそう言って西崎中佐は席を立つと、玄関へ向かった。小鈴の様子を心配していた菊乃は我に返ったかのように、帰ろうとする西崎中佐を玄関に追った。

「西崎様、わざわざいらしてくださいましたのに。どうか小鈴の無礼をお許しください」

菊乃の心を込めた謝罪にも、西崎中佐は何も答えずに軍帽を被り靴を履いていた。いくら西崎中佐でも今回はさすがに怒らせてしまったと菊乃は思った。西崎中佐は靴紐を結び終えると鞄を持って立ち上がった。そしてそのまま進むと玄関の戸に手を掛けたが、その手が止まった。

「菊乃さん」

菊乃に背を向けたまま西崎中佐が菊乃の名を呼んだ。

「はい」

西崎中佐の背に菊乃が答えた。

「どうか小鈴さんを支えてあげてください。それができるのは今はあなたしかいません。では失礼」

そう言い残すと西崎中佐は振り返らずに菊屋をあとにした。

「ありがとうございました」

菊乃はそう言って、もうそこにはいない西崎中佐に三つ指をついた。

第十章

一

昭和十九年十月、大日本帝國海軍は一昨年のミッドウェイ海戦に続き、アメリカ海軍に対しレイテ沖海戦において二回目の大敗北を喫した。

日本海軍はこの海戦において、戦艦大和と同型艦である武蔵をはじめ戦艦三隻、空母瑞鶴以下空母四隻、巡洋艦十隻、駆逐艦十一隻、潜水艦三隻を失うという歴史的大敗北を負った。

それに対して米海軍の損失は軽空母一隻、護送空母二隻、駆逐艦二隻、潜水艦一隻という軽微なものであった。そしてその戦力差を埋めるべく日本軍は、このレイテ沖海戦より神風特別攻撃隊を出撃させるに至ったのである。しかし日米間の戦力差は歴然であり、さらにアメリカはその工業力と資源力に後押しされ、日米双方の戦力格差は開く一方であった。


東京の菊屋では菊乃が小鈴を待っていた。菊乃がこの日西崎中佐からの電話を受けたあと、菊乃には思うところがあった。そんな折小鈴が外出から帰ってきた。玄関で見習いに菊乃が待っていると聞かされ、小鈴は菊乃の待つ居間へとやってきた。

「ただ今戻りました」

「小鈴ちゃん、あんたに話があります。そこにお座りなさい」

のっけから菊乃の口調は厳しかった。

「はい」

そう言って菊乃の前にかしこまる小鈴には、いつになく厳しい菊乃の態度に心当たりがなかった。

「実はさっき西崎様から電話がありました」

菊乃にそう言われても小鈴はなんのことやら、ただ黙って菊乃の話を聞いていた。

「西崎様は数日中に東京を発たれるそうです」

「そうですか」

小鈴はただそう答えるしかなかった。

「小鈴ちゃん、あんたそれを聞いて何か思うことはない」

「思うことですか」

「そう、あんたそう聞いて何も感じないの」

「はい」

菊乃がいつもと違うことはとうに承知であったが、小鈴は思ったままを答えた。するとそれを聞いた菊乃が呆れたように返した。

「だとしたら、あたしはあんたを見損なったわ」

「見損なう。どうしてですか。出陣される軍人さんならそれこそたくさん。西崎様はむしろ遅い方なんじゃ、」

「お黙りなさい」

菊乃の言いように容赦はなかった。

「それがあんたの本心ならあんたは芸者の、いや、人のくずね」

菊乃は小鈴を睨みつけると、きっぱりと言い切った。

「どうしてですか。なぜあたしが人のくずなんですか」

帰る早々、怒り心頭の菊乃を小鈴は理解することができなかった。

「いい小鈴、一度しか言わないから性根を据えてよく聞きなさい。今日までのあんたの西崎様への態度は目に余ります。あんたは何かにつけて西崎様を悪く言ってきたけど、頭を冷やしてよく考えてみなさい」

面と向かってそう言われた小鈴は、思わずふくれた顔を菊乃に見せた。

「まず直江様のご出陣の際、幾度となくそのことを西崎様はあんたにわざわざ伝えに来てくださった。そん時のあんたの態度はなんなの。本来なら、わざわざご足労をいただき、ありがとうございましたと頭を下げるところを、あんたは聞きたくないだのなんだのと。挙句の果てには西崎様に対して早く帰れとまで言ったわね」

「でもそれは、」

確かに菊乃に言われた通りだったが、小鈴にも言い分はあった。

「直江様のご出陣は西崎様が決めたことでもなんでもないこと。木村様がおっしゃっていたように、西崎様は直江様とともに五千名以上もの兵隊さんを、本当に命をかけて助けられた立派な軍人さんです。そんな立派な軍人さんが、たかだか芸者のあんたのために、貴重な時間を割いてまで直江様の言伝や、託されたものをわざわざ届けてくださった」

菊乃は今までの経緯を小鈴に淡々と言って聞かせた。

「それは直江様の命令で」

「だからあんたは世間知らずだって言うんです。いい小鈴、何隻もの軍艦を指揮される提督閣下が、芸者に手紙や何やらを持っていけなんて、一番信頼する西崎様に命令するとでも思ってるの。そうだとしたら、あんたは救いようのない大馬鹿者ね」

「しょせんあたしは田舎育ちの大馬鹿ですから」

気の強い小鈴が言い返して、ふて腐れて横を向いたその時、バシンという大きな音がした。驚いた小鈴が前を向くと、そこには目を吊り上げて火鉢を叩き、折れた扇子を持つ菊乃の姿があった。小鈴は今までこんな菊乃を見たことはなかった。

「黙んなさい。そんなふて腐れた言い方を姉であるあたしにすることは断じて許しません」

初めて見る菊乃のあまりの剣幕に、小鈴はただただ驚き動けなくなってしまった。それは普段があまりにも優しい菊乃だからこその怖ろしさだった。

「直江様や西崎様があんたのそんなふて腐れた態度をお許しになるのは、それはお二人が心の広いお方だからです。女として、そして芸者としてあんたの姉であるあたしに、そんな態度をとることは金輪際許しません。慎みなさい」

菊乃の言葉は誰のものよりも小鈴を震え上がらせた。それは十年来の付き合いの中で小鈴が初めて見た菊乃の一面だった。

「それからあたしが一番許せないのはあんたの弟、正さんの件です。ちょうど一年前、正さんが負傷されて呉の海軍病院に入院した時、その知らせに始まって、危篤の正さんの元へ行くこともできないあんたに代わって、何から何までご親切に手を尽くしてくださったのはいったい誰だと思ってるの。直江様じゃなくて、みんな西崎様じゃないの」

「それは直江様が、」

独り言のように弱々しく小鈴が言った。

「黙りなさい。それは一切直江様とは関係のないこと。それはすべて西崎様のご好意です。あんたの身内を助けてくださったのも、この一年間、何かと便宜を図ってくださったのも、みんな西崎様のご好意です。他人様のご好意に唾をかけるような真似しかできないのは人のくずです。あんたみたいな女は赤坂芸者の名折れです」

自分の行いをずばりと言い切られて、小鈴には返す言葉など何もなかった。

「お優しいことをいいことに、なんでもかんでも西崎様のせいにしてきたのは、ただ単にあんたが西崎様に八つ当たりをしてただけ。あんたがゆりちゃんと直江様を失った寂しさを自分にぶつけてくるのを、西崎様はあえて承知で受け止めてくださっていたんです。その西崎様が今、戦地へ行かれる。小鈴、あんた自分が今、何をしなきゃならないかが少しは分かった」

菊乃にそう諭されて小鈴は無言でうつむくしかなかった。

「しっかりと西崎様に襟を正してお礼が言えなきゃ、あんたは本当に人のくずになっちまう」

小鈴の頬に一筋の涙がつたった。弟、正の件では菊乃の言う通り礼もせぬまま、西崎中佐に甘えていたのが事実なのは、小鈴自身も分かっていたのだ。

その後、菊乃は何も語らずに小鈴をただじっと見つめていた。菊乃は小鈴の言葉を辛抱強く待っていた。しばらくの沈黙のあと、小鈴が重い口を開いた。

「姉さん、すいませんでした」

そう言って小鈴は菊乃に頭を下げた。

「あんた本当にあたしの言ったことが分かったんでしょうね」

「はい」

小鈴は普段の信頼があればこそ、菊乃の言葉に素直になれた。

「本当ね」

菊乃が珍しく念を押した。

「はい」

「じゃあ今夜、お座敷で西崎様に謝ってらっしゃい」

「えっ、お座敷で」

突然の菊乃の言いように、小鈴はさらに驚いた。

「さっき西崎様から電話があった時、あたしが西崎様に頼み込んで出陣前のお忙しいなか、あんたをお座敷に呼んでいただきました。いい小鈴。西崎様に会えるのもたぶん今夜が最後。きちんとお礼が言えなきゃあんたは人のくず。くずはどうあがいたって幸せになんてなれやしないわよ」

「はい」

西崎中佐と会うのも今夜が最後と聞いて、小鈴は戦争の真っただ中にいる現実の世界へ引き戻された気がした。今の世の中は明日やればいいなどという考えは通用しなかった。

「そうと分かったら早速仕度をしなさい」

そう言うと菊乃は立ち上がり、小鈴を残して部屋を出ていこうとした。

「姉さん」

自分の横を通り過ぎる菊乃に小鈴が座ったまま声をかけた。菊乃が立ち止まり小鈴の方を見ると、小鈴は身体ごと菊乃に向き合い、あらためてかしこまり三つ指をついた。

「ありがとうございました」

二

その夜、小鈴は朧月夜の廊下を西崎中佐のお座敷に向かうべく歩いていた。菊乃にはっきりと言われたことで小鈴も目が覚めた思いではあったが、今までの無礼な自身の行いを考えると、西崎中佐が不機嫌なのは覚悟していた。

それでもやはりこれから出征する西崎中佐には、きちんと詫びなければならない。特に弟、正に対しての様々な便宜には、礼を尽くさねばならないと小鈴は思っていた。

お座敷に向かう小鈴の西崎中佐への気持ちは、今までの甘ったれたものとはまったく違っていた。

「失礼致します」

かしこまった小鈴は、いつものように声をかけて襖を開けた。

「この度はお招きをいただきまして、誠にありがとうございます」

正しい三つ指の姿勢から、小鈴は丁寧に挨拶をした。

「そして、」

そう言うと小鈴は一度言葉を詰まらせた。気を取り直してもう一度小鈴が姿勢を正した。

「今までの数々のご無礼、そして西崎様の弟正へのお心遣いに対しまして、今までなんのお礼もできず、本当に申し訳ございませんでした。どうかお許しくださいませ」

そう言うと小鈴は深々と頭を下げた。

「どうしたんですか小鈴さん、そんなにあらたまって。まあ、こちらへ」

小鈴の予想に反して西崎中佐の声は明るかった。

「はい」

小鈴はそう返事をして立ち上がると、西崎中佐の正面まで進みまたかしこまった。そしてようやく小鈴が今夜の客である西崎中佐を初めて見ると、意外にもそこにはにこやかに微笑む西崎中佐がいた。この時、小鈴は笑顔の西崎中佐を初めて見たような気がした。

「どうかしましたか」

少し驚いたような小鈴の表情を見て西崎中佐が尋ねた。

「いいえ、ただ」

普段とは違い、少しはにかむように小鈴が言った。

「いつもの西崎様よりも、今夜はなんだか雰囲気が少しお優しいような」

「そうですか、まあ言われてみればそうかも知れませんね。小鈴さんに会う時はいつも悪い報告ばかりで、自分も嫌な顔ばかりしていたんでしょう」

あっけらかんと西崎中佐がそう言った。

「そんな」

小鈴は決して西崎中佐を悪く言うつもりなどなかったが、今までの自身の行いからそうとられたのではないかと心配した。

「でも安心してください。今夜は良い知らせがありますよ」

小鈴の心配とは裏腹に西崎中佐の表情も声も、やはりいつもよりも明るいものだった。

「良い知らせですか」

「ええ、実は今日ここに来る前に呉に問い合わせてみたところ、一二三上等水兵は今ではすっかり傷も癒えて元気にしているそうです」

「本当ですか」

小鈴の弟の正が重傷を負って艦を降り、呉で入院したと知らされた時も、小鈴は危篤の弟に会うために呉に行くことさえできなかった。結局、西崎中佐が何かと正に便宜を図ってくれたにも関わらず、小鈴はこの日まで礼を尽くすこともなかった。

「あの時は正直言って自分も厳しいかとも思いましたが、ちょうど海軍大学の同期で腕のいい軍医が呉にいたものですから、わけを話して奴に執刀してもらったんです」

今まで西崎中佐に対しては感情的になってばかりいた小鈴には、こんな大事な話も初耳だった。

「さすが同期一の秀才だけあって見事な手術だったそうです。あとで聞いた話では並の軍医ならあの傷では切るしかなかったと。それが今では大きな後遺症も残ってはいないそうです」

正は左脚に重傷を負っているという話であったが、自分の知らないところで、そこまで西崎中佐が親身になって弟に関わってくれていたなどとは、小鈴は考えたこともなかった。小鈴はこの時初めて菊乃に言われたことも自分の至らなさも、そして西崎中佐の寛大さも本当の意味で理解できた思いがした。

「そうだったんですか。あたし、そんなことも知らないで、西崎様に任せっぱなしのくせに偉そうな口ばかりきいたりして。本当にすいませんでした」

小鈴はそれこそ穴があれば入りたい思いであった。

「いいえ、自分は何もしてはいません。礼を言うなら大久保という軍医に言ってください」

そう言って西崎中佐は杯の酒を飲み干した。堅い話も一段落して西崎中佐と小鈴もようやく打ち解けてきた。考えてみれば、お座敷で二人だけで会ったのはこれが初めてであった。

「小鈴さん」

「はい」

「やっぱりあなたはすばらしい方だ」

酒を注ぐ小鈴を見ながら、西崎中佐はさらりと言ってのけた。

「どこがですか。あたしのようなこんな嫌な女」

小鈴は本当にそう感じていた。こうして西崎中佐とじっくりと話してみて、今日という日まで、自分が知らぬ間に悪い意味で西崎中佐に甘えていたことが、小鈴には身に染みていた。しかしそんな反省しきりの小鈴に対して、西崎中佐は終始和やかに接していた。

「自分はいつも思うのですが、小鈴さんはとても素直な方だなと。もちろん少々気の強いところはありますがね」

今夜の小鈴は不思議と素直な気持ちで西崎中佐の話を聞くことができた。

「自分の非を認めた上でそれを他人に謝れる人は、自分の知る限りそう多くはありません」

そう言って西崎中佐はまた酒を飲み干した。西崎中佐のその言葉は小鈴に対してだけに向けられたものではなかった。それは日頃から理不尽な行いを嫌う西崎中佐の本音であった。

「西崎様」

小鈴は西崎中佐のその言葉の中に深い苦心と孤独の影を感じた。そんな西崎中佐を見ていると自然に小鈴の口からこんな言葉が漏れた。

「西崎様も直江様とおんなじ」

「自分と閣下が」

小鈴の言葉に西崎中佐はまた驚かされた。あれだけ嫌っていた自分を最愛の人と同じだというのはどういうことなのか。西崎中佐は小鈴の言葉の意味を探した。

「どうしてこんなにもお優しいんですか。あんなに悪たれをついてたあたしなんかに」

「別に優しいわけではありません。ただ思ったことを言ったまでです」

「あたしのような者にまでこんなに優しくしてくださるには、きっと何か別のわけがおありになるはず」

愁いを含んだ小鈴の言葉に、さすがの情報部将校も心が揺れた。今、西崎中佐の前にいるのは旧知の小鈴ではなく、赤坂一とうたわれる菊屋の芸者小鈴に外ならなかった。西崎中佐は自身の心の変化を小鈴に悟られまいと平静を装った。

「きっとあたしなんかと違ってお優しい方なんでしょうね、西崎様の奥様も」

小鈴の言葉は西崎中佐にとって意外としか言いようがなかった。その言葉は明らかに直江夫人の多恵を想像したもので、西崎中佐は自分の想像とはまったく違うその言葉への返答を探した。

「とんでもない。鬼のような女ですよ」

気づくと西崎中佐はそう返していた。

「嘘です、そんなはずがありません。でなけりゃ西崎様がこんなにお優しいはずがありません。そんなの嘘に決まってます。そうですよね」

むきになってそう話す小鈴に、西崎中佐から自然と笑みがこぼれた。なぜなら小鈴の話は西崎中佐が思っていた展開とは、まったく違う方向へと変わっていたからであった。

「小鈴さんには嘘はつけませんね」

微笑みながら西崎中佐は観念したようにそう言った。

「やっぱり」

小鈴は図星とばかりに手を叩いてそう言った。西崎中佐はただ笑うしかなかった。そしてそんな小鈴をやはり可愛いと感じた。

「鬼も菩薩も両方嘘。自分に女房などいません」

得意顔の小鈴に西崎中佐は残念とばかりにそう言った。

「西崎様、お独りだったんですか」

小鈴は自分の答えが外れたことよりも、西崎中佐が独身であるとは思いもしなかった。

「ええ」

「どうして、こんなに偉くてお優しい軍人さんなのに」

小鈴にそう言われて、西崎中佐もなんと答えればいいものやら分からなかった。そんな曖昧な表情を見て、小鈴はまた自分が要らぬことを聞いてしまったと後悔した。

「すいません、余計なことを言ったりして」

神妙な表情で小鈴が詫びた。そんな姿を見て西崎中佐は、この話をもう少し続けてみようと思った。

「小鈴さん」

「はい」

「知りたいですか、自分が妻をめとらぬそのわけを」

西崎中佐にそう言われて、小鈴は咄嗟に答えた。

「いいえ、」

はっきりとそう答えたにもかかわらず、実は小鈴は好奇心からどうしてもそのわけが知りたかった。小鈴は西崎中佐の表情を覗き見るようにして小さな声で言ってみた。

「はい」

その無邪気な小鈴の様子に、西崎中佐は何か自分の尖った心が癒されたような気がした。

「あなたと話していると、やっぱり楽しい」

そう言って西崎中佐がにこやかに微笑んだ。すると今度の小鈴は遠慮しなかった。

「良かったら教えてくださいい、そのわけを」

これこそ小鈴の魅力だと西崎中佐はこの時思った。裏表がなく、思ったことをはっきりと口にする。そして気性は強く、それさえも時には男心をくすぐるが、計算で動いているわけではなかった。そして容姿においては右に出る者などなかった。

「それでは嘘の理由と本当の理由、どちらがいいですか」

西崎中佐は少しお道化て言ってみせたが内心は違っていた。情報部士官となったその日から、西崎中佐は妻はめとらぬと心に決めたのだ。それはいつも死と隣り合わせの夫では妻が可哀想だと。しかし青年将校だった頃のその気持ちを、西崎中佐はこの場で小鈴に話すつもりはなかった。

「ええ、それはもちろん」

そこまで言うと小鈴は考え直すことにした。

「ちょっと待ってください。両方のどちらかを言ってみてください。そしたらあたしが、嘘かほんとか当ててご覧に入れます」

西崎中佐の心など知る由もない小鈴は、この話をお座敷遊びにしてしまった。

「それはおもしろい、それでは」

そして西崎中佐も小鈴の遊びに知らぬ顔で乗ってみた。

「十代で海軍に入って以来今日まで、妻をめとる暇などありませんでした」

「嘘、そんなの嘘に決まってます。西崎様は嘘がつけないご性分なんですね」

間髪を入れずに小鈴が得意げに言った。

「どうして嘘だと言い切れるのです」

「本気でおっしゃっているんですか西崎様。だってほとんどの海軍の軍人さんには奥様がいらっしゃるじゃありませんか」

そう言って小鈴は笑った。この時、小鈴は本当にこういうことには西崎中佐は不器用なのだと思った。

「あっ、そうか」

「うふふ、やっぱり嘘でした」

嬉しそうに笑う小鈴を見ているだけで、西崎中佐は今だけは嫌なことも忘れられると感じた。

「ではほんとの理由は」

今度こそと小鈴が迫った。

「それは、」

「両方とも言っていただく約束ですよ」

「そうでしたね、では」

西崎中佐は何か適当な理由を考えなければならなかった。

「残念ながら女には縁がありませんでした」

「それも嘘」

小鈴が即答した。

「どうして」

「だって西崎様のように男らしくてお優しい方を、世の中の女たちがほうっておくわけがありませんから」

唇を尖らせるようにして小鈴が言った。

「そんなことはない」

今度は西崎中佐も少しむきに言い返すように見せた。

「いいえ、そんなことは大いにあります。西崎様、あたしは芸者ですよ。それこそ殿方ならごまんと拝見して参りました。そのあたしが言ってるんです。間違いありません。さあ、男らしく本当の話をお聞かせください」

小鈴がきっぱりと言い切った。しかし何気なく言った男らしくというその言葉が、西崎中佐の心に火をつけた。今の今まで西崎中佐自身、それは考えもしないことであった。

「分かりました。じゃあ本当のことを言いましょう」

笑顔の消えた西崎中佐の言葉を小鈴は待ち構えた。

「惚れた女にはすでに相手がいました」

はっきりと男らしく言い切ったこの言葉は、西崎中佐の本心だった。一瞬の沈黙のあと、小鈴があっけらかんと西崎中佐の肩に触れながら言った。

「いやだ、好きになった方は人妻だったんですか」

小鈴はそれに気づいてはいなかった。いや、気付かないのか気付かぬふりをしているのかは、西崎中佐には分からなかった。

「そうと聞いたら、なんだか西崎様の印象が変わりました」

小鈴が続けた。

「どんなふうに」

「どんなふうにって、あたし西崎様はこと女に関しては真面目一辺倒なお方なのかと。それが人妻との恋だなんて。でも考えてみればそれも素敵、西崎様は女のことでは一見真面目に見せておいて、その実ほんとは人妻との燃えるような恋。やっぱり殿方はこわいこわい」

「小鈴さん」

やはり本当に小鈴は自分の言葉の意味には気づいてはいない、と西崎中佐は思った。

「はい」

「このことは誰にも言わないでください」

西崎中佐は小鈴の言った人妻との恋が、あたかも本当にあったかのように振る舞った。

「はい、二人だけの秘密にしておきます」

小鈴の言った二人だけの秘密という言葉が、西崎中佐の心に残った。初めは少しぎくしゃくした関係の二人であったが、今夜のお座敷が進むにつれてお互いの距離は縮まっていった。軍務を離れた西崎中佐の柔らかな表情は小鈴を和ませ、小鈴の自由奔放な明るさは西崎中佐の現実を、たとえ束の間であったとしても忘れさせることができた。

こうして楽しい時間はあっという間に過ぎていった。そこには今までの険悪な仲が、まるで嘘のように打ち解け合う二人がいた。しかし西崎中佐を現実の世界へ引き戻す残酷な時間は、すぐそこまでやってきていた。無邪気に笑う小鈴を見ていた西崎中佐の視線が腕時計へと向けられた。

「残念ですが、そろそろ時間です」

「ええ、まだいいじゃありませんか。せっかくこうして西崎様とも楽しくお話しできるようになったっていうのに」

久々の楽しい酒に気を許したのか、珍しく小鈴が少し酔っていた。

「小鈴さん」

「はい」

「今夜はあなたに会えて本当に良かった」

西崎中佐はさり気なくそう言ったが、それは癒しと現実の狭間にいる西崎中佐の本心であった。

「いいえ、こちらこそ。こんなあたしに良くしてくださって、本当にありがとうございました」

そう礼を返す小鈴ではあったが、内心はもう少しこの楽しい時間を続けたいと思っていた。

「そうだ、小鈴さん。菊乃さんにこれと言伝を渡してもらいたいんですが」

真面目な声でそう言うと、西崎中佐は鞄から一通の封書を取り出した。そして次に手帳とペンを取り出すと言伝を書こうとし始めた。

「姉さんに言伝。いやですよ」

突然の小鈴の言いように西崎中佐は戸惑った。

「だってあの時、西崎様はあたしに意地悪をしたじゃありませんか」

小鈴はそう言うと、唇を尖らせてわざとそっぽを向く真似をした。

「あの時、」

小鈴のそんな仕草に西崎中佐はその理由を考えていた。

「ああ横須賀で会った時のことですか」

西崎中佐は思い出した。小鈴が言っているのは、もう何年も前に直江司令官への小鈴の言伝を、自分が断ったことへの可愛い仕返しだったのだ。

「はい」

当然とばかりに首を縦に振って小鈴が答えた。

「分かりました。では今から言伝を書きますから、偶然菊乃さんに会うことがあったら渡してください。もちろん会えなかったら捨ててもらって結構です」

当時のことを思い出した西崎中佐は、小鈴の台詞を真似て少し芝居がかって言ってみせた。

「そういうことなら仕方がありません。お預かり致しましょう」

小鈴の方も西崎中佐を真似るように背筋を伸ばし、顎を高く言い返した。するとあの時の小鈴のように、西崎中佐は急いで言伝を書くと手帳を破り四つ折りにした。そしてそれを封書に重ねて小鈴に渡した。小鈴は言伝と封書を受け取ると一度確かめるような仕草をしたあと、軍人のように敬礼をした。

「それでは小鈴さん、また会いましょう」

作り笑顔でそう言う西崎中佐は小鈴と会うことも、もうないだろうと感じていた。

「はい、きっとですよ西崎様」

小鈴も出征する西崎中佐の笑顔が寂しいと感じていた。

「では、また」

こうして西崎中佐と小鈴との最初で最後の二人のお座敷はお開きとなった。

そして数日後、西崎中佐は激戦地の満州へと渡った。菊乃が受け取った封書には小鈴宛ての直江司令官の手紙が入っていた。西崎中佐の添え書きには、直江司令官からもしもの時には小鈴に届けてほしいと預かっていた手紙であり、自分が戦地に赴くにあたりその手紙を菊乃に託すとあった。さらに小鈴へ渡す時期については菊乃に一任するとも書かれていた。

そしてもうひとつ、西崎中佐が小鈴の前で書いた言伝には「伝令にも心ありと知るに至れり」と書かれていた。それを読んだ菊乃は、やはり自分の勘は当たっていたと思った。

三

南シナ海のミンドロ島を攻撃した直江挺身部隊は、今回も激しい戦闘の末帰途についていた。このミンドロ島沖海戦は、太平洋戦争中における日本海軍の最後の勝利となった。直江挺身部隊は数隻の敵輸送艦を撃沈したあと、味方の救助活動を午前二時過ぎに終了していた。寄港地に戻る直江司令官の座上する旗艦霞の乗員たちも、さすがに張りつめた緊張感の中にも疲労の色が隠せなかった。燃料の残り少ない霞にとって、あとはこのままの針路で帰港地カムラン湾まで直進するしかなかった。

「司令官、あとは敵を警戒しつつカムラン湾まで帰るだけです。少しお休みください」

陣頭指揮を執り続ける直江司令官を参謀長が労った。

「参謀長、そんな気遣いなどせんでいい」

「いいえ、ここには我々も艦長もおります。何かあればすぐお声をかけさせていただきますのでどうか」

直江司令官を取り巻く参謀たちが一様に司令官を見ていた。そんな皆の気持ちを察して直江司令官が分かったという顔で答えた。

「そうだな、たまには参謀長の言うことも聞かんとな」

直江司令官がそう言うと、すぐに参謀長が副官を促した。

「西崎大尉」

「はい」

西崎大尉は直江司令官を別室へといざなうべく操艦室のドアを開けた。そして直江司令官が退室するのを操艦室の全員が敬礼で見送った。

直江司令官は休憩をとるべく別室へ移り、椅子に腰かけると軍帽を脱いで机の上に置いた。すると部屋まで同行した西崎大尉が退室する前に切り出した。

「あの、司令官」

「なんだ」

「お疲れのところ恐縮ですが、少しよろしいでしょうか」

一息ついたとはいえ、戦闘海域であることを気遣いながら西崎大尉が言った。

「どうした。俺は大して疲れてはおらんよ。ただ参謀長の顔を立てたまでのことだ」

直江司令官は白い手袋を外しながらそう言った。

「では手短に。キスカのあと、兄と一度だけ話す機会がありましたが、その時兄が自分に一言だけ申しておりました」

「西崎中佐がなんと言った」

足を組んで気楽な姿勢となった直江司令官が聞いた。西崎大尉は座る直江司令官の正面に立つと、少し腰を折るようにして答えた。

「司令官とともに戦えるお前が羨ましいと」

それを聞いた直江司令官は無言のまま西崎大尉を見た。

「司令官」

あらためて西崎大尉が言った。

「うん、なんだ」

そして一瞬、間を置いてから西崎大尉が答えた。

「自分もそう思っております」

西崎大尉の表情は真剣だった。

「おいよせ、なんだか背中がかゆくなる。もういいよ」

直江司令官が笑顔でそう言うと西崎大尉の表情も少し緩んだ。

「はい、失礼しました。ではお休みください」

西崎大尉がそう言って一礼し、部屋を出ようとしたその時、突然機銃弾が艦を貫く金属音とともに、凄まじい爆発音で艦が大きく揺れた。

「左舷後方敵機、低空でこちらに突っ込んできます」

ドアを開けると操艦室からの声が聞こえた。二人はすぐさま部屋を飛び出すが艦が大きく舵を切り、二人とも壁に身体を叩きつけられてしまった。

「司令官」

咄嗟に西崎大尉が直江司令官を気遣った。

「大丈夫だ、早く操艦室へ」

体勢を立て直しながら直江司令官が言った。

「はい」

西崎大尉が先になり操艦室に向かうなか、対空砲火の音や投下された爆弾の炸裂音。そして豪雨のように叩きつける敵の機銃弾の金属音が艦内に響き渡った。そうして二人は大きく揺れる艦内をようやく操艦室にたどり着いた。直江司令官が操艦室に入るなり参謀長が叫んだ。

「司令官、ここは危険です。敵の機銃弾がまともに飛んできます。どうか退避を」

参謀長が言う間もなく、機銃弾の激しい金属音とともに近くの者が倒れた。

「救護班、負傷者だ。早くしろ、ここだ」

機銃弾に倒れた参謀のそばにいた西崎大尉が救護班を呼んだ。

「後方より敵機接近中。数多数、編隊飛行のまま低空で突っ込んできます」

監視員の報告に艦長が即座に命令した。

「面舵一杯」

「左舷前方上空に新たな敵機四機、四発の大型爆撃機です」

別の監視員の大きな声が聞こえた。

「いかん、大型爆弾の水平爆撃だ。一発でも食らえばそれで終わりだ」

直江司令官が思わず口にした。操艦室の状況はダンピールの時よりも酷かった。

「右舷の敵機六。こちらに引き返してきます」

監視員が再び叫んだ。

「挟み撃ちにする気だ。伏せろ」

言う間もなく、激しい機銃弾の金属音のあとに大きな爆発音が上がった。

「右舷に至近弾」

大きく揺れる艦内に報告が入る。気づくと操艦室内でも負傷者が多数出ていた。

「救護班、早くせんか」

西崎大尉が叫んだ。

「司令官、完全に敵機に囲まれてしまいました。敵機は右舷、左舷、上空で体勢を立て直して攻撃態勢に入っております。今度攻撃されれば、到底かわすことは」

参謀長の言葉に直江司令官が大きな声を出した。

「艦長」

「はい」

「最後の最後まで回避航行を諦めるな。いいな」

「はい」

艦長はそう答えると操艦命令に集中していた。

「左舷前方低空から敵機六。爆弾倉、既に空いています」

監視員が叫んだ。

「面舵一杯」

艦長の声と同時に激しい銃撃音がした。そして西崎大尉が気づいた時には、隣にいるはずの直江司令官の姿がなかった。西崎大尉がふと自分の足元を見ると、そこにはうつ伏せになって直江司令官が倒れていた。

「司令官、救護班、司令官がやられた。早くしろ」

西崎大尉はそう叫んだあと、無言で横たわる直江司令官を助け上げようとしたが、その身体は重く、微動だにしなかった。

「司令官、しっかりしてください」

西崎大尉の必死の呼びかけにも、直江司令官が応えることはなかった。

「上空の大型爆撃機、爆撃態勢に入りました」

監視員の報告に艦長が艦の回避航行を命じた。

「両舷全速前進」

「右舷前方より、」

監視員の声が突然途中で聞こえなくなった。

「真正面から来る。だめだ、かわせない」

霞を取り囲む無数とも思える敵機は、まるで獲物を狙う飢えた猛禽類の如く、何度も何度も霞に襲いかかってきた。南シナ海には霞を援護する艦船も航空機も、既に日本海軍は有していなかった。

四

同日同時刻、深夜の東京乃木坂の菊屋では皆が寝静まっていた。このところ頻繁に襲来する敵機の空襲に疲労が溜まり、皆泥のように眠り込んでいた。それでも菊屋周辺はまだ直接の被害を免れ、布団の中で眠れるだけでも焼け出された人たちから比べれば天国であった。

幼子を多く持つ家では連日のように続く空襲警報に、もう子供が疲労困憊してしまい、夜中に起きて防空壕まで行くことさえできなくなり、布団戸棚の上段にぼろ布団を積み上げてその下で子供たちを寝かせ、防空壕へ逃げることを諦めた者さえいた。もし空襲を受ければその場で家族全員運命をともに受け止める覚悟だったのである。

そして午前三時過ぎ、空襲警報が突然鳴り響いた。

「みんな早く起きて。防空頭巾を被って早く防空壕へ行きなさい」

真っ先に二階に上がってきたのはもんぺ姿の菊乃であった。菊乃はいつ空襲があっても対応できるように、枕元に避難用具のすべてをいつも用意していた。

「小鈴ちゃん、二階の娘たちは頼んだわよ」

緊迫した声で菊乃が小鈴に言った。

「姉さんは」

「あたしは一階でおかあさんと持ち出せるものは持ち出すわ。あんたたちはとにかく逃げなさい。いいわね」

菊乃がそう言い終わらないうちに近くで凄まじい爆発音が轟いた。それと同時に女たちの悲鳴が聞こえた。菊乃は一階へ、そして小鈴は隣の見習いたちが寝る部屋に行ってみると、恐怖で座り込んで動けなくなる者や、寝間着のまま泣いている者もいた。

「今回は近いわ。ぐずぐずしてたら大変。しっかりしなさい。さあ、早く」

小鈴が見習いたちに喝を入れた。見習いたちは皆、着の身着のままで上着だけを羽織って部屋を飛び出していった。最後に小鈴が階段を下りると、そこには菊乃が女将を支えるようにしていた。

「火の回りが早いわ。あんたたちは早く神社の脇の防空壕へ走りなさい」

「でも姉さんは」

「いいから早く言う通りにして」

厳しく菊乃が言い切った。

「はい」

そう言って小鈴たちは先に防空壕へと走って逃げた。菊乃は歩こうとしない女将を仕方なく背負うと外へ飛び出し、火の粉の降りかかる路地を曲がった。その時、菊屋の屋根に焼夷弾が直撃するのが見えた。あともう少し遅れていたならば。そう思うと菊乃はぞっとした。

ようやく菊乃は防空壕へとたどり着くと、背負っていた女将を下ろし、暗い壕の中へと入っていった。

「みんな大丈夫」

火の粉のすすで顔を黒く汚した菊乃が皆に声をかけても、恐怖で誰も返事をしなかった。

「ねえ、小鈴は」

女将を座らせると菊乃が、小鈴がいないことに気づいた。

「知りません」

小鈴と一緒に逃げたはずの見習いの一人がそう答えた。

「知りませんって、あんたたち一緒じゃなかったの」

信じられないとばかりに菊乃が聞き返した。

「そう言えば」

見習いの一人がぽつんと言った。

「なに」

「大事なものを忘れたから、あんたたちは先に行きなさいって」

「まさか、それで戻ったの」

菊乃が見習いに問いただした。

「はい、自分は大丈夫だからって」

「なんで止めなかったの」

見習いを睨みつけて菊乃が怒鳴った。

「もう、あたしたちも必死で、恐ろしくって」

「何言ってるの、あんな火の中に戻るなんて」

そう言うと菊乃は小鈴を探しに壕の外へ出ようとした。とその時、近くで大きな爆発音と悲鳴が聞こえた。

「だめ、姉さん。今、行っちゃだめです」

見習いの一人が菊乃の腕をつかんだ。

「そんなこと言ったって、小鈴が」

「だめ、今、行ったら姉さんまで」

見習いはさらに強く菊乃の腕を両手でつかんで離さなかった。それはどうしてもこの手だけは離さないという強い意志の表れであった。

「だって小鈴が」

そう言って菊乃はその場にしゃがみ込んだ。

「なんで戻ったりしたのよ。なんで」

そう言いながら、菊乃は何度も何度も悔しそうに自分の膝を両手で叩いた。

五

こうして激動の昭和十九年が暮れ、日本は昭和二十年の元日を迎えた。人々は互いに今年こそ良い年になりますようにと、神社仏閣へその思いを願いに初詣へと出かけた。

しかしこの年の正月は以前のような喜びの風景は、日本の街角には見当たらなかった。特に東京は昨年の十一月から激しさを増してきた米軍の空襲の傷跡が、街のそこかしこに見られた。先週まで、昨日までそこにあった建物が今日は焼け落ち、明日には瓦礫の山へとその姿を変えていた。そしてそれはいつ自分自身に起こるやも知れぬ出来事だったのだ。

人々は戦地で戦う家族の無事を、そして生まれ育ったこの町で暮らす家族や知人の無事を神仏に祈り、千羽鶴や千人針でその安泰を願うしかなかった。


歴史が記す通り、昭和二十年は日本にとって、そして日本人にとって建国以来最も辛い年となった。二月には硫黄島の戦いが始まり、一か月以上に亘って死守してきた守備隊も、米軍の総攻撃によって玉砕という形でその幕を閉じた。

三月に入ると、米軍による日本の大都市への大規模な無差別爆撃が始まった。

十日、東京大空襲。

十二日、名古屋大空襲。

十四日、大阪大空襲。

十六日、神戸空襲。

二十五日、名古屋大空襲。

各都市とも八月までに合計百回を超える空襲を受け続けた。それは正に直江司令官が指摘した軍隊と軍隊との殺し合いではなく、軍隊が武器を持たぬ一般国民を大量殺りくすることに外ならなかった。つまり軍隊が大量破壊兵器を以てして文字通り逃げ惑う女、子供、そして老人たちをそれと承知で殺し続けたのである。

その詳細は記するには辛すぎることであるが、三月十日の東京大空襲の僅か一晩での死者数が十万人を超え罹災者が百万人以上であることを知れば、昭和十九年から昭和二十年まで続けられたこの無差別殺りくの凄まじさは、想像に難くないはずである。

そして四月に入ると沖縄戦が始まった。これは日本国内で初の地上戦である。それはつまり東京などの大都市に住む日本国民が、敵の航空機から爆弾や家屋を焼失させる目的で開発された焼夷弾、そしてパイロットが肉眼で狙いを定めて引き金を引く機銃弾によって殺されていたのに対して、沖縄では敵の歩兵が小銃や機関銃で一般国民を撃つことを意味した。

さらにその沖縄へ向かうべく、本土を出撃した大日本帝國海軍の象徴とも言える戦艦大和が七日、沖縄に到着することなく、米空母部隊の艦載機により撃沈された。この際、大和の誇る世界最大の四十六サンチ主砲が、敵艦に向けられて発射されることは遂になかった。大和はその活躍する場を得ることなく、南国の深い海へと没したのである。

また欧州では五月に入り、既に降伏していた同盟国イタリアに続き、ドイツが連合国側に無条件降伏したことにより、ヒトラー率いるナチスドイツは滅亡した。

そして日本人にとって忘れることのできぬ八月。

まず六日に広島に、人類史上初の核兵器である原子爆弾が米軍のB‐29爆撃機より投下され、広島ではその爆発と放射能により多大なる犠牲者を出した。

さらにそれを待っていたかのように八日、ソビエト連邦（ロシア）が日ソ中立条約を一方的に破棄して日本に対し、なんとこの時点で宣戦布告した。ソ連軍は満州や朝鮮半島になだれ込み、その後武装解除された日本兵を捕虜という名目でシベリアに移送隔離し、奴隷的強制労働を強要した。極寒の地の劣悪な環境下での強制労働により、死亡した日本兵の総数は実に三十四万人を数えた。

昭和三十一年までに日本に帰国できたシベリア抑留者の総数四十七万三千人と合わせると、ソ連軍に移送された日本人シベリア抑留者数は百万人以上となる。

また国内では九日にも、長崎に米軍により原子爆弾が投下された。通常兵器とは異なり被害者の苦しみは広島、長崎とも今日までも続いている。

そして昭和二十年八月十五日。日本国民は玉音放送により日本が敗戦し、太平洋戦争が終結したことを知った。

しかし日本人の苦しみは終戦後もさらに続き、特に東京を中心とする都心部では、食料難をはじめとして終戦後に死亡する者も多かった。

六

そして終戦の日から数週間が経ったある日。

「菊乃姉さん」

そう言って見習いは粗末なトタン作りの扉を開けた。

「ご苦労様、今日はどうだった」

そう言って菊乃が配給を受け取りに朝のうちに出かけた見習いを労った。

「だめでした。結局はただの骨折り損。配給があるからってみんな半日近くも列を作って待ってたっていうのに、最後になって今日はトラックが来ないからって」

「そんな、それでみんなは」

「初めは怒ってたけど、居座ったところでないものはないからって、最後は帰っていきました。菊乃姉さん、どうしよう。まだ朝から何も食べてなくて」

見習いは水筒に入れた水しか持たずに半日以上も外に立っていたのだ。

「いざという時にとっておいたお芋は」

「もうとっくに。食べるものはもう、なんにもありません。あたしたち、いったいこれからどうなるんですか」

見習いは空腹とともに絶望感にも苛まれていた。

「心配しなくても大丈夫よ。あたしに心当たりがあるから安心なさい」

「ほんと、姉さん」

二人の話を奥で聞いていた小鈴が身体を起こした。

「どうしたの、小鈴ちゃん」

「ねえ、姉さん。あれを使ってください」

弱々しい声で小鈴が言った。小鈴はこのところ身体が衰弱して、満足に動くことすらできずに床に臥せていた。

「あれって、懐剣のこと」

「はい、食べるものがないんじゃ仕方ありません。それにこんな時のために、直江様はあたしにあれを託してくれたわけだし」

「だめよ、あれだけは。あれはあんたが命懸けで守った、ゆりちゃんとあんたを繋ぐ唯一の品なんだから」

菊乃が懐剣を売って金に換えようという小鈴を止めにかかった。

「でも、」

そこまで言いかけた小鈴が激しく咳をして話が止まった。

「大丈夫よ、小鈴ちゃん」

そんな小鈴に菊乃が優しく声をかけた。

「すいません、みんなに迷惑ばかりかけちまって」

「何言ってるの、あんたはそんな気なんぞ遣わずに早く元気になりなさい。それに今あれを処分したところで大したお金にはならないわ。足元を見られてせいぜい二日分のお米と交換されるのが関の山よ。万一、あれを使わせてもらう時が来ても、それは今じゃないわ。いいわね」

そう言って菊乃は小鈴を納得させた。自分が寝込んでいるせいで、皆に迷惑をかけていることが小鈴の肩身を狭くさせていた。

「姉さん、あたし、なんの役にも立てなくて」

申し訳なさそうに小鈴が言った。

「何言ってるの。菊屋のみんながここまでやってこられたのは、あんたがいたからじゃないの。

みんなあんたには感謝してるわよ」

「いいえ、それは姉さんが、」

また小鈴が咳をした。

「とにかくあんたはまず身体を治すことが一番。気なんて遣ってちゃ治るものも治らないわよ」

菊乃に諭されて、小鈴は申し訳なさそうに答えた。

「はい」

「それじゃ、さっそく出かけてくるから、あんたたちはここで待っててちょうだい。いい、ふらふら外なんぞ出歩いちゃだめよ。ここは若い女しかいないってことが分かれば、何が起こるか分からないんだから、いいわね」

そう言って菊乃は若い見習いたちに念を押した。

「はい」

「じゃあ、行ってくるわね」

そう言って菊乃が粗末なバラック小屋を出ようとすると、もう一人の見習いが菊乃を見た。

「菊乃姉さん」

「なに」

「早く、帰ってきてくださいね。あたし、もし姉さんに見捨てられたら」

心細そうに見習いが菊乃に言った。

「何を馬鹿なこと言ってるの。あんたたちを置いてどこへも行ったりなんかしないわよ」

そんな見習いを勇気づけようと、菊乃が無理に笑顔を作った。

「あんたも疲れてるんだから、少し寝なさい。起きる頃には戻るから」

「はい、姉さん気をつけて」

こうして菊乃は小鈴たちを残してバラック小屋を出た。菊乃たちは年末の空襲で菊屋の家はもちろん、命以外、すべてを失っていた。それからというもの、知り合いを頼りに方々を転々とし、今では目黒川沿いに立つバラック小屋で寝泊まりしていた。

今日の菊乃に行くあてがあるわけではなかった。皆を安心させようとバラック小屋を出たのはいいものの、菊乃自身も途方に暮れていた。いったいこれからどうやって生きていけばいいのか。戦後のどさくさの中で、若い女が食べていくためにできることなど限られていた。でもそれだけはしたくない、させたくはなかった。

何時間か歩き、ふと気づくと菊乃は菊屋の跡地に来ていた。もう何回も来ていて目ぼしいものなど何もないと分かってはいたが、菊乃に行くあてなど、もうどこにもなかったのだ。

午後にバラック小屋を出てからあちこちを歩いてきたせいか、辺りはもう薄暗くなり始めていた。今日のところは仕方がない、帰ろうと歩き始めると前から男が歩いてきた。後ろは行き止まり、一本道で辺りには誰もいないし、こんな瓦礫だらけの場所に来る理由などないはず。菊乃は咄嗟に身の危険を感じた。菊乃は男をかわそうと瓦礫の中に身体を潜めて、行き止まりの道を近づいてくる男をやり過ごそうとした。しかし男はどんどんと菊乃に近づくと菊乃の真横で止まり、そして菊乃の方を向いた。

菊乃にもう逃げ場はなかった。男は手を伸ばせば届きそうなほど菊乃の近くに立った。菊乃は最大の勇気を持って先手をとった。

「なんかあたしに用でもあるんですか。そうでなけりゃそこをどいてください。でなきゃ大きな声を出しますよ」

菊乃は完全に追いつめられていた。

「やっぱり」

男はただそう言った。軍帽を深く被った男に菊乃は身構えた。

「菊乃さんですよね」

突然男がそう言った。

「ええ、」

菊乃はその軍帽の男に心当たりはなかった。

「自分です、西崎です」

そう言って深く被っていた軍帽を取ると、それはまさしく西崎中佐であった。

「西崎様、」

「すいません、驚かせてしまって。あちらから見て、たぶん菊乃さんじゃないかと思ったんですが言いようがなくて、それに目を少し悪くしたものですから、よく見えなかったんです」

髭面に軍帽では分かりようがなかったが、その声はやはり西崎中佐であった。菊乃はようやくほっとして西崎中佐に尋ねた。

「西崎様、よくご無事で。それで東京へはいつ」

「一週間ほど前です。でも菊乃さん、随分探したんですよ。まあ、情報部の自分が見つけられないようでは仕方がありませんが。ところで皆さんは」

「小鈴と見習いの子の四人で今はいます。あとはもうてんでんばらばら、生きているのかどうかさえも分からずじまいで」

着古したもんぺ姿の菊乃には、華やかなりし頃の花柳界の面影はもうなかった。

「そうでしたか」

「西崎様は」

「長い話になります。それよりもう暗い。みんなが心配するといけないから、帰り道がてら話しましょう」

西崎中佐はそう言うと道中空白の時間を語りながら、今はただ雨風を凌ぐだけの菊乃たちの住む目黒川沿いのバラック小屋へと急いだ。

七

西崎中佐は翌日、菊乃たちに食料や日用品、それに当時一般人では到底手に入れることのできないような衣服から化粧品まで、なんでも入っている大箱を運んできた。それは今の菊乃たちにとっては、宝箱以外のなにものでもなかった。菊乃たちは西崎中佐の贈り物の中から、取るものもとりあえず米を炊き、味噌汁を作り、缶詰や乾物を簡単に料理すると、梅干しをのせて空腹を満たした。こんな幸せがあるのだろうかと思うほど、その食事は特別贅沢で信じられぬほどの美味しさであった。

しかし菊乃は小鈴にはまだ通常の米は無理と、お粥を作って梅干しで食べさせた。衰弱した身体には大食はかえって毒となることを菊乃は知っていたのだ。小鈴はお粥を少量だけ食べると、また横になっていた。小鈴の食器を下げに来ると菊乃は小鈴に声をかけた。

「まだ食欲は出ない」

小鈴を気遣うように菊乃が聞いた。

「すいません、こんな贅沢なものを残しちまって」

小鈴がいかにも申し訳なさそうに菊乃に答えた。

「気にすることはないわ。どうせあの娘たちが食べるから。それより今ちょっといい」

そう言うと菊乃は小鈴の寝ているその脇に座った。小鈴は起き上がろうとしたが、菊乃が右手

で それを優しく制した。

「なんですか姉さん」

横を向いて、菊乃の顔を見ながら小鈴が言った。

「西崎様のこと、あんたどう思ってる」

「どうって、西崎様はお優しい方だから今のあたしたちを見るに見かねて」

小鈴はなぜだなんていうことは、今まで考えたこともなかった。

「そうかしら。あたしはそうは思わない」

「ええ」

「あんた、西崎様に会った最後のお座敷覚えてる」

菊乃にそう言われて、小鈴は遠い記憶をたどるように約一年前のことを思い出していた。文字通り命懸けの一年を生き抜いてきた小鈴にとって、それは十年以上も昔のことのように感じられた。

「はい、去年の暮に西崎様が戦地に行かれる直前に。あの時はあたし姉さんにひどく叱られて」

「そう、確かにあの時あたしはあんたを叱ったわ」

「だから気づけたんです。人の道を外しちゃいけないって。もっと西崎様に礼節を正さなけりゃいけないいって」

小鈴は菊乃が言いたいのはこのことなのだと、この時思った。

「もちろん、それは当然のこと」

「はい」

「でも、あたしがあんたを無理やり頼み込んで、西崎様にお座敷に呼んでいただいたのはそれだけじゃなかったの」

菊乃の言葉に小鈴は今一つ事情が呑み込めなかった。

「あの時はあたしの勘だったんだけど、やっぱり当たってた。あたしだって伊達に長年芸者をやってきたわけじゃない。他人様のことなら、なおさらよく分かるわ」

菊乃はそう言って、あらためて小鈴を見た。

「西崎様、あんたのことを好いてる」

落ち着いた声で、まるで小鈴に言い聞かせるように菊乃が話した。

「まさかそんな。だってあたしは散々西崎様には悪たれをついて、嫌な女でそれに子供まで産んだ芸者です。そんなこと、天地がひっくり返ったって起きるもんじゃありません」

菊乃の話に、それだけは違うと小鈴は思った。

「そうかしら。じゃあ、なんでそんなに嫌な女に、戦地に行く直前に会ったのかしらね。普通の男なら好きな女と過ごすか、そんな相手がいなけりゃ女遊びでもするのが相場だけど」

「だからと言って」

それでも否定する小鈴を菊乃はもう一度、見直した。

「そうですとも。今度ばかりは姉さんの見込み違いです」

小鈴がそう言うと、菊乃が続けた。

「じゃあもう一つ。あんた直江様のことはどう思ってるの」

突然の菊乃の問いに小鈴は戸惑った。

「どうって」

「今でもやっぱり好きなの」

「どうして今さらそんなこと」

はっきりと問いただす菊乃に、小鈴は直江少将のことを持ち出す菊乃の意図が分からなかった。

「これは興味本位で聞いてるんじゃないのよ。とても大切なこと。辛いでしょうけど、あんたの本心を聞かせてちょうだい」

熱心に菊乃が小鈴に言った。

「姉さん」

「小鈴ちゃん、正直にあたしに話して。お願い、一度しか聞かないから」

菊乃の問いに小鈴はしばし沈黙していた。そして仕方なさそうにぽつりと言った。

「もう終わったことです」

そんな小鈴を菊乃は黙して見つめていた。菊乃は小鈴の思いが自然に湧き上がるのを待った。

「直江様とはもう二年もの間、音信不通です。今、ご無事でいらっしゃるのかどうかさえ、あたしには分かりません。それにもしご無事であっても、あちらには奥様がいらっしゃいますし、芸者のあたしが出しゃばる場所など、ありはしないことぐらい馬鹿なあたしにも分かります」

声こそ小さいものではあったが、小鈴のしっかりとした言葉に菊乃が確かめるように尋ねた。

「じゃあ、直江様のことは、もう心の整理はついたのね」

一呼吸おくと、小鈴が自分に言い聞かせるように話し始めた。

「恋は恋でしかありません。あたしも夢と現実の区別ぐらいはつきます」

小鈴の言葉に菊乃は優しい口調で語りかけた。

「あんたの気持ちは分かったわ。辛いことを思い出させちまってごめんなさいね。あたし、これをあんたに渡す前にどうしても聞いておきたくって」

そう言うと、菊乃は懐から一片の紙を取り出して小鈴に差し出した。それはひどく汚れ、端々が切れてはいたが、そのことがかえって空襲の時も肌身離さずに、大切に持っていたことがうかがえた。

「これ、あんたが最後のお座敷で西崎様から預かったあたしへの言伝」

小鈴はその紙片を受け取りながらその時の光景を思い出していた。そしてその四つ折りにされた言伝文を小鈴は注意深く広げてみた。そしてその紙片にはこう書かれていた。

「伝令にも心ありと知るに至れり」

小鈴はその言伝を読んではみたものの、今一つその意味がつかめなかった。

「すいません、あたしには難しくて」

申し訳なさそうに小鈴が紙片を菊乃に返した。

「これは出征前の西崎様の素直なお気持ちよ。日本に帰ることももうないと思われて、誰かにご自分の本心を打ち明けたかったんじゃないかしら」

そう言いながら、菊乃はしみじみともう覚えるほど読み返したその言伝を、あらためて読み返してみた。

「これ、どういう意味なんですか」

恥ずかしそうに小鈴が尋ねた。それを聞いて、菊乃が優しく答えた。

「伝令とは西崎様ご自身のこと。ほら、あんたに会う時は直江様の代理が多かったでしょう。それから心ありとは屈強な軍人さんでも人としての心は持っているってこと。つまり恋心よ。そして最後の知るに至れりは、日本最後の夜にあんたと会ったことで、自分のそんな気持ちをあらためて知ったということ。ようするに西崎様はあんたに会ったことで自分の本心、つまりあんたのことが好きだってことがよく分かったってこと」

菊乃の説明に小鈴は驚いた。

「あたしには信じられません。西崎様から見ればこんな嫌な女、日本中どこを探したって見つかるもんじゃありません」

「あたしはそうは思わないわ。この言伝がなくたってあたしには分かってた。だから最後の夜にあんたを会いに行かせたのよ。西崎様はあんたの表だけを見てたわけじゃない。あんたの中身を、そしてあんたの言葉の本当の意味を考えていてくださったのよ。でも当時のあんたはゆりちゃんや直江様のことで、とてもそんなことが分かる余裕などなかった。それが当たり前だって西崎様は思ってらっしゃった。だからあんたが西崎様に出ていってって怒鳴ったあの日、謝りに行ったあたしに西崎様は菊屋の玄関で、今は小鈴さんの支えになってあげてください、っておっしゃったのよ」

菊乃はあの時の西崎中佐の表情を思い出していた。

「あの時、あたし思ったわ。西崎様、あんたのことが好きなんだって」

それを聞いて、小鈴は何も言わずに、ただうつむいていた。すると菊乃は一通の封書をまた懐から取り出した。

「それからこれはその時、西崎様から預かったもの」

そう言って、菊乃はその封書を小鈴に差し出した。

「この中にはあんた宛の直江様の手紙が入ってるって西崎様の添え書きがあった。直江様が自分にもしものことがあった時に、あんたに渡してほしいと西崎様に託した手紙だそうよ。でも西崎様自身が戦地に行くことになって、それでこの手紙を今度はあたしに託したというわけ。あんたに渡す時期についてはあたしに任せるとあったけど、あたしもどうしていいものやら悩んだわ。だってもしもの時に渡せだなんておおよその察しはつくじゃない。だからお二人のことが何か分かった時にと思って、この手紙と西崎様の言伝は大切に仕舞っておいたの。今まであんたに話さなくてごめんなさいね」

やはりかなり汚れているその封書を小鈴は菊乃から受け取った。

「姉さん、いろいろと気を遣ってもらってすいませんでした」

小鈴はあらためて菊乃に礼を言った。

「戦争が終わって、でも食べていくにもどうしていいのか途方に暮れている時に、西崎様がこうしてあたしたちを助けてくださった。こんなに広い東京で身内の中でも、あたしたちだけが生き残って、その上どうにもならなくなった日に西崎様に助けられた。なんだかあたしには、ただの偶然なんかじゃないってそう思えてならないわ」

言伝を大切そうにまた懐に仕舞いながら菊乃は感慨深げに言った。そして菊乃がその場を去ると、小鈴は早速注意深く封書を開けて手紙を読んだ。その手紙は短いながら毛筆で書かれていた。

「小鈴殿。お前がこの手紙を読む時は、いずれにしても俺はお前とは遠く離れたところにいるだろうな。初めてお前に会った日のことは今でもよく覚えている。今だから白状するが鼻っ柱は強いが、世の中にはこんなにもきれいな女がいるものなのかと本気で思ったよ。月夜に照らされるお前は輝いて見えた。だからこそ、そんなお前を力尽くでどうにかしようなどとは思わなかった。それからはいろいろとあったな。海軍一筋の自分にとってお前は本当に美しい一輪の花だった。

でもお前を幸せにしてやることはできなかった。勘弁してくれ。

ゆりは俺たちの大切な娘だ。自分の娘を抱ける日が来るとは思ってもみなかった。本当に感謝している。俺は何もしてやれなかったが、どうか強く生きてそして幸せをつかんでほしい。ただただ今はそれを切望する。では元気で。　直江　正富」

手紙を読み終えると小鈴は一筋の涙を流した。この瞬間、直江少将との恋が本当に終わったと小鈴は感じた。

八

前回の差し入れの時、西崎中佐は一週間ほど時間をくれれば、菊乃たちを悪いようにはしないと言って帰っていった。そしてその日、菊乃たちは朝から今か今かと西崎中佐の来訪を心待ちにしていた。しかし西崎中佐は日が暮れても菊乃たちの住むバラック小屋には姿を現さなかった。何かあったのか、それともただの口約束だったのか。菊乃はいろいろな状況を想像してみるものの、真実が分かろうはずもなかった。そして夜の十時を過ぎて菊乃が西崎中佐の今日の来訪を諦めかけた時、扉の外に声が聞こえた。

「菊乃さん、西崎です」

「西崎様、お待ちしておりました」

菊乃は扉を開けてそう言うと、西崎中佐をバラック小屋の中へと招き入れた。

「遅くなってしまって、方々手を尽くしてどうにか下町に家を見つけました。大きな家とは言えませんが一通りのものは揃えてあります」

走ってきたのか、汗をかいた西崎中佐は挨拶もそこそこに早速本題に入った。

「本当ですか」

「ええ、明日なんとか車を用意しますから、とりあえずあちらに移りましょう」

「ありがとうございます」

そう礼を言いながら、菊乃は西崎中佐に手ぬぐいを渡した。西崎中佐は会釈してそれを受け取ると、首筋を拭きながら話を続けた。

「ここよりはずっと快適なはずです」

「あの、」

矢継ぎ早に話す西崎中佐に菊乃が待ったをかけた。

「何か」

「西崎様にはこんなに何から何までお世話になっていいものかと。それは私たちは願ったり叶ったりですが、それでは西崎様にご迷惑が」

菊乃はそのことだけが気がかりだった。知り合いとはいえ、小鈴だけならともかくも、自分たちまでそこまで甘えていいものなのか、菊乃にはどうすべきかよく分からなかった。

「そのことなんですが、自分に少し考えがあります」

そう言って西崎中佐は少し微笑んだ。

「考え」

「ええ、もし菊乃さんたちさえ良ければ、あちらに移って少し落ち着いたら、小さな店をやってみる気はありませんか」

「お店」

西崎中佐の突然の申し出に菊乃は少し戸惑った。

「もちろん、初めは菊屋のようにはいきませんが、小さな飲み屋から始めて少しずつ大きくして。菊乃さんたちなら繁盛間違いなしですよ。菊屋ではなくて菊乃屋をやりませんか」

西崎中佐は笑顔でこの話を菊乃に勧めた。

「でもあたしたちにそんな用意なんて」

「心配はいりません。諸々のことは全部自分に任せてください。つまり店の準備は自分が、そして店の運営は菊乃さんにやってもらう。それなら女所帯でも、これからもなんとかやっていけるはずです。まあ、赤坂一の菊乃さんにこんなことを言うのも申し訳ありませんが」

「とんでもない、もしその話が本当なら、どんなに救われることか」

西崎中佐の申し出は菊乃にとっては正に信じられない話だった。もしそれが本当ならば、これから女だけでもなんとか生きていくことができる。渡りに船とはまさにこのことだと菊乃は思った。

「良かった、ではその話はおいおいに」

「はい、本当にありがとうございました」

そう言って菊乃は深々と西崎中佐に頭を下げた。

「それから、皆さんの近況が分かりました」

そう言うと西崎中佐の表情が厳しくなった。

「まず木村閣下ですが、今も舞鶴の司令部で、満州からの復員者の対応にご尽力されておられます。とてもお元気で実は自分がこんなにも早く日本へ戻れたのも、閣下のお力添えがあってこそだったのです」

「そうでしたか」

「毎日、復員船の手配に大活躍されておられます。そして満州へ渡った何十万、何百万の日本人を救っておられます」

西崎中佐の話を菊乃はいちいちうなずいて聞いていた。菊乃は嬉しかった。離れているとはいえ、ともに元気でいることさえ分かれば菊乃はそれで十分満足だった。

「それから今日は、小鈴さんは」

少し聞きづらそうに西崎中佐はそう言うと、菊乃の顔を見た。

「はい、仕度はできております。こちらへ」

そう言って菊乃は小鈴のいる奥へと西崎中佐を案内した。そして菊乃はそのまま気を利かせて見習いの二人を連れてバラック小屋の外へ出た。

九

「小鈴さん、お加減はどうですか」

小鈴は、いつもは布団が敷かれている土間を上げた場所に正座をして待っていた。西崎中佐は座布団が敷かれてある小鈴の正面に座った。この時の小鈴は少しやつれたとはいえ、西崎中佐に贈られた新品の浴衣を着て髪もきちんと結い、薄化粧もしていた。床に臥せていた小鈴は以前にも増して透けるように白い肌をしていた。薄明かりに照らされるその姿は、西崎中佐には観音菩薩にさえ見えるほどの美しさだった。

「この一週間、お粥も食べることができてだいぶ良くなりました。みんな西崎様のお陰です。本当にありがとうございました」

そう言って小鈴は西崎中佐に三つ指をついた。

「いいえ、思ったよりも元気そうで何よりです」

そう言ったあと、小鈴のあまりの美しさに西崎中佐は言葉を失ってしまった。会話が途切れた二人にしばしの沈黙があったあと、西崎中佐が続けた。

「この一週間いろいろと調べてみたのですが、皆さんの近況がある程度分かりました」

そう聞いて小鈴は小さくうなずいた。

「まずゆりちゃんですが、もうそろそろ二歳半ですね。今は京都の木村閣下夫人のご実家の別邸で、直江閣下夫人とお二人ですこやかに暮らしています。とにかく直江夫人がたいへんな可愛がりようで、ゆりちゃんもとても利発で元気なお子さんだそうです。そろそろピアノも始めるようですよ」

「そうですか、ピアノを」

西崎中佐の話を聞いて、小鈴は涙を流した。

「ここにゆりがいれば命があったかどうかさえ分かりません。多恵様には本当に感謝していますす」

涙ながらに小鈴は多恵への感謝の言葉を語った。

「ゆりちゃんは可愛らしい京言葉を話しているそうです」

「京言葉」

「京都の町は戦災の影響もほとんどなく、ゆりちゃんについてはなんの心配もいりません」

娘の幸せを聞いて、小鈴はうつむきながら泣いていた。

「それから一二三上等水兵についても分かりました。一二三上水は空母海鷹に乗艦していたのですが、六月下旬に艦内でマラリアに感染したそうです」

「マラリア」

泣いていた小鈴の顔が上がった。

「ええ、隔離の必要もあり呉の海軍病院の隔離病棟へ七月上旬に移されました。しかし容態があまり好転せずに重体の状態が続いていたのですが、そんな折、呉が空襲を受けまして入院患者は看護婦たちとともに病院近くの防空壕へ避難したのですが、動かすことのできない一二三上水のような重症患者はそのまま病院内に」

「それで正は」

小鈴の声が弟を心配する姉のものへと変わった。

「敵の爆弾は皮肉なことに防空壕を直撃し、避難した者の多くはその犠牲になり、病院内に残された重症患者は被害を免れたとのことです」

小鈴は黙ったまま西崎中佐を見ていた。

「一二三上水ですが今はマラリアも良くなり、回復に向かっているそうです。そして乗艦していた海鷹は、一二三上水が降りた僅か二週間後に敵機の爆撃で。一二三上水はまったく強運としか言いようがありません」

西崎中佐の話に小鈴はようやくほっとできた。

「そうでしたか、あたし正には、なんにも姉らしいことがしてやれなくて」

小鈴はいつもそのことが気がかりだった。危篤の知らせを受けた時も、とても呉まで一般人が行ける状況ではなく、小鈴は内心正に申し訳なく思っていた。

「一二三上水は立派に戦った歴戦の勇士です。今度会う時は弟というよりも軍務を成し遂げた一軍人として労をねぎらってやってください」

「はい」

西崎中佐の言うことは理にかなっていた。二度も生死の淵を彷徨った正は、間違いなく一人前の男であった。そして一呼吸おくと西崎中佐が切り出した。

「そして直江閣下ですが、」

そう言って西崎中佐は小鈴を見た。

「挺身部隊の司令官として南シナ海での作戦の陣頭指揮を執られ、航空機の援護もないまま作戦は決行されました。直江司令官は困難極まる作戦を実行され、見事その目的を達成されました。そしてその帰途、通常であれば撃沈された艦の生存者の救助は部下の艦が行うところを司令官自らがその救助に向かわれて、迅速に救助をすませて撤収されたのでありますが、その帰りを敵機に待ち伏せされて」

「それで直江様は」

最悪の言葉だけは小鈴は聞きたくはなかった。小鈴は直江少将の無事を神仏に祈った。

「負傷されて、今は山口県の軍施設にいらっしゃるそうです」

「山口県」

「はい、今は山口で解隊されつつある部隊の今後の指導にあたられているとのことです」

「それでお怪我の方は」

小鈴は急に横須賀の海軍病院の情景を思い出し、直江少将の五体満足を祈った。

「大事には至らず、現在はお元気だそうです」

西崎中佐のその言葉に、小鈴はうつむくと再び涙を流し始めた。しかしその涙はゆりの時の涙とは異質のものだと西崎中佐はすぐに気づいた。

「小鈴さん、大丈夫ですか」

西崎中佐がそう問うても、小鈴は顔を上げることなくただ泣き続けるばかりであった。そうして泣いている小鈴を西崎中佐はしばし見つめていた。そして少し躊躇しながら西崎中佐は小鈴に声をかけてみた。

「小鈴さん、やはりまだ閣下のことが」

西崎中佐の言葉に応えることもなく、小鈴はただ涙を流すばかりであった。西崎中佐はしばらくそうして泣いている小鈴を見守ることしかできなかった。すると小鈴がようやくうつむいたまま首を小さく左右に振った。

「小鈴さん」

西崎中佐はもう一度、小鈴に問いかけてみた。小鈴はうつむいたまま弱々しい声で西崎中佐に言った。

「小鈴はもう死にました」

「ええ、」

その言葉に思わず西崎中佐から声が漏れた。

「赤坂の芸者小鈴はこの戦争で死んだんです。今、ここにいるあたしは焼け出されたただの女でしかありません」

弱々しくとも、はっきりと聞き取れる声で小鈴がそう言った。

「直江様は芸者小鈴が愛したお方です。今のあたしとは無縁なお方なんです」

小鈴の声に光はなかった。

「小鈴さん」

「もちろん、ゆりのことは感謝しています。いいえ、感謝という言葉では言い表せないほどありがたいと思っています。もしあのままゆりがあたしと一緒に東京にいたら、ゆりはもうこの世にはいなかったことでしょう。だからゆりがそんなにも幸せに暮らしているのなら、なおさら小鈴は死んでしまった方がいいんです」

なかば諦めたように小鈴が言った。

「今のあたしはこの東京と一緒、ただの焼け野原です。もう、なんにも残っちゃいません」

小鈴のその声には絶望の色しか見えなかった。

「小鈴さん」

励ますようにそう言うと、西崎中佐は続けた。

「あなたが言うように自分たちには今は何も残ってはいないかもしれません。でも生き残った自分たちがここから立ち上がらなければ、死んでいった者たちがうかばれません。どんなに辛くとも自分たちがここから第二の人生を切り開かねば」

西崎中佐の声にはさまざまな感情が織り込まれていた。

「それに生きてさえいれば、ゆりちゃんにだって必ずまた会えます」

「そうでしょうか。あたしなんていない方が」

自嘲的に小鈴が言った。

「そんなことを言って、ゆりちゃんが喜ぶと思いますか。生き残った自分たちはこの焼け野原から這い上がらねばならんのです」

西崎中佐の言葉には重みがあった。それを聞いた小鈴は少し間をあけてから、分からないとばかりに西崎中佐に聞いてきた。

「西崎様。どうして、こんなあたしのような者にここまで良くしてくださるんですか」

小鈴のその言葉に西崎中佐は柔らかな物腰で小鈴に答えた。

「もし自分が小鈴さんたちの役に立っているのであれば、それでいいじゃありませんか」

「でもあたし、西崎様には、あんなにひどいことばかり言っておきながら」

「自分が迷惑ですか」

西崎中佐が小鈴に問いかけた。

「まさか、そんなこと言ったら、それこそ大罰が当たります」

とんでもないとばかりに小鈴が言った。しかし西崎中佐の親切の理由は小鈴にはまだ分からずじまいだった。

「小鈴さん」

西崎中佐が、あらためて小鈴に問いかけた。

「最後に会ったあの日のことを覚えていますか」

西崎中佐は去年の暮れのことを持ち出した。

「暮れのお座敷で会ったあの日のことですか」

「本来であれば、自分はあのまま日本を発ち任務で満州へ行く予定でした。でも菊乃さんが気を遣ってくれて、あなたに会うことができました。あの時、あなたに会うまでは自分でも自分の気持ちはよく分かってはいなかった。もちろん任務で頭が一杯だったこともありますが」

そう言って西崎中佐は小鈴を見た。

「あの日、小鈴さんは言いましたよね。どうして自分が妻をめとらぬかと」

「はい」

「自分はとぼけていましたが、理由は確かにありました。情報部士官となった日から妻は持たぬと心に決めたのです」

小鈴は西崎中佐の顔を見ると、その理由を素直に聞いてみた。

「どうしてですか」

「いつ帰ってくるのか、どこで死んだのかも分からぬような夫では妻が可哀想だと」

西崎中佐も自分の本心を素直に語った。

「あたしそんなこととは考えもしないで、好き勝手なことばかり言ったりして」

小鈴は西崎の話を聞いて驚いた。そんな真剣な理由があったとは、小鈴には想像すらできなかったのだ。

「でもあなたに問いつめられて、男らしく言えと言われて」

「申し訳ありません。あたし、なんの考えもなくて」

「だから自分は男らしく、あなたにあの時の本心を言ったんです」

「本心」

小鈴がそう言うと、西崎中佐は小鈴を見た。

「でも、あなたにはぐらかされてしまった」

最後のお座敷の晩、西崎中佐が、惚れた女にはすでに相手がいたと、きっぱりと言ったにもかかわらず、小鈴はそれを他人事と勘違いしていたのだ。

「あたし、いったいなんのことやら」

そう言いながらも、もしかすると本当に菊乃の言った通りなのかも知れないと小鈴は思った。

でも小鈴は過去の自分の行いに、西崎中佐には取り返しのつかない負い目があると感じていた。

「満州へ渡って激戦の中、もう内地に戻ることもないと覚悟した時はっきりと分かったんです」

そう言って西崎中佐はもう一度小鈴を見た。

「もし万に一つでも自分がこの戦争を生きて終えることができたら。いや、なんとしても生き抜かなければならないと」

そう言うと、西崎中佐は小鈴の目をまっすぐな気持ちで見つめた。

「今日こそは男らしくはっきりとあなたに伝えたい」

西崎中佐は姿勢を正した。

「小鈴さん、いいえすずさん。自分がもしこの戦争を生きて終えることができた時は、必ずあなたを探し出して残りの人生をあなたとともに過ごしたい。あなたの支えになりたいと、自分はそれを伝えるために、あなたに会いに来ました」


真剣な西崎中佐の言葉に小鈴は、なんと答えていいのか分からなかった。しかし西崎中佐のその言葉によって、小鈴の心の中に小さな変化が起きたことは確かだった。今までの小鈴には絶望の色しかなく、未来を見据える目など到底持てるわけもなかった。しかし西崎中佐の言葉を聞いた今、小鈴の心の中にほんの小さな明かりがぽつんと灯った。それは西崎中佐の想いを聞いたからかも知れないし、ゆりとの再会に希望が持てたからかも知れなかった。その理由がなんであれ、小鈴の心に起こったその小さな変化は、終戦以来一度として小鈴の心に宿ることのない光であった。

小鈴には東京の荒れ果てた一面の焼け野原の光景が、いつしか子供の頃に秋田で見た野焼きの風景に重なりあって見えていた。その二つの光景は一見同じように見えたが、ただ一つ大きな違いがあった。それは秋田の野焼きの風景の中には、東京の風景にはない青々とした新緑の息吹が見てとれた。茶色一色の広い風景の中にはそれは心細いほどのものであったとしても、確実に点々と緑の息吹があった。そしてすべてを失ったはずの小鈴の、いやすずの心の中にもその小さくとも力強い雑草の息吹が脈々と流れていたのである。

著者プロフィール

みね川 ちかのぶ（みねかわ ちかのぶ）

1961年千葉県生まれ、現在も在住。投資家、経営者。1989年「峯川商事コンサルタント株式会社」、2000年「ジョディインベストメント株式会社」を設立。会社を経営する傍ら、執筆活動も行う。前作『みんなが目指すコップ族 みんなが知らない蛇口族』は学歴や資格の意義を問いながら、お金に対しての考え方を紹介する解説本であったが、本作は自身初の小説である。前作を読まれた読者の方々にとっては、本作との作風の違いに大いに驚かされたことであろう。法政大学経済学部卒業。米国ノースイーストミズーリ州立大学留学経験有り。現在は自身蛇口族として、不労収入で別荘ライフを満喫する生活を送っている。

藍よりも碧く

2020年7月15日　初版第1刷発行

著　者　みね川 ちかのぶ
発行者　瓜谷 綱延
発行所　株式会社文芸社
〒160-0022 東京都新宿区新宿1－10－1
電話 03-5369-3060（代表）
03-5369-2299（販売）

印刷所　株式会社フクイン

ISBN978-4-286-21453-5